U0781516

时政小说

背景

肖仁福◎著

台海出版社

图书在版编目（CIP）数据

背景 / 肖仁福著. — 北京 ：台海出版社，2015.8
ISBN 978-7-5168-0718-7

Ⅰ.①背… Ⅱ.①肖… Ⅲ.①中篇小说－小说集－中国－当代②短篇小说－
小说集－中国－当代 Ⅳ.①I247.7

中国版本图书馆CIP数据核字 (2015) 第210382号

背景

著　　者：肖仁福

责任编辑：俞滟荣
装帧设计：王　鑫　　　　　版式设计：王　玥
责任校对：黎　靖　　　　　责任印制：蔡　旭

出版发行：台海出版社
地　　址：北京市朝阳区劲松南路 1 号　邮政编码：100021
电　　话：010-64041652（发行，邮购）
传　　真：010-84045799（总编室）
网　　址：www.taimeng.org.cn/thcbs/default.htm
E-mail：thcbs@126.com

经　　销：全国各地新华书店
印　　刷：北京联兴盛业印刷股份有限公司
本书如有破损、缺页、装订错误，请与本社联系

开　　本：787mm×1092mm
字　　数：200千字　　　　　印　张：16
版　　次：2016年2月第1版　　印　次：2016年2月第1次印刷
书　　号：ISBN 978-7-5168-0718-7

定　　价：36.80元

版权所有　翻印必究

目录

▼

001 ⋮ 秋意阑珊

032 ⋮ 裸体工资

073 ⋮ 空 转

116 ⋮ 如影随形

140 ⋮ 古马镇

170 ⋮ 夫妻镇

177 ⋮ 两阳镇

184 ⋮ 背 景

217 ⋮ 夕阳西下

222 ⋮ 老 材

232 ⋮ 弈 乡

240 ⋮ 离 任

秋意阑珊

一

吃过晚饭，把残局留给丈夫老马，何玉如就开门下了楼。

何玉如来到教学大楼前。楼里的走廊边立着一块黑板。那黑板原本是写幼儿食谱的，现在却写着"欢迎物价局领导前来指导工作"的粗大的红色粉笔字。修这座教学大楼时，园里曾向幼儿家长集资，以弥补财政无法拨足的基建款，本来是向物价局写过报告的，也得到了他们的同意，不想今天他们还要找借口来检查集资情况，园里只好把他们请进酒店喝了一顿，并一人一个500元的红包，才把他们打发走。

何玉如无可奈何地摇摇头，把目光从黑板上撤下来，朝楼道口方向走去。

中班的林琴琴老师从教研室那边过来，正要回宿舍楼，见了何玉如，就跟她打招呼。何玉如忽然想起一件事，对林琴琴说："你申报高级职称的材料里，还少了两堂课的教案，你快点补上吧。"林琴琴点点头，说晚上就弄。

林琴琴进楼去之后，何玉如还在楼下站立了一会儿，心上涌起一丝感慨。这是何玉如花了两年时间，跑财政，搞集资，费了九牛二虎之力才建成的。建楼期间，何玉如不受包工头的红包和请吃，死卡水泥标号和砖木钢材标准，保证了质量，节省了资金，如期把宿舍楼建了起来，如今三十多户老师欢欢喜喜搬了进去，自己却仍住在老宿舍楼里。不承想还有人说她得了包工头好处，发了大财。

何玉如记得闲话说得最多的，是搞学生伙食采办的林强生，他因何玉如批评他采购的食物高于市场价，一直怀恨在心，这次也跳出来大说何玉如的坏话。何玉如心想，职工们对林强生的反映已越来越强烈，他那么损公肥私，得的好处太多，确实应该作个处理，换个人来搞采办。

天色暗下来，操场两边渐渐枯萎的秋叶画着幽影，零落在地。何玉如缓缓的步履落在秋叶上，发出细碎的沙沙声。这么漫不经心地在操场上兜了一圈，何玉如准备回家。她想回去迟了，老马又要说她蹿尸闹魂，把他忘到了一边。

还没走出两步，传达室那边有人吵闹起来，好像还说什么要告到何园长那里去。何玉如便立定了，回头，见暮色中一个女人牵着孩子从传达室里冲出来。一边嚷道："天下哪有这么当老师的？敢动手打我的孩子，我叫她吃不了兜着走！"

何玉如闻声迎过去，截住横冲直撞的女人。女人认识何玉如，说："你就是何园长吧？我叫江潮，是孩子的妈妈，你过来看看，哪有当老师这么狠心的？"同时扳过小孩的头，要何玉如看小孩腮帮上的手指印。

何玉如没去看手指印，即使看，在这初夜的昏暗里，也是没法看清的。

何玉如说："先别急，有什么事，我们到办公室去慢慢说，行吗？"江潮不好在何玉如面前发火，只得跟她往园长办公室走去。

打开门，拉亮灯，没等江潮开口，何玉如便蹲下身，问小孩叫什么名字，是哪个老师班上的学生。小孩说他叫衣向阳，是马老师班上的学生。何玉如就愣了愣，一时不知说什么好。整个幼儿园就一个姓马的老师，她叫马小路，是何玉如自己的亲生女儿。

灯光下，何玉如的确在衣向阳的腮上发现了两个手指印，而且衣向阳也说是马老师掐的。何玉如知道小孩不会说假话，就问他是不是做错了什么事。衣向阳叙述不清，讲不出一个完整的意思。一旁的江潮得理不让人，吼道："不管小孩做没做错事，老师打学生总是不对的。"何玉如说："马老师打人肯定不对，但你不要急，我要找马老师问清情况，再作处理。"江潮说："我现在就去找她的麻烦！"何玉如说："你要相信我，我会按园规严肃处罚，并责成她向你们家长赔礼道歉，但必须由我出面。"

听何玉如这么说，江潮才不吱声了，带着儿子回了家。

何玉如关上办公室的门，去找马小路。马小路是何玉如和老马唯一的女儿。马小路小时候很听父母的话，读书成绩也好，初中毕业就考上了省城里的幼师，毕业后，不必何玉如说一句好话，就凭她的学业，分进了这所全市一流的示范性幼儿园。在园里的工作也积极，年年评先进。可自从找对象、结婚后就慢慢变了，工作不求上进不说，还时有违规行为，常常给她这个当园长的母亲脸上抹黑。

何玉如知道坏就坏在她找的那个对象上。她的对象叫徐城东，是一个离过婚的男人，经营酒店，有点钱，加上人帅，专门在外面拈花惹草，最后盯上了马小路。现在的女孩，一切朝钱看，马小路很快就迷上了徐城东，并发誓非他不嫁。何玉如和老马都不同意这桩婚事，撇开徐城东结过婚不说，就凭他那专觅野食的德行，也讲不过去，何况他文化极低，连初中都没毕业。可马小路哪里听得进父母的忠告，她振振有词，父母讲得有道理，但她有她的标准，她的标准是两条：他有钱，她爱他，有这两条就够了。

当时何玉如就被马小路气得说不出话来。她忽然想起自己年轻时经历过的事，那时她也几乎像马小路那样，跟父母亲说过类似的话。只不过那时人们一心革命，现在人们一心想钱。所以当父母亲反对她嫁给那个造反派头头时，她也用马小路一样的坚决的口吻说道："我有我的标准，我的标准是两条——他革命，我爱他。"所不同的是，何玉如在怀上造反派的孩子后，没和他结婚就分了手，而马小路跟徐城东正儿八经结了婚，在打闹了两年之后才离婚。

不一会儿，何玉如来到那栋六层的新宿舍楼前。她抬头望了望，三楼林强生家依然灯火辉煌，而四楼马小路家的窗户却黑灯瞎火的，看来马小路没在家。这半年来，马小路晚上常常不回家，有时甚至彻夜不归，直到第二天上午要进班了，才黑着眼圈、打着哈欠，从外面匆匆归来。

何玉如心里咒着马小路，明知她不在家，又不甘心似的，依然往楼道口走去。喘着气爬上四楼，在马小路门上敲了几遍，里面什么动静也没有。何玉如这才叹口气，掉头往回走。

走到二楼，想起副园长郭淑敏就住在这里，便把她的家门敲开了。郭淑敏见是何玉如，赶忙迎她进去。寒暄过后，何玉如把刚才的事说了一遍。郭淑敏说："小路近来的确有点反常，看来得好好帮帮她。"何玉如说："你留意一下，她回来后，让她到我那里去。"

可这天晚上，马小路根本没归屋。

二

第二天上午，其他的老师已进班半个小时了，何玉如才在传达室门口截住匆匆归来的马小路。进了园长办公室，见马小路那头发不整、满脸晦气的样子，何玉如恨不得一记耳光甩过去。但她还是强忍住了。她没耐心打探女儿晚上在外干了些什么，直接问她打没打过衣向阳。马小路点头承认。何玉如又问她为什么打小孩，马小路支吾了一阵，才说："他说我的坏话。"何玉如说："他说你什么坏话？"马小路却躲躲闪闪的，不肯说。何玉如火气上蹿，吼道："不说也行，你从今天起，不要再上班了。"

马小路知道蒙混不过，才说道："他说我是赖账婆。"何玉如说："他说你是赖账婆，你就打他耳光？"马小路说："我又不是赖他的账。"何玉如说："你是不是又借家长的钱了？"马小路说："没有。"何玉如很不耐烦地说："今天暂不谈这些，中午写个深刻的检讨，贴到教师备课的大办公室，晚上再去向衣向阳的家长赔礼道歉。"然后把马小路轰出了办公室。

晚上吃了饭，何玉如就拉上马小路走出幼儿园，到商店里买了一盒葡萄干、一盒巧克力糖，还有几斤富士苹果，向衣向阳家走去。

一路上，何玉如不免要追问马小路打衣向阳的真正目的。马小路只好交代说，她曾向衣向阳的妈妈江潮借过钱，江潮不但不借，还在家里说她是赖账婆。小孩是容易学舌的，所以昨天衣向阳上课讲小话，马小路说了他一句，他就在下面学他妈的样子，骂马小路是赖账婆，马小路火起，掴了他一耳光。

何玉如有些无奈，说："我已经听人说过，你向好几个家长都借了钱，而且是老虎借猪，有借无还。你想，人家的孩子在你班上，你开口借钱，人家敢不借？你借了不还，人家也不好讨要，怕你在他们孩子身上出气。"马小路说："我会还的。"何玉如说："你拿什么还？你那个有钱的男人看上了别的女人，离婚时一分钱没留下，你又天天晚上在外面赌，我看你到时短裤都会赌出去的。"

何玉如说的句句都是实话，马小路作声不得，只得默默地踩着自己的影子赶路。何玉如长叹一声，悲哀地说："你搞得自己穷困潦倒，我和你爸不心疼你？"

来到一个小区，找到衣向阳的家，敲开门，门里是一个二十七八岁的保姆。换了拖鞋，走进屋，江潮正拿着遥控器选电视频道，对她们爱理不理的。何玉如只好让马小路把礼品搁到桌子上，自己厚着老脸，过去说明来意。江潮用鼻子哼了几声，说："你当园长的有责任，但不是你的错。"

听话听音，何玉如便催马小路上前赔不是。马小路只好说了几句认错的话，然后垂着手，一副听候发落的样子。江潮神气起来，咬着牙齿说："不是看在何园长的分儿上，我跟你没完！"

挨够了训，两人才离开衣向阳的家。好心的保姆送她俩到楼道口，顺手撩亮墙上的灯。何玉如免不了借着灯光，多瞧了几眼保姆，问道："听口音，你好像不是街上人。"保姆说："我是刚从武宁县来的。"何玉如说："你叫什么名字？"保姆说："我叫申慧群。"何玉如说："今年多大了？"申慧群说："二十八了。"何玉如又问："男人呢？孩子多大了？"

停顿了好一会儿，申慧群才说道："他死了，是在河里翻沙时，被洪水冲走的。孩子到了上学的年龄，交不起学费，我才到这里来做保姆，弄点钱回去。"

说着话，不觉就出了小区。申慧群意识到该止步了，便转身往小区方向走去。已走出去好远了，何玉如还站在路旁不肯动，她的目光一直吸附在申慧群的背影上，直至那个背影越来越模糊，最后完全消失在黑暗里。

从此何玉如就多了一重心事。

这么多年过来了，何玉如把全部的精力都放在了工作上，努力不去翻弄封存起来的记忆。尽管她不可能真正做到这一点，至少表面上她得到了一种平衡，一种自我麻醉。然而现在不行了，这种表面的安宁、平静也无法保持下去了，过去的一幕幕从记忆深处浮出来，仿佛是昨天才发生的事情一样历历在目。她开始在家长接送孩子的时候，有意无意地去搜寻一个身影。她知道请了保姆的人家，一般是由保姆来接送孩子的。

这一天早上，何玉如到林琴琴班上转了一趟，要她准备一堂像样的语言课，省教委的头头下来时，好上给他们看。林琴琴爽快地答应了。何玉如对林琴琴的爽快很满意，说："你的高级职称材料，我已签好了评语，马上就送上去。"

回到办公室，刚坐下，何玉如忽然在窗外密密麻麻的人流中发现了一个身影。那是申慧群。何玉如的心头就亮了一下，立即站起来，出了办公室。她来到操场上，很快就可以追上申慧群了，旋即又停下了脚步。她突然犹豫起来。到现在为止，整个幼儿园乃至她所处的这个城市，除了自己还没有任何人知道她那段隐秘的过去。她就是在这种没人知根知底的情况下，跟老马生活了二十多年，而且生活得那么平静，一切都那么顺利。

何玉如不愿意去搅乱自己这已拥有的一切。相反她在有意无意地回避着申慧群的影子。她加倍努力地去做工作，想以此转移自己的注意力。幼儿园的工作总是很杂，市里搞幼儿节日汇演，教委举行示范教学比赛，审计局来审查财务，围墙被隔壁单位捅开，样样都得她当园长的出面，甚至连厨房里没了拖把、班上孩子揩屁股的卫生纸已经用完，都要来找她。何玉如就让自己泡进这些繁杂的事务中，尽量不去翻弄记忆里的旧事。

白天就这么打发过去了，可到了晚上没公务可忙的时候，何玉如便难熬了。尤其是到了夜深人静的时候，老鼠啃墙角，秋风打门窗的声音，都会把她从那越来越不安稳的浅睡中惊醒过来。只要一醒，这一夜她就再也没法入眠，在床上翻来覆去炒豆子。左炒右炒，硌得身上的骨头生疼还睡不着。没办法，只得披衣下床，到客厅里去呆坐。越坐心越乱，干脆出门到操场上转悠，就像一个怪异的梦游人一般。

这天夜里，何玉如又来到了操场上。在迷蒙的月辉下，她的身影显得有些模糊。这个时候，连传达室的灯都被守门人熄灭了，整个幼儿园都沉浸在幽暗的寂静中。

何玉如缓缓地踱着步，想以这种悠闲的姿态平抑心中那起伏的思绪。就这么慢慢地绕了两圈，她才微微地将头抬高了一点。无意间便瞥见了从楼道里冒出来的隐约的身影。虽然夜色隐去了那人的面目，但何玉如还是从那人的身材和缩着脑袋走路的姿势上，认出他就是给食堂搞采办的林强生。

何玉如猛然想起中午食堂里的一件事情来。按园里定的幼儿食谱，这天中餐要给幼儿吃青椒鸡丁，所以上午10点不到，林强生就从市场上购回三十只仔鸡，由厨师和保管员过秤验收，再一齐动手宰杀去毛。当时何玉如也去了厨房，那些去了毛的仔鸡已开了膛，扔在案板旁的灶台上。不想厨师拧着眉嘀咕起来，说："这是怎么了，明明是三十只仔鸡，怎么这会儿少了一只，数来数去只二十九只了？"问过保管员，他说验收时只看了数，没有点数。当时何玉如也没怎么在意，转了一圈，便出了厨房。

想到这里，何玉如就对林强生起了疑心。林强生爱贪小便宜，在外采购的食物价格不低，在厨房里帮厨时爱来点小动作。何玉如便睁大了双眼，看林强生今夜里究竟要干什么。

在楼道口逗留片刻，林强生左右瞧瞧，直奔食堂方向而去。食堂的门上挂着两把锁，钥匙分别在厨师和保管员手里，林强生怎么进得去？何玉如一边这么思忖着，一边远远跟着。

原来林强生并不是要进厨房去，他在厨房门外站了站，便往左一拐，下了石坎。石坎下是一处树丛，不知林强生去那里干什么。何玉如赶紧趋前一步，发现林强生在树丛里蹲下了，抖抖擞擞摸索起来。何玉如意识到了什么，上午厨房里少了一只鸡，八成是林强生趁人不注意，扔到了窗外的树丛里了。

何玉如本想上去逮住林强生，想想这里离宿舍远，自己一个女人没他男人力大，万一他蛮横起来，又怎么办呢？所以何玉如转身先进了林强生家的那个楼道口，准备等他回来后，突然拉亮灯，再缴获赃物，那时就不怕他耍赖了。

谁知林强生却并没往家里走，而是去了传达室。

等何玉如觉察到林强生不会回来，赶忙走出楼道口时，林强生已开了传达室的小门，走了出去。何玉如追到传达室，想去跟踪林强生，小门已被林强生锁上，而自己的钥匙放在家里，再喊守传达室的人开门或回家拿钥匙，都已来不及。

何玉如只好作罢。她在心里说道，林强生啊林强生，我总会抓住你的把柄的。

三

已经好几天没见申慧群到幼儿园来了。

来接送衣向阳的，要么是他妈妈，要么是他爸爸，要么是过去曾来过幼儿园的衣向阳的舅舅。何玉如就莫名地担忧起来。她跑到马小路班上，喊衣向阳过来，问他申阿姨这几天去哪儿了，怎么没来接送他。衣向阳想了一阵，才结结巴巴告诉何玉如，他也不知申阿姨去哪儿了，反正那天晚上他还和申阿姨睡在小床上，第二天早上就不见了她。

这天下午，来接衣向阳的是他的爸爸衣兵。何玉如就过去喊住了他。何玉如说："小衣，你来接衣向阳啊？"衣兵见是何玉如，赶忙停下往教室里迈的步子，点头道："是何园长，我来接向阳。"何玉如说："原来不都是你家保姆小申来接送的吗？"衣兵说："都是我家那臭女人，无事生非，无故怀疑我跟小申有什么瓜葛，把人家气走了。"何玉如说："还有这样的事？"衣兵说："我跟江潮说，人家县里来的女人，扎扎实实做事，勤勤恳恳照看向阳，哪会跟我有什么瓜葛？她听不进，跟我大吵大闹，还说放在抽屉里的500元钱不见了，硬赖在小申身上，将小申气得连工资都没领，就泪眼婆娑出了门。"

停了停，衣兵又说："不过我已托介绍她到我家来的邻居，把工资给她带了去，还捎了话，要她回来，反正我女人已到外地做事去了，如果小申回来后她还要大打出手，我就跟她离婚。也是的，她也不想想，我家请了那么多回保姆，都是些漫天要价，好吃懒做的，好不容易才碰上小申这种勤劳做事、把向阳当成自己儿子的女人，她还要不识好歹。"

何玉如心里牵挂着申慧群，不太甘心她就这么消失掉，从此再也见不到她的影子，晚饭后特意去了一趟衣向阳的家。果然如衣兵所说，江潮到外面做事去了，家里就他和儿子一大一小两个男性。衣兵感到奇怪，说："何园长您怎么知道我住的地方？"何玉如说："我不久前就来过。"衣兵说："想起来了，向阳曾告诉过我，您和马老师来过这里，那次我正在外面为公司收债，没在家里。"

两人闲聊了一阵，慢慢就把话题引到了申慧群身上。何玉如说："你知道申慧群是武宁什么地方的人吗？"衣兵说："这个我倒没问过她。"何玉如说："那么那个介绍她到你家来的邻居一定清楚啰！"衣兵点点头，说："他应该清楚，上星期他去武宁采购木材时，我就是托他给申慧群带的工资，不知现在回来没有。"何玉如就说："可以陪我去见见他吗？"

"那当然可以。"衣兵说着，把衣向阳安顿到床上睡下，随何玉如出了门。

衣兵心生好奇，不由问何玉如道："何园长您好像对申慧群很感兴趣的？"何玉如就有些躲躲闪闪的，她敷衍道："也是随便问问，二十多年前我下放在武宁，对那边的人有些记挂。"衣兵就哦了一声，说："原来如此。"

二人敲开衣兵邻居家的门，只有女主人在家，她说男主人上星期去了武宁，至今还没回来。

何玉如倍觉失落，告别衣兵，离开居民小区，悻悻地回了家。

刚进屋，会计小夏就打来电话，说下午去财政局对账，财政局下面的收费局曾局长跟她打招呼，明天要到幼儿园来看收费发票。何玉如一听就恼火了，说："上个星期物价局不是来查过了吗？怎么收费局又要来了？"小夏忙解释说："物价局是来了解收费标准，收费局是要来算账，核实发票，我们收的幼儿学费和集资款，都是在收费局领购的发票，他们要稽核，是他们权力范围内的事。"何玉如没好气地说："权力，权力，他们就知道使用权力，不知道下面办事的艰难。"

话虽这么说，但该应付还得应付，何玉如吩咐小夏，一定做好接待准备，不能得罪这些衙门老爷。

第二天下午3点多，收费局的人就到了幼儿园，一共三个人，都是肩阔肚厚的大男人。何玉如和小夏还有副园长郭淑敏几个立即满脸堆笑，像迎接亲爹亲妈一样，把他们请进财务室。先不忙着拿账本、发票什么的，而是倒上古丈毛尖茶，切开沙田柚子，再一人递上一包芙蓉王香烟。

为头的是红光满面的曾局长，他四平八稳地往沙发上一坐，二郎腿一架，香烟一叼，便开始发话。他说："市政府的收费管理文件马上就要出台，事业单位要从收费资金里缴纳15％的调节资金入财政金库。"

一旁的三个女人立即吓出一身冷汗，齐声说："又兴起调节资金了？我们可从没听说过。"曾局长吐出一道浓浓的青烟，说："工厂纷纷破产总听说过吧？个体户打死税管员的事总听说过吧？国家工作人员又要上调工资总听说过吧？要收的资金收不上，要支付的票子又要支付，你要财政如何去算这笔账？比如说你们幼儿园，财政不仅负担部分职工工资，你们的教学大楼和各种设施，哪样不是财政投的资？你们年年从幼儿身上收钱，现在财政困难，难道不应该调节一点出来吗？"

何玉如不得不佩服这位曾局长的口才，便说："曾局长说得也是，可是我们收的幼儿的款子都是一个钉子一个眼，没有一分钱的多余，您怕要具体情况具体对待。"曾局长说："情况具不具体，我们不管，我们只知道先算账，然后依账行事。"何玉如说:"账肯定要算,只是问题明摆在这里,比如我们的集资款,弥补基建的尾数还差一大截;比如生活费,全部用在了幼儿的伙食里,期末还要根据学生出勤天数结算,多退少补;比如学杂费,完全按财政厅和省物价局定的标准收,用来应付工资缺口,以及教室的维修,钢琴等教具的更换,水费电费什么的都还少一大截,如果还要征15%的调节资金……"

这里正在跟收费局的人讨价还价,门外忽然有一位老师慌慌张张闯进来,大呼小叫道:"何园长,不好了,不好了,打死人了,您快去看看!"何玉如她们吓了一跳,问那位老师究竟发生了什么事。那位老师半天才稳住神,说是林强生被厨师打翻在厨房里了。

何玉如只好让郭淑敏和小夏陪着收费局的人,自己出了财务室。

在去厨房的途中,那位老师把事情的经过大略说了一下。原来起因还是上个星期那只不翼而飞的仔鸡。这件事不知怎么竟在教职工中间传开了,大家都议论说,十有八九是厨师耍的名堂。厨师平时顺手牵羊的事不是没干过,但这次确定不是他所为,所以听了别人的议论,就气愤得不得了。其实他心中多少有点数,当时在场的保管员比较老实,照理不会干这种事,那么剩下的就是林强生了,尽管没抓到他的把柄,也是可以肯定的。恰好头天财务室查了各家的电表,数字公布出来后,厨师一家三口人一个月用了120多度电,而相邻的林强生三个儿子都在家待业,共五个大人才用了20度。厨师不服,顺口说了句林强生偷他家的电的话,不想被刚采购食物回到厨房门口的林强生听见了,他就冲过去,指着厨师的鼻子叱道:"你说我偷你家的电,证据在哪儿,没证据我拧了你的脑袋!"厨师把林强生的手往旁边一扒,也点着林强生鼻子说:"你不但偷电,还偷鸡,那天的那只仔鸡就是你偷的!"林强生火气更大了,骂道:"你污蔑好人,我今天跟你没完。"上前就去抓厨师的胸领。不想当时厨师正拿着一根捅煤灶的铁条,他火气攻心,顺手舞过去,正抽在林强生的软腰上,林强生气一缩,当时就趴到了地上。

等何玉如赶到厨房里,先到场的工会主席已把林强生驮到背上,正往传达室方向赶。何玉如便也跟在后面往外走。幼儿园附近就是市立医院,不到十分钟就赶到了。幸好铁棍没抽到致命的地方,还不至于出人命,医生说在医院吊几天盐水,吃点药就没事了。

林强生躺在病床上。望着他寡白的还没恢复血色的脸,何玉如说:"就按医生说的,在医院里休息几天,至于你的工作,我找个人代替就是了。"林强生立即慌了,腰一挺,就坐了起来,差点把手上的针头都弄脱了。他急切地说:"没事的,我这点伤没事的,不用麻烦您找人代替,我吊完水就回去。"

一旁的医生和护士，以为林强生是活焦裕禄，只要革命工作，不要革命本钱，很佩服地说，如今这种不顾身体，一心只顾工作的人，可是越来越稀罕了。何玉如却觉得好笑。她知道林强生搞采购是要搞小动作弄外水的，他怕人家得了这个好处，更怕人家取代了他的位置，以后没外水可捞，才做出这个卵样。

何玉如当然不会在这种场合点破他，只是说："不行就不要硬撑，身体是再多的财富也换不来的。"话里的双层意思很明显。

跟工会主席他们离开医院时，何玉如嘴上不出声，心里却说，那一铁棍抽得还轻了点。

四

收费局那三个人算账并不太用心，只用算盘粗粗地打了两本发票，其余的就搁到了一边，说："今天就打到这里吧，明天再打。"小夏就急了，心想明天还要打，又怎么得了呢？这个月发工资的时间又快到了，她的工资表还没做好，而且开学时收的款都还没做账，哪里有时间陪这些大老爷？

一旁的何玉如看一眼墙上的钟，说："快5点了，今晚就去金都大酒店喝几杯吧。"然后回头吩咐郭淑敏，要她先去订个包间，自己跟收费局的科长们随后就到。

郭淑敏走后，等小夏收拾好账本、发票，一行人便起身走出财务室。来到传达室门口，迎面碰上捂着腰从外面走进来的林强生，何玉如就说："你怎么回来了？"林强生特意挺了挺腰身，以显示自己的强健。不想用力过大，牵动了伤处，痛得他眉毛往中间拧，嘴巴往一边歪，却还要坚持说："没什么大不了的，明天还可照常上街搞采购。"

何玉如没说什么，用鼻子哼了一声，放林强生过去。

与金都大酒店还隔着一条街，早等在店门口的郭淑敏就扬手招呼起来。何玉如对科长们说，看来包间订好了。一行人横过大街，跟郭淑敏往里走。左弯右拐，来到一个包间外，上面写着"八号"两个字。郭淑敏说特意选了这个包间，八发八发，愿科长们大发。众人就齐声说，发发发。

走进包间，里面不仅有吃饭的大圆桌，还有VCD。郭淑敏说："吃饭还早了点，先唱几支歌吧？"一边吩咐服务小姐插好话筒，调好音量，让机房里送讯号过来。这边何玉如见屏幕上有了动静，就把点歌本往曾局长手上递。曾局长将本子放到一旁的茶几上，说："你们唱，园长你们唱，我嗓子哑，唱不来。"何玉如就将本子塞到另一位怀里，那一位也不肯点歌。就这么推让了几次，三位客人谁也不愿上场。何玉如就说："都说收费局的人没有不会唱的歌，今天三位怎么不肯赏脸，是不是这里档次低了一点？"三人就说："哪里哪里。"

郭淑敏见气氛上不来，就先自己点唱了一曲，打了个开场。谁知她唱过之后，那三人还是无动于衷。

两位园长不觉有些难堪，一时不知如何才好，不知这些老爷想要干什么。正纳闷，曾局长猛不丁冒出一句，他说："内地就是傻帽儿，吃饭的地方还搞什么VCD，洋不洋，土不土的，人家沿海地方，吃饭是吃饭的，娱乐是娱乐的。"另一位附和道："是的是的，这吃饭是物质文明，而唱歌、跳舞是精神文明，往一处抓就是没有情调。"

说得一旁的两位园长你觑觑我，我觑觑你，满脸的难为情。好在郭淑敏还算机灵，立即接过他们的话头，说："是呀是呀，都21世纪了，文明也得有个文明法。这样吧，楼下有个足浴馆，大家有兴趣，陪你们过一过瘾。"

那三人脸上有了喜色，说足浴倒是个新鲜玩意儿。

洗了个把小时足浴，又回来吃喝了一个多小时，已经快9点了，郭淑敏把何玉如拉到一边，悄声说："洗脚、喝酒是物质文明，还有精神文明，恐怕还是少不了。"何玉如也是无可奈何，只得咬咬牙说："少不了就不少吧。"然后把三人请到新开业的强光娱乐城，要了个名叫帝豪的大包间。

何玉如从没来过这些地方，一见那34寸的大彩电、奢侈的VCD和音响设施、超大的茶几沙发，以及豪华的装饰，心中就发怵。她在包间里发现一个小门，推开一看，是一个几乎没有灯光的小暗室，里面有茶几和长沙发。就问大家这是干什么的，郭淑敏说是用来跳舞喝茶的，每次只能进去一对。

三个男人一直不吱声，脸上却露出暧昧的笑。郭淑敏又对何玉如说："你先在这里陪一下客人，我和小夏去服务台点些果品、茶水什么的。"然后，她拉着小夏出了包间。

紧接着，服务小姐就送上了茶水和点心，郭淑敏和小夏也返了回来。这时何玉如的脑瓜忽然开了窍，对三位男人说："我年纪大了，歌舞都上不了场，郭园长和小夏也没这方面的天赋，这样吧，幼儿园有几位年轻、漂亮的老师能歌善舞，我去把她们请来如何？"三位男人赶忙说："不用不用。"

何玉如还要说什么，郭淑敏忙在后面扯她的衣角，一边说："你不用操心了，我都安排好了。"然后她说去服务台催促还未上的点心，把何玉如拉到了包间外面，对她说："幼儿园的老师个个正儿八经的，人家不会喜欢，我和小夏已在服务台预交了包间茶点费以及三位小姐的台费，等会儿小姐一来，我们就走，不要在这里碍事，改日再来结账，让他们玩个潇洒。"

正说着，服务小姐已领着两个袒胸露背的女郎进了帝豪，郭淑敏就让何玉如在外面稍等，她进去打声招呼，喊小夏出来。

郭淑敏和小夏很快就从包间里出来了，三人一起往出口方向走去。何玉如想起刚才的见识，特别是那两个半裸女郎，心里就无法平静，甚至自己的一张老脸都红了起来。忍不住又回过头，往帝豪包间那边瞧了一眼。

这一瞧不打紧，何玉如瞧见服务小姐正在叩帝豪的门，身后又带着一个比刚才的女郎还要裸露的女人。

何玉如的头就嗡的一声响，两眼一黑，身子一晃，差点晕倒在地，幸亏及时扶住了墙壁。

何玉如看到的不是别人，正是她的亲生女儿马小路。

何玉如无论如何也想不到，马小路会走上这条不要脸的路子。她真想冲过去，撕烂马小路的脸。但何玉如还是克制住了，强行地克制住了。她不想在这样的场合，出自己的丑。何玉如转身跟着郭淑敏和小夏往外走，却没法不去想在那个叫作帝豪的包间里可能发生的一切，没法不去想马小路这个不要脸的死鬼可能做出的下贱事。

这么胡思乱想着，有一句没一句跟郭淑敏和小夏搭讪着，不知不觉已回到幼儿园。

第二天上午，何玉如来到财务室。正好郭淑敏和小夏都在那里，何玉如说："今天收费局的怎么还不来？"郭淑敏说："他们不会来了。"何玉如说："昨天下午他们不是说过今天还要来的吗？"郭淑敏说："昨天下午只算账，没搞'两个文明'，晚上搞了'两个文明'，搞得他们心满意足，今天当然就不会来了。"

何玉如皱皱眉，想想也是，便默默地离开了财务室。

在财务室门口，何玉如碰上一位跟马小路配班的老师，就对她说："告诉马小路一声，中午到我家去一下。"

中午何玉如在家左等右等，就是不见马小路的影子。何玉如就下了楼，到新宿舍楼那边去敲马小路的家门。敲了半天，马小路才打着哈欠来开门，看样子正在睡午觉。何玉如的脸色特别不好看。

马小路以为母亲又要训她了。何玉如走进她家里，却什么也没说，什么也说不出。她瞧了瞧屋里蒙着灰尘的家具，堆满杂物的屋角，似乎两个世纪没整理的狗窝一样的床铺，以及茶几上、沙发里、电视机上乱扔着的脏裤衩、臭袜子，连肺都气炸了。

何玉如费了好大劲才忍住火气，没有发作。

沉默久了，连马小路自己也受不了了，她小心翼翼地问何玉如："妈，您有什么事吗？"何玉如不语。马小路说，"我本来是要到您那边去的，可我困得要命，在食堂里吃了点饭就回来睡午觉了。"何玉如还是不吱声。

马小路斜眼觑觑何玉如那铁青着的脸，懒懒地斜倚在沙发上，又喃喃道："我知道我不像个女人，我也知道自己当初没听您的话，瞎了眼睛，嫁了那个没良心的杂种，才落到今天这个地步。可我当初是爱他的呀，我以为我的爱会守住他的心，而且他又有钱，我们的日子会过得蛮红火的，谁知我好心没好报。我恨他，我跟他一刀两断。但不管怎样，我还是亏了，我的青春、我做女人的那点希望已经断送，我的心已经死去……"

说着说着，马小路的泪水就止不住淌下来，一副可怜虫的样子。

何玉如没去理会马小路，站在窗前，望着远处迷蒙的屋顶，好像根本就没听见女儿那声泪俱下的哀诉。其实内心何玉如又何曾不心疼这个可怜的女儿？她知道马小路变成今天这样，主要是那个狗男人伤透了她的心。树怕伤皮，人怕伤心，人一伤心，活起来便没有了劲头和精神。可再怎么的，也不能破罐子破摔呀，这样不是糟蹋自己吗？为此，何玉如曾苦口婆心，不知开导过她多少回，她硬是振作不起来，依然整夜整夜在外面打麻将，昨晚还到那些娱乐场合做起了陪舞女。打麻将反正已成风气，上上下下老老少少都在打，可做陪舞女那是做得的吗？传出去，别说做娘的老脸没处搁，败了幼儿园的名声，那又怎么是好？

何玉如越想越感到可怕，心情由气恼烦躁，变得沉重起来。她背对着马小路，问道："昨晚你到哪里去了？"马小路说："我没到哪里去，就在麻将馆里打了几个小时麻将。"何玉如瞪着马小路，说："还要瞒我？"马小路知道露了马脚，才低下头说，是郭淑敏拉她去的。

这让何玉如感到意外，想不到郭淑敏会拉马小路下水。转念一想，如果马小路不是那种女人，谁又拉得走你？也许是马小路早就找过郭淑敏，人家才会照顾她的生意呢。何玉如就有气，说："你说说，你要你妈这张老脸往哪里放？我一辈子堂堂正正，没有什么地方可让人戳背的，你自己不要做人，也要为我想想哪！"

何玉如激动地说了半天，马小路这里却什么反应也没有。何玉如觉得有些不太对劲，把目光从窗外收回来，转过身去。就见马小路蜷缩在沙发里，双手抱膝，两肩高耸，脑壳嵌进两腿间，仿佛受了惊吓正在自卫的刺猬。何玉如不知马小路缘何这样，走到她面前，问："你这是怎么了，是不是睡着了？"

马小路还是没反应，仍缩在那里。何玉如就伸过手去，摸着马小路的脑壳往外掰，开始还掰不开，掰了几下，掰开一点，才见马小路涎水下垂，鼻涕外流，泪眼婆娑,一副难过的样子。何玉如以为她是因为内疚而哭泣,慈悲心肠早就软了。不想接下来,马小路接连打了几个哈欠,身子跟着战栗起来,牙齿上下不停地磕碰着,话不成句地说:"我、我不、不、不行、啦……"

何玉如似乎意识到了什么,提高嗓门喝道:"你到底是怎么了?是不是病了?"

马小路战栗着,努力站起来,风中的柳条一样左右摇晃两下,然后跟跟跄跄奔进卧室,在床头柜里摸索一阵,拿出一个针筒,上了药水,往手臂上狠狠地扎下去……

完了,完了!何玉如长叹一声,步履蹒跚地走出马小路的屋子。

其时,外面起了大风,何玉如觉得眼前的房屋和树木变得模糊,不断地重叠着,更替着,最后眼前一黑,身子一晃,摔到地上,便什么都不知道了。

五

等何玉如醒过来,已经是第三天的上午,她第一眼看见的是倒挂在头顶上的盐水瓶,以及瓶子下方那输液管里漫不经心垂滴着的滴液。然后她看见了床前的丈夫老马,和老马旁边的郭淑敏、小夏、林琴琴她们。何玉如苍白的脸上就露出一丝歉意,嘴巴张了张,想说声什么,却什么也没说出来。大家就在一旁惊喜地说:"醒了,何园长醒了。"

到了中午,郭副园长她们已经离去,病房里就剩下老马和何玉如自己时,何玉如就问老马:"小路呢?怎么没见小路?"老马说:"小路昨天晚上到过这里,今天上午有班,便没过来,下午会来的。"

何玉如沉默片刻,说:"你要她最好不要再来,我不想看见她。"老马说:"不管她怎么不争气,但究竟还是你的女儿。"何玉如说:"我没这个女儿。"

老马便不作声了,望着吊瓶出神。

何玉如突然想念起申慧群来了。她好想见见申慧群。只是她又不能在老马面前说起申慧群,这是她心里的秘密。

在医院住了没几天,何玉如就办了出院手续。本来就没大病,那天完全是被马小路气的。没病待在医院里,要花幼儿园的钱,何玉如心疼。老马没在医院里,也没先告诉郭淑敏她们,何玉如一个人离开的医院。

这天天气晴朗,阳光照在身上暖洋洋的。何玉如那一直阴沉着的心情忽然开朗了许多。她就有了一个在街上多逗留一会儿的愿望。是呀,平时只顾在园里上蹿下跳，而家里搬煤扛米，购吃买穿，几乎全由老马包了，自己连街都很少上，差不多成了庵堂里的尼姑。

这么一想，何玉如自觉好笑起来。她已偏离回家的方向，来到街上。

一转一转，不知不觉转到一处农贸市场。举目一望，竟然在密集如蚁的人群中见到一个熟悉的身影。那不是别人，而是幼儿园的采办员林强生，他此时正站在肉案前称肉，旁边是那架挂着两个篾篓子的破单车。何玉如往前快迈两步，想过去跟他招呼一声，忽然又想起什么，便止住步子，躲进一旁的鞋铺。一直到林强生称好肉，接过屠户开的条子，交了钱，推着装了肉的单车离开，何玉如才走出鞋铺，朝刚才林强生待过的肉案走去。

那是一个贼眉鼠眼，留着小胡子的年轻屠户。见何玉如走过来，小胡子举起屠刀往案上一砍，朝她挤眉弄眼道："是不是来一腿？"然后把那半边猪肉拍得啪啪作响。何玉如往案前一站，不慌不忙地说道："一腿两腿都行，但要看你的价格如何。"小胡子说："价格？我哄得别人，也不敢哄你呀！"何玉如说："那你开个价吧？"小胡子说："六块六一斤，少一分钱都不卖。"

"不卖就不卖，我到别处去。"何玉如说着话，眼睛往其他卖肉的地方瞟着，做出一个立即要走开的样子。小胡子嘴里一副无所谓的口气，眼睛却盯住何玉如，生怕她走开了。何玉如就真的往外迈了一步。

这一下小胡子有些稳不住了，说："你开价吧？"何玉如说："这价还有什么好开的？人家都卖五元五一斤。"小胡子说："人家什么肉？我这什么肉？"何玉如说："人家的是猪肉，你这不是猪肉，是龙肉不成？"

小胡子软了下来，将头往何玉如身前凑凑，神秘兮兮地说："那你告诉我，你是给自家买，还是给公家买？"何玉如说："自家买咋的？公家买又咋的？"小胡子说："给自家买，你不可能买多少，我选最好的屁股肉给你割，绝不少你的秤，但这是零售，刀下得碎，肉容易折，最低不能低到五块六一斤；给公家买嘛，那你肯定会买几十上百斤，这是批发，我放血，五块五一斤，怎么样？"

停停，小胡子又故意放低了声音，好像生怕旁人听了去似的，说："而且我给你开的发票是六块一斤。"何玉如说："那怎么行？搞假动作。"小胡子说："那有什么不行的？刚才那个买肉的男人，天天在这儿买，我都是这么处理的。"

接着小胡子放大声音，说："我还可以给你扛到单位去，守着你过足了秤再走。"何玉如说："好，我在你这儿买了，不过我暂时只买二斤肉。"小胡子也干脆，说："行，下次买整腿整边时，再来。"一刀下去，砍出一块，过秤正好两斤，又用塑料袋裹了，递给何玉如，说："二五一十，二六一二，一十一块二。"

何玉如接肉在手，却不急于掏钱，说："给张发票吧。"小胡子说："两斤肉开什么发票啰？"何玉如说："我家里也要记账的，没发票怎么记？"小胡子没法，用那只油腻腻的手写了一张普通的收据。何玉如知道屠户按宰猪的头数收屠宰税，不像商店里卖货有零星发票，于是拿过收据，付了款，提着肉走了。

这天何玉如还买了鱼鸡鸭几样东西，都让小贩写了收据。她转身走开时，那些小贩就点着她的背心，说："从没见过给自己买条鱼买只鸡也要开票的，这女人的神经一定出了岔子。"何玉如把那些指点撇在身后，走出农贸市场，走进灿烂着阳光的大街。

从农贸市场外的大街回幼儿园有两条路，一条是人来人往的横街，一条是少有人走的曲里拐弯的偏巷。今天何玉如心血来潮，朝那条平时难得走一回的偏巷迈去。

这是条窄窄的砌着青石的老巷，两旁的板装屋就像许久没人翻阅的线装书。阳光从狭窄的空中遗漏下来，在石板上照出幽白的影子，巷两旁的板装屋也跟着晃亮起来。

前面不远已是喧闹敞亮的巷口，猛抬头，何玉如竟然又看见了林强生的身影。她自语道，这个城市也并不小，怎么老是碰上这个林强生？

林强生是从巷口一扇破旧的木门里出来的。他还推着那辆驮着两个簏篓的破单车。一出门，林强生就骑上车，猛踩几脚，驶离了巷口。那两个簏篓装着幼儿园几百名小朋友和老师中餐的伙食，林强生知道再不能拖延，必须马上赶回幼儿园去。

只是林强生并不知道，今天自己两次撞进从医院里出来的何玉如的视线。

等林强生走远了，何玉如才慢慢走向刚才被林强生用单车撞开，还没关上的那扇木门。她发现门上倚着一位瘦弱而驼背的老妇人，此时正用一双空洞无光的眼睛，象征性地望着林强生刚才离去的那个方向。

何玉如也不吱声，上前站到老妇人的面前。老妇人用手在前面扬了一把，说："谁呀？你挡在那里干什么吗？你别以为我瞎了，你挡在那里，我还是知道的。"何玉如就往一旁闪了闪，说："嫂子，你在瞧什么呢？"老妇人说："我在瞧强生，他刚走，走出巷口不远。"何玉如说："强生是谁呀？"老妇人说："强生是我那死鬼的弟弟，那死鬼脚一伸就走了，把我留在这世上活受罪，要不是强生，我早活不成了。"

老妇人说着，那空洞的眼眶里就漫出混浊的泪水来。何玉如说："他常来你这儿吗？"老妇人说："常来。"何玉如说："来干什么？"老妇人就显得有些自豪，说："他给我送点用的吃的，油盐煤米、鱼肉水果都送。"

何玉如偏偏脑壳，往门里瞧了瞧，只见桌上有一只碗，里面盛着一坨新鲜猪肉。

何玉如说："你的儿女们呢？"老妇人满腔的愤怒，说："那些天杀的，只顾自己享福快活，一两个月都不到家里来照顾我一下。"何玉如说："你的眼睛不好使，怎么给自己做吃的？"老妇人说："这个我还行，碗筷油盐都在老地方，自己不会跑。有天深夜强生送只去了毛的全鸡过来，我就是自己剁烂炖熟的。"

听到这里，何玉如恍然大悟，想起那天夜里没追上林强生，原来他拿着鸡来了这里。

何玉如还想问点别的，老妇人忽然警觉起来，说："你是干什么的？"何玉如说："我是路过的，在你这里歇歇。"

老妇人不再吱声，缩进木门里，旋即吱嘎一声，把何玉如关在了门外。何玉如在地上立了一会儿，才转身，一步步向巷口走去。嘴上嘀咕道，这个林强生。

第二天是星期三。按园里的规矩，一三五的上午何玉如坐在办公室办公，老师们有什么事，或有药费或别的什么发票要签字，都是这个时候来找人。因为好几天没上班了，积压的事多，何玉如早早就进了办公室。清理堆着报纸和教具的桌子时，何玉如发现镇纸下压着一张转园的单子，上面写着衣向阳的名字。她的眼睛眯了一下，心想这衣向阳转什么园呢，是不是又因了马小路的缘故？

将单子挪一边，何玉如去掏包里的医药费发票，打算填好报销单，让郭副园长签字。职工们的发票由何玉如签报，她的发票则只能郭副园长来签。

不想掏出来的竟是几张皱巴巴的买肉买鱼的收据，何玉如就往抽屉里一塞，心想待会儿林强生来报账，倒要比较一下，两人买肉的价格相隔好远。

这个时候，外面有人哭闹着，撞入园长办公室。何玉如抬起头，见一个三十来岁的女人，头发染成红黄色，嘴唇涂得像过了夜的猪肝。细瞧，这不是衣向阳的妈妈江潮吗？江潮后面正围着一伙看热闹的老师和家长，他们见江潮一把鼻涕一把眼泪，把那个洋不洋土不土的脸蛋儿污染得难看而又滑稽，都在开心地哄笑。

江潮却不顾这些，一屁股坐到何玉如的办公桌上，把鼻涕从鼻孔里一把捏出来，往桌面上一甩，故意说："你就是何园长何玉如吧？你就是马小路的妈妈吧？"何玉如丈二和尚摸不着头脑，只好点点头。江潮就撩开裙摆，在套着黑色丝袜的腿肚上抠出一把钞票，再在钞票中间翻出一张纸条，往何玉如面前一扔，说："你看看吧。"

何玉如正要拿纸条，郭淑敏从外面走进来，先将看热闹的人轰走，再关上办公室的门，将何玉如拉到一旁，说："你看见衣向阳转园的单子了吧，没想到衣向阳一转园，他妈妈就找上门来了。"

　　何玉如还是不明白是怎么回事。郭淑敏说："你看看江潮给你的纸条就知道了。"何玉如就转身拿起纸条。那是一纸复印件，上面写着"今借到衣兵人民币伍仟元整"的字样，后面还落着马小路的签名。何玉如意识到了什么，不知说啥好。

　　这一下江潮更来劲了，又哭又吼道："我的命真苦哇，我在外面拼死拼活地赚钱，这没良心的男人却把钱给了野女人，我不活了，不活了！"

　　何玉如不觉就来了火，说："你不活就不活，又不是我借你男人的钱，你找我干什么？"

　　江潮先一愣，接着掉头瞟了郭淑敏一眼。郭淑敏的眼睛就极迅速地朝江潮眨了两下。江潮又啼道："马小路没了踪影，你是马小路的妈妈，你不还我的钱，我就死在这里算了。"何玉如说："你死你的，这与我没关系。"说着打开门就要往外走。

　　那江潮便又望一眼郭淑敏，然后支着个头要往墙上撞去。何玉如心想，她还真死？这时郭淑敏已经跨过去，将江潮拦腰抱住了。

　　何玉如把目光从江潮身上收回来，走出办公室。江潮在后面哭喊道："何玉如你这老婊子，你不把钱拿出来，我跟你没完！"

　　走到门外的何玉如听江潮骂她老婊子，气得血往头上直冲。她真想踱回去，给她一记重重的耳光。不过何玉如终于没有发作，只觉得脑壳一涨，晕眩了一下，差点没像那天一样晕死过去。

六

　　马小路已躲得不见踪影，所以何玉如怎么也找不到她。却从老师和保育员的嘴里，零零星星知道自己住院时有关马小路的一些劣迹。

　　马小路在外面赌麻将输的和借的钱已经不少，这段时间踩账的一个接一个，将马小路踩得屁股直冒烟，也将幼儿园闹得不得安宁。马小路几乎没赢过，输了赌，赌了输，输了再赌。输了只有一个办法，就是变卖家产。未离婚时置办的金银首饰和家里值钱的东西，已被变卖得差不多，接下来只得向麻友借高利贷。借了却还不了，本息越滚越厚，债主纷纷上门踩账，下班后堵在教室门口，不让马小路出教室，给幼儿园带来很不好的影响。

最荒唐的是跟家长衣兵打麻将。周末那天，衣兵来接衣向阳，两人随便聊了衣向阳两句，慢慢竟聊到了麻将上，两人便有了共同语言。马小路说："公安局正在修办公大楼，干警们为了搞钱，抓赌抓得特别凶，我两三个星期没过瘾了。"衣兵说："该出手时就出手嘛，你如果想过瘾，我给你提供地方，绝对安全。"马小路说："什么地方？"衣兵往周围瞭了两眼，神神秘秘地说："红木屋茶馆，那是我表兄和公安局长的小舅子一起开的，你说安全不安全？"

吃了晚饭，饭碗还在桌上打旋，马小路就走出幼儿园，匆匆赶到红木屋茶馆，跟衣兵事先约好的另外两人坐到桌旁，稀里哗啦开了局。开始手气不错，马小路连和了几把，小有进项。但十一点后却难得和牌了，几圈下来，便把先前赢的和身上带的八百多元都输了出去。衣兵说："输赢都是常事，我借给你本钱，不计你的息，待会儿赢回去再还。"

手上有钱，马小路又壮了胆，劲头更足。到天快亮收场时，马小路尽管中间和了两把小牌，输出去的却已超过5000元，而且都是从衣兵手上借的。衣兵说："尾数不算，你就写个5000元的借条吧。"马小路只好写借条，递给衣兵。

走出红木屋，来到街上，天已蒙蒙亮。衣兵忽然说："我家那个单元最近装了防盗门，我还来不及配钥匙，这个时候进不去，我可以去你家里休息一会儿吧？"马小路说："那怎么行？你是男人，我是女人，怎么能搞到一起？"衣兵说："这有什么关系？我那5000元不要你还了，还不行吗？"马小路就动了心，说："那还差不多。"于是来到幼儿园。因是星期天，园里还沉浸在黎明的宁静里，两人怕惊动传达室的人，便从墙头翻过去，进了马小路的家。

有了那5000元的承诺，衣兵提出非分要求，马小路自然也就没怎么推辞，两人钻进一个被窝。翻云覆雨之后是昏昏大睡，一直到傍晚才醒过来，衣兵又机不可失地跟马小路狠来了一回，才心满意足下床准备离去。马小路忽然想起了什么，问道："我给你的借条呢？我都被你睡了一整天，你还要把借条拿走？"衣兵装模作样在身上一阵摸索，然后摊开两手，说："没在身上，说不定掉在红木屋，或你屋里哪个地方了。反正我也不找你要那5000元了，你自己找找，找到后撕掉得了。"

马小路听信衣兵，他走后，在屋里找了几回，也没找到。她还跑到红木屋找过，也没见那张借条的影子。

没借条的影子，自然就会有衣兵的影子，以后这家伙又来过几回，每回都问马小路找到借条没有，说你没找到没事，我再到红木屋或别的地方找找，然后逼着马小路上床。马小路不愿意，衣兵就威胁说，我找到借条后，再找你算账。马小路只好屈从。

如此三番五次，衣兵都得了手，一直到他老婆江潮从外地做生意回来，在他口袋里发现那张借条。江潮当然不会放过衣兵，也不会放过马小路。不过她没立即向马小路摊牌，先将衣向阳转了园，才将借条复印了，来找马小路。谁知马小路已被其他的踩账人逼得没法，早躲到了别处，江潮便直接来找何玉如，在园长办公室闹了一通。

何玉如觉得被马小路出尽了丑，气没地方出，就回到家里跟老马发脾气，说是老马管教不严，一向纵容，马小路才成了这个样子。老马懂得何玉如内心的痛苦，便让她发泄，没去戳她的火。

何玉如正闹着，外面有人敲门。老马扒到门上，去瞧猫眼，以为是踩账的人逮不着马小路，找到他家里来了。何玉如住院期间，他已经碰上过好几起这样的不速之客，只要一听到敲门声，就有点心惊肉跳。

这一回站在门外的却是郭淑敏。老马回头问何玉如，要不要开门。何玉如没好气地说："开就开吧。"

进屋后，郭淑敏就感觉出气氛不对，知道何玉如为马小路在跟老马发脾气。安慰了何玉如几句，郭淑敏说："马小路离园时，跟我打过招呼的，最近两个星期，我都是让会计出纳轮流去代她的班，马小路一下子恐怕不会回来。只是她的班老让人这么代下去，也不是个办法，干脆请一个临时工来做保育员，让园里文化素质好的保育员顶马小路班做老师，待马小路回来后再辞掉临时工。"

眼下也只能按郭淑敏说的去办，何玉如说："写几张招聘启事，贴到园门口和别的当眼的地方去，如果有人应聘，再从中选一个满意的。"郭淑敏便答应着，拟招聘启事去了。

招聘启事贴出去的第三天是星期六，好几个应聘者按启事上的要求，跑到幼儿园来接受面试和体检。出乎何玉如意料的，是那个她时刻牵挂着的申慧群也在应聘者中。

通过面试，申慧群列在初选名单里。初选出来的人体检结果出来后，申慧群身体合格，加上其他考核指数占优，最后被幼儿园录用。

在外面做事时，申慧群是跟一同出来的姐妹住的公棚。幼儿园的作息时间比较严格，何玉如特意腾出食堂旁一间杂屋，让申慧群住了进去。

晚上何玉如去看申慧群，问她从衣兵家里出去后，是不是回了武宁。申慧群摇摇头，用那略显土气的武宁口音说："出来做了几个月的事，没弄到钱就回去，怎么给小孩交学费？"何玉如说："那你去了哪里？"申慧群说："仍然在这所城市里,给基建工地挑砖,去翻沙场筛沙子,挨家挨户收酒瓶破烂,哪里能赚钱,就往哪里钻。"

何玉如仔细瞧了申慧群几眼,发觉她的脸黑了许多,手指也粗拉拉的,跟做重活的男人没什么区别。何玉如想,吃过这么多苦,再来做保育员的这份差事,自然不在话下,看来这个人是选对了。便说:"你又是怎么知道我们幼儿园要招聘保育员的?"申慧群说:"收破烂不是要四处转吗?过去到幼儿园接送衣向阳,对这一带熟,就常往这边走。发现幼儿园门口贴着的招聘启事,开始也没当回事,晚上跟住在一起的姐妹们随便一说,大家就怂恿我来试试,说我有文化,说不定会中,果然就中了。"

申慧群说着,就用感激的目光去瞧何玉如,她哪里知道,何玉如选她来做临时工是有其他原因的。

又吩咐了几句做保育员要注意的事项,何玉如就起身离开了申慧群的屋子。

申慧群的出现,自然又要勾起何玉如对那段久远的岁月的怀想。那真是一场梦。如今何玉如已不太弄得懂,当初自己怎么会那么疯狂地爱上那个造反派头头,只记得当时完全是出自真情,没有丝毫的虚假成分。

那场爱的结果,是何玉如将造反派留在自己肚子里的种子酝酿成生命,并带到人间。尽管如此,何玉如最后还是离开了武宁,一晃就是二三十年。其间,她嫁给老马,生下马小路,自己成为一园之长,人生顺利得不露一丝痕迹。也就是这个时候,申慧群突然出现了。不知怎么的,何玉如莫名其妙地便将申慧群和那段扔在武宁的岁月联系上了,她似乎通过申慧群的年龄和武宁口音,看到了她遗弃在武宁的那个生命的影子。

这么不着边际地想着的时候,何玉如的头一直是低垂着的,等到她猛一抬头,才发现自己还站在申慧群的门外。记得自己的步子并未停止过,莫非绕了一圈,又走了回来?何玉如摇摇头,无声地自哂了。她朝申慧群的门上瞧了瞧,有幽微的灯光从门缝里渗出。何玉如就犹豫着扬起手在门上敲了两下,还喊了一声申慧群。

申慧群已听出何玉如的声音,马上开了门,说:"何园长您还没回去休息?"何玉如说:"回到家里,没事又出来了,想跟你聊聊。"

闻言,申慧群忙将何玉如让到刚铺就的床前坐下。

何玉如在申慧群的脸上仔细瞧了瞧,觉得她跟当年的造反派头头有几分相像。何玉如说:"你是在武宁县城里长大的吧?"申慧群说:"是的。"何玉如说:"县城里有一条石子砌就的小巷叫子午巷,你知道吗?"申慧群说:"我就是在那条街上长大的。何园长熟悉那里?"

何玉如心里头就紧了一下，赶紧说："那你知道街上那家姓伍的人家吗？"申慧群点头说："听说过，只是等到我记事起，伍家就举家迁走了，也不知迁到了何处。"

何玉如就有些泄气，悄悄叹息了一声。但她还不甘心，又说："伍家好像有个女儿，年龄应该跟你一般大，你见过吧？"申慧群说："子午巷里的人至今还说伍家曾有一个跟我一样大的女孩，而且女孩从没见过自己的妈妈，她妈是她爸外面的野老婆，生下她时就难产死了。"

何玉如心头就像被人砍了一刀，隐痛难忍。但她还是极力掩饰着自己，故作随意地问申慧群道："你见过伍家的女儿吗？"

申慧群摇摇头，说："我一点儿也记不得了。"

七

这段时间，马小路曾夜里偷偷回来过两次。她只能夜里回来，踩账的人仍然在幼儿园周围转圈子。

马小路蓬头垢面，骨瘦如柴，一看就知道是吸毒鬼，加上东躲西藏，神不守舍，自然就人不人鬼不鬼的，没了个女人样。每次都是朝何玉如要钱，何玉如把她的工资如数给了她，同时免不了给她一顿臭骂。但母亲终归是母亲，骂了咒了，心里又疼她，所以马小路被咒出门后，何玉如又要支使老马追出去，再给她点钱。

让何玉如感到欣慰的，是申慧群的工作还不错。为使申慧群早点适应园里的工作，何玉如特意把她调到了林琴琴班上。林琴琴受何玉如之托，对申慧群倍加关照，申慧群的工作很快上了路，加上认真负责，无论是搞卫生，还是照顾幼儿，组织幼儿吃饭午睡，都做得有条有理。林琴琴帮助何玉如组织园里的教务活动，或上市里去讲示范课，申慧群还要负责照管课堂，给小孩讲故事，做游戏，比专业老师差不了多少。上个星期，省教委头头下市里来听课，林琴琴那堂语言课深受好评，被誉为市里近三年来最生动最成功的幼儿语言公开课，这中间就有申慧群的功劳。

这堂课的成功，在市里影响颇大，其他的幼儿园纷纷要求来听林琴琴的课，何玉如自然为此感到骄傲，决定让林琴琴多上几堂，以提高幼儿园的身价。跟林琴琴商量，林琴琴说："园里拿点钱出来吧，把教室再布置一下，不是更能给园里挣面子吗？"何玉如说："这好办，你买材料时开好发票，我签报。"

何玉如发了话，林琴琴就和申慧群趁星期天有空上了一趟街，把彩纸、塑纸、积木、颜料什么的全都购了回来，着手装饰教室。忙了两天，申慧群又不知从哪里带来一大把碎布，做了两个布老虎，粘在墙上，给本来就已很漂亮的教室又添一道风景。

第二天孩子们一入园，见教室里焕然一新，壁上的动物园地里，长颈鹿、彩蝶、熊猫，还有那对布老虎，全都栩栩如生，仿佛进了动物园，一个个都兴奋得跳将起来。来听课的教委领导和外园老师也倍加赞赏。加上林琴琴的课确实有特色有功夫，大家便夸林琴琴聪明能干，夸何玉如领导有方。何玉如嘴上说，做得不像样，还请多加指点，心里却美滋滋的，暗自得意。

也是双喜临门，林琴琴的高级职称证书也拿到了手上。何玉如自然替林琴琴高兴，吩咐财务室小夏到人事局去把林琴琴高级教师的工资办下来。林琴琴跑来感谢何玉如。何玉如说："谢什么？你的工作早就达到了高级教师的水平。"林琴琴说："园长过奖了。和我一起毕业参加工作的同学中间，我还是第一个评上高级职称的呢。"

这天下午何玉如查班，碰上一位姓汪的老师。汪老师铁青着脸，没好气地对何玉如说："你不是说有两个高级职称指标吗？为什么林琴琴的批了下来，我的却没有音讯？"

何玉如这才想起还有汪老师的材料也是报了上去的，怎么却没见通知呢？便说："我也不明白是怎么回事，正准备去问呢。"汪老师吼道："你别装模作样了，你心里只有林琴琴，怕我挤了她，压着我的材料不送，等到教委评过了才送去。"何玉如说："你的材料开评前就送去了，谁说评过了才送去的？"汪老师说："何玉如，我算看破了你！"说着气鼓鼓走了。

何玉如说的并非假话。开评前的头一个星期，园里的意见什么的都弄好了，何玉如还嘱咐郭淑敏快点往教委送，怎么结果竟会是这样呢？

何玉如跑到教委职改办，问幼儿园有两个高级教师指标，为啥只评一个。职改办的人说："开评前你们只送一个材料上来，我们当然只可能评一个。"何玉如说："谁说我们只送了一个的材料，是不是你们搞错了？"职改办说："那怎么会搞错？"何玉如说："这次开评不是10月中旬搞的吗？"职改办说："对呀。"何玉如说："那就怪了，汪老师的材料我10月5日前就签好了意见，要郭淑敏立即送过来的。"

职改办的人见跟何玉如说不清，就去翻找职改材料登记本。翻到林琴琴的名字，材料是10月2日送达的。翻到汪老师的名字，送材料的时间竟是10月23日，郭淑敏作为送材料的人，她的名字也注明在一旁。职改办说："我们没搞错吧？这次开评22日搞定，你那里23日才送来，叫我们拿什么评？"

何玉如无话可说了。她心里想，怎么会是这么回事？郭淑敏到底在耍什么名堂？回去问郭淑敏，郭淑敏搪塞道，可能是把开评的日子弄错了，才耽误了送材料的时间。何玉如总觉得事情没这么简单，郭淑敏不是那种粗心人，这种事应该不会弄错的。

这让何玉如想起多年前的一件事情，那时郭淑敏和汪老师都没成家，两人住一间宿舍，郭淑敏正和一位姓王的年轻人谈恋爱，常把他带到宿舍里来，小王自然跟汪老师也成了熟人。也不知缘何，后来小王竟然扔下郭淑敏，跟汪老师好上了，直至结婚。

看来郭淑敏是在报复汪老师。

何玉如没法，只好找到分管职改的副主任，看能否补救一下。副主任说，评委们都是从各所学校临时抽上来的骨干老师，他们在学校里课程都重，为哪一个人的职称抽他们上来，简直不可能，即使请他们来开了评，省教委的手续也是成批的办，不会为一个两个人办的。

何玉如就泄了气。副主任又说，"不过过一段时间，省里也许还会组织一次补评，若这样，优先把你园里的那份材料抛出来。"

事到如今，也只能这样了，何玉如就回去把这个意思告诉汪老师。何玉如没说是郭淑敏耽误了时间，怕把矛盾扩大化，不利于园里的工作。只是汪老师还在责怪何玉如，一口咬定何玉如办事不公，不把她姓汪的放在心上。

何玉如没再作解释，她知道解释多了没用。唯一的办法是争取补评时把汪老师弄上去，不要浪费了园里的指标，否则下一次评职称，又要挤占别的老师的指标。何玉如于是一有空就往教委跑，以便及时得到省里补评的消息，不要再错过时机。

八

这天何玉如又到教委跑了一趟。在楼梯头，何玉如和教委方主任碰上了。方主任像是想起了什么似的，就要何玉如到主任室坐一会儿。

刚坐下，方主任就说："何园长你是老园长，有些话我就不隐瞒你了。"何玉如望着方主任，不知他要说啥。方主任说："有人反映，你用幼儿园的公款请吃请玩送红包，上星期市里才开过反腐败工作大会，你可得留意点。"

何玉如明白是怎么回事，一定是幼儿园内部有人到教委来捅的，只是不知是何用心,看来幼儿园是越来越复杂了,就说:"不是为了园里的基建和收费的事,请过物价局和收费局两次吗?这个年代,这点事也值得大惊小怪?不知哪个吃饱了撑的,乱嚼舌头。"方主任说:"如今请客送礼确实也不是什么稀罕事,我也是随便问问,以后小心点。"

接着方主任转移话题,问起园里的工作。何玉如简要地做了汇报,而且不失时机地把汪老师的职称的事提了一下。方主任答应一定争取。还提到不久前林琴琴的那堂公开课,说上得不错,幼儿园有人才。何玉如这才想起林琴琴上那堂课的时候,方主任一直在教室后面听课。何玉如便点点头说:"林琴琴的确不错,她是园里的骄傲。她还有一个好助手,那是她班上的临时工,林琴琴那堂课的成功也有她的一份功劳。"方主任就说:"你何园长不是等闲之辈,连请的临时工都非同一般。"

受到方主任的夸奖,何玉如心里自然很高兴。回到园里后,她就进了林琴琴的班,对林琴琴说:"教委方主任都表扬你的课讲得好呢。"林琴琴就腼腆地笑了,说:"这也不是我一个人的功劳,没有您的设计和申慧群的协助,那堂课也不会达到预期效果。"

这时申慧群从水房里提着开水上来了。何玉如对申慧群说:"工作不累吧?"申慧群满脸是笑,说:"比起在外面挑砖筛砂,这里再累,也算不了什么。"说完,申慧群提着水进了活动室,看管那些活蹦乱跳的孩子们去了。

望着申慧群的背影,何玉如心里似乎想起了什么,临离开教室时,吩咐林琴琴说:"等会儿你跟申慧群说一声,要她今晚到我家里去一趟。"

晚上申慧群如约来到何玉如家里。何玉如刚好吃过晚饭,她也就不客气,没要申慧群落座喝茶了,说:"你跟我去一个地方。"

出得幼儿园,申慧群试探着问上哪儿去?何玉如说:"你别管,跟我走就是。"

来到十字街口,转角处是烟草局开的香烟批发部,何玉如跟申慧群走进去,买了两条精品白沙。何玉如付款时,申慧群在一旁咋舌,说:"这么贵的烟,一条我可以吃两个月的伙食。您这是给谁买呢?"何玉如说:"现在机关里掌权的处级以上官儿,至少是抽这个档次的烟,四五十块一条的凤凰红豆或白沙什么的,出不了手。"申慧群就摇头,说:"这烟又当不得饭,要抽这么贵的干什么?"

何玉如笑笑,提着烟出了门市部。到了外面,何玉如又说:"现在什么都假,说不定连做爸爸的都会是假的,这烟假的就太多了,前天晚上中央电视台的《焦点访谈》就披露了广东那边专门制假烟的地下工厂。"申慧群说:"现在只要来钱,什么事都有人干。"何玉如把手中的烟往上提了提,说:"不过这个正牌的烟草局批发部里的烟，假的可能性稍微小一点。"

申慧群伸手接住何玉如手上的烟，说："让我来提吧。"何玉如就松了手，笑着说："今晚就是要你来提烟的，我这么大岁数的人，还提着烟去送人，老脸皮没地方放呀。"

走了一程，忽见一堵围墙缺了个口，何玉如要申慧群往里翻。申慧群说："没有前门吗？"何玉如说："前门哪有后门方便？"

墙里一条长长的甬道，直通灯光明亮处，两人大步流星朝前走去。走出甬道，是好几座连着的宿舍楼。申慧群东张西望起来，好奇地说："这是什么地方呀？"何玉如说："什么地方？教委呗，今后你想在幼儿园长久待下去，就得多到这儿来走走夜路。"

申慧群陡然间就明白过来何玉如叫她来这里的目的。不觉有些惊喜，似乎在茫茫的人生旅程中，望见了一丝丝亮色。一时不知用什么话来感谢何玉如才好，只知紧走几步，跟上何玉如的步伐。

上到三楼，何玉如掏出一个红包，塞到申慧群的提包里，这才按响了门铃。来开门的正是何玉如要找的方主任。方主任有点意外，说："是何园长？稀客稀客。"立即让座敬茶献水果。何园长把申慧群介绍给主任，说："这就是林琴琴班上的保育员申慧群，特意让我陪她来拜访方主任的。"同时示意申慧群，把烟塞到茶几下。

方主任见状，说："来就来，提什么烟嘛。"何玉如说："不是什么好烟，只请您以后多加关照，申慧群很能干的，林琴琴上的公开课，她在后面使了大劲。"方主任点头道："一看就知道是能干的人。"

闲聊了一会儿，何玉如就和申慧群起身告辞。方主任执意要送下楼，何玉如坚决不准，把他挡在门里，说："请方主任留步。"方主任只得站住。

何玉如这才说了要说的话："方主任您也知道，这个申慧群能干扎实，我想朝您要一个指标，把她正式招为园里的职工，您看行不？"方主任说："现在单位招工卡得紧，不知幼儿园还有没有编制？"何玉如说："编制已经满了。"方主任说："有没有就要退休的？就是病退什么的也行，只要能腾出编制。"何玉如说："有两个快到年龄的职工，做点工作也许会退。"方主任说："先说到这里，以后再考虑考虑吧。"

得了方主任的话，何玉如就回去召开园务会。

也不说要招申慧群进幼儿园，却把林强生给端了出来。先将出院那天买肉购鱼开的发票掏出来，又摆出林强生报销的发票，请众人瞧。众人聚过来，见何玉如的发票和林强生的发票出自同样的手迹，日期也相同，单价却不一样。

简单一算，光猪肉一项，林强生那天赚的差价就达 40 多元，长年累月都这么做过来了，那数字的确有些吓人。

何玉如问大家，这事该怎么处理？有的说要林强生把吞进去的吐出来，有的说把这事公布出去，开除他。何玉如说："我看让他吐出来，他也吐不出，开除他嘛，闹的风波会不小，我看他过三四年该退休了，让他提前内退算了。"众人说，也只好如此。何玉如就要郭淑敏先跟林强生谈谈，如果谈不妥，自己再去找他。

郭淑敏就去找林强生，还没谈上两句，林强生就跳起三丈高，差点卵睾子都跳脱了。没办法，何玉如只有自己出面。何玉如说："林强生你别跳得那么高，你只有三条路，一是把你过去多捞的都吐出来，我简单地算了一下，你办采购十来年，你的非法所得多则十几万，少则七八万，这是你赖不掉的；二是把你这笔数报告给反贪局，定个非法所得罪；三是你提前退休，园里的福利奖金什么的，按在职标准给你发放。"

林强生还要硬，说："你这是诬陷！"何玉如说："谁诬陷你了？"拿出林强生报过的发票和自己开的发票给他瞧，说："那天仅购猪肉一项，你就捞了 40 多元。捞了这么多年，你算算，是不是我刚才说的那个数字？"

何玉如最后说："你想想吧，我说的三条，随你照哪条办。"

林强生这才软了下来。

何玉如便趁机让他写了提前内退的报告。何玉如怕别人把这事办砸，自己亲自出面，去办林强生的内退手续。何玉如心里盘算，只要林强生一退，园里就有了编制，再招申慧群就好办了。当然，这个时候还不能把这层意思透露出去，否则会坏事的。

何玉如想，只要把申慧群招成正式职工，自己也就了却了一件心事，尽管她心里已经清楚，申慧群并不见得如她最初臆想的，一定是她那造多了孽的亲生女儿。

然而事情并不是何玉如所设想的那么简单，虽然何玉如每一步行动都那么周密而不露痕迹。

首先是林强生吵着要给他待业在家的儿子顶班，否则他坚决不内退。

何玉如把林强生顶了回去。不想郭淑敏和园务会其他成员又来打岔，说真的让林强生退了，一时还找不到更合适的人选来搞采办。何玉如来了气，说："这是当初大家定的，怎么又反了口？没有搞采办的，我去搞，难道我会从中捞好处？"

这些插曲，何玉如还能应对自如，最麻烦的是有人提到了马小路。她是何玉如身上的暗疮，也是幼儿园的人回击何玉如的现成武器。她们不阴不阳地说，林强生有毛病，把人家劝退，自己的女儿又赌又卖淫又吸毒，看她怎么处理。

这一下捅着了何玉如的痛处，她是有话出不了声。

林强生更是十分嚣张地往何玉如的痛处撒盐。他冲进园长办公室，对何玉如吼道："你的女儿干出那些丢幼儿园面子的事，你捂着不处理，还每月照发她的工资，我并没犯到哪一条，你就逼我内退，如果你摆不平，我跟你没个完。"何玉如也来了火，一拍桌子，说："谁说我捂着不处理？我马上召开园务会，除马小路的名。"

说完，何玉如愤然走出办公室，让林强生一个人在办公室里吼叫。

何玉如低着头，心烦意乱地挪动着步子，不觉来到教学楼前。就见好几处的老师和保育员都站在墙壁下，指手画脚，交头接耳，不知在议论什么。见了何玉如，便使着眼色，嘁声四散，进了各自的教室。

何玉如走近一瞧，才见墙上贴着一张纸，是个复印件，原来是马小路写给衣兵的那张借条。何玉如脸都气青了，伸出手，想把纸条揭掉，手伸到半空又垂下了。

离开教学楼，到大门口转了转，这边也有好几个地方贴着复印件。何玉如有苦难言，觉得一辈子兢兢业业做事，小小心心做人，除年轻时那件无人知晓的荒唐事，没哪些地方给人落下把柄，却万万没想到，如今被这个天杀的马小路扫尽了威风，丢尽了面子。

越想心中越是难受，两行老泪不觉就滚了下来。又担心被人瞧见，何玉如赶忙转到屋角，掏出手绢，偷偷把泪水揩掉。而后仰天而叹，不出声地咒着马小路，你这不要脸的，你娘前世造多了孽！

九

事情的结局，是何玉如拿出个5000元的存折，换回江潮手上马小路的借条原件。何玉如这是息事宁人。她别无选择。自己的声誉值不得几个钱，至于马小路，反正早已臭名昭著，怕只怕江潮在园里又吵又闹，还到处张贴马小路那张借条的复印件，把幼儿园的名声搞臭。

这是江潮第四次吵进幼儿园，并扬言要将那张借条的复印件贴到市教委去的时候，何玉如无奈做出的妥协。何玉如做事老到，没出手存折时，要江潮先拿出那张借条的原件，并要她在借条的空白处写上已收到马小路母亲5000元人民币的字样。江潮照办了，何玉如才拿出存折。江潮递过借条的同时，伸手来接存折，何玉如忽然又缩了手。

江潮愣了愣，正要发火，何玉如说："你还要写个检讨。"江潮说："什么检讨？"何玉如说："这几天你扰乱公务，影响幼儿园的教学，不写检讨，你想就这么拿走存折？"江潮想只要拿到钱，写检讨就写检讨，于是何玉如说一句，她照写一句，把检讨写了出来。

何玉如接过江潮的检讨一瞧，只见字迹歪歪斜斜，但何玉如口授的内容都写在里面了，便点着头说："这还差不多。"又说，"你把贴在墙上的复印件都给我撕了。"江潮没法，只好照办，何玉如这才把存折递给江潮。

江潮拿着存折，沾沾自喜地往办公室门口走去。何玉如又在后面把她叫住，说："以后你少到幼儿园来生事，否则我拿着你的检讨，到公安局去告你妨碍公务罪。"江潮瞪何玉如一眼，夹着屁股退了出去。

望着手中的借条和检讨书，何玉如发了一阵呆，然后一把塞进抽屉里，上了锁。

何玉如心绪坏透了，就走出办公室，准备到教学楼那边走走，了解一下班上的情况。来到楼前的转弯处，忽然听到墙里放煤和烧水的小房里有神秘的嘀咕声，好像是江潮和郭淑敏在说什么，何玉如就不由自主地停了下来。只听郭淑敏低声说道："你还真的把那5000元要了回来？"江潮说："不是你出的主意吗？你还要我把复印件贴到教委去，如果她不肯给钱的话。"

郭淑敏就咳了一声，说："你在幼儿园里闹，贴那个借条复印件，你尽管闹，尽管贴好了，你就是闹到教委，贴到教委去都是可以的。可你要那钱干什么？难道你做生意的，还少了那5000元钱不成？何况衣兵这5000元钱还有不可告人的地方。"

后来郭淑敏又把声音压得更低，说："原想当你把事情闹大，她一下台，我就把你那位幼师毕业半年还没落实单位的小妹妹接收过来，现在看来……"

听到这里，何玉如血管里的血液就急促起来。原来事情的后面还有一个郭淑敏，这倒是何玉如没预料到的。联想起马小路当陪舞女和教委方主任说幼儿园请客送礼的事，看来都是这郭淑敏在后面做的手脚。

想起郭淑敏从一般老师到教导主任到副园长，都是她何玉如一手扶上来的，如今她竟然后面捅刀子，何玉如恨自己当初瞎了眼。真想走进去，啐郭淑敏一脸，告诉她，想当这个园长说一声，我拱手相让。

何玉如觉得气愤不过，胸口一闷，一口气堵在那里，差点吐不出来了。

也就是这天晚上，马小路又从外面回来了。

进屋后，也不管母亲病在床上，马小路见什么就踢什么，把沙发桌子什么的，踢得嘣嘣响。老马说了她一句，她吼道："谁要你这个老不死的多嘴，你不晓得去问床上的死女人！她做的好事！"老马说："你滚！你是我的女儿就不会做出那样不要脸的事来。"马小路叫道："我不要脸，有些人比我还不要脸哩，可惜你这个笨老头还蒙在鼓里。"

听马小路吵闹，何玉如就歪着身子，吃力地爬起来，对马小路说："你还回来干什么？你已不是我的女儿！"马小路说："我不是你的女儿，当然不是，你的女儿是申慧群，为了让她进幼儿园，把我的名也给除了。"

这一下何玉如奇怪起来。她还只在林强生面前说了一句气话，马小路怎么就知道她要除她的名了？何玉如说："你听谁瞎说的？"马小路说："郭淑敏还有汪老师，是她们亲口对我说的，要不，我今天怎么会回来？她们还说你带着申慧群去了教委方主任家，想除掉我的名后，腾出编制给她。"

何玉如吃了一惊，心想她们怎么什么都那么清楚？

正愣怔间，发现马小路的神色不对起来，全身发抖，眼睛发呆，泪水鼻涕口水全都稀里哗啦地下来了。也不再说申慧群的事，而是颤着下巴要何玉如给她钱，说她两天没过瘾。何玉如见状，气愤得很，用虚弱的双手去推她，口里骂道："你给我滚！滚！我见不得你这个鬼样子！"

马小路却死死抓住门框，不肯出去。她的双眼冒出仇视的凶光，说："你给不给钱？不给我要了你的老命！"何玉如就去捞她那抓住门框的手。两人扭来扭去，把门旁沙发扶手上的一小篮子水果碰倒了，地上立即"当"的一声，跳出一把锃亮的水果刀。

马小路也不知是哪儿来的力气，拿起水果刀就往何玉如的肋下捅去。

何玉如的腰再也竖不起来，虽然她的命还是被医院保住了。自然用不着再做这个园长了，倒让何玉如心里生出一种卸掉重枷的感觉。

只有郭淑敏心想事成，当上了园长。上任伊始，她就辞掉申慧群，把江潮的妹妹接收进了幼儿园。与此同时，江潮的儿子衣向阳也转了回来。

申慧群去医院里跟何玉如告别，感谢她对自己的关照。何玉如有些内疚，说："对不起你，没将你的事办成。"申慧群就泣不成声了，说："不是为了我，您哪会成为今天这个样子？"何玉如相反却笑了，说："不仅仅为了你，也为了我自己。"

然后给申慧群讲了自己那个深藏了二十多年的故事。

申慧群深受感动，当即喊了何玉如一声妈妈，并决定留下来，要像服侍亲妈妈一样服侍何玉如一辈子。何玉如不让，抚着申慧群的头，说："你还年轻得很，前面的路很长，不能把青春耗在我的身上。"

申慧群离开了医院，离开了这个城市。这时已是黄昏，躺在病床上的何玉如望了窗外一眼，但见秋末的深空，蓝得动人。

何玉如耳边再次响起申慧群那声甜甜的妈妈。

裸体工资

一

这天晚上的常委会议不到十一点就结束了。会上议了几项工作，然后罗书记宣布，由常务副县长何铁夫主持政府全面工作。

几个常委包括何铁夫本人都只望了罗书记一眼，没谁觉得这有什么意外。罗书记又笑了笑说："这是市委组织部临时做的决定，我也没来得及跟大家通气，不过组织上的安排是正确的，何铁夫同志对政府工作很在行，人又年轻，是非常值得信任的，今后大家都要配合他的工作。"接着说，"会议就开到这里吧，铁夫你留一下。"

其他常委陆续离开会议室后，何铁夫对罗书记说："罗书记，由钟副书记去政府主持工作的呼声不是很高吗？他做了多年的党群书记，在通化县享有很高的威望，他主持政府工作比我强。"

"事前应该跟你说一声的，可你上市里要财政调度资金去了。这是组织上的安排，我想你会乐意接受这一重任的，个人服从组织嘛。"罗书记说，"钟大鸣同志群众基础确实不错，能力也强，但你从市里一下来就在政府，对政府工作很熟悉，很有办法，组织上的考虑不是没有道理啊。"何铁夫说："不知钟副书记有何想法。"罗书记说："组织上已经找过钟大鸣同志了，他很拥护组织的决定。"

与罗书记分手后，何铁夫在县委大楼前的坪地上转悠了一会儿，才缓缓地往大门口走去。他一直住在市委对面的武装部招待所里，家属没在身边。他原是市政府经研室一名不得志的科长，四年前市委组织部搞了一次副处级干部招考，本来对官场不抱希望的何铁夫经不住官帽的诱惑，以笔试第三名、面试第四名、考核第五名的优秀成绩被选中，到通化县来做了一名分管文教的副县长。半年后常委班子调整，分管财贸的常务副县长的位置空缺，县里几派势力为此明争暗斗，搞得十分火热。最后市委组织部决定，由不是甲派也不是乙派更不是丙派的财经大学毕业的何铁夫来做这个常务副县长，才平息了这场角逐。常务副县长做了三年多，何铁夫并不轻松，刚下来时的那番雄心壮志也消磨得差不多了，不想这时前头显出一片曙光，原任县长任期未满就调往市政府做了秘书长。何铁夫知道，有望接替县长这个空当的，县委常委里也就两个人，一个是党群副书记钟大鸣，一个就是他何铁夫了。何铁夫想，钟大鸣的叔叔就是市委常委兼秘书长，他这个党群副书记就是等着接替就要到任的罗书记的班的，也许用不着再来过渡这个县长了。

何铁夫的想法不是没有道理，书记和县长行政上尽管是同一个级别，但县长却是副书记，组织上要重用和提拔县领导，一般只考虑书记，而不会想到县长，县长必须坐到书记的位置上才会有进步。如果罗书记任期满后，组织上有意安排钟大鸣担任县委书记，那么这个县长的归属就如和尚头上的虱子——明摆在这里了。果然不出何铁夫所料，罗书记今晚宣布由他主持政府全面工作，这虽然不是宣布他担任县长，但从某种意义上来说，与宣布他担任县长是没有太大的区别的。

尽管这是预料之中的事情，可何铁夫还是有些亢奋。他脚下步子快了半拍，不一会儿就来到武装部门口。门边的哨兵是认得何铁夫的，向他行了一个军礼，并朝他笑了笑。何铁夫也向哨兵扬扬手，觉得哨兵的笑容很灿烂，好像哨兵也知道他心头的兴奋似的。

何铁夫当然无法做到宠辱不惊，当了副县长不想当常务副县长，当了常务副县长不想当县长，当了县长不想当县委书记，若是这样，还待在这县委大院里干啥？尽管如今在政府做县长、副县长并不是件轻松的事情，有时甚至要搞得焦头烂额，免不了让人心生厌倦，可既然已经干到今天这个份儿上，也就只能继续向前，没有后退的余地了。好在回头自省，何铁夫这几年的宦海生涯并没白过，多少有点收获，无论于己于民。

进了招待所，径直往楼上爬去。何铁夫住在三楼。这是何铁夫为图安静作的选择。上到三楼，走廊里竟然一片黑暗。平时走廊里的灯连白天都是亮着的，如果何铁夫不把灯拉熄，是再也没人愿意多此一举的。大概是灯泡坏了的缘故。何铁夫也不去多想，借着远处高楼上投射过来的微光，往东头走去。

到了最东头的房门口，何铁夫掏出钥匙正要开门，忽然从黑暗里晃出两个人影，将何铁夫吓了一跳，他还以为自己遭遇了歹徒。

"何县长。"黑暗里一声软甜如饴的女声，旋即头上的灯也亮了。何铁夫回头，原来是政府办的打字员于小丽，她身后还站着一个男人，何铁夫也认得，是她的丈夫，在财政局一个什么股里工作。

何铁夫一边开门，一边说："小于你找我？"于小丽说："我们刚从武装部一个熟人家里出来，估计你们的常委会也该开完了，特意上您这儿来看一眼。"何铁夫让他们进屋，于小丽往后面一缩，忙说："何县长先，何县长先。"何铁夫只好自己先往门里迈。

三人落座后，于小丽用那双水汪汪的媚眼瞟了瞟何铁夫，说："何县长您一个人住在这里，不感到孤单吗？"何铁夫说："天天上蹿下跳的，哪里来得及孤单？"于小丽说："何县长是个事业心重的男人，政府的人都对您评价很高呢。"

何铁夫望望于小丽夫妇，心想他俩跑到这里来，恐怕不是为了来说两句奉承话吧，就问："你们有事吗？"于小丽嗲声嗲气地说："何县长您也是忙惯了，一到您这里来就要有事，没事就不可以来了？"何铁夫听了反而不好意思起来。

又说了会儿话，于小丽站起身来，嘟着好看且性感的嘴巴说："好了，我们也不影响领导休息了。"她给丈夫使了个眼色，她丈夫就慌慌张张地从夹克衫里掏出一包东西，放到刚坐过的沙发上。然后两人往门口退去。

"你们这是干什么？"何铁夫说着就拿了东西去追，两人已经走到走廊另一头的楼梯口。

何铁夫只得作罢，回到房里。打开包一瞧，是两条芙蓉王香烟，市场上要三百多块钱一条。何铁夫心想，他们送这么贵的烟干什么呢？

把烟重新扔回到沙发上，何铁夫进了浴室。热水澡泡得他很痛快，一身的困倦似乎也消失得没了踪影。常委会上罗书记宣布他主持政府全面工作的话又在耳边响起，何铁夫就有了一种想跟谁聊聊的愿望，从浴缸里伸出手来，拿起壁上的分机话筒，准备打个电话，一时却不知该打给谁好了。何铁夫脑壳里晃过这几年比较谈得来的一些同僚的身影。可有些想法能跟他们说吗？

他忽然想起自己的老婆董小棠来。他们是大学同学，二人感情一直很好，平时何铁夫心里有了什么想法，常常喜欢跟她聊。可自从到通化县来任职后，不知是太忙还是别的缘故，何铁夫跟董小棠谈得越来越少了。是呀，官场上的事情总是瞬息万变的，想跟她说说，却不知从何说起才好了。

何铁夫仰着头，目光在扣了塑料板的热雾迷蒙的天花板上停留了一下。他忽然想起了于小丽，今晚她带丈夫来干什么呢？如果不带着她的丈夫，说不定还真会跟她聊上一阵子哩。

放下话筒，走出浴缸，何铁夫又想起另一个人来，那也是一个女人。那个女人叫作左舒青，中学时低他三个年级的校友。那年月文学还很红火，何铁夫和他的文朋诗友组织了一个名为"山径"的校园文学社，左舒青因为诗写得很漂亮，就很自然地进了文学社，投靠在何铁夫的麾下，两人开始了一段纯真而富于浪漫的友情。只是不久何铁夫就考上大学走了，之后给左舒青写过几封信，都被邮局退了回去。后来才听说左舒青随父母转学到了现在的通化县。许多年后，何铁夫通过副处级干部的考核后，组织上征求他的意见，想到哪里去，他毫不犹豫就选择了这个离市区并不近的通化县。一到通化，何铁夫就转弯抹角，终于打听到左舒青的下落，她在通化一中当了老师，而且已是三岁孩子的母亲。尽管如此，当何铁夫来到左舒青面前，发现她依然不减当年的清纯、靓丽，许多年前那份异样的感觉又在他身上燃烧起来，他知道自己还在暗暗地喜欢着这个女人。

一串十分稔熟的数字开始在何铁夫脑袋里跳跃。那是左舒青告诉他的她家里的电话号码，何铁夫第一次接触这串号码时就把它牢牢记在了心里。可何铁夫一次也没用过这个号码。何铁夫懂得如今自己的位置特殊，是不允许跟左舒青有太多瓜葛的。他一直压抑着心里头的愿望，强迫自己不去与左舒青交往，尽管何铁夫接过左舒青写给他的电话号码时，也在左舒青眼睛里读到了她的一份真意。今天何铁夫碰到了这一生中一件比较重要的事情，也许他有充分的理由给左舒青去个电话了。

何铁夫按下那串数字，话筒里立即传来长长的嘟音。仿佛等了一个世纪，对方终于有人拿起了话筒。何铁夫正要开口，里面响起一个粗声大气的男人声音："喂，喂，你是谁？"

这可是何铁夫始料未及的。他有几分尴尬，不声不响地放下了话筒。何铁夫莫名地就有了一种心虚的感觉，好像自己做了什么见不得人的丑事。

这个时候电话猛地响了。何铁夫被吓了一跳。他双眼瞪着电话机，让它响了好几声，才把话筒提到手上。是财政局长龚卫民打来的。何铁夫好想骂几句该死的龚卫民，你的电话早不打晚不打，偏偏在我心神不定的时候打过来。

不过何铁夫并没骂出声，而是换了一种平和舒缓的口气说道："老龚是你呀。"龚卫民说："何县长，听说你们刚刚散了常委会。"何铁夫说："这不，我才进屋。"龚卫民说："您要主持政府全面工作了？"何铁夫说："谁说的？"龚卫民说："什么事瞒得过我龚卫民？我跟您去市里要调度资金的时候就知道了。"何铁夫说："怪了，我怎么直到刚才罗书记发了话才知道呢？"龚卫民说："这就叫作旁观者清嘛。"

何铁夫沉吟片刻，才又说道："这个全面工作不好主持啊。"龚卫民说："县长调走后，政府的工作不是一直由您在主持嘛。"何铁夫说："那只能叫作维持，因为没正式明确我的职责，我没有压力。"龚卫民说："何县长啊，您这也是一次难得的机遇，我龚卫民能够给您出力的，一定为您出力。"何铁夫说："这我清楚。这样吧老龚，明天上午九点左右，我俩碰个头，就这个月的工资问题合计一下。"龚卫民说："好，我到白云山庄去等你。"

二

第二天是星期一，何铁夫仍像平常一样，一早就来到办公室，叫政府办陆主任把几位副县长喊了来开了个短会，把当前急于要处理的事情布置一下。县长调走已经半年多了，政府要正常运转，何铁夫这个常务副县长都是这样布置工作的，只是当初罗书记并没要他主持全面工作，而是说政府的事情暂时由他牵头。主持工作和牵头，字面上看去似乎相差无几，但实际含义却有天壤之别。因此平时这些副县长们可没有今天这么迅速整齐，不是张三迟到就是李四缺席，总是士气不振的样子。

而从今天各位的态度和眼神中，何铁夫已经看出，他们早知道了昨晚常委会的内容。

就在何铁夫正要开讲的时候，一位秘书推开门，向何铁夫报告说钟书记来了。接着钟大鸣就进了屋。何铁夫和众人便不自觉地弯了腰欲站起来。钟大鸣伸出一双手，手心向下压了压，居高临下地说："别起身，大家别起身，我说一句话就走。"而后就近坐下来，说是受罗书记之托，多此一举地向大家宣布何铁夫主持政府全面工作的事。

钟大鸣走后，何铁夫说："其实我主不主持工作一个样，过去一段时间，尽管县长调离，由于大家的共同努力，政府的工作一直开展得有条不紊。今后还要靠大家齐心协力，把政府的局面维持下去。"何铁夫说话向来就是这么低调。在座的副县长们包括办公室陆主任，都是在通化干过许多年的地头蛇，年龄比他大，资历比他深，凡事只有低调处理，并处理得当，才能让他们心服口服。

接着何铁夫说道："各位比我更清楚，政府的工作难就难在三子——肚子、厂子、票子。计划生育通过多年的强化管理，肚子的问题出得少了。而我县过去就没有多少上规模的国有工矿企业，最大的国有企业通化造纸厂目前还能维持，其他几家小型厂子尽管停机下岗的工人不少，但转产再就业的机会还是有的。不过恼火的也是这个问题，没有几家上规模的国有企业，税收就上不去，财政口袋空空，干部职工的工资难以足额发放到位。而且我们所说的足额仅仅指的是裸体工资，就是工资表上那可怜的级别工资和职务工资，并没包括政策规定应该领取的人均每月150元的其他工资补贴和50元的生活费之类，至于什么出勤费、误餐费就更不用提了。这样，与外地比较，我县干部职工每月就少了三百多元的收入。我的意思是各位原有的分工不变，我呢，主要精力还是放在财贸尤其是财税工作上。"

又议了几件别的事情，就散了会。

几位副县长分头行动去了，只有曾副县长不想走，他对何铁夫说："何县长，今年猪肉不起价，屠宰税任务恐怕难以完成。"

曾副县长分管农业，同时负责农村屠宰税的征收工作。何铁夫知道他讲的是实情，就说："你反映的情况我也清楚，你还是按照原来的办法征收吧，回头我再跟财政局的同志商量一下，一是尽快将上半年多收的粮食差价款子返还给农民，让农民手中多几个钱；二是把干部职工的肉食补贴落实下去，这样也许会使肉价有所回升。"听何铁夫这么说，曾副县长心里踏实了一点儿，说："我就等候何县长你的佳音了。"

曾副县长走后，何铁夫才坐到停在楼前的桑塔纳2000里，出了政府大院。看了看表，刚好9点。司机小衣问到哪儿去，何铁夫说了声白云山庄，小衣就一打方向盘，将车开进了左边的林荫小道。

十分钟后，小车停在了白云山庄前的坪地里。何铁夫对小衣说："11：50再来接我。"然后钻出车子，进了装饰古拙的白云山庄。龚卫民和预算股长小段早在那个最僻静的小包厢里等着他了。这是何铁夫跟龚卫民和小段秘密办公的场所，除了他们的司机和县委罗书记外，再没别的人知道。这也是没法子的事，通化财政收入的增长速度远远跟不上支出的增长速度，各部门、各单位伸手朝财政要钱的人，整天围着何铁夫和龚卫民的屁股转，搅得他俩不得安宁，所以只好选了这样一个秘密地点接头，像搞地下工作一样。

何铁夫还没落座，小段就接过他的包，从里面取出一个竹壳玻璃杯子，盛了一杯浓茶，放到他的面前。龚卫民则撕开自己的白沙香烟，抽一支递上去。何铁夫挡开他的手，从包里拿出一包芙蓉王，扔到桌上。龚卫民赶紧收起自己的白沙，拿过芙蓉王，迫不及待取一支叼到嘴上，一边说："我知道何县长今天一定会有好烟招待我们。"何铁夫说："昨天在市里碰上一位早几年下海的同学，他硬要请我吃饭，我没时间参加，他就送了两条芙蓉王。"

说到这里，何铁夫暗暗好笑起来，心说何铁夫你怎么了，也学会了编故事？大概是要掩盖什么，何铁夫便给自己也点了一支芙蓉王。龚卫民见了，说："何县长您还是少抽，不然县长太太和我都有意见啦。"

何铁夫笑笑，从嘴里吐出一串长长的烟圈。平时他是不大抽烟的，烦恼了或高兴了，才偶尔抽上一支。而且他抽烟是不进喉咙的，所以烟都是从嘴巴里出，鼻孔不会冒烟。做常务副县长，送东西的人自然很多，何铁夫推不掉的时候，也会接几条香烟，这样他就成了龚卫民的半个无偿烟贩，尽管身为财政局长的龚卫民从来不愁没好烟抽。

在通化，龚卫民要算何铁夫最铁的下属了。龚卫民和何铁夫上下相差不了两岁，何铁夫刚管财政那阵，龚卫民仅仅是个不上品的预算股长。可龚卫民办事利索，脑子活，点子多，相比之下，当时的财政局长也许因为年龄偏大的缘故，就显得迟钝得多。这也是通化县的普遍现象了，中层班子都面临着严重老化的问题，下面一批既年轻又有能力的股长都压在那里。何铁夫立即找罗书记和管党群的钟大鸣副书记商量，想提一下龚卫民。罗书记没说的，但具体到钟大鸣那里就卡了壳，是何铁夫又做了钟大鸣的工作，将龚卫民提的副局长，第二年又给老局长解决了助理调研员的待遇，让他退到二线，再把龚卫民提到了局长的位置上。

这个过程，龚卫民自然再清楚不过。他知道，如果没碰上何铁夫，自己能做到副局长的位置就挺不错了，根本不可能这么快当上财政局长。他很感激何铁夫的知遇之恩，工作起来特别卖力。加上两人的性格、观点和工作思路都比较接近，办起事来合手，这两年的财政工作多少还有点起色。别的不说，何铁夫刚下来时，干部职工的那点儿裸体工资都不能按时兑现，有时甚至一拖就是三四个月，如今尽管不能在月初发放工资，但每月的月底还是能勉强发到大家手里的。只是如今政策性增加工资的口子越开越多，加上每年都有大批大中专学生和转业军人要分配安置，干部职工的工资额一年比一年大，要保证每月把几个可怜的裸体工资发放到干部职工手里，也已变得越来越困难。

今天何铁夫把龚卫民和小段约到这个白云山庄来，就是为了算一算今年最后一个季度的工资账。何铁夫说："卫民，税务那边的数字过来没有？"龚卫民说："今天一上班，我就和小段去了一趟地方税务局，他们的收入任务看来没多大问题了。现在关键还是国税，年初他们就没完全接受县人大安排的收入任务，现在还差预算1200多万。"

闻言，何铁夫猛吸一口烟，好一阵子没吱声。国税收入属中央财政，但对于通化这个财政补贴县来说，中央财政是根据国税收入上缴情况确定返还数额的，如果国税这一块完不成，上级财政下拨给县财政的收入将会少好几百万。而通化县国税收入一半以上来源于通化造纸厂，造纸厂要是不合作的话，今年的日子就没法过。

何铁夫问道:"造纸厂的任务还差多少?"龚卫民说:"造纸厂还差800万,那个吴凤来头昂得像条卵,我和国税的人几次找他他都不买账。"何铁夫说:"他今年的生产和销售情况好像蛮不错的嘛。"龚卫民说:"吴凤来的尾巴也翘得太高了,政府该派审计去查他们一下子,他们的财务混乱得很,群众反应很大。"

何铁夫摇摇头,说:"不可不可,至少现在不可。现在把吴凤来弄得太狼狈,造纸厂还找不出一个比他更合适的人选。何况审计查出来的金额要提成30%,况且闹大了,上级审计部门闻风而动,也往造纸厂派人,把资金都提走,那通化县的损失就更大了。"

龚卫民一时也就不好说什么了。他也知道这个造纸厂是税源大户,事关通化县的大局,弄不好财政就要吃亏。他只好说:"现在看来只有您何县长出面了,吴凤来可以不听国税的,也许会听您的。"何铁夫说:"有什么办法呢,也只有我去求爹爹、拜奶奶了。"何铁夫当即跟吴凤来通了电话,吴凤来答应第二天上午在厂里跟何铁夫见面。

三

第二天上午,何铁夫别的事情都无暇顾及,带着龚卫民和国税局局长就往造纸厂赶。

按照常规,主持政府全面工作的常务副县长找人谈工作,是用不着走出政府大院的。可造纸厂在通化县举足轻重,吴凤来作为产值和利润都还不错的造纸厂厂长,是政府有求于他,他并没有太多巴结政府的必要,所以吴凤来犯不着像其他政府官员那样,在县领导面前小心翼翼。何铁夫记得他初到通化的那阵,这个吴凤来是一点儿也不把他放在眼里的,平时见了面也是一副爱理不理的样子。后来是因为造纸厂碰上了一个大难题,何铁夫给他出了一马,使问题迎刃而解,吴凤来才对何铁夫刮目相看了。

那还是前年的事情,当时何铁夫还没管财政。那一阵为了治理环境污染,上面下文要撤掉一批不达规模的造纸厂,通化造纸厂也名列其中。吴凤来顿时急了。他知道,唯一的办法是扩大生产规模。扩大生产规模当然不难,难的是扩大规模后,产品要有出路。这时吴凤来得到国家税务总局要选择生产税务发票纸定点厂家的信息,他立即带人离开通化,跑省城,上北京,申请生产任务。在上面活动了二十多天,带去的80万元活动经费花得只剩回程的路费了,生产税务发票纸的事依然没有一点眉目。这时不知吴凤来从什么地方得知,何铁夫有一个大学同学在国家税务总局当处长，而且就是具体负责税务发票纸的。他立即找到何铁夫，请他往北京跑一趟，并当场拿出 20 万元现金，给何铁夫做活动经费。

本来，何铁夫是不愿意帮吴凤来这个忙的，何况当时他并没分管财税工作。但考虑到通化的实际困难，如果造纸厂一倒闭，县财政就会一筹莫展，何铁夫还是答应吴凤来去试试。不过何铁夫没有收吴凤来的那 20 万元现金。他把那叠厚厚的钞票放回到吴凤来的手里时，本来想说，不要以为金钱就是万能的，这个世上还有些东西是金钱无法替代的。但话到嘴边，何铁夫还是咽了回去。何铁夫想，本来是要为吴凤来，准确点说为通化县的干部职工做件好事，如果仅仅因为一句话得罪了吴凤来，似乎没这必要。

何铁夫只是说："八字还没一撇呢，我怎敢收你的大礼？"吴凤来有些不高兴地说："没钱怎么办得成事？"何铁夫真想说，你不是已经花了血本了吗？可何铁夫只说了句："我只说试试，并没保证给你办成哟。"吴凤来也就不好再勉强，收回了钱，悻悻道："那我听您的佳音，事成之后再感谢您。"

按吴凤来的理解，何铁夫不肯收钱，对这事肯定就不会上心。就是上心，在当今世上，没有钱在前面开路，又办得了什么呢？吴凤来以为何铁夫这是打马虎眼，随便应付他的，也就不抱什么希望。

吴凤来当然并不清楚，何铁夫和税务总局的那个同学是大学里最铁的兄弟。大学毕业后，两人一个进了机关，一个考研上了北京，但两人一直保持着密切的联系。三年前听说何铁夫要下县做副县长，已经做了税务总局处长的那个同学还力主何铁夫下县，并表示今后有什么困难用得着他，只要打一个电话就可以了。这一回为了造纸厂的事，何铁夫给那同学打电话时，那同学果然不打一点折扣就答应下来，而且第二个星期就把通化造纸厂生产税务发票纸的通知给办了下来。这样一来，通化造纸厂不但消除了停产的厄运，还扩大了生产规模，保障了产品销路。

吴凤来也就对何铁夫感激得不得了，特意给何铁夫送来一只良种冻鸡。何铁夫知道这只鸡有名堂，但他没识破他，只是说："老吴你是知道的，我家属不在通化，我自己连饭都很少做，你还是拿回去自己吃吧。"吴凤来说："何县长您帮了造纸厂这么大的忙，连只鸡都不肯收，叫我怎么受得了？"何铁夫说："话可不能这么说，我和你都是为了通化人民的事业，你有什么受不了的？"拗不过何铁夫，吴凤来无可奈何地把冻鸡拿走了。

望着吴凤来的背影缓缓走出武装部的大门，何铁夫知道吴凤来不会就这么放手的，转身给家里打了个电话回去，对妻子董小棠说："如果有人给家里送冻鸡来，你就原封不动地放到冰箱里，等我回去处理。"

果然不出所料，第二天晚上董小棠就打来电话，说通化造纸厂的吴厂长和一个科长给家里送去了一只冻鸡。何铁夫交代了几句，两天后趁上市里开会的机会回到家里，打开冰箱拿出那只冻鸡，将手伸进已挖空了内脏的鸡肚里一掏，立即就掏出一包东西来。原来是一包用塑料包好的大额钞票。

何铁夫当然不是不爱钱。这世上不爱钱，还有别的什么可爱呢？可何铁夫知道这种钱他是碰不得的，尽管他曾给予造纸厂以那么大的帮助。他真想把这钱交给纪检委，这样既可免去吴凤来的纠缠，同时又可博个清正廉明的好名声。但这样不是把吴凤来给彻底得罪了吗？何铁夫只能以通化造纸厂的名义，把这包钞票存进了银行，过了两个月，觉得不太唐突了，才找了一个比较适合的时机，把存折给了吴凤来。

吴凤来给何铁夫送钱，当然并不只是感谢何铁夫，还另有用意。吴凤来从这次何铁夫给他办成的这件事上面，改变了过去对何铁夫不以为然的态度，觉得何铁夫毕竟与通化县那些土生土长的县领导不完全相同，他有能力，人年轻，前途未可限量，能跟何铁夫搭上，以后不会有亏吃。不想何铁夫并不吃他那套惯用的且从未失灵过的手段。这就使吴凤来感到很恼火，口上虽然不好说什么，可心里免不了要记恨何铁夫。

何铁夫自然不是傻瓜，知道吴凤来这次拖着该交的税款不交，实际上是做给他何铁夫看的，意思是你何铁夫也要知道自己到底有几斤几两，你不买我吴凤来的账，我还不把你何铁夫放在眼里。他是等着何铁夫亲自去找他，他要让何铁夫知道他吴凤来的分量到底有多重。

何铁夫几个人的车子已经到通往造纸厂的资水桥桥头。这时桥上挤满了人，好像在看什么热闹，车子无法通过。司机小衣下去了解了一下，原来是一伙人正在往吴凤来家的小洋楼里送花圈。何铁夫感到奇怪，刚才从政府大院出来时还跟吴凤来通了电话，并没听说他家里出事，怎么现在就有人往他家送起花圈来了？

几个人钻出车子，过去一打听，才知道是厂里一伙离退休工人所为。何铁夫认得其中领头的，他在政府召开的老干会上见过，是退下来多年的杨老厂长。何铁夫走上去，将杨老厂长截住。一见常务副县长何铁夫，杨老厂长把举在头顶的写着"吴凤来永垂不朽"条幅的花圈放下来，愤慨地说："何县长你是知道的，我们向政府和纪检委反映也不止一次两次了，吴凤来这兔崽子吃喝嫖赌，贪污腐化，家里的洋楼比宾馆还高级，却拖着我们这些老工人的工资不发，我们要用这些花圈把他的家门堵死，让他进不了屋。"

何铁夫把杨老厂长拉到一边，同情地说："杨老厂长，你们的困难政府是清楚的，我们正在和劳动部门商量对策，准备责成吴凤来尽快兑现厂里的承诺，可你们采取这种过激的手段，反而于事无补。"杨老厂长说："何县长啊，我们对政府尤其是对你没有意见，如果不是你给我们争来定点生产税务发票纸的指标，造纸厂早就不存在了。我们只恨吴凤来，他不晓得天高地厚，以为自己多了不起，今天我们要给他一点儿颜色看看。"何铁夫说："老厂长您是懂政策的老领导了，吴凤来如果有问题，组织上总会查出来的，而你们这样做，只会给社会带来不稳定因素，现在中央三令五申强调稳定压倒一切，你作为老党员、老领导，怎能带这个头呢？"

何铁夫这几句语调不高却有些分量的话，将杨老厂长镇住了，他的目光中显出了几分犹豫。何铁夫趁机又说："您老把大家劝走，就说我何铁夫表了硬态，今后大家有什么困难到政府找我，如果我不能给大家解决，再把花圈塞到我的房门口也不迟。"

见何铁夫说得这么诚恳，杨老厂长不再啰唆，走到人群前头大声喊道："伙计们，刚才何县长跟我表了态，今后有困难可以去找他，我们今天看在何县长的面子上，就饶了吴凤来这一次，他下次还要与我们过不去，再找他算账！"

杨老厂长本来就是这次行动的发起者，他又把何铁夫抬了出来，大家也就不再坚持，抬着花圈退了下去。

当吴凤来闻讯赶回家门口时，看到的只是拖着花圈的人群的背影了。

吴凤来也就二话不说，把该交的税款都交了，并跟何铁夫表态说，争取年底再做200万元的贡献。何铁夫很欣赏吴凤来的痛快劲儿，说："你这可是给政府帮了大忙了。"吴凤来说："这本来也是我应该做的，只要你何县长心里有数就是了。"

何铁夫当然知道吴凤来话中有话，他笑了笑，岔到了另外的话题上："吴厂长，你们厂里的安定团结也要注意搞好，工人们包括离退休职工的待遇，能解决的尽量给予解决，不然你们厂子一乱，将影响到全县的大局啊。"

何铁夫这种话，说与不说看上去一个样，吴凤来并不是不懂得这样浅显的道理。可何铁夫话里的意思不在字面上，他是想告诉吴凤来，尾巴翘得太高，总有人要来踩你的尾巴的。

这件事让何铁夫兴奋了一阵子。他知道自己这是一种阴暗心理，那就是看到自己的对手陷入了尴尬境地后，自己有手段把他从尴尬境地里拉出来，这比那种落井下石的伎俩更容易使人产生成就感，尽管这种手段比落井下石并没高明到哪里去。后来何铁夫跟龚卫民在一起的时候，还念念不忘这事，得意地开玩笑说："要说这一次还是杨老厂长给帮的大忙哩，我们应该祝他老人家万寿无疆才是。"

说得龚卫民会心地笑起来。

四

收入任务有望得以圆满解决，何铁夫那颗悬着的心就落了地。他对龚卫民说："今年的财政收支已经尘埃落定，就这个样子了，明年的财政工作如何搞，卫民你要提早考虑，早拿思路。过几天，我把政府的杂事处理完毕，再让罗书记主持召开常委会，听听你们的意见。"龚卫民说："要说思路，早就有了，现在就可以给您拿出来。"何铁夫说："别慌，好事不在忙中取，考虑成熟了，再抛出来不迟。"

由于心情舒畅，这天傍晚何铁夫推掉一切应酬，自己在家里随便做了碗面条，填饱肚子，便优哉游哉出了门。他想到资水河边的利济门上去走走，那里每天傍晚都有棋摊，何铁夫好久没到那里去看棋了。

不一会儿，何铁夫就来到河边的利济门下。门洞上方的门楼里，弈人敲击棋子的声音格外清脆。利济门实际上是旧时的一道城门，城门上的门楼背倚山城，面临资水，风光无限。尤其是到了傍晚，落霞染醉水面，归鸟上下盘旋，的确是个休闲散心的好去处，怪不得那些有闲的弈人们要早早赶来，占据一席之地。

何铁夫上得门楼，眼前的几处摊子，好几对弈人正杀得难分难解。他先朝楼外的水天瞭了几眼，然后倚在楼柱上，借着水色天光，低首观起棋来。

何铁夫喜欢观棋，喜欢到这种地方来观棋。来这里散心或下棋的人，一般是一些普通老百姓，县里的达官显贵是不屑于到这些场合来厮混的，自然也就没有谁认得他何铁夫，他可以暂时地做一做自由人，完全不用端着架子，来跟人周旋。这里通常下的是普及率较高的象棋，那些深奥繁复的围棋极少见得到。象棋最大的好处是棋子不多，棋盘结构简单，一眼扫过去，棋盘上有些什么子都能看清，不是一件太费目力的活动。当然要在棋盘上有所作为，不多看几步、多算几招，那就没有出路。好在这里不是棋院，棋手们不是到这里来夺金掠银捞奖金的，并不十分在乎胜负，只图一时轻松快活，那种老谋深算刀光剑影的情形极为少见。何铁夫的棋艺也只平平，但往往旁观者清，有时也能看出棋局中的破绽，兴致所至，早忘了君子观棋不语的规矩，忍不住会在旁点拨一下，使自己的虚荣心得到一丝满足。这个时候，下棋的人就会偏过脑壳，朝何铁夫瞄上一眼，把他看成高人，起身硬要他来一局。何铁夫也不谦让，把屁股贴到人家坐得滚烫的石凳上，与对方手谈起来。一般情况下，无论是输还是赢，何铁夫下过一盘两盘，就会把位置让给原来的弈人。他仅仅是过一下瘾，并不是要跟人争夺高下。

这天傍晚，大概是心情格外高兴的缘故，何铁夫被人请到棋盘边的石凳上后，一连下了五六盘，还舍不得离开。而且发挥得很好，平时这个水平的对手，顶多能下个平手，就算不错了，今天竟连赢了五局。对手也憋足了劲，拉着他不让走，直到暮色苍茫，棋子都看不清楚了，才不得不罢休。何铁夫揉揉双眼，站起身来，很惬意地伸了一个懒腰，同时忍不住还要往那未收盘的棋局上瞟上两眼。

就在这时，何铁夫在观棋君子中看到了一个熟人。这多少让他感到有些意外。在这里碰到熟人的概率的确是太小了。

这人不是别人，而是经常跟他在一起的龚卫民。

何铁夫一边跟龚卫民往城楼下走去，一边说："你是什么时候到这里来的？"龚卫民说："我整整看您下了四盘棋，这四盘棋里，您三胜一负。"何铁夫说："我怎么没发现你？"龚卫民笑笑道："您那么专注投入，心无旁骛，怎么会发现我呢？"

何铁夫这才想起，在这里见到龚卫民，应该不是碰巧，说："你找我有什么事吗？"龚卫民说："我可不是来找您的，我是特意来看棋的。"何铁夫将信将疑，说："你也喜欢象棋？水平一定不一般吧？"龚卫民说："哪里，我喜欢看棋，却下得极少。"何铁夫说："我也下得少，只是喜欢这象棋明来明去、公平竞争的风格。"

龚卫民望望何铁夫，略有所思地说："象棋象棋，想清楚了再下的棋，可这个想字却大有学问在里面。"何铁夫说："什么学问？"龚卫民说："象棋看上去似乎简单，不多的棋子明明白白摆在并不复杂的棋盘上，你一步我一步地下，可是象走田，马走日，你攻我守，前赴后继，有时好像平平淡淡，实际上险象环生，危机四伏；有时看上去已经兵临城下，其实对方已是强弩之末，只不过虚张声势而已。"

也许是说得兴奋了，龚卫民那双不大的眼睛，在这初夜的幽暗里发出一种奇特的亮光。他继续说道："我就喜欢这种暗含玄机，需要一定智商和韬略才能取胜的游戏，它可刺激人的中枢神经，使人变得敏锐和机灵，变得斗志旺盛。"

何铁夫像不认识龚卫民似的，偏了头瞥他一眼，心想，这个龚卫民，看来还不完全是自己心目中的那个龚卫民。何铁夫就说道："龚卫民看不出来呀，你还一套一套的，好像城府还不浅嘛。"龚卫民好像意识到自己说漏了嘴似的，赶忙说："哪里，我这是班门弄斧，在您何县长面前，我还嫩得很哩。"

何铁夫的猜测没错，龚卫民嘴上说自己是来看棋的，事实上是有事要跟何铁夫说。晚饭后他就开始找何铁夫，先给他房里打电话，没人接，再打他的手机，也没开机。何铁夫在通化没有亲人，也没有朋友，他会到哪里去呢？会动脑筋的龚卫民猛然记起有次闲聊时，何铁夫曾无意间透露出他对象棋的兴趣，又想起资水边的利济门上每天傍晚都有棋摊，于是出城，跑到城门上，果然见何铁夫正在酣战。

现在他俩已经来到大街上。何铁夫想起几天前曾交代龚卫民拿出下年工作思路的事，就问他："你考虑成熟没有？什么时候可以提出开常委会？"龚卫民说："今晚如果您有空，我就去把初稿拿过来，给您瞧瞧，您觉得行了，就可开常委会了。"何铁夫说："今晚有空。"

晚上何铁夫花了两个小时，把龚卫民的杰作认真看了。这是何铁夫和龚卫民多次议过的实行公共财政的方案。说白了，以后的财政主要负责干部职工和教师的工资，年初把这些支出打足，其余视收入情况再定，有钱就把数字放到人大常委会上去，人大常委会定什么项目就开支什么项目，没钱就什么项目也不安排。当然这也不是何铁夫和龚卫民异想天开，要搞什么新花样，外省一些财政比较困难的地方已经开始这样搞了。

对这个方案，何铁夫还比较满意。账算得虽然紧了点，也就是说几乎全年的收入都算了进去，但方案具体细致，操作起来容易把握。何铁夫知道这是龚卫民自己动手弄的，财政局乃至整个通化县，还没有谁算得出这么精确的财政账。他打心眼里欣赏龚卫民的才干，心想，这样的角色，莫说做财政局长，就是做常务副县长甚至县长、书记，能力也绰绰有余。

何铁夫只在方案上作了几处小小的修改，就签了字，准备送给罗书记过目。看看墙上的石英钟，还不到十一点，何铁夫便给罗书记打了个电话过去。恰好罗书记在家，何铁夫就出门，进了县委大院。可罗书记要接方案时，又改变了主意，说："还是先给钟书记看看吧，以后县委的工作他要多操点心。"

何铁夫听得出罗书记话里的弦外之音，却不好多问，只是拿了方案去找钟大鸣。

钟大鸣是通化本地人，在县城边上修了房子，不住在县委大院。何铁夫不想往钟大鸣家里跑，打算第二天再给他。可这个时候回招待所肯定睡不着，干脆上办公室瞧瞧，看看有没有信件什么的，何铁夫意识到自己已有好几天没去办公室了。

打开办公室的门，把灯拉亮，何铁夫的眼睛也跟着亮了一下。他在县委大院里待的时候少，以往每次回到办公室，桌子、椅子都蒙着厚厚的灰尘。为此何铁夫将陆主任训了好几回，却总是收效甚微。今天不知哪位仙女下凡，竟然把办公室打扫得干干净净的，文件柜、衣帽架一尘不染，桌上的书报摆得整整齐齐，茶几上的水壶、茶杯洗得光光亮亮。

何铁夫想，这是谁干的？这样的干部真应该表扬。

第二天，何铁夫早早就进了县委大院。一上二楼，就见自己的办公室已被人打开了。来到门边，发现原来是于小丽在专心地抹着办公桌。

见何铁夫走进来，于小丽就笑嘻嘻地说："何县长您好！"何铁夫说："小于，原来是你在学雷锋。"于小丽说："给领导打扫办公室，本来就是我分内的事。"

何铁夫突然想起那天晚上于小丽和她丈夫送烟的事，就问她："小于，你和你丈夫找我，一定有什么事情吧？"于小丽停下手中动作，犹豫一下，说："也没什么，就是我丈夫在财政局工作好多年了，一直待在什么权力也没有的监督股，我想请何县长您跟龚局长打声招呼，给他换个好点儿的股室。"

何铁夫心想这也不是个太大的事情，于小丽怎么还要转这么多的弯呢？他就说："你找过龚卫民本人没有？"于小丽说："找过不止一次两次了，他口里答应得很好，就是不见有什么动作。"何铁夫说："好吧，我跟他说说。"于小丽就感激地说："劳驾何县长操心了。"

于小丽走后，何铁夫叫来一位秘书，想要他把公共财政方案给钟大鸣送过去。忽然又改变主意，支开秘书，他决定还是自己亲自去找钟大鸣。

上到三楼，来到副书记办公室的门外时，何铁夫见门是虚掩着的，好像钟大鸣正在办公室里跟人谈话。何铁夫想，当书记看来比当县长有意思多了，谈话就是工作，工作就是谈话。这么想着，在门口站立片刻，觉得有些无聊，就准备离开。

何铁夫还没转身，门开了。龚卫民低着头，从里面走出来。

一眼瞧见何铁夫，龚卫民脸上有些尴尬，嘴巴动了动，想说什么，却终于什么也没说出来。好在钟大鸣也来到门边，像是送客，见着何铁夫，很热情地把他请了进去。龚卫民还在门口愣了一下，然后下了楼。

何铁夫进屋后，钟大鸣请他坐下，说："何县长你是忙人，今天有空到三楼来走走？"

龚卫民刚才那尴尴尬尬、欲说还休的样子，还留在何铁夫脑壳里，拂之不去。他心里想，这龚卫民到钟大鸣这里来做什么呢？所以钟大鸣问何铁夫话，他竟然没听到似的。钟大鸣只得又重复了一句，何铁夫才反应过来，说道："我是无事不登三宝殿，要劳您书记大驾。"说着把方案递上前，还作了几句说明。

钟大鸣满口应承道："我一定看，看完就还给你。"

钟大鸣说话算话，当天就推掉别的事情，将公共财政方案看了两遍，并在上面批了几条具体意见，第二天亲自下到二楼来，把它交给了何铁夫。钟大鸣说："我看这个方案可行，我请示罗书记，尽早召开常委会定下来，明年就按这个办法搞。"何铁夫说："感谢钟书记对财政工作这么理解和支持。"

"何县长客气了。"钟大鸣说，"是你和龚卫民的主意吧，难得你们的一片良苦用心啊。"何铁夫说："主要是龚卫民的功劳，我不过打了打边鼓。"钟大鸣说："这龚卫民还真是一个不可多得的人才，你何县长有眼力，没看错人。"

听钟大鸣夸奖龚卫民，何铁夫就想，当初要提龚卫民当财政局长时，钟大鸣坚决反对，数了一大箩龚卫民的不是，是自己执意要用龚卫民，声言龚卫民不当财政局长，他就不管这个烂财政，并取得了罗书记和组织部长等多数常委的支持，才终于给龚卫民下了文。

想不到时过境迁，他钟大鸣也对龚卫民倍加赞赏起来了。

五

研究公共财政的方案不久就在常委会上获得通过，接着又在人大常委会上议了议，就基本定了下来。何铁夫对龚卫民说："下一步你再召集预算和行财等股室，把账算得细一点儿、精一点儿，做明年的预算时，就以此为依据了。"龚卫民点点头，说："我们立即就去行动。"

一个星期之后，龚卫民给何铁夫拿来一大摞表格，说："这是全县吃皇粮人员工资明细，已经算到了单位和个人头上，按照以往财政收入 10% ～ 12% 的增长速度，全县的人头经费差不多可打足了，当然仅仅是指裸体工资，至于政策规定应该发放的其他工资、生活补贴、误餐费之类，还没办法打进去。"

何铁夫眼睛盯着表格，说："那农业、城建、工业解困等方面的资金，县长机动金，还有没有余地？"龚卫民摇摇头，无可奈何地说："暂时还体现不出来。"何铁夫说："这些资金以往都掌握在常委各位主要领导手里，如果明年不安排一点儿的话，我敢保证，你这个所谓的公共财政是无法执行得了的。而且财政收入明年就有把握按 10% ～ 20% 增长吗？假设只能增长 5% 或 3%，甚至下降呢？"龚卫民说："方案不是常委通过了的吗？"

何铁夫斜了龚卫民一眼，说道："你是真的不明白，还是跟我装蒜？"

龚卫民沉吟片刻，才缓缓说道："公共财政早搞得搞，迟搞也得搞，这是整个地方财政的大趋势。我的账算来算去，工资支出数也已经打得非常紧，几乎没有了余地，唯一的办法就是增收了。"

何铁夫用鼻子哼了哼说："增收？你到哪里去增收？"龚卫民说："也不是完全没有办法，比如造纸厂，每年再多交三五百万，并不是没有可能。"何铁夫说："你要指望吴凤来多交三五百万，那就看你的本事了，我已是黔驴技穷。"龚卫民说："我们同时还可向上面伸伸手，现在上级财政每年给我县的定额补贴是 500 万，如果再争取争取，达到 800 万甚至 900 万，也是有可能的。"何铁夫说："可能可能，你左一个可能，右一个可能，这可能到底有多少可能？"

何铁夫把这绕口令一绕，两人都忍不住笑了起来。

事后，何铁夫想了想，觉得下一步也只能从龚卫民说的这些方面去努力了。至少到上面去多争取点定额补贴，还是可行的。

何铁夫觉得事不宜迟，要动作就得早动作，他决定自己亲自出马，带上龚卫民，先去财政厅探探动静。龚卫民马上来了劲，说："只要您何县长出面，那一定会马到成功。"何铁夫说："在县里我们这些人说句话，恐怕还算句话，可到了省里，我们说句话，跟放个屁又有多少区别呢？"龚卫民说："何县长您就别谦虚了，预算处童处长是您的同学，您要上厅里办事，还有办不成的？"

原来龚卫民的眼睛早就盯着何铁夫的同学童学军了。何铁夫说："预算处处长是有权，可权把子毕竟握在厅长手里，就好像你局里的预算股长，还不是处处都得听你的？"龚卫民说："话虽如此，可有了您那做预算处长的同学指引，我们就有把握把厅长的工作做通了。"

接着龚卫民把自己的计划给何铁夫说了一下。何铁夫说："看来如今也只能这么办了。"

事情敲定后，龚卫民正要走开，何铁夫忽然想起一件事，叫住他道："卫民，政府办于小丽的丈夫是不是在你们局里工作？"龚卫民说："是呀，在监督股当股长。"何铁夫说："于小丽找过你没有？"龚卫民笑道："找过，怎么没找过？我知道她迟早还会来找您何县长的。"何铁夫说："那你怎么答复她？"龚卫民说："她的意思，想让我把预算股长的位置腾出来给她丈夫，您想她丈夫一不会写，二不会算，放监督股闲着，无碍大局，弄到预算股来，不是要坏我的大事吗？"

听龚卫民这么一说，何铁夫反而不好说什么了，说："也没什么，我随便问问而已。"

转眼就到了深秋时节。何铁夫和龚卫民连续上省城跑了几趟，通过何铁夫那位在预算处做处长的同学童学军，跟财政厅蔡厅长取得了联系。在他们的一再恳求下，蔡厅长终于答应10月下旬到通化县来视察工作。

回到县里，何铁夫先向罗书记和钟大鸣作了汇报，然后跟龚卫民上了离县城十公里远的紫竹公园。紫竹公园不但山清水秀，还有一处宜人的温泉，是一个绝好的休闲去处。何铁夫交代公园经理，立即在公园宾馆里选一个位置好又僻静的单人套间，按广东的最新格局进行装修，会客厅和大卧室里的设施弄最高档的，还要把山上的温泉接到卫生间的大浴缸里。至于装修经费，公园不用操心，财政随即会拨过来。

该安排的安排了，该布置的布置了，何铁夫的心才闲下来。又想起利济门上的棋摊，已经好久没到那里去过瘾了，这天傍晚，何铁夫又独自出了武装部的门，往资水河方向走去。

还没走到利济门，不想跟一个人遇上了。这人就是那次组织离退休工人给吴凤来家里送花圈的造纸厂退了休的杨老厂长。杨老厂长其实并不是要找何铁夫，他是没事在街上随便走走，与何铁夫不期而遇的。本来杨老厂长已经把那次何铁夫许的愿忘到了脑后，这一下看到何铁夫，又想了起来。他拉着何铁夫的双手使劲摇着，说："何县长好久没看到您了，我正要找您哪。"何铁夫只好关切地说："杨老厂长，您老有何指教？"

杨老厂长脸上就洇上了一股愤慨，他放开嗓门嚷道："吴凤来又扣了我们几个月的福利，而且他鬼影子都找不到，我们没法子，只好到政府去静坐了。"

闻言，何铁夫出了一身冷汗，忙说："杨老厂长，您就帮我多做点工作，要大家不要去政府静坐。我今晚就找吴凤来，你们的问题一定会得到解决的。"杨老厂长说："我们都是看您何县长的分儿上，没找政府，要不然早就行动了。"何铁夫抱拳给杨老厂长作揖，口里说："我代表县委、县政府感谢您老了！"

打发走杨老厂长后，何铁夫骂了一句，吴凤来，你到底是怎么搞的嘛，难道硬要让人家把花圈摆到你屋里才甘心？也没了去看棋的情绪，何铁夫便转身抬步往回走。

回到招待所，刚打开门，电话就响了。拿起话筒，电话里就喂了一声。何铁夫的心头猛地跳了一下，他还从没在电话里听到过这个声音，但一听就听出来了，好像他等这个声音已经等了许久了。何铁夫说："舒青，是你吗？"左舒青说："是我，我还没说话，你就听出来了？"何铁夫说："别的女人给我打一百遍电话，我也许都听不出，可是你不同，你一次电话都没给我打，我都听得出来。"

左舒青沉默了一会儿，说："我找你有点儿事。"何铁夫说："是现在？"

左舒青问："现在你有空吗？"何铁夫说："有空。你到我这儿来，还是我去你那里？"左舒青又沉吟了片刻，才说："到你那里去不好，你一个人住在招待所里，还是别往你那里跑。"

何铁夫想，她总是这样处处为人着想。就说："你还和以前一个样。"左舒青说："到我这里来一下吧，家里只有我和孩子。"

何铁夫就去了一中。

左舒青住在教室旁边的耳房里。何铁夫推开虚掩的房门，见左舒青正在灯下批改学生的作业。见何铁夫来了，左舒青就放下手头的事，给他搬凳子、倒茶水。

这当儿，何铁夫把房子打量了一下。这是连在一起的两间屋子，里间做卧室，外间做客厅，还在墙外拼了一个小厨房。在全县的学校中，一中待遇是最好的，而左舒青这样的一级教师还住在这样的地方。好在左舒青收拾得很干净，给人的感觉挺舒适的。何铁夫说："你要上课，还要带孩子，家里还弄得这么整洁，真不容易。"左舒青说："也没什么，习惯了。"何铁夫说："孩子呢？"左舒青说："在里面睡了。"何铁夫又问："孩子的父亲不在家里？"左舒青说："我们早就分手了。"

何铁夫有些吃惊，说："怎么从没听你说过呢？"左舒青笑笑，说："我跟你又没见过几次面，哪有机会向你汇报？"何铁夫说："是呀，如今我忙你忙大家忙，却不知到底在忙些什么，连许多必要的交往都顾不上了。"左舒青说："你忙是忙仕途，做了县长做市长，前程远大，我们这些穷教书的，再忙也忙不出个出息来。"何铁夫说："你别挖苦我了，还什么市长，这么个小小的副县长就够我受的了，真是误入歧途啊。"

"误入歧途还不至于吧？"左舒青说，"不过如今企业倒闭，工人下岗，税收征不上，吃皇粮的人则越来越多，你这父母官也不是那么好做的，条条蛇咬人啊。"

左舒青这两句话本来也平常，可何铁夫听来却入耳得很，心想，这舒青还像当年那样理解人，不免对她心存感激。又聊了些别的，何铁夫问左舒青："那个时候你的诗写得多漂亮，现在还写吗？"问过，自觉问得滑稽，如今什么年代了，还有人写诗？何铁夫便自哂了。

左舒青也笑了，说："你还记得那个年代，那已经一去不复返了。"说完，脸上竟有些怅然。

何铁夫看看手机上的时间，觉得不早了，就说："只顾跟你闲聊，都忘了问你什么事。"左舒青说："也没什么，主要是想跟你见见面。"她打开抽屉，从里面掏出一个信封，递给何铁夫，说："这是校长放在我这里的。不知他从哪里知道我是你的同学，硬要我递这个报告。他放我这里两个月了，追问了几次。我总犹豫着，不知要不要找你，直到今天晚上才终于鼓足勇气，给你打了个电话。"

何铁夫打开信封，里面是一个要钱的报告。便说："如今财政连工资都难保证，给单位追加经费的可能性不是太大。"左舒青赶忙说："我也知道财政确实困难，解决不了也没什么，我事先就在校长面前说了的，只是试一试，不一定能解决问题。"何铁夫说："当然，有机会的时候，我会尽力而为的。"

何铁夫要走时，左舒青也关上房门，执意要送他一段。学子们已熄灯就寝，校园里一片宁静。时至暮秋，天上的月亮很明朗，给树荫浓密的校园小路播下斑驳的光影。两人忽然不吱声了，陷入沉默。似乎已回到十多年前那所中学的校园，也是这样的月夜，也是这样的校园小路，何铁夫和左舒青为讨论他们新写的诗，徘徊复徘徊，多么投入，多么痴情。

一股柔情在何铁夫心头升起，他偏了偏脑袋，望望左舒青，发现她低着头，似乎在想着什么。她在想着什么，何铁夫不用问也知道。他真想伸出双臂，将左舒青那有些单薄的肩膀轻轻揽过来，揽进怀抱。

这么默默无语着，二人来到校园门口的路灯下。何铁夫站住了，说："你回去吧，外面的露水很重。"一直低着头的左舒青这时才抬起头来，依然无语地望了何铁夫一眼。何铁夫看见左舒青的眼睛里泛着泪光。

六

这段时间，何铁夫和龚卫民的工作重心，几乎就是紫竹公园那个豪华套间的装修上了。隔不了三五天，二人就要上公园去看一次进度，直到完全按他们事先布置的规格装修得差不多了，二人才放下一颗心来。

何铁夫每个星期都要给财政厅童处长打两个电话，生怕蔡厅长改变主意，不到通化县来了。

10月底，童处长终于在电话里告诉何铁夫，蔡厅长下个星期一来通化。何铁夫立即叫上龚卫民，去向罗书记和钟副书记汇报。两位书记都表示，一定要按最高规格接待蔡厅长。

得到两位书记的支持，何铁夫心里就有了谱。他说："县里的领导级别不够，我看应该向市委、市政府报告一声，来个市领导陪一陪蔡厅长。"两位书记都觉得有道理，就由罗书记亲自给市委胡书记打电话。

罗书记拨的是胡书记秘书的手机。胡书记秘书一听是通化县罗书记的电话，问候几句，就让胡书记接了电话。听说财政厅蔡厅长要到通化县来，胡书记自然高兴，他说："你们的工作做得好，做得好，是应该把蔡厅长请来视察视察。伍市长出国不在家，我就做主了，我和管财贸的常务副市长林志鹏同志一起出面接待蔡厅长。"

胡书记是个细心人，还作了具体布置，星期一上午8点准时在市委门口集合，由他和林志鹏副市长带队，通化县几大班子领导一起参加，叫上两辆警车，赶到市北面的市界处，隆重迎接蔡厅长一行。

星期一上午，通化县几大班子领导跟着胡书记和林志鹏副市长，如期赶到市界处恭候起来。何铁夫手机不离手，不到二十分钟就要跟童处长通一次话。通到第三次时，蔡厅长的车子已经到了前方300米处。何铁夫立即站到路中间，把手举过头顶，扬起来。蔡厅长的车携一阵劲风，吱一声停到何铁夫脚边。

胡书记和林副市长跟蔡厅长在省里开过多次会，彼此熟悉，蔡厅长还没下车，两人就迎上去，将他请出来，握着手，连说："蔡厅长您一路上辛苦了，辛苦了。"蔡厅长也说："你们辛苦了，辛苦了。"见来了这么多的人和车，蔡厅长又说："你们这是太客气了，不必不必。"口上虽然这么说，脸上却显得非常灿烂。

接驾的人太多，胡书记只给蔡厅长介绍了几个主要角色，如通化县罗书记、钟大鸣、何铁夫之流。跟何铁夫握手时，蔡厅长说："小童跟我多次提到过你，说你非常能干。税务总局税务发票印制权，全国好多地方费九牛二虎之力跑北京争取，都没争取到，却被你一个电话弄到了通化。"一番话令何铁夫心里很暖和，胡书记他们也连连点头称是。

寒暄几句，胡书记就把蔡厅长请上了车。童处长见胡书记这么客气，就让他坐到蔡厅长的车上，自己钻进何铁夫的车子。随即，一前一后的警车鸣响警笛，十多辆高级小车一溜儿开动了，显得好不威风。

在车上，童处长对何铁夫说："姓何的，你确实会办事，厅长要到你们县里去，连市委书记和市长都替你出了面。"何铁夫说："这哪里是我会办事，是蔡厅长和你有面子。"童处长说："这也有些道理，但主意肯定是你何铁夫出的，要不我这个童字就倒着写。"

何铁夫笑笑，不置可否。

因为是同学，两人说起话来便有些随便。何铁夫说："如今地方上的财政越来越吃紧，你们这些财神菩萨自然越来越显得神气，到了哪里，谁敢不小心侍候？"童处长说："这有什么神气的？"何铁夫说："就拿我们通化来说吧，如果财政形势好，该发的工资发得出，该办的事情办得了，我还犯得着兴师动众，跑到这里来恭候你们吗？"

童处长笑起来，在何铁夫肩上捶了一下，说："看来在社会上混了这么多年，你的性情跟在大学时并没有太多变化。"

胡书记原来的意思，是要把蔡厅长留在市里吃了中饭再走的，蔡厅长听童处长说到通化只有两个小时的路程了，便决定还是直接往通化去。胡书记见蔡厅长主意已定，只得听他的，跟着马不停蹄地奔往通化。

到通化后已是午后1点。中饭后来不及休息，蔡厅长就让胡书记和林副市长陪着，看了几家企业。吃晚饭时，何铁夫跟童处长商量，胡书记他们在这里陪着也没必要，而且还会影响蔡厅长休息，劝他们回市里算了。童处长过去跟蔡厅长一说，蔡厅长也觉得有道理，就对胡书记说："你们都是大忙人，这么守着我，我真过意不去，今晚你们就回市里去，不要陪我了。"

胡书记的事情也确实多，只客气了两句，就把罗书记和何铁夫他们喊过来，当着蔡厅长的面说："我们今晚就回去了，我把蔡厅长交给你们，哪里怠慢了，我拿你们是问。"蔡厅长说："别说得这么厉害，我又不是小孩子，只要有饭吃就行了。"胡书记几个便满怀歉意地跟蔡厅长握过手，道过再见，当晚回了市里。

胡书记他们走后，蔡厅长又对罗书记和钟大鸣说："你们两位和县里几大班子的领导也各自回家吧，大家跟着跑了一整天，回去得太迟，夫人可不干了。"说得大家都笑。罗书记说："蔡厅长难得到通化来一趟，我们陪陪是应该的，就是回去做'床头柜'，也很值得。"蔡厅长笑着说："看来通化县的男人是经常当'床头柜'的，功夫一定很深的啰。不过如果因为我蔡某人而做'床头柜'，那我要不好意思了。这样吧，你们还是回去，给我留下小何和小龚，待会儿我们上街散散步，看看小城夜色。明天你们也不要来陪，这几天我们了解一下县里的财政情况，走的时候大家再见见面就行了。"

蔡厅长的话实际上也是何铁夫和童处长的意思，他俩早就跟罗书记他们通了气的，所以罗书记他们向何铁夫叮嘱了几句，也就离开了宾馆。这伙人一走，蔡厅长这里就清静多了，何铁夫提议到资水桥上去看夜景，几个人出了门。

来到桥上，正是夜色正浓之时。凭栏远眺，两岸灯火如昼，河里流水哗然，波光闪烁。蔡厅长抹抹头上被微风吹散的稀疏的头发，深吸一口清新的空气，感慨地说："还是这些边地山城好啊，长居于此，寿命都要长几年。"何铁夫说："山城污染也严重起来，今非昔比了。比如下游的造纸厂，河里排放的废水、空中排放的废气，已经为害不浅。"

说时，何铁夫用手指了指不远处的灯火辉煌的造纸厂。蔡厅长说："是不是承印税务发票纸的那家造纸厂？"何铁夫说："正是，它是我县财政收入的主要来源，所以当初上头要撤掉这个厂子，我们才想方设法力保。不然，我县干部职工莫说裸体工资，就是基本生活费，恐怕也到不了手了。"

何铁夫忽然意识到自己说得远了，赶忙刹住，换了话题说："蔡厅长您看我，现在是八小时之外，我们是来陪领导看夜景的，尽扯这些干吗呢？这大概也是职业病吧。"蔡厅长说："我下来就是听情况的嘛。"何铁夫说："也不能老是工作，工作和休息要有机结合。明天再带你们到一个山好水好，没有任何污染的地方去，保证比这里强百倍。"蔡厅长说："我们可不是下来游山玩水的。"何铁夫说："仁者爱山，智者爱水，我知道蔡厅长可是仁智之士啊。"

这话让蔡厅长听着舒服，指指何铁夫，笑道："你这何铁夫，好会说话。"

在桥上转了一圈，几个人进了桥头一家名曰"情未了"的娱乐中心。蔡厅长开始不肯进去，在腰上捶了捶说："坐了一天车，腰都直不起来了，还是回去休息吧。"何铁夫说："那里面就是缓解疲劳的地方，我们想去里面轻松轻松，您不去，我们怎么有理由去？"蔡厅长才勉为其难地说："你这么说，我只好陪陪你们了。"跟着走了进去。

几个人先要了一个大包厢。坐下来喝了几口茶水，何铁夫请蔡厅长去蒸桑拿。蔡厅长说："桑拿房里缺氧，我受不了。"一旁的龚卫民说："里面还有盲人按摩。"童处长也帮腔道："蔡厅长有腰肌劳损，按一按，说不定还见效。"蔡厅长就骂童处长："好呀，你出卖我，看回厅里我给你颜色瞧。"然后起身跟着何铁夫走。蔡厅长也确实有腰肌劳损，这是何铁夫事先在童处长那里了解到的实情，不然他就没把握请得动蔡厅长了。

桑拿室里没有外人，好像是专为蔡厅长准备的。服务人员见客人来了，立即给桑拿房开了蒸气，何铁夫和蔡厅长就脱光衣服，只在下身围了条毛巾，钻进桑拿房。蒸了不到五分钟，两人就出来了，泡进热气腾腾的浴池里。泡够了，何铁夫就叫过服务员，吩咐他快去请按摩师。服务员说声"好"，几步迈出了桑拿室。

按摩师很快就移着细步进来了，果然是位盲人。服务员又跑过来，把蔡厅长从浴池里扶出去，用干毛巾给他揩干身上的水。服务员人高马大，力气也足得很，到得按摩台前，伸手在蔡厅长那发福的腰身上只一托，就把他托到了按摩台上。随后，盲师那骨骼清奇的大手就伸了过来，缓缓地在蔡厅长的身上运作起来。盲师摸着了蔡厅长的后颈，说："客人后颈高隆，一定是大富大贵之人。"蔡厅长笑笑，不吱声。盲师摸着了蔡厅长的肩膀，说："客人肩宽背厚，这样的主儿，逢乱世拥兵百万，如今是太平盛世，也一定拥金过亿啊。"

蔡厅长这下心里乐了，不觉偏了头瞥盲师一眼。盲师说："你别看我，我说的话难道还有假不成？"蔡厅长奇怪，他怎么知道自己看他？看来不是等闲之辈。蔡厅长就把话岔开了，说："你这里很清静的，平时客人也不多吧？"盲师说："平时这里热闹得很呢，今天据说是要来大领导，保安在门外挡着，这里才这么自在的。"

蔡厅长这时呻吟起来，唤道："对了对了，就在这里，重点儿再重点儿。"

离开桑拿室后，蔡厅长跟何铁夫夸奖道："不错不错，这盲师不错，我在省人民医院做定期保健按摩，那名医还没这盲师按得到位。想不到在通化这样的边地，还有这等高人。"何铁夫笑道："蔡厅长才是高人呢，拥金过亿。"蔡厅长指着何铁夫笑道："小何你这东西，肯定是你跟盲师透露的。"何铁夫说："没有没有，绝对没有，这盲师还真懂骨相，一摸就准。"

两人说笑着回到包厢里，这时童处长他们正在破着嗓子吼叫。何铁夫一瞧，里面多了个女人，竟然是政府办的于小丽。何铁夫问："小于你怎么也来了？"于小丽说："我到这里来看一个朋友，听包厢里唱歌的声音像是龚局长，推门进来一瞧，果然是他。"

说到这里，于小丽望一眼龚卫民，继续说："龚局长要我陪省里领导唱两曲，我就不走了。"何铁夫说："好好，你是我们政府系统唱歌最棒的，多唱几首吧。"顺便把她介绍给蔡厅长。于小丽很主动，伸手跟蔡厅长握了握，就点了一首歌，要和蔡厅长一起唱。蔡厅长推托不了，就接过话筒，跟于小丽唱起来。二人唱的是流行一时的《心太软》：你总是心太软，心太软，独自一个人流泪到天亮……

唱罢，于小丽瞟着蔡厅长说："蔡厅长典型的男中音，比任贤齐富有男人味，好像是哪所音乐学院毕业的。"蔡厅长说："我是乱吼的。"于小丽说："情未了的舞曲也是非常棒的，蔡厅长这样的艺术型人才，舞技肯定是一流的，我请蔡厅长到厅里跳一曲吧。"龚卫民说："蔡厅长您不知道小于的舞，我们通化找不到第二个，保证您跳了一曲，又想第二曲。"

经不住鼓动，蔡厅长只得跟于小丽去了外面的舞厅。

直到12点多，几个人才尽兴离开"情未了"。路上，于小丽向何铁夫请假，说她几年没休公休假了。何铁夫说："这段时间事情也不多，你就休几天吧。"于小丽道声"谢谢"，又跟蔡厅长他们说了再见，跳上一部出租摩托先走了。望着小丽坐的摩托箭一般远去，何铁夫心想，于小丽今晚跑到"情未了"来就是为了向我请公休假的？

这时只听蔡厅长说道："这个小于不错，舞跳得好极了，我本来是不会跳舞的，经她一带，也跟得上舞步了，我好像还从没碰到过这样的好老师。"龚卫民说："明天我们再到这里来，我负责去请她。"蔡厅长说："不用不用，我又不是专程来通化跳舞的。"

七

第二天一早，何铁夫正准备上车往宾馆去。政府办陆主任匆匆跑到武装部来，堵住他，上气不接下气道："何县长不好了，不好了！"

大清早的就有人说不好了，何铁夫心里老不高兴，没好气道："何县长怎么不好了？何县长还站在这里没死。"陆主任说："何县长您没死，可曾副县长这时不一定还活着。"何铁夫一听，意识到事情有些严重，只得刹住步子，耐心听陆主任说明原委。

原来昨天下午曾副县长在离城十里的城南乡检查屠宰税收缴情况，了解到乡旁边的落叶村农民不肯缴纳屠宰税，就带上乡里的书记和乡长一帮人，到村里去动员交税。结果跟村民们发生冲突，村民们扣下他们的小车，将曾副县长挟持到村里一个秘密地点藏起来，扬言政府不减免屠宰税，他们就不交车放人。县公安局长闻讯，亲自带上一卡车的干警，开到村里，和村民们对峙了一个晚上，曾副县长还没出来。

何铁夫一听，就知道问题出在了哪里。他给龚卫民打了个电话，要龚卫民先去宾馆跟蔡厅长他们打招呼，他有急事要去处理，恐怕要中午才回得去。然后上车出了城。

赶到落叶村时，荷枪实弹的干警们还堵在村口，村里的墙头屋尾都站满村民，一个个拿着打鸟枪、木棒。何铁夫走到干警们前面，吼道："把枪给我放下！站在你们前面的是什么人，你们难道不清楚吗？"干警有的开始收枪，有的还在犹豫。何铁夫不耐烦了，又骂道："有种的继续把枪举着，看我回去端不端你们的饭碗！"这样大家的武器才都放下了。

接着何铁夫转身，一边往村里走，一边高喊道："乡亲们，你们抓错了人，该抓的不是曾副县长，而是我何铁夫，县政府主持工作的常务副县长何铁夫。是我的工作没做好，我对不起大家，我现在就把自己交给你们。"

在场的人，包括公安局长和干警们，谁也没见过这阵势，顿时都傻了眼，进也不是，退也不是。如今的老百姓跟政府的关系那么紧张，曾副县长已经落入他们手中，现在何县长又自投罗网，这如何是好？那边的村民也蒙了，这个何县长也怪，先是让警察把枪放下，接着又自己送上前来，难道他就不怕死吗？

这时何铁夫又破开嗓子，喊起来："农民兄弟们，这都是政府失职，我向你们赔礼道歉来了。我清楚，现在猪肉价格连续下降，我们还要来收你们的屠宰税，而该补给你们的粮食差价款，又迟迟到不了你们手里，如果换了我何铁夫，也会像你们这么做的。告诉你们吧，政府已经把粮食差价款拨了出来，之所以没及时到达你们手上，是因为中间有人做了手脚，我们已经掌握情况，正在查处做手脚的人，如果过几天不把这家伙揪出来，并把差价款补给大家，我何铁夫誓不为人！"

何铁夫一席话，让村民们的心有些动了。他们觉得何铁夫的话还诚恳，手上的打鸟枪和木棒不由自主地慢慢放了下来。何铁夫又说："村长在吗？我想跟他说几句话。"有几个村民就说："这不关村长的事，是我们自发干的。"何铁夫说："我不是这个意思，我是想跟他商量一下，我现在有两样东西，一是我本人，另外是我后面那辆小车，今天你们是要我留下，还是把车子留下，由你们选择，先把曾副县长换出来，回头抓了这次隐瞒拖欠粮食差价款的罪犯，再来取今天留下的，好不好？"

一个留着山羊胡子的老头这时站了出来，说："我们村长到广东打工去了，村上的事情基本上由我说了算。我们是久闻你何县长大名的，据说你还是一个好官，今天我们相信你一回，把曾副县长放了，如果你不能兑现你说的，到时再找你的麻烦也不迟。"说着，他向后挥挥手，有人就把曾副县长送了出来。

临走时，何铁夫果真把自己的小车留在了落叶村，他向村民许诺说，两个星期后再来取车，然后搭公安局长的车赶回县城。

从出城到回城，前后才一个多小时，所以何铁夫赶到宾馆时，童处长他们才起床。童处长说："昨晚睡得迟，早上起不来。"他把何铁夫拉到一边，轻声说："厅长很满意昨晚的安排，你们离开宾馆后，在我面前一个劲儿地夸你呢。"何铁夫说："还不是全靠你从中协调。"童处长说："哪里哪里，是老同学你能干啊。"

吃过早餐，蔡厅长提出去财政局看看，一行人离开宾馆。见何铁夫自己没车，要去坐龚卫民的车，童处长就把何铁夫拉到他和蔡厅长的车上，问道："今天你的车哪儿去了？"何铁夫说："通化财政穷，搭你们的车可以省点儿油费。"蔡厅长说："真的？我可还没见过你这样会打算盘的县长。"童处长说："他的车八成是卖了钱，给干部职工发工资了。"

到了财政局，蔡厅长楼上楼下地转了几处，又到会议室听龚卫民汇报了一阵工作，一个上午已经过去。中饭后，几个人直接上了紫竹公园。

进得公园，满目都是青山绿水，蔡厅长赶忙叫司机把车停下，从车里钻出来。其他人也下车，陪蔡厅长步行。蔡厅长赞叹道："多好的山水啊！"随即口中念道，

"常恨春归无觅处，不知转入此中来。"何铁夫说："我说了，蔡厅长一定会喜欢这里的山水的，没猜错吧。"又指着路旁的溪水道，"这就是山上流下来的温泉，蔡厅长在这里泡几天，保证你流连忘返，不想回去做厅长了，到时童处长回去搞'宫廷政变'。"蔡厅长说："厅长算个什么？如果我那个厅长可换取你这紫竹公园，我一定换。"

十多分钟后，几个人就来到温泉边上的公园宾馆。走进装修一新的豪华套间，蔡厅长就诧异了。高贵的红色地毯，发亮的红木沙发，典雅的席梦思大床，华丽的吊顶，还有进口大彩电和大冰箱等家具，应有尽有，无一阙如。还有与卧室差不多大的卫生间，里面的桑拿房、按摩台、大浴缸也齐全得很，让蔡厅长叹为观止。何铁夫这时就站在蔡厅长旁边，他伸手在墙上按了一下，浴缸的四周立即"吱吱吱"喷出水来，那水冒着腾腾热气，很快弥漫了整个卫生间。蔡厅长走上前，伸手在水里一试，水是热的。何铁夫说："这水可不是烧出来的热水，公园里没有锅炉可烧。"蔡厅长说："这就是温泉？"何铁夫说："当然是温泉，矿物质丰富得很哩。"蔡厅长叹道："就是省城的星级宾馆也没这么气派的。"

蔡厅长很快就在这里安顿下来。何铁夫几个陪蔡厅长在套间外的会客室里打了一会儿扑克，接着到餐厅吃晚饭。晚饭过后也不安排别的活动，让蔡厅长泡温泉。蔡厅长泡够了，开门正要进卧室，何铁夫把他挡住，说："蔡厅长您到按摩台上趴着，按摩师来了。"蔡厅长回头一瞧，昨晚那位给他按摩过的盲师仿佛从天而降，摸索着走了过来。

头两天，蔡厅长一直是在大套间里泡温泉，泡过后，盲师给他按摩，按摩过后，几个人陪着他打打扑克。有时他们也到山上走走，呼吸些新鲜空气。到第三天傍晚，龚卫民提出："外面的露天大温泉池子每天这个时候换水，大家可陪蔡厅长去那里一起泡。"蔡厅长点头说："我也不能老一个人在套间里享受，这样要脱离群众了。"

大家走出宾馆，一起进了刚换过水的露天池子。这里的最大好处是水面宽，水深的地方高过人头，可以像在河里一样，来几个狗刨式或剪刀式。蔡厅长自小在长江边长大，水性不错，当即来了个仰泳。白胖的身子并不中看，速度和姿势却还可以，博得众人的一片掌声。

泡了一会儿，池边下来两个穿着泳装的女人，其中的一个竟然是于小丽。何铁夫有些纳闷，怎么这于小丽又出现了？当于小丽过来打招呼时，何铁夫还是很客气地跟她说："小于是你啊，你怎么到了这里？"于小丽说："平时领导也不带我出来玩玩，我只好趁休假自己出来走走。"又跟龚卫民点了点头，于小丽便往蔡厅长和童处长那边游去。

童处长早就看到了于小丽，对蔡厅长说："厅长您看是谁？"蔡厅长的眼睛就亮了，对于小丽说："小于你不是仙女下凡吧？"于小丽说："厅长、处长，你们好！"蔡厅长的目光在于小丽身上定住挪不走了，说："小于你真是好身材啊！"于小丽那修长的双腿就在水里优美地摆了摆，甜甜地说："我知道厅长这是挖苦我。"

从此每天傍晚换完水后，几个人就会出现在露天大池里，自然也包括于小丽在内。后来，何铁夫和童处长他们借故泡温泉累人，就把蔡厅长交给于小丽，由她单独陪蔡厅长上大池里泡温泉，他们几个继续留在宾馆里聊天或看电视。那位盲师当然也没走，仍然一天三次给蔡厅长按摩。

其他时间不再打牌，而是改成了打麻将，这是于小丽的主意，她说什么年代了，还打扑克，打麻将才有味道呢。蔡厅长就听了于小丽的。基本上是蔡厅长、于小丽、童处长和何铁夫打，龚卫民偶尔替一替何铁夫。不打大的，五一二，一炮5元。蔡厅长和于小丽赢得多，童处长和何铁夫总输。何铁夫说："我和童处长智商低，不是打麻将的料。"于小丽说："智商低的人情商高。"蔡厅长忙附和说："是，是，是，童处长一出门，他夫人就老不放心。"

又泡温泉，又搞按摩，又打麻将，一个星期不觉就过去了。蔡厅长的腰肌劳损似乎好多了，疼痛感明显减弱。这天麻将正酣，蔡厅长忽然说："时间过得真快啊，真是洞中才数日，世上已百年，我们也该下山了。"何铁夫说："人生百年，难忘温泉，我们就别走了。"

说着话，手上一个麻将牌掉到了地上。何铁夫低着头去地毯上拾牌，无意间瞥见蔡厅长那只胖手正在于小丽白嫩的大腿上摩挲着。

何铁夫赶忙把头抬起来，心想，明年通化县的裸体工资有着落了。

八

送走蔡厅长他们后，何铁夫就在常委会上提出来，立即逮捕粮食局局长，因为是他拖着财政拨过去的粮食差价款没发放给农民，才闹出落叶村事件，而且他本人也从中捞了好处，这都是证据确凿的事实。

开始既管着党群又管着政法的钟大鸣不同意，他说："要抓就连落叶村的人也一起抓。"何铁夫说："法不责众，何况理在村民手里，不抓粮食局局长，我们就不好交差，还要出事的，到时被绑架的就不只是曾副县长了，恐怕我何铁夫和你钟书记也在劫难逃。反正我的车已经交了出去，现在把我也交出去吧。"这样罗书记才表了态，抓了粮食局长。何铁夫又到粮食局坐了两天，守着会计把粮食差价款一笔笔拨到乡里，要乡里赶快造册，发到村民手中。

然后何铁夫亲自去了落叶村。那笔粮食差价款陆续到了村民手上，村民们也听说何铁夫已经把粮食局局长抓了起来，所以对他非常客气，都说上次抓人不对，何县长怎么处置他们都没意见，并表示屠宰税保证一分不少地交给政府。何铁夫很感激这些通情达理的村民们，说了许多道歉的话。村民自然也理解何铁夫，他的小车开出村子时，大家还恋恋不舍地送出村外好远。

落叶村的事情能有这个结局，何铁夫还是满意的，所以在回县城的路上，何铁夫心情有几分舒畅。他和司机小衣开玩笑说："小衣啊，我是怕你下岗，才跑这一趟的呀。"小衣也笑着说："我下岗算什么，如果何县长您亲自下岗了，那就麻烦了。"

说笑着，车子不知不觉就进了城。可正要进县委大院的时候，何铁夫的手机响了，是政府办陆主任打来的。一听陆主任的声音，何铁夫背上就发麻，因为陆主任的电话总是凶多吉少。果然不出所料，陆主任电话里的第一句话就是："何县长，又出事了，你现在在哪里？"何铁夫没好气地说："你别管我在哪里，你说到底出了什么事？"陆主任说："龚卫民龚局长被人砸烂了脑壳，正躺在人民医院里，你要不要去看一下？"

何铁夫闻言吃惊不小，问陆主任到底是怎么回事。陆主任支支吾吾的，好一阵说不出个所以然来。何铁夫就没了耐心，挂了电话，让小衣把车开到医院去。

好在龚卫民的伤并不重，额头上虽然脱了一层皮，却并没伤到里面。龚卫民告诉何铁夫，是外贸公司的职工砸的。外贸公司原来叫作外贸局，属行政部门，由财政发放工资，前几年转体出去，成为公司体制，财政便不再负责工资。由于经营不善，连连亏损，职工半年多没领到工资了，就跑到财政局来，说是财政局把他们分出去的，要求恢复过去的体制，仍然由财政发工资。龚卫民解释说，他们转体是省委、省政府下的文件，与财政何干？也许是说话的口气粗了点儿，对方也起了高腔，混乱之中，不知谁在龚卫民头上来了一下。

龚卫民笑笑说："革命就是要流血，一流血对方就退了下去。"一旁的段股长却仍是一脸的愤怒，对何铁夫说："何县长您要做主，把这事摆平，他们连龚局长都敢打，其他的财政干部今后还敢出门？"龚卫民朝段股长摇摇手说："这没什么，比起人家半年多没领工资，吃饭都没保障，我这点儿小伤算什么？何况当时也没看清是谁动的手，不好追究。"

见龚卫民并无大碍，何铁夫也就放了心，安慰他几句，准备离去。龚卫民又告诉何铁夫，财政厅的文件下来了，给通化县每年追加了 500 万元定额补贴。何铁夫高兴地说："这可不是一个小数字，加上原来的 500 万元，通化县每年可享受上级财政整整 1000 万元的定额补贴，基本上占了通化这个贫困小县可用财力的四分之一。"龚卫民一脸灿烂，说："没有何县长出面，将财政厅领导请到通化来，哪有这么好的效果？"

一高兴，何铁夫就想起一个人来，对龚卫民说："这件事这么圆满，除了县委、县政府的大力支持和财政部门的精心组织安排外，也还有于小丽的一份功劳啊。卫民你说，于小丽丈夫的事，你是怎么考虑的？"龚卫民说："我打算申报小段当副局长，把预算股长的位置让出来，给于小丽的丈夫，不知何县长您意下如何？"何铁夫说："你不是说小丽的丈夫不会写，也不会算吗？"龚卫民说："可以学嘛，他人又年轻，什么学不来？"

恰好上面派给通化县的县领导两个免费去昆明和北海疗养的指标，常委会上定人时，罗书记认为何铁夫和龚卫民是通化县的有功之臣，提议由他俩去。钟大鸣几个觉得有道理，表示赞同，最后就定了他俩。何铁夫和龚卫民觉得这一段时间安排蔡厅长这个行动，日夜不停地操劳，神经高度紧张，放松一下也好。结果龚卫民去了北海，何铁夫上了昆明。

在昆明一个山庄里待了几天，何铁夫想起县里的一些事情，便有些待不下去了。正准备提前回县，忽然在山庄里意外碰上造纸厂的吴凤来和他厂里的销售科游科长。他乡遇故人，何铁夫就有种亲切的感觉，尽管他对吴凤来一直有点儿想法。

何铁夫问吴凤来："怎么上昆明来了？"吴凤来说："全国造纸行业订货会在昆明召开，我们是特意赶来的。何县长您怎么也来了？"何铁夫说："我疗养来了。"吴凤来摇摇头，说："疗养？您会来疗养？我才不信呢。"何铁夫说："只许你当大厂长的天南海北地到处走，我却不可以来疗养疗养？"吴凤来说："疗养多久？"何铁夫说："已经来了四天了，明后天就走。"吴凤来说："干什么走啊？我们的订货会已开了一天，明天还有一天，后天我陪你去西双版纳看看吧？"

何铁夫想，平时一年四季忙忙碌碌的，也没个空闲，如今出来了，那么急着回去干什么呢？何况这也是跟吴凤来交流感情的好机会，自己既然在通化干，就要跟吴凤来这样的角色搞好关系，这对工作也是有帮助的。何铁夫就说："好吧，你吴厂长盛意，我要推辞，显得我不地道，我就留下来陪陪你吧。"

第三天三人飞了大理，开支当然全由吴凤来出，县长跟厂长出门，还没有要县长自己掏钱的先例。从大理飞回昆明后，何铁夫去宾馆拿了行李，又跟吴凤来他们飞到重庆。从重庆上船游三峡时，吴凤来见何铁夫手上的提包质量差、式样旧，就说："您这包也该扔了，到了武汉我给您买一个真皮的。"到了武汉，吴凤来还真买来一个又漂亮又实用的真皮提包，亲手交给何铁夫。并把他原来那个旧包抢过去，搜出里面的手机、证件什么的，一扬手，扔进了长江。

武汉没啥好玩的，三个人立即登上飞机，两个小时后飞回到了市里。吴凤来借故家里事多，当天和游科长回了通化县，何铁夫想起好久没跟老婆孩子见面了，回了家。

晚上，何铁夫在客厅里跟女儿争抢电视频道，董小棠在房子里给他清理东西。忽然董小棠在里面叫道："铁夫你进来一下。"何铁夫进到房里，董小棠手上拿着吴凤来送给他的那个真皮小提包，里面的东西已被抖出来，抖得满地都是。何铁夫不知董小棠要干什么，问："你没在包里发现女人的照片或香水什么的吧？"

董小棠没有开玩笑的意思，递给何铁夫一个存折，说："这是什么？我刚才在包里发现的，平时怎么从没听你说有这么多存款。"何铁夫接过存折一瞧，竟然有 10 万元存款。存折上写着自己的名字，存款地址就是本市的银行。

何铁夫立即明白过来，原来吴凤来跑到昆明去，并不仅仅是开订货会，同时也是奔他何铁夫去的。

九

一个小小贫困县，一下子省里增加了 500 万，造纸厂又超收 200 万，两项加起来整整 700 万元，这年的财政账也就好算多了。以往一到年底，各部门各单位上政府和财政局要欠拨工资的、要欠拨业务费的、要欠拨基建款的、要好不容易到上面伸手要来而县财政无法拨出的戴帽资金的，来来往往，络绎不绝，就像农贸市场赶集一样，何铁夫和龚卫民根本不敢待在县政府和财政局，东躲西藏，打一枪换一个位置，跟电影里的李向阳一样。今年县政府和财政局安静多了，何铁夫和龚卫民也不再到处打游击。袋里有钱心不慌，他们从容得很，事先就将过去欠的账列出一个明细表，分轻重缓急，一项项作了安排，12 月中旬就基本拨了出去。还补发了半年的政策规定该发而财政一直发不出的干部职工的生活补贴。剩下的为数不多的余钱，县委几个常委提议当作奖金发给干部职工，因为大家好几年没领一分年终奖了。何铁夫顶着不发，他说，通化县的干部职工已经习惯不领奖金了，他们都是些好干部、好职工，我相信他们会理解政府和财政的难处的。我们也不能忘了氮肥厂、水泥厂等几家厂子的下岗职工，应该给他们发两个月的基本生活费，也让他们过上一个像样点的元旦。

大家不好反对，也就依了何铁夫。全县上下就到处传言，何铁夫是个好官、清官，头脑清醒，办事能干，不仅能从上面弄得到大钱，还处处考虑干部职工和普通百姓的困难，这样的能人，不应该老做常务副县长，早应该做县长、县委书记了。这些话传到何铁夫耳里，他并不往心里去，可其他县领导听了，就不怎么舒服，撇着嘴说，原来何铁夫是在哗众取宠，好像全县的工作都是他一个人做的，我们都在吃干饭。

有了点儿钱，全县的党代会也如期在县城隆重召开。会上选举产生了新一届县委常委。罗书记市里另作安排，不在候选人之列，钟大鸣、何铁夫等九人当选。何铁夫得的几乎是满票，要他当县委书记的呼声很高。可分工的结果，钟大鸣做书记，何铁夫为副书记，并明确为代县长，只等3月份的人民代表大会一开，就可选为正式县长。代表们对此多少有些不满，但这是市委的决定，而何铁夫也有一个妥善的安排，也就不好起哄了，党代会圆满结束。

会议结束的当天晚上，刚上任县委书记的钟大鸣亲自跑到武装部招待所，找何铁夫谈工作。何铁夫正在房里看一份材料，见钟书记驾到，忙起身敬烟、倒茶。他说："钟书记啊，我正要去拜访您呢，您倒先来了。"

"何县长我们谁跟谁呀。"钟大鸣说，"如今罗书记要走了，全县的担子就完全落在你我两个人的肩上了。"何铁夫说："我凡事听钟书记您的安排，积极当好您的副手。"钟大鸣说："话可不能这么说，你是政府的一把手嘛，县里的工作，最难弄的还是政府这一块。"何铁夫说："有钟书记您给我撑腰，我的底气就足了。"钟大鸣说："何县长是能干的人，以你的能力搞好政府工作，绰绰有余。这也是全县上下都公认了的，这次党代会选举常委，你的得票就最高嘛。"

何铁夫望一眼钟大鸣，心想，今晚钟大鸣到我这里来，就是来把这句话说给我听的？他说这句话的用意在哪里呢？是想警告我不要以为得票多就自以为了不起，当不当书记不是由得票多少来定的，而要由上头说了算？转而又想，钟大鸣还不是这类浅薄之徒，他一定另有企图。

何铁夫的分析没错，两人又闲聊了一会儿，钟大鸣终于说了他真正想要说的。钟大鸣说："何县长，你的担子越发地重了，政府人手又少，你看是不是要增加个把助手？"钟大鸣说的当然是实情，自何铁夫主持政府工作以来，政府一直空着一个副县长的位置，何铁夫同时做着两个人的事，政府增加一个人手，很有必要。

何铁夫于是说:"过一个多月不是要开人代会了吗?到时补选一个副县长就行了。"钟大鸣说:"为确保选举顺利,我的意思是现在就给你安排一个县长助理,明确为副县级,到时由副县级干部当副县长,代表们的工作好做些。"

钟大鸣这不是理由的理由,何铁夫还不好反驳,却不知他要安排什么人。何铁夫只得附和道:"钟书记考虑得真周到。"钟大鸣说:"只要你支持,我想就这么定了。"何铁夫说:"人选呢?"钟大鸣说:"给政府安排人,我想还是由你这个县长来定。"何铁夫不免暗想,钟大鸣肯定早就有了人,只不过做个样子给我看罢了。就说:"人事安排是县委的事,政府听县委的。"钟大鸣说:"你就别推了,提个人选出来吧,你觉得工作最得力、最合手的就提出来。"

何铁夫自然就想起一个人来,他就是龚卫民。但当初提龚卫民做财政局长时,钟大鸣都极力反对,如今若提他的名做县长助理,人代会再选副县长,钟大鸣卵睾子不要跳脱?何况此时的钟大鸣已不是彼时的钟大鸣,已是通化第一人,是得罪不起的。何铁夫也就懒得开口,随他钟大鸣定谁。钟大鸣又说:"何县长你提吧,我尽量满足政府的要求。"何铁夫说:"还是钟书记你提吧,我心里好像还没有合适的人选。"

钟大鸣就做出一副深思熟虑的样子,在房间里来回走了两圈,最后他在屋子中间站住了,用手在额头上敲了敲,试探着说:"你看你手下的龚卫民怎么样?"

这一下,何铁夫就有些犯傻了。他的想象力再丰富,也想不到龚卫民这三个字会从钟大鸣的嘴巴里冒出来。

下达龚卫民做县长助理的文件,第三个星期就到了何铁夫手里。当然龚卫民财政局长的职还未免,仍由他兼任。照理,一向为何铁夫所赏识的龚卫民得到提拔,而且又是给自己做助理,他应该感到高兴才是。可何铁夫就是高兴不起来。也许是龚卫民偏偏是钟大鸣提的人选,这是何铁夫怎么想也想不明白的事。

正因为如此,当龚卫民跑到政府来向何铁夫报到时,他显得有些冷淡,有种爱理不理的味道。一向在何铁夫面前特别随便的龚卫民变得局促起来,在他办公室坐了不到两分钟,就借口还要回财政局处理点儿事,起身出了门。

看着龚卫民的身影从窗前晃过,何铁夫隐约意识到了什么。

十

吴凤来突然被检察院所属的反贪局抓了去，听说反贪局已经掌握了吴凤来贪污巨款的确凿证据。

通化造纸厂是个副县级架子，吴凤来是副县级干部，以往政法机关要办这个级别干部案子的时候，政法委书记先要跟常委通个气。可对吴凤来，他们却来了个先斩后奏。这让何铁夫很气愤，在常委会上发了一通火。

这天晚上的常委会本来是要研究春节后的人民代表大会事宜的，不想何铁夫一进会议室就把提包往桌上一摔，大声吼道："真是无法无天，起码的规矩都不要了，一个堂堂的县级干部，就这么被抓了进去，常委连半点口风都没闻到。其他的县级干部你们全部进去，我没半点意见，我还少负责几个人的工资，可吴凤来是造纸厂的厂长，吴凤来进去了，谁去缴这1000多万元的税款！"

何铁夫说的是大实话，在座的常委，包括政法委书记和分管政法的县委副书记，都竖起耳朵听着，吱声不得。何铁夫也是特意说给他俩听的。他喝口茶，好不容易才压住自己的火气，放低声音说道："有人大概以为我跟吴凤来是穿一条裤子的，我们同流合污，一路货色。可哪个不知道，我为了催吴凤来的款子，跟他斗过多次，我又何尝不想换一个听话的人去代替他？可通化县找得出代替得了他的人吗？春节很快就要到了，接着又要召开县人民代表大会，上级财政的定额补贴款要下半年才调得出，其他的税收又正逢淡季，以往每年这个时候都是靠造纸厂提前交了税款，给我们发放工资。现在把吴凤来抓了，厂里的纸销不出去，销出去的纸也要不回货款，看你们拿什么发放这两三个月的工资！"说到这里，何铁夫还是没法刹住，继续道，"也许有人以为就我关心人代会，因为要代表们给我投票，那么今天就做个决定，人代会不要开了！如果说我想当这个鸟县长，我就是你们的孙子！"

这天晚上的常委会基本上就是听何铁夫发脾气，什么事也没研究成，10点刚到就草草收了场。事实上，如今办什么事情都与钱有关，吴凤来被抓，造纸厂瘫痪，政府少了个主要财源，上级财政的补贴款按惯例都得下半年才可能拨下来，财政一时拿不出钱来，就是研究也没用。

何铁夫心里清楚，脾气他是发了，但钱的事还得他去解决，至少一、二、三月份的工资和人代会的开支要筹措拢来。他决定还是跟龚卫民商量一下，看还有什么别的办法没有。何铁夫就打龚卫民的手机，手机没开，打他家里电话，电话老占线。何铁夫想，电话占线，大概龚卫民在家，反正他家离武装部也不远，于是出了武装部，朝龚卫民家里走去。

龚卫民住在他老婆单位的工商银行宿舍里，用不上五分钟何铁夫就到了。从传达室经过时，何铁夫差点儿与低着头往外匆匆而行的造纸厂销售科游科长撞个满怀。何铁夫说："是游科长啊，这么晚了你还在这里？"游科长说："我到龚……"只说了半句，就把话咽了回去，改口道，"我到供销社彭主任家里谈点工作，谈到这个时候。"然后游科长慌慌张张地出了大门。

望望隐入黑暗中的游科长的背影，何铁夫心里暗想，这游科长怎么慌慌张张的？莫非他与吴凤来的案子有关？

龚卫民在家，他惊喜地把何铁夫迎进屋，热情地说："何县长，您好久没上我家来了呀！"何铁夫说："是呀，你忙我也忙，只顾忙去了。何况你也在政府任了职，天天见面，有事在办公室里就商量了，想来也没借口呀。"龚卫民说："何县长，我可是您一手栽培起来的，您这么说，我可不好受。"

何铁夫不免在心里说，是呀，我也感到不怎么好受。过去他俩走到一起，从来就没客气过，也不知从何时起，二人的关系似乎就变了一种味道。

何铁夫也没去多想，只说："你的手机不开，电话又老占线。"龚卫民说："刚才我正在给童处长打电话呢，费了好多口舌，他才答应春节前给我们调度200万。"何铁夫说："200万发一个月的工资还差一大截呢。"龚卫民说："今天我跟小段又去了一趟银行，金库里还有200多万，如果把上年结余的那几十万加在一起，一月份的工资可以保障了。"何铁夫说："二月份和三月份呢？二月底是春节，春节一过就进入三月，正是人大会召开的时候。"龚卫民说："万一没别的法子，只好动用那笔国债转贷资金了。"

说到这里，龚卫民便不吱声了。何铁夫说："国债转贷资金谁敢动？这是用于水利建设的专项资金，是总理放下来的，文件规定什么时候都不能挪作他用。"龚卫民说："那春节前我俩去趟财政厅，向蔡厅长伸伸手，请他们春节前再给通化调度点儿资金过来。"何铁夫说："看来也只好走这条路了。省里只要有钱，也许会调一点儿给我们的，反正我们有指标在他们手里。"

从龚卫民家里出来已经11点多了，还没出传达室，何铁夫就碰上供销社彭主任从小车上下来，正要往里走。何铁夫猛然想起刚才碰到的游科长，他不是说跟彭主任谈工作吗？彭主任这个时候才回来，他谈什么？这时彭主任也看见了何铁夫，立即喊住正在掉头的司机，要司机送何铁夫回武装部。

"才几步路，我正想散散步呢。"何铁夫说，"彭主任怎么这个时候才回来？"

彭主任说："到市里开了两天会,这才回来。哎,我去开会之前,可是向您县太爷报告了的,您忘啦?"何铁夫这才记起,前天彭主任确实到政府办当面跟他报告了的。他就捶了捶自己的脑壳,说:"你看我这记性,哪去了。"

县城不是大都市,进入农历十二月,机关里的人早忘了用公历记日子,都掐着指头计算着还有多少天就该过年了。人们见了何铁夫和龚卫民,只有一句话:要过年了,哪天发工资?钟大鸣也对何铁夫说:"大年初十就报名开人代会,那几个裸体工资还是想办法发出去吧,大家也好过个像样点儿的年,到时有情绪来开会。"

是呀,一月份的工资勉强发了出去,可二、三月份也就是过年的工资却还没有着落,何铁夫和龚卫民自然比谁都急。没法子,两人只得在一起商量上财政厅拜年的事宜,巴望财政厅能在年前给点调度资金。何铁夫说:"除了给蔡厅长和童处长拜年,别人还考不考虑?"龚卫民说:"预算处那位具体经手拨款的阮科长,是不能忽略的。"何铁夫点点头,说:"那倒也是。"龚卫民说:"一人送两条大中华和两瓶茅台,怎么样?"

何铁夫想起上次吴凤来给自己送冻鸡的事,就说:"一个人送一盒茶叶吧,就是市面上那种书本一样大小的10元钱一盒的云雾茶。"龚卫民说:"何县长,您这不是开玩笑吧?一盒茶叶也想要回调度资金。"何铁夫说:"谁开玩笑了?"

龚卫民突然明白过来,笑笑说:"还是何县长这个主意好。"

要讲发,不离八,何铁夫和龚卫民选的日子是农历腊月十八。这个时候离过年还有十二天,财政厅愿意给钱,年前还可以发到干部职工手里。当然头两天就给童处长打了电话的。童处长在电话里说:"你们不要来,农历十二月还没到的时候,财政厅宿舍区就装了两台监控摄像机,传达室也配了保安,外来人员都得接受检查。"何铁夫说:"没关系,我又不去给你送礼。"

因为是同学关系,童处长不好推辞,说道:"你们一定要来,不要自己进来,我去外面接你们。"何铁夫说:"一切照你的指示办。"

听童处长把今年财政厅说得这么森严,何铁夫干脆连司机也不带了,自己亲自开车,中午就到了省城。两人也不急着找人,白天找人不方便,于是去一个日场歌厅听了一下午歌。听完歌出来,已是黄昏,只见地上白皑皑铺了一层不厚的雪。龚卫民说:"这才像一个过年的样子。"何铁夫说:"是呀,就要过年了。"

说着,何铁夫不觉鼻头就有些酸酸的,心想,如果不是做这个鸟官,这个时候也该和老婆孩子一起购年货,考虑如何过年了。能够理解的,说是为全县干部职工那几个裸体工资奔波,不理解的,还说是我何铁夫想巴结人大代表呢。

这么想着，何铁夫捏着鼻子往地上一擤，竟然擤出一把血丝来，沾在雪地里，格外醒目。龚卫民见了说："何县长，您这是怎么啦？"何铁夫说："没什么，可能有点心火。"然后上车，起动车子，朝财政厅开去。

快到财政厅了，何铁夫把车子开进一个偏僻的巷口，然后下车，一边向财政厅靠拢，一边从提包里取出手机给童处长打电话。距离财政厅还有100米远的地方，就见童处长从传达室里走了出来。两人加快步伐迎了过去。童处长说："要你们莫来硬要来，这样的天气不是受罪吗？摄像机就装在大楼顶上，我们现在已经进入了监控范围。"

经过传达室的时候，保安自然又是一阵盘问，好在他们仅仅提了一个手提包，又是童处长领着，才顺利过了关。到童处长家里坐定后，见没有外人，何铁夫就从包里取出一包云雾茶，递给童处长，开门见山地说："这次来只看望你和蔡厅长，还有那个具体负责拨款的阮科长，你和蔡厅长的茶叶是一样的，阮科长的打五折，你觉得行吧？"童处长说："你们这样，是要让我们犯错误不是？"何铁夫说："我们老同学，你还不知道我的为人？"龚卫民在一旁说："您看我们司机都不带，何县长亲自驾的车。"童处长说："我已跟蔡厅长说好，争取给你们调剂点儿资金出来，没有特殊情况的话，下个星期就可到达通化。"龚卫民问："还要我们来一趟吗？"

童处长想了想，说："本来你是不用来了，但年底到了，我的应酬也多，弄不好会忘了你们的事，你来一下也好，还可以守着处里把钱拨走。"

从童处长那里出来后，两人先去了管拨款的阮科长的家里，然后再上蔡厅长家。蔡厅长夫人很热情，赶忙给两人倒了热茶。蔡厅长说："离开通化后，还没见过你们，都好吧？"两人忙点头说："好好好，托厅长的福嘛。"蔡厅长说："是到省城来购年货的？"何铁夫说："年货也购一点儿，主要是来看看厅长，您对通化这么关怀，通化人民没齿不忘啊！"

说着，何铁夫从包里拿出一包茶叶，放到茶几上。厅长仍是一脸的笑，说："这么客气干什么？"坐在对面的厅长夫人脸色却沉了一下，但她也是见多识广之辈，立即又笑容可掬了。

从蔡厅长家出来后，何铁夫把着方向盘要往宾馆里开，龚卫民说："赶回市里去吧，也就两个小时的路，您也好久没和嫂子团聚了。"何铁夫说："你这家伙！"心里却很受用，一踩油门，把车开出了小巷。

十一

　　转眼又是一个星期。为了确保省里的资金及时到位，何铁夫对龚卫民说："你还是上一趟财政厅吧，没准那姓童的家伙还真把我们的事给忘了呢。"

　　龚卫民走后，何铁夫常常给他打电话，问钱什么时候到。开始龚卫民总说："别急，童处长答应了，过一两天就办。"过了两天，何铁夫又给龚卫民去电话，龚卫民说："童处长说好了，明天就给我签字，你耐心等一下。"何铁夫想给童处长打电话，知道人家年底忙，而且龚卫民正在找他，就放弃了这个念头。

　　可是又过去了两天，还没见资金拨下来，何铁夫心里骂了句，这龚卫民怎么搞的，平时他办事好像不是这个样子嘛，这回到底怎么了？只好又给他打电话，却总也拨不通。最后拨通了，没讲上两句，又断了。何铁夫正急得跳脚，龚卫民把电话打了回来。他说："阮科长到乡下去了，他每年都要提前给父母去拜年的，可能要去几天。"何铁夫说："等他回来再拨款，途中至少得两天，不是年三十了？钱怎么到得了职工手里？"

　　龚卫民在那头沉吟片刻，说："反正这个钱会拨下来的，是不是先借用一下那笔国债转贷资金？"何铁夫说："这个钱谁敢动？动了上头要派人来追查的。"但他又想了想，省里的钱反正落不了空，只有先拿那笔钱应一下急。何铁夫便指示财政局段副局长调用那笔国债资金。段副局长提醒何铁夫道："这是明令不能挪作他用的专项资金，龚县长又不在家，而且他是财政局局长，他不签字，我不敢动。"何铁夫火了，吼道："还用你来给我宣讲政策？龚县长不在，何县长在嘛，何县长签了字算不算数？"

　　龚卫民是等县里的工资发完之后才回到通化的。他还是没把资金拨回来。向何铁夫汇报时，龚卫民说，等阮科长从乡里回来，银行已经关账放假了，不过他答应，春节一过立即把款子拨下来。何铁夫也懒得跟龚卫民理论，说："你们要过年，我也要过年。"他回了市里。

　　春节放假三天，加上前后两个连着的大礼拜，共有七天。何铁夫是初七那天回到通化的。初十开人代会，他必须提前两天把政府一些事情安排好，然后集中精力开好大会。这个会对他来说，的确意义非同一般。当然当不当这个县长，他也并不是很在乎，可走到今天这个地步，不将这个官做下去，又去做什么呢？

　　何铁夫对违规拨走的那笔国债转贷资金放心不下，他想着催龚卫民快点到省里去,将调度资金拨回来,好把窟窿补起来。所以一到通化,他就去了龚卫民家。龚家人说,龚卫民已经上了省城。这样,何铁夫才放了心。

初八那天晚上,何铁夫已经睡下很久了,反贪局几个人敲开了他的房门。何铁夫早就知道他们迟早是会上他屋里来的,却没想到会是这个时候。因为彼此都熟悉,平时又常见面,所以他们对何铁夫还算客气。为首的姓周,他是检察院的副院长兼反贪局局长。周局长说:"何县长,我们是为吴凤来的案子来的,根据他的招供,有件事想到你这里来取证。"

何铁夫知道他所谓有件事指的是什么,指指墙上的石英钟说:"你们看看这是什么时候了?你们要取证,难道非得这个时候来取吗?"周局长说:"对不起,何县长,干我们这一行的,深夜两三点找人是经常的事,这是我们的工作性质决定的,还请你理解和原谅。"何铁夫说:"你们说吧,到底是什么天大的事?"周局长说:"何县长,难道一定要我们先开口吗?"何铁夫说:"你们不开口,我怎么知道你们指的什么?"周局长说:"何县长你是知道我们的政策的,你先开口和我们先开口,其性质和结果可不一样。"何铁夫不耐烦了,大声道:"姓周的,你别神气,我至少现在还是通化的代县长。"周局长说:"你是不是代县长,这与我们办案没多大的关系,王子犯法与庶民同罪。"何铁夫一拍桌子,吼道:"放狗屁,我犯了哪一条?"

这周局长也沉得住气,依然是不愠不火的样子。他说:"何县长你回忆一下,吴凤来是不是曾给过你钱?"何铁夫说:"给过多少?"周局长说:"你硬是不肯说,我替你说,10万元,我大概没说错吧?"

"你没说错。"何铁夫懒得跟他们绕圈子了,从抽屉里拿出一个存折,往周局长面前一摔,说:"你们看看,吴凤来的钱都在这里。"周局长打开存折,见里面曾经存过10万元人民币,可那10万元人民币已经取走了。周局长冷笑一声,说:"何县长你当我们是三岁小孩?想用这个一分钱都没有的存折来哄我们?"何铁夫说:"我麻烦你再往后面翻翻行吗?"

周局长就往后面翻了翻。他看到了存折的内壳里面用糨糊粘着一张事业性收费收据。收据盖着通化一中财务科的红印,上面写着今收到通化造纸厂校庆捐款10万元整的字样。

第二天,整个通化县就传开了何铁夫被抄家、收审的谣传。传得非常神,说吴凤来为了让何铁夫减免他的税款,一次就给了何铁夫50万元的贿赂,何铁夫拿着这笔钱,带上政府办的于小丽飞了云南,又飞重庆,潇洒快活如神仙。还说反贪局的人去抓何铁夫时,他正和于小丽睡在床上,两个人都一丝不挂的。又说何铁夫给了于小丽不知多少好处,否则她怎么会跟何铁夫上床?

如此如此，不一而足。直到两天后人代会如期召开，何铁夫端端正正坐在了主席台上，这谣传才不攻自破。

然而好运并没因此而降临到何铁夫头上，第三天就要开始选举的时候，何铁夫县长候选人的资格被撤了下来。原因当然已不是收受吴凤来的贿赂，而是何铁夫动用国债转贷资金的事，被人捅到了市纪委，市纪委当即下来查实，何铁夫白纸黑字在国债转贷资金的拨款单上签着自己的大名。还是看在何铁夫是为了发放工资，而没有别的不可告人目的的分儿上，才免去了刑事责任，但他县长候选人的资格那是非取消不可的。只好按程序，紧急召开人代会主席团会议讨论，临时确定县长候选人。

讨论来，讨论去，刚从省里调资金回来的龚卫民被推举为候选人。

十二

何铁夫准备离开通化县的头一天，吴凤来到武装部来看望他。吴凤来是在何铁夫县长候选人资格被取消的第二天被放出来的。何铁夫把那个空白存折和贴在存折里的那张收据一并给了吴凤来。

吴凤来心里很不好受，说："何县长，这10万元，我并不是有意要害您啊，是您使造纸厂起死回生，让全厂的职工有碗饭吃的，可您却从没得到过我们的半点好处，我和全厂的职工都过意不去啊。而有些人没给厂子办过半件事，却从我们那里弄了不少的好处，我心里服吗？可我要说别人的事，说那些从我手里拿走几十万上百万的贪官，他们不听，也不让说，硬要我交代和您的问题！这10万元钱尽管我早就知道您以纸厂的名义捐给了一中，但我在他们面前也没说半句，我让他们自己来找你，让他们自己打自己的嘴巴。"

"老吴你别说了，我了解你的好心。"何铁夫略有所思地说，"我不明白的是，这10万元钱你没说，他们究竟是怎么知道的呢？"吴凤来说："这还用说，是那姓游的说出来的。原来我还不知道，他跟钟大鸣和龚卫民他们是一伙的。"

提到龚卫民，何铁夫想起了什么，等吴凤来走后，他给童处长打了一个电话，问调度资金怎么春节后才到县里。童处长有些奇怪，说："这是怎么搞的？龚卫民到省里的第一天，手续就办好了的，不信你还可以问问具体负责拨款的阮科长。"何铁夫说："阮科长年前不是回乡下去了吗？"童处长说："哪有的事，春节前那么忙，阮科长一直在处里上班，哪里也没去。"

何铁夫无言了。他突然觉得胸闷，气促得不行，喉咙也堵着，差点憋昏过去。

最后，一口恶血从口里喷出来，染红了地上的瓷砖。

何铁夫在通化县人民医院住了一个星期。其实并没什么大问题，主要是心火过盛所致。他没告诉家里，这个星期由左舒青过来照顾他。出院那天，左舒青还把何铁夫接到家里吃了一顿饭。左舒青说："铁夫，你要离开通化了，以后上我家去的机会就不多了。"

左舒青搬了新家，三室两厅。左舒青告诉何铁夫，这是一栋教授楼，也就是要有高级职称的老师才住得进来。何铁夫将左舒青收拾得干净、明亮的屋子打量了一下，说："蛮好的，你几时评了高级？"左舒青说："我还没评高级，这是校长照顾的，校长说我为学校作了贡献，让我提前搬进教授楼来。"何铁夫说："你作了什么贡献？"左舒青说："你给了10万元嘛。"何铁夫就笑了，说："这是造纸厂的钱，怎么算到了我的头上？"

不一会儿，菜就上了桌。左舒青还拿来了一瓶红葡萄酒，说："稍微喝点儿不碍事的。"端酒杯的时候，何铁夫没见左舒青的孩子上场，就问："孩子呢？"

"送到我妈那边去了，今晚我们慢慢喝两杯。"左舒青把杯子举起来，柔柔的目光抛向何铁夫，说："还记得吗？我们第一次在一起喝酒是学校组织的一次篝火晚会，当时我们喝的就是这样的红葡萄酒。"何铁夫说："记得记得，有些事情是一辈子也不会忘记的，它是人生的最大财富。"

说着，两人的杯子一碰，一杯酒就下了肚。何铁夫就觉得奇怪，平时在外面喝了那么多好酒，什么茅台、五粮液、剑南春之类，常常喝，却从没觉得像今晚这酒这么好喝。何铁夫就有一种酒不醉人人自醉的感觉，心想：到通化来，什么也没得到，可却找到了左舒青，而且喝到了她的酒，我何铁夫也就知足了吧？

空 转

一

从何铁夫家里到财政局去，紧走慢走也就是十四五分钟的样子。可何铁夫每天早上 7 点过 10 分就夹着公文包准时出了门。那些才从外面购了早点或晨练回来的熟人和同事见了，免不了要问候一声："这么早，何局长上班去啦？"何铁夫总是点点头，微笑着答道："是呀是呀，有些事得早点上办公室去处理。"或者说："今天还要到政府去开个会。"打完招呼，何铁夫就从从容容往巷口走去。

熟人和同事就在后面说："是呀，人家当财政局长的就是忙。"

出了巷口，就是那条新近才铺了水泥的沿江路。因为时间尚早，路上行人稀少，只有二五个背着书包的学生，或　两个挑着蔬菜赶早市的菜农。路边有杨柳，柳旁有护栏，栏外是为防洪而砌的水泥河堤，拥着柔媚的河水。

河叫资水河，自西向东，像一段绿色绸缎绕城而过。河风悠悠拂过来，撩起何铁夫的鬓发。而那流溢着晨光的河水，则把他坚毅的目光也濡染得明亮起来。何铁夫就有一种置身画中的感觉，脚步减慢了许多。他喜欢这清晨的杨柳岸，喜欢这宁静的资水河。他甚至想，这河水多像女人无声的笑容，当他临河独步，让思绪任意驰骋的时候，他就好像是在跟一个自己暗暗喜欢着的女人漫谈。

有时何铁夫也会停下脚步，往远处的地平线注视一会儿。资水河就是从那里流过来的。他不由得要想起遥远的地平线那一边一个叫作通化的县城，他曾在那里以常务副县长的身份主持过一段政府工作。在那段时间里，他上蹿下跳、左冲右突，虽然没有惊天业绩，却也让贫困得连干部的裸体工资也发不出的政府渡过了难关，而自己的政声也日盛一日，成了呼声最高的县长候选人。可就在他已经坐在人代会的主席台上，代表们正要把选票投给他的时候，他因临时动用一笔国债专项资金给等钱过年的干部、职工发了工资被人捅到市纪检委，最后县长候选人的资格被取消，只得灰溜溜到市政府来做了一名副秘书长。也是应了那句旧话，有意栽花花不开，无心插柳柳成荫，不久市政府换届，何铁夫中学时的校长白日升从县委书记的位置上升任常务副市长，对权力的争斗已没有太多兴趣的何铁夫突然被任命为财政局长。原来，市委主要领导找白日升谈话时，白日升提了个条件，他说如今的财税工作越来越难做，如果要他做主管财税工作的常务副市长，那财政局长的人选必须由他来提名，结果白日升一上任就把何铁夫招到了他的麾下。

　　不知不觉中，何铁夫上了一座小桥。桥下一条小河正不声不响地汇入资水。这是资水上一条名不见经传的支流，自城市的另一个方向逶迤而至。小河的西边有一座七级浮屠，东岸的山崖上则是一座不大的公园。公园里长着许多青翠的梧桐，几乎把那寂静的庙宇亭榭都掩藏得不露半点痕迹。公园也就叫作梧桐公园。在那段做副秘书长的清闲的日子里，何铁夫曾到梧桐公园里去过几次。公园里的八角亭上有一副对联，对仗倒还工整，也有几许意境，只是直白了点。何铁夫很欣赏那几个字，认为其中有王羲之的随意，兼柳公权的清奇，还暗含了郑板桥的怪异。对联曰：

　　　云带钟声穿林去
　　　月移塔影过江来

　　何铁夫记得有一个周末，他还在八角亭上碰上了政府秘书二科的副科长吴凤栖。虽然何铁夫的办公室和秘书二科挨在一起，两人几乎天天见面，但在公园里与吴凤栖不期而遇，还是让何铁夫多少有一丝惊喜。何铁夫就在吴凤栖身上多瞧了一会儿，发现她比平时漂亮了几分，忍不住就开起吴凤栖的玩笑，说："你不是来约会的吧？"不想吴凤栖直言不讳地说："还被你猜中了，今天我真的是来约会的。"何铁夫说："你就不怕陈小明挑你的脚筋？"何铁夫说的陈小明是吴凤栖的丈夫。吴凤栖说："他还没这胆量。"何铁夫说："怎么只你一个人？"吴凤栖说："怎么只我一个人？"何铁夫往四下张望，亭周围除了他和吴凤栖，此时并没有其他人。何铁夫就明白了，说："我可没有得到过你的邀约哟。"吴凤栖说："这叫不约而同嘛。"

　　明知吴凤栖这句话当不得真，何铁夫心里莫名地还是有一丝丝激动。何铁夫转移了话题，说："你常来吗？"吴凤栖点点头，将手上的一张报纸对半撕开，一半递给何铁夫，一半垫到石凳上，坐了下来。何铁夫也就像吴凤栖一样坐下了。一时竟然无语。何铁夫望着四周茂密的梧桐，无话找话道："我知道你为什么喜欢到这里来了。"吴凤栖偏着头瞥何铁夫一眼，问："为什么？"何铁夫说："家有梧桐树，引得凤凰栖。"吴凤栖有几分动容地说："知我者，何秘书长也。"还说，"结婚前有好几个追求过我的男孩都陪我到这里来过，可没谁了解我到这里来的用意。"停了停又说，"只可惜，'梧桐栖老凤凰枝'。"

闻言，何铁夫心头暗暗动了一下，他知道这是杜甫的诗句，此时此景，出自吴凤栖之口，多少有些伤感的意味。何铁夫无言，只抬了头去望亭柱上那两句比起杜诗来不知要逊色多少的联语。

此后两人再没单独在一起过，可何铁夫偶尔在走廊上碰见吴凤栖，就会想起"梧桐栖老凤凰枝"那句诗，总觉得吴凤栖那浅浅的笑意里多了一层什么。所以，何铁夫离开政府到财政局去做局长时，就因为吴凤栖那份多了层什么的浅浅的笑意，只稍稍犹豫，就把她也调了过去。当然，何铁夫转了一个弯，吴凤栖申请调往财政局的报告上堂堂正正签着黄市长和白日升的字。恰好行财科原来的科长退休，吴凤栖又是财专毕业生，办事能力强，还写得一手好字，何铁夫就没让行财科原来的两位副科长升任科长，以市领导打了招呼为名，让吴凤栖做了主持行财科工作的副科长，不到一年又把她扶了正。为此局里传出不少谣言，说何铁夫与吴凤栖在政府办时就关系暧昧，否则哪有这么使用干部的？尤其是得罪了主管政工的副局长魏家桥，他在何铁夫没进财政局之前就给行财科副科长石时务许过愿，要让他做科长。何铁夫插这一杆子，确实让魏家桥有些恼火，尽管后来何铁夫为了给他面子，让石时务做了工交科科长，看上去才算把这事给基本摆平。

想到这里，何铁夫无奈地摇了摇头。本来是想趁上班前这难得的悠闲时光放松一下自己，谁知这些七七八八的事情又不知不觉钻进了脑袋里。何铁夫看看表，离上班时间只有五分钟了，他不舍地望望清亮的河水，掉了头，横过沿江路，大步流星往办公楼方向走去。

二

8点整，何铁夫准时走进办公室。

局里的勤杂工已将局长办公室打扫干净，开水也提到了茶几上。何铁夫把公文包放到桌上，拿起那只跟随他多年的竹壳玻璃杯，放了茶叶，倒上热气腾腾的开水，坐到桌旁开始批阅文件。这个时候若没有外单位缠着要经费批条子的，而自己单位的人则刚上班，要打开水、搞卫生、整理内务，即使要来请示工作什么的，还得过上一阵子，何铁夫正好可以见缝插针，打一个时间差。

可还没批上两个文件，桌上的电话惊恐万状地响起来。何铁夫放卜笔，拿起电话。是市人大秘书科打来的，要何铁夫去参加水利执法检查。何铁夫懒得跟那些人去做毫无用处却冠冕堂皇的表面文章，放下电话，便将斜对面办公室主任周里旺叫过来，要他安排农财科去参加人大的检查。

周里旺刚出去，电话又响了。这回是劳动局打来的，劳动局昨天就跟何铁夫打了招呼，他们要给等着开工的劳动大厦举行奠基仪式，请何铁夫去指导指导。何铁夫知道这指导的意思，无非是吃喝一顿，然后带一个不薄的红包回来。可他清楚，那样的厚礼并不是那么好接的。记得两个星期前，劳动局长曾拿了一个从社会保障资金里贷款600万元建设劳动大厦的报告，跑来要何铁夫签字。一见报告上市委关书记已经签着请财政局何局长给予办理的字样，何铁夫就哭笑不得。社保资金是由劳动和财政等部门牵头下文，从企业和各单位各部门筹集上来再储存在财政专户里的专项资金，是专门用来发放下岗职工生活费和离退休干部养老金的，国务院明令一分钱都不能挪作他用。在通化县主持政府工作时，何铁夫就吃过这方面的亏，哪敢顶风违纪？于是他毫不客气把报告还给了劳动局长，还说："尽管关书记签了字，但白副市长直管财政，你还得找一找白副市长。"劳动局长前脚走了，何铁夫后脚就赶到宾馆，将正在接待外商的白日升叫出来，把劳动局要钱的事和国务院的规定给他说了，要他不能破这个例，否则得罪关书记和劳动局事小，被上面查办，甚至进班房，那就惨了。白日升当然是知道政策的，拿着报告跟关书记一解释，关书记也无话可说。只是关书记心里不太高兴，自己堂堂市委书记，可谓临资第一人，而他直接签给财政局的报告却不管用，还得由常务副市长白日升说了算，这像什么话？所以第三天召开常委扩大会议时，关书记见了何铁夫，便有些不冷不热，说："何局长你的原则性还蛮强的嘛。"何铁夫知道他已经得罪了关书记，但一时又解释不清，只得装聋卖痴地傻笑。今天何铁夫自然懒得去劳动局凑热闹，就让办公室通知社保科，让他们派人到劳动大厦基地去。

没过两分钟，这第三个电话又进来了。何铁夫想不理睬，又不知是何方高人打来的，稍作迟疑，还是把话筒拿在了手上。这回是一个有些熟悉的男中音。这可不像刚才的电话，带着请求的口气，这回的男中音慢条斯理的，不称何铁夫的职务，还省了他的姓。男中音说："铁夫吗？今天上午有没有空？"

何铁夫意识到这不是一般的角色，只是一时想不起是谁，又不好冒昧地问对方，只得把话筒紧紧捏住，一副洗耳恭听的样子，好像是故意做给对方看似的。对方也意识到何铁夫并没听出自己来，就开玩笑道："铁夫呀，看来你跟组织上还有一定的距离，我在电话里说了半天，你还不知道是谁。"

一听组织两个字，何铁夫就猛然醒悟了，心里一阵惊喜，忙说："是您呀，屈部长，您看我真是该死。"屈部长说："不是该死，是该打屁股。"何铁夫说："真的该打。感谢部长记起部下，百忙之中抽空给部下来电话。"屈部长说："难道只可以管财政的常务副市长给你们打电话，我这个组织部的部长却不可以给你们打电话？"

常务副市长是市委常委，位显权重，财权、事权在握。但组织部长也是常委，而且掌管着全市官员头上的乌纱帽，组织部长如果是市委书记和管党群的副书记的人，那官员们的升降去留，也就是他一句话的事。何铁夫深知屈部长那随意说出的玩笑话分量不轻，丝毫不敢怠慢，放下电话就往楼下走。

正要上车，工交科长石时务和环保局的一位副局长把他挡住了。石时务递上环保局要求全额返还180万元排污费的报告，何铁夫一看上面石时务和分管政工同时还分管工交的副局长魏家桥都签了同意返还的字，心头的火气就不打一处来，阴着脸对石时务说："你们两个都签了字同意，还来找我干什么？你们返就是了。"

说完，何铁夫把报告塞回到石时务手上，关上车门，让司机把车开出了财政大院。

石时务愣在那里，作声不得。这是环保局的人先找了魏家桥，魏家桥已经签了字后才让他补签的。负责拨款的预算科只认局长何铁夫的字，不认副局长魏家桥的字，这样他石时务就夹在了两位领导之间，左右不是人。他只得对环保局的副局长说："看来报告只得先放这里，等何局长有空的时候，我再找找他。"无可奈何之下，那位副局长说声拜托了，快快地离开了财政局。

何铁夫那不叫专车的专车一溜烟进了组织部所在的市委大院。他还在为刚才石时务那份报告闷闷不乐。何铁夫知道魏家桥这是别有用心。何铁夫做财政局长断了魏家桥的前程，魏家桥心里一直难得平衡，所以经常明里暗里与何铁夫过不去。

不过即使撇开魏家桥不说，环保局这事也不能办。何铁夫想，现在工厂纷纷倒闭，哪里有钱给你交排污费？这几年，政府为了确保财政收入的增长速度，才不得不按惯例在预算里列了380万元的排污费收入。操作办法也是按照惯例先征后返，即由环保局负责从企业把钱收缴上来，进入财政金库，然后再返还给企业。过去企业状况好，财政要从排污费里提留一部分才返，现在企业生存都有困难，根本拿不出钱，缴上来的钱政府只有一分不留地退给企业。说穿了就是搞一番空转，把财政收入的数字做大，政府却一分钱都得不到。不但如此，财政还要按过去的做法倒贴环保局10%的业务费。所以环保局也就乐此不疲，企业没账可划，就让单位职工集资或找银行贷款，今天交给财政局，财政局明天返回来，马上还集资和贷款，而单位可再从财政净拨10%的业务费。何铁夫对这一套很反感，去年年底就提出今年的排污费由工交科直接去企业征收，收多少是多少，不能再让环保局从中作祟。谁知魏家桥硬是不听，背着何铁夫，让环保局继续按过去的办法，用贷款和集资交排污费，搞得财政很狼狈。何铁夫很烦，心里骂道，魏家桥你这兔崽子！

<h2 style="text-align:center">三</h2>

何铁夫这么烦着的时候，小车已经停在市委大楼前。司机见何铁夫还呆呆地坐着不动，就轻轻说了声"何局长，到了"。何铁夫这才反应过来，下车往大楼里走去。

财政局归政府管理，何铁夫到组织部来得不多。他自然知道跟着组织部，年年有进步的道理，可他也懂得，往组织部走得多了，招人耳目，会让人以为你有什么企图。今天当然不同，今天是屈部长亲自叫他来的，他的底气就足得很。只是屈部长只说要他到组织部来一下，并没具体说是什么事，这让何铁夫不免一番浮想。现在财政局天天有人传说他何铁夫要回政府做秘书长，莫非屈部长就是为此事找他谈话？何铁夫知道人们的传说并不是无中生有，前不久在财政厅参加全省财税工作会议期间，何铁夫那个在预算处做了多年处长，年前已被提拔为副厅长的大学同学童学军跟何铁夫透露了一个口风，说管党群的省委副书记跟他说了个意思，临资市的黄市长另有安排，他很快就会上一个台阶，到临资市来做市长。童学军还对何铁夫说，如果我真的到你那里去，你就回政府做秘书长，然后再过渡到副市长，这个办法我觉得还是可行的。何铁夫当然也很清楚，现任政府秘书长已进常委，到市委那边做秘书长去了，这的确是就汤下面的事情。他在副秘书长位置上待过，知道政府秘书长看上去跟财政局长一样，是个正团，但这个位置是个跳板，干上一两年，不是升常委做市委秘书长，就是就地提拔为副市长，再差也会给个副厅级助理巡视员。如今财政越来越困难，财政工作也因此显得尤为重要，但同时矛盾也多，容易得罪人，遭人嫉恨。所以能做上政府秘书长，最后修成正果，那是非常理想的。

这么一想，何铁夫心头就有几分亢奋，脚下的步子加快了节奏。

上到三楼，何铁夫就朝着走廊尽头那块醒目的写着部长办公室的牌子疾步走去。过去部长办公室是不挂牌的，不知内情的人打着灯笼火把，在楼里找上半天，也别想把部长找出来。最近搞什么政务公开，才挂了这个牌子，也算是政务公开的最新成果吧。

没想到，走到牌子下，门却是紧闭着的。屈部长不是跟自己开玩笑吧？正在犹豫间，有一个有点面熟的人走了过来，轻声对何铁夫说："何局长还认得我吧，我姓邹。"何铁夫想起来了，他是组织部办公室的邹主任，是去过财政局的。何铁夫忙说："邹大主任，怎么不认得？"一边把邹主任的手握住。握罢手，邹主任说道："请跟我来。"走进另外一间没挂牌子的办公室后，邹主任伸手往里间示意了一下。

原来挂牌的部长室是做样子给外人瞧的。

何铁夫在那虚掩着的门上轻轻一推，门就开了。屈部长正戴了眼镜，在伏案阅文。何铁夫说："领导的板子在哪里，我特意把屁股送过来了。"屈部长取下鼻梁上的眼镜，笑道："屁股主要是用来坐的，今天免了，把账记在这里。"何铁夫这才落座在沙发上，满脸堆笑道："部长您真忙啊。"屈部长说："你忙你忙，如今财政压力越来越大，你这个财政局长可有的忙啊。"何铁夫说："财政工作离不开领导的正确领导。"屈部长说："你知道我为什么叫你来吗？"

何铁夫想，我又不是你部长肚子里的蛔虫，我怎么知道？就开玩笑道："这是组织秘密，我不敢知道。"屈部长也笑了，骂道："好一个不敢。告诉你吧，今天喊你来，是要让你来看看组织部的办公条件多么简陋，今年追加预算指标时，多少给我们也考虑点。"何铁夫说："部长开了口，我还有什么说的？一定遵照执行。"心里思忖，这肯定不是今天屈部长喊自己来的真正目的，屈部长还从没为组织部的经费问题找过他何铁夫，他们要经费什么的都是办公室主任出面。

果然，屈部长接下去就转了口风，说："据我所知，你领导有方，你那个领导班子还是很有凝聚力的，是吧？"何铁夫一时还不太明白屈部长问这话的意图，只得说："全靠组织给我配得得力，运作起来还是顺手的。"屈部长说："你有三个副局长吧？"何铁夫说："是呀，部长可是深知民情。"屈部长说："费自名怎么样？"何铁夫说："费自名在财政待过多年，人品挺正的。"屈部长又说："其他两位呢？"何铁夫说："魏家桥是组织部出去的干部，屈部长很清楚他能力强，我不但把政工纪检一摊子都交给了他，还给他分了工交等业务科室，替我分了不少忧；左宜右是上海财大毕业，能写会算。"

这天的谈话看上去显得很随意，但屈部长却比较满意何铁夫。他接触过不少单位的局长，你要他们谈本单位的班子建设，一开口不是张三不行就是李四差劲，好像天底下就他一个人行。屈部长就觉得何铁夫这个人有水平，他也就不再转弯抹角，说："铁夫呀，我看你这个班子这么有战斗力，真不想动，可这又是组织上的需要。这样吧，我先提个初步设想，如果你有不同看法就直接说出来。我和党群书记合计了一下，费自名原来在审计那边干过，打算将他调回审计局做局长，你那里再给你配一个得力的助手，行吗？"何铁夫说："毛主席教导我们说，个人服从组织，下级服从上级，全党服从中央。"屈部长笑了，说："你这个何铁夫。"

直到此时，屈部长还没有提到何铁夫本人的事情，何铁夫心里就想，童学军恐怕不会来临资做市长了，所以他何铁夫还得在财政局待着。这么一想，何铁夫也就坦然了许多。既然没有好消息，就该走人，便对屈部长说："部长忙，我走了。"

屈部长点点头，站起身，离桌来到何铁夫身边。就在何铁夫伸了手，要和屈部长握别的时候，屈部长另一只手伸过来，在何铁夫肩上拍了拍。何铁夫立即意识到了什么，不免有些受宠若惊。和屈部长打交道也不是一次两次了，可屈部长从没伸手在何铁夫肩上拍过，这一拍，屈部长该不是无意识的吧，说不定意味着什么呢！

何铁夫的感觉并没错，屈部长终于道出了何铁夫最想听的一句话："铁夫呀，要你回政府做秘书长的呼声很高，你可要有思想准备哟。"

何铁夫想，童学军到临资市来的事，看来并没有假。

四

费自名不久就到审计局上任去了，他留下的那个副局长的位置暂时还空着。何铁夫记起屈部长那句要另给他配得力助手的话，也不知会给他配个什么样的角色。何铁夫想，与其把位置留给外面来的，还不如内部产生为好，自己手下的人比较了解，又是自己提拔的，自然要好用些。更重要的是，过去财政局的班子不怎么协调，局里的科长、主任几乎没就地提拔过，正副局长都是从外面调进来的，如果何铁夫能改变这种状况，一方面能大大增加他这个做局长的威信，同时还可给中层干部进步的希望，提高他们的工作积极性。何况何铁夫手下好几位科室负责人都挺能干的。首先是陈立宪，他已做了四年预算科长了，是何铁夫业务方面最得力的干将，可以说一个陈立宪所起的作用，比三四个副局长加起来的作用还大。另外就是办公室主任周里旺和政工科长金石开，局里的内部管理都是他俩在打点，何铁夫一天也离不开他们。当然还有行财科长吴凤栖，不过吴凤栖提行财科长没多久，局里又有那种说法，何铁夫觉得暂时还不能考虑她。

有了这些初步的想法，何铁夫就决定召开党组会议，确定上报的人选，同时把党组成员的分工也调整一下。

党组有一个专门的小会议室，里面圈着椭圆形的会议桌，墙上挂着两面红旗，一面党旗，一面国旗。何铁夫进了会议室，就朝着红旗走过去，一屁股坐在红旗下的位置上。何铁夫当然还记得刚到财政局时，虽然他已是局长，但原来的局长兼党组书记钟守成只免了局长的职，党组书记的头衔还留着，要等他两个月后到了退休那天再办免职手续，所以何铁夫暂时还不是书记，只随便拣了门边一个位置坐下，与红旗和红旗下的会议主持人对面相望。钟守成的党组书记免去后，何铁夫以主持人身份第一次走进会议室时，还习惯性地往原来的那个位置挪去。负责会务和会议记录的政工科长金石开赶忙走过来，把何铁夫请到红旗下。何铁夫口上说哪里都一样，心上就有几分受用。一坐到红旗下，他立即就意识到这个位置与众不同，至少这里有一个好处，就是能给人一种居高临下、纵览全局的感觉。

党组成员很快就到齐了，何铁夫宣布开会。他说："这个会早就该开的，费自名一走，原来他管的那一摊子没人接替，今天得把我们几个人的分工重新调整一下。"说到这里，何铁夫喝了口茶，瞟大家一眼，继续说道："另外组织上还会给我们配一个副局长，我想如果我们努力争取一下，若能在财政局内部产生，则更为理想，因为局里的干部熟悉业务，有利于我们工作，另一方面还能给中层干部一个盼头，发挥他们的工作积极性。如果有时间，今年的超收分成奖怎么拿的问题，也得拿个初步方案，职工们对退休人员跟在职人员享受同等待遇意见很大。我也了解了一下，其他部门，退休人员除了工资，在职人员的一切待遇都不享受。"

没有不同意见，何铁夫就让大家先讨论分工的事。

却没有人吱声，都只顾喝水、抽烟。何铁夫知道这分工说简单也简单，说复杂也复杂，并不是那么好分的。财政局科室之间差别不小，分管的科室不同，所能得到的好处就完全不同，说白了，分工实际就是利益分布，给甲分了好科室就意味着要给乙分差点的科室，是费力不讨好的事。

沉默了两分钟，何铁夫望了大家一眼，最后将目光落在了魏家桥身上。何铁夫说："老魏，你先说个意见吧。"说着何铁夫忽然想起，那天石时务拿着环保局要求全额返还排污费的报告找他签字的事，原想把魏家桥和石时务喊去批评几句，这几天一忙就顾不上了。这时魏家桥开了口。他说："分工的事由你书记说了算，我们服从就是。”何铁夫说：“你是分管政工的，我的想法，党组分工你多出点主意。”魏家桥说：“我是协助书记管政工，主意还是在你身上。”

这么来回推让了一会儿，还是没有谁肯发表意见。何铁夫就说：“这样吧，分工的事，先由魏局长和政工科拿个初步方案，下次再定，今天我们把推荐副局长的人选先定下来。”

这一下会议室里活跃起来了，大家你提一个，我也提一个，不一会儿就提出了五个人的名字。在座的都是做领导做出了水平的，知道提这样的名不会犯错误，也不会得罪人，提中了是有眼光，提不中，被提名的人知道了，也会感谢自己。

一听大家提的名字中竟然没有预算科科长陈立宪，何铁夫心里就有些不高兴，说：“预算科科长陈立宪好像也不是太差劲嘛，怎么没人提他呢？”大家心里自然知道何铁夫的用意，就说：“陈立宪是你直管的科长，当然还是由你来提好些，我们怎么好提呢？”何铁夫就不好说什么了，最后宣布，拿这几个人来做民意测验，谁票多就推荐谁。

看看下班时间也快到了，超收分成奖的事只随便议了几句，初步决定改变以前在职和不在职一个样的老做法，离退休干部拿70%，在职干部出满勤的拿100%，以调动在职干部的积极性。

出了会议室，何铁夫就被一伙人拦住了，原来是机关幼儿园的园长、书记和财务人员。那位园长带着哭腔说：“我们新竣工的教学大楼的基建款还有300万没支付，教学大楼的门被施工队的工人锁死了，全园1000多名幼儿都被赶到了操场上。”何铁夫说：“那你把基建款付了不就得了？”园长说：“我何尝不想付？可我园里的学杂费什么的都储存在您的户头上，您不拨给我，我拿什么去付？”何铁夫说：“你找了计会科没有？”园长说：“找了，林科长说要找局长。”

何铁夫就喊住最后出会议室的金石开，要他去叫负责专户储存的计会科林科长。

林科长很快就到了。他把何铁夫扯到一旁，说：“专户里的资金已经所剩无几了，下个月的工资还要从这里调剂一部分，您说怎么办？”何铁夫说：“我说怎么办？我说你赶快把幼儿园的钱给拨了，人家的学杂费你卡着干什么？”

林科长愣了愣，才点着头去填拨款通知单。填好后要何铁夫签字，何铁夫也犹豫了，回头问林科长：“专户上到底还有多少钱？”林科长说：“还有1500万。”何铁夫吃一惊，说：“报表上不是说有将近2亿吗？”林科长说：“报表上说的没错，可前几年借了 1 亿出去，至今还没收回来，我们一直是靠东拼西凑勉强应付支付。"何铁夫无奈，只得把拨款通知单退给林科长，要他把给幼儿园的拨款数开小一点。

幼儿园的人走后，何铁夫才发觉背上已经被汗水浸了个透湿。他想，幼儿园是硬着头皮打发走了，其他单位的人来了又怎么办呢？还有下个月的工资到哪里去筹备？何铁夫只好把几个收支科室的负责人喊到自己的办公室，跟他们商量对策，要他们一方面把由财政负责收缴的收入足额收上来，一方面找国、地两家税务局，把他们征收的税款划进金库。何铁夫还说，碰到什么困难不好解决，及时报告给他，大家一起想法子，还解决不了就请市委、市政府出面，反正下个月的工资要筹拢来。

几个科长起身往外走的时候，何铁夫想起那天环保局拨款的事，把工交科长石时务留了下来，对他说："你也看到了，现在财政形势实在不容乐观，我想你石时务是识时务的，可为什么我一而再再而三强调了的事，你和魏家桥就是不放在心里？"

石时务往门外睃了睃，放低声音说："是魏局长先打的招呼。"何铁夫说："他打的招呼你事先也应给我透句口风嘛，木已成舟，再来找我，哪有这么办事的！反正事情是你和魏家桥做的，字是你和魏家桥签的，你和魏家桥去跟环保局解释，今年他们交的排污费摆在预算不能动，年底再按过去的办法，财政提留后再返还给他们。"

石时务心里直叫苦，又不能说什么，一声不吭地出了局长室。

五

接下来的几天里，何铁夫只顾跟收入科室的人往税务、银行跑，竟把党组分工和推荐副局长人选的民意测验的事丢到了脑后，直到政工科长金石开提醒他，他才想起此事来。何铁夫说："你跟魏局长商量了没有？"金石开说："商量了，他要我先弄一下。"说着，他把一个初步的分工方案拿出来，递给何铁夫。

何铁夫一看就来了火，真想狠狠训金石开几句。不过何铁夫还是忍住了，只说："这是你的主意，还是魏家桥的主意？"金石开说："是我的主意。"何铁夫知道金石开没说真话，这一定是魏家桥的点子，他作为政工科长懂得惯例，还不会做出这样的蠢事。原来，这个方案把收支管三种类型的科室都切开来，给每位副局长都搭配一点，就好像街头的屠户卖猪肉，好肉差肉搭配着卖。

没办法，何铁夫只好自己来作方案。他自己基本不变，除主持全局全面工作外，仍主管预算、行财、农财、社保、基建；魏家桥分管政工、办公室、工交、国资、党务；左宜右分管收费、国债、商业、外经、农税；另外纪检组长和一名调研员也分管了一些科室。

这样的分法，大体维持过去的分工，只是把费自名原来分管的科室做了再分配，估计大家应该能够接受。不过正式跟各位党组成员见面时，何铁夫觉得魏家桥管的大多是综合部门，没有太多的实惠，肯定会有想法，就把左宜右分管的农税科划给了他。

再一次召开党组会议的时候，何铁夫就跟大家摊了牌，其他人没有什么不同意见，方案就这么定了下来。

接下来要尽快搞定的就是副局长推荐人选的民意测验了。何铁夫觉得还是先推荐预算科长陈立宪，以后有机会再考虑办公室主任周里旺和政工科长金石开。为了使自己的意图得以实现，何铁夫建议政工科只在小范围内搞测验。所以搞测验的那一天，政工科只喊来科室的一把手，并没有搞全方位的民意测验。科室的负责人都知道何铁夫的意图，把勾勾都打在陈立宪的名下。

魏家桥和金石开立即把民意测验结果报告给何铁夫，何铁夫心里当然很满意，他要的就是这个效果。但表面上何铁夫却没什么表示，只是说："我们做什么都要讲究程序，这样才能服众，免得出矛盾。"又说，"你们把陈立宪的材料快点弄出来，报到组织部去，事情不办就不办，要办就要办成功。"魏家桥和金石开连连说是，一边向门口退去。

要出门了，两人又走了回来。魏家桥说："重阳节快到了，是不是把老干座谈会开了？这反正也是惯例了，而且您也尽量参加一下。"何铁夫对局里的离退休老干们没事就往局里跑，不是要求这，就是要求那，心里很反感，平时老干的会能躲的尽量躲，总是不大愿意参加，今天也许是因为陈立宪的事让他高兴，一口就应承了下来。

老干座谈会定在重阳节的前两天召开。老干工作归政工科管理，金石开提前一天就把通知发了出去，包括离退休老同志和局领导，无一遗漏。会议开始前，金石开把老干活动室打扫得干干净净，还买了糖果、瓜子、香烟什么的。一切安排就绪，金石开又突发灵感，准备写两条欢迎老干部的标语。弄来红纸和笔墨后，金石开本打算请办公室主任周里旺代劳，他是局里的才子加书法家，后想起何铁夫的字写得也不错，何不请请他，如果他能动手，他这个政工科长在老干部那里也说得起话。金石开就鼓起勇气，去找何铁夫。

何铁夫说："又不是什么大领导要到财政局来，犯得着吗？"可想想这也没有什么不可以的，就接过金石开递过来的毛笔。何铁夫虽然对书法感兴趣，但自从当了财政局长后就不再有时间拈毛笔，今天猛然握一支毛笔在手，一只手就无法自抑地老晃，好像是那笔有意跟自己闹别扭似的。他不敢立即就在红纸上写，先让金石开拿来一叠旧报纸，在上面试写了一会儿。慢慢找回了一点感觉，才到红纸上写下"欢迎老干部光临指导"和"祝老干部身体健康"两幅标语。

金石开兴奋得不得了，谢过何铁夫，屁颠屁颠地将标语贴到大楼门口两边的墙上。从门口进出的人抬了头念墙上的字，还问金石开："这字是你写的？"金石开说："你猜猜？"有人看出是何铁夫的字，又不敢肯定，金石开才说："是何局长写的呢。"大家就说："很好，何局长的毛笔字写得真好，比他的钢笔字还好。"至于好在哪里，却没有人说得出。

老干部不像在职的干部、职工，8点开会9点到，10点开始听报告，老干部们退休在家，也没什么事情可干，开会的积极性都挺高，所以8点还没到，好几个老干部就进了大楼。一见门口贴着欢迎他们的标语，还有几分新鲜，都说金科长蛮会做事的。等到进了会议室，见桌上还摆着瓜子、烟、糖果什么的，热情更加高涨，对金石开又是一阵夸奖。金石开说："这都是何局长安排的，我跑跑腿而已。"老干部们就夸何铁夫说："何局长这么重视老干工作，真是个好领导。"

说曹操，曹操就到，何铁夫刚好一脚迈进会议室。大家于是就静下来，只有嗑瓜子、吃水果的声音从众人的嘴巴里悄然而出。何铁夫说道："大家也听到和看到了，为了使今后的老干工作上新台阶，我们对老干工作加大了领导力度，这两天我们还研究了重阳老干活动方案和下段老干工作设想。"

何铁夫说完，由魏家桥发言，魏家桥先客套了两句，就把活动方案和老干工作设想跟大家说了说，并征求大家的意见。大家自然也没多少意见可提，说了些好听的话后，就问一直没吱声的何铁夫上一任的退休老局长钟守成。钟老局长说："没意见，没意见，只个别地方还可加强一下。"

说没意见的钟老局长说着说着就偏离了主题，说到别的事上面去了。钟老局长说："办老干活动中心我举双手赞成，但我最关心的还是我们的经济待遇问题，听说局党组研究了超收分成奖的分配方案，我们离退休的老同志只拿70%，这事我可向在座的几位领导提个醒，办什么事情可要顺应民意。现在的吃喝风是越刮越凶了，据说局里一年下来，光吃就要吃掉上百万，我当局长的时候可从没敢这么奢侈排场过。呃，你奢侈排场，我也没意见，与时俱进嘛，有权有钱的时候不奢侈不排场，什么时候来奢侈排场？像我们这些老家伙，想奢侈排场，已经没有资格了。但你不要从我们的福利中一点点地抠呀。抠了我们的，如果用来支持生产，发展经济，我们屁都不放一个，也算是我们对经济工作的支持，可全部花在了酒桌上，这让我们心里好受吗？"

钟老局长这炮一放，整个会议就乱了步骤，大家再也不关心老十活动的事了，注意力全都转移到了钟老局长提的这些问题上，你一句我一句地议论起来，会议室里像进了一窝蜜蜂。一旁的何铁夫和另外几位副局长很不好受，脸上就挂不住了。金石开也急了，又不好打断钟老局长，只得提个水壶，过去给他老人家加茶水，提醒他多喝茶、多吃水果，想转移他说话的方向。

偏偏钟老局长口不燥，舌不燥，对桌前的茶水和水果瞥都不瞥一眼，依然声如洪钟地大声说道："还有钱如山办经济实体的事，我们提了不知多少意见了，就是不见有什么效果。他从局里借了300万出去，至今不但不见一分一厘的利润上交给局里，连本金过期三年了也收不回，这是哪个朝代的王法？想想看，局里两百多号人，每个人都来借300万，你能有多少可借？要知道这是财政资金，是纳税人一分一分缴上来的，是单位储存在财政专户上的，你们在位的不心疼，我们这些土埋了半截的废物还心疼哩。这样吧，关于钱如山的事，今天我在这里提个建议，你们在位的人怕得罪他，我们不怕，由我们去查账收账，300万我们不敢担保全部收得回，但一两百万还是能想法弄回来的，至少钱如山那两栋私人别墅和两部小车摆在那里，可以拿来抵债嘛。"

钟守成这样子，看来一时三刻也止不住，金石开就再一次起身走到钟守成面前，把桌上那盒还没开包的白沙烟撕开，给他递上一支。钟守成接了烟，却没有要抽的意思，金石开啪一声把打火机打燃，并送到钟守成的鼻子下，他才不得不把烟塞进嘴里，去金石开举着的打火机上点着了。

趁这个间歇，何铁夫赶紧开了口，说："由于时间问题，今天的会就开到这里吧，大家对老干工作提了不少切实可行的意见，党组一定好好研究，争取多为老同志们办几件实事。"又回头对金石开说，"金科长，你当前的任务是赶快把老干活动设备采购回来，活动中心早开张，老同志们早受益。"

何铁夫话一说完，金石开就把会议室的门打开了，对着意犹未尽的老同志们说道："大家好走啊，今后活动中心开张了，我会天天和大家在一起的。"老同志们只得识趣地站起身来，陆续离开了会议室。

老干们走后，局领导们才开始往外走。金石开对已走到门口的何铁夫说："何局长，今天的会开得不理想，都怪我组织得不好。"

何铁夫就笑了，说："今天还是不错的，还没有到拍桌子骂娘的地步。财政工作难还是难在内部，跟其他部门的人打交道，他们就是对你有天大的意见，甚至恨不得一刀子把你捅了，但当你的面还是笑嘻嘻的，不会拿你怎么样。自己单位尤其是老同志可不会这么客气，他们有什么话都会说，有什么火都会发。"

"何局长说得是。"金石开说，"今天老干们主要对超收分成奖的事有意见，会上说得还客气点，背后说得可就难听多了。"何铁夫说："怎么个难听法？"金石开说："他们说这都是你何铁夫一个人的馊点子，其他党组成员都不同意这么做，是你搞一言堂，硬只给老干们70%的比例。"何铁夫骂道："简直是放屁，党组会上大家都表了态的，到头来怎么说是我一个人的意见？这到底是谁故意造这样的谣？是想把矛盾集中在我身上，搞我的名堂吧？"

六

何铁夫知道，陈立宪报副局长的材料送是送上去了，可要把事情办好，还远远不够。何铁夫先找了分管财政的常务副市长白日升，白日升说："我几乎天天跟陈立宪见面，对他比较了解，常委会上我会说好话的，关键还是组织部，要他们先报上来，常委才好议。"

有白日升这句话，何铁夫心里就踏实了。他把陈立宪叫到自己的办公室，交代他今年组织部的预算追加指标再加3万。陈立宪清楚何铁夫的良苦用心，可操作起来并不容易，他说："常委会上定了的，今年整个的预算追加指标都要压缩，哪里还有余地给组织部加？"何铁夫就恨铁不成钢地骂陈立宪道："你当了这么多年的预算科长，这样的小事情都摆不平？你这预算科长要当到退休那一天？我不管，数字在你手上，就是要搞赤字，组织部这3万元追加指标也一个子都不能少。"

陈立宪非常明白，何铁夫这样的臭骂不是谁想听就能听得到的。他心生感动，忙说："我先回去调整调整。"

第二天陈立宪就把调整过的预算指标追加表给何铁夫拿了来。何铁夫比较满意，带着陈立宪就往市委跑。到了组织部，先碰到办公室邹主任。邹主任开何铁夫的玩笑道："何局长你是不是给我送追加指标来了？"何铁夫说："还真被你言中了，不过你没把屈部长交出来，我是不会拿指标出来的。"邹主任说："这好办，你俩先到我的办公室坐会儿，屈部长正在和人谈话，他们一谈完我就带你们去。"

两人在邹主任的办公室坐下后，邹主任又轻声对何铁夫说："一般的人，我才不会给他操这份闲心呢。"何铁夫说："你不操心，那我们这就回去了。"

邹主任说："那可不行，财神爷上了门，我怎肯轻易放过？"

跟他俩聊上几句，邹主任又跑出去，到屈部长那没挂牌的办公室门口瞄一下，那样子好像在搞地下工作。瞄到第三回，邹主任终于回来告诉何铁夫，他们可以行动了。何铁夫和陈立宪就起了身，跟邹主任往门口走去。

一出门，就见一个人刚离开屈部长那没挂牌的办公室，往楼道口走去，竟然是财政局的魏家桥。何铁夫心头就犯了嘀咕，这魏家桥来找屈部长干什么？但转而又想，只兴你何铁夫来找组织部长，他魏家桥却不可以来找组织部长了？何况魏家桥原来就在组织部做过科长，还是屈部长亲手把他提拔到财政局去做的副局长，他也就更有理由到这里来跟老领导叙旧谈心、汇报工作了。

这么寻思着，已经进了屈部长的办公室。屈部长一见何铁夫，就说："今天太阳从西边出来了，堂堂财政局长没人恭请就亲自上了门。"邹主任说："人家财神爷是来送指标的。"屈部长说："那拿出来给我看看。"何铁夫说："今天我如果拿不出指标单，看来是没法迈出这扇门了。"说着向陈立宪点了一下头，陈立宪立即从包里拿出一张拨款通知单，弓了身子，双手交到屈部长手上。

屈部长只在拨款通知单上随意瞧瞧，便给了邹主任。邹主任大喜过望地说："何局长真够朋友，原来组织部的公务费只有2万的，现在安排了5万，我们那台486的破电脑和两排50年代的档案柜可以更换了。"何铁夫一旁不失时机地说："这都是小陈的功劳，他费了好大的劲，才把指标给调剂过来。"

屈部长自然也高兴，望着陈立宪说："我知道小陈不错，办事能力强。"又对邹主任说："你要好好感谢他们二位，今晚你代表我到阳光酒家请二位喝几盅。"何铁夫说："这怎么行？下次部长有空，我们做东。"

何铁夫见好就收，和陈立宪告辞出来。邹主任替屈部长送客，一直送到楼下的坪里。何铁夫对陈立宪说："现在就看你的了，能不能请动邹大主任。"陈立宪领会何铁夫的意图，一用力就把邹主任塞进了小车。车子出了市委大院，在街上转两个弯，停在一家叫通海的酒楼前。三个人外加司机都下了车，走进酒楼，选一个不大的包厢坐下来。

离开通海时，天色已向晚。几个人又到宝岛娱乐城洗头洗面，还泡了四十五分钟的脚。再请邹主任去唱歌，邹主任说还要准备明天的部务会，死也不从了，只得送邹主任回去。邹主任住在市委大院里面，小车十分钟就到了。邹主任下车的时候，陈立宪和何铁夫都跟着溜了下去。何铁夫把邹主任拉到路旁的古槐下，诚恳地说："邹主任你知道，组织部里我们就跟你关系铁，以后你和屈部长有什么用得着我们的，打电话给我和陈立宪，我们随喊随到。"邹主任说："知道知道，有事一定找你们。"

"一言为定。"何铁夫说道，伸手对陈立宪示意了一下，陈立宪立即拿出一个红包往邹主任手上塞。邹主任不肯接，何铁夫说："邹主任别客气，这仅仅一点误餐费，如今这个年代这不算个事，不会让你犯错误的。"邹主任这才收下了。何铁夫也觉得有意思，刚刚请人吃了喝了玩了，这下给个小红包，却说是误餐费。

从市委大院出来后，司机要先送何铁夫回去。何铁夫望着辉煌的街灯，忽然想起好久没在街上走走了，就要司机把车停下，自己走路回去。

下车后，何铁夫就在街上不紧不慢地迈开了步子。一阵晚风吹来，把何铁夫的头发和衣角都撩起来，将身上那未曾全消的醉意也吹散了，他感到一阵从未有过的惬意。是呀，如果经常有时间和闲心到这街头走走看看，多么有意思！可惜自己整天忙于应付，差不多都忘记了世上还有这么一份小小的情调。何铁夫心想，人也是怪，总是热衷于名利俗事，一旦没有了这些，就活得没劲头，其实大家都看得清清楚楚，这些都是身外之物，生不带来，死不带去，只是真的要做到拿得起、放得下，还不是那么容易。

这么毫无头绪地思忖着，不觉来到一处灯饰极其华丽、辉煌的地方。一抬头，原来这里正在搞艺术作品展览。何铁夫就买了一张票，进了展厅。最先看到的是前厅的绘画作品，分国画、油画和水彩画，分别挂在四面墙上。何铁夫绕了一圈，进了后厅。这里主要是书法作品，何铁夫就多逗留了一会儿。何铁夫觉得这些作品都弄得不错，只是没有什么个性，基本是学前人的风格，也就是说不外乎颜筋、柳骨、欧体这一套，何铁夫只稍稍浏览一下就走了过去。后来他在一幅作品前停了下来。那是郑板桥的一句诗：咬定青山不放松。那字功底不错，多少有点郑氏风范。何铁夫就为郑氏感叹了，想这么一个具有民本思想的小官，却总是不容于世，一辈子都不顺畅。然而也是得益于这不顺不畅，才成就了郑氏的大名。

感叹着，正准备离去，忽然碰上了一个人。何铁夫的眼睛就睁大了，说："是你，吴凤栖吴科长！"吴凤栖就笑了，说："怎么不可以是我？"何铁夫说："你也喜欢来看字？"吴凤栖说："吃了晚饭没事，出来走走，见这里有展览就溜了进来。"何铁夫说："不带你家陈先生来？"吴凤栖摇摇头，说："他才不肯出来呢，麻将桌边一坐就没了白天黑夜。"

转了半转，两人出了展厅。外面的世界吵闹多了，两人一时就没了话说。算来从政府办到财政局，两人同事多年，吴凤栖还是何铁夫一手提上行财科长这个要害位置的，可两人除了那次在梧桐公园单独待了个把小时，这还是第二次单独在一起。

吴凤栖三十出头，正是瓜熟蒂落的年龄。这令何铁夫想起一种说法，说是女人与女人不同，有的女人二十岁最迷人，有的女人三十岁最迷人，有的女人甚至要到四十岁才迷人。何铁夫望一眼吴凤栖，无声地说，她就是第二种女人了，正是魅力十足的时候。心下暗暗吃惊起来，莫非自己就是喜欢上了这个女人的天生丽质，才想方设法把她从政府调到财政局来的？不过何铁夫又莫名其妙地想起另一句旧话，叫作兔子不吃窝边草。照理窝边草也是草，而且吃起来方便，兔子干吗不吃呢？一次一位朋友曾跟何铁夫提到这句旧话，问他为什么兔子不吃窝边草，何铁夫一时不明对方意图，不知如何回答。朋友就说，兔子吃了窝边草，兔子尾巴就暴露在外面了，那是很危险的。

何铁夫大概是怕尾巴露在外面的缘故吧，这天晚上在街上没走多远，他就找借口跟吴凤栖分了手。

回到家里，不承想办公室主任周里旺还坐在客厅里。何铁夫有些奇怪，问他："你什么时候来的？"董小棠就埋怨他："人家小周从下午3点开始找你，打你和陈立宪的手机都没开机，后来跟陈立宪联系上了，他又说你在市委门口下了车，也不知你到底去了哪里。"何铁夫懒得跟董小棠唠叨，问周里旺什么事。周里旺说："下午审计局打来电话，明天上午8点审计人员进财政局，我必须请示您，明天怎么应付他们。"

何铁夫心里就冒火，骂道："这个费自名，才离开财政局几天，就翻脸不认人，杀回马枪了！"周里旺说："不过费自名说了，是搞常规审计，没别的意思。"何铁夫说："说得好听，这是司马昭之心，路人皆知。"周里旺说："我已经通知预算和其他有关科室了，他们已经做了准备。"何铁夫只好说："好吧，你回去，明天再说。"

送周里旺到门口，何铁夫刚要转身关门，不知谁突然叫了一声何局长。何铁夫回过头去，却什么也没看到，唯有墙上昏黄的路灯照着台阶下的围栏，影影绰绰的。这就怪了，明明有人在喊，却不见人影，莫非真有鬼不成？正在何铁夫疑惑之际，有人从台阶外的橘子树下钻了出来，竟然是钱如山。何铁夫的脸色就跌了下来，问道："钱如山，这个时候你还在这里干什么？"钱如山翻过围栏，说："何局长您好忙。"何铁夫说："你有什么事，说吧。"钱如山涎着脸说："我在橘子树下蹲了一个晚上了，到您家里去坐坐也不行吗？"何铁夫没法，只得把钱如山让进屋里。

落座后，何铁夫望了钱如山一眼，他依然还是红光满面、精力过盛的样子。钱如山原来是财政局计会科副科长，具体经管预算外间歇资金。四年前，见自己经手的资金被人借出去发了财，钱如山也心里痒痒，找刚上任局长的何铁夫软磨硬泡，承诺每年上交财政局 20 万元管理费，一次借走 300 万，然后打着财政局经济实体的牌子办了一个公司。四年过去了，钱如山房产地产、小车维修，红道、白道、歪门邪道，见得人的和见不得人的都搞，据说资产早上了 1000 万元，小车、小洋楼、小老婆什么都有了，却没上交一分钱的管理费，连 300 万元的借款也赖着不肯归还。期间何铁夫找过钱如山几回，警告他如果不还借款，就去法院起诉他。钱如山总说资金周转不开，要何铁夫宽限点时间，到时他连本带息外加管理费一并上缴。还几次以业务费的名义到何铁夫家里行贿，想买通他。何铁夫当然知道钱的好处，世界上只要有了钱，什么人间奇迹都能创造出来。但何铁夫还算明白，自己抽烟喝酒不用花钱，还经常在甲单位开会检查领误餐费，在乙单位指导工作领出勤费什么的，手头大钱没有，小钱不缺，要那么多钱干什么呢？尤其是钱如山的钱，那是沾得的？所以几次他都挡了回去。今晚钱如山再次登门，还不知他又要耍出什么花招呢。

不想这天晚上钱如山提出一个令何铁夫怎么也想不到的问题，钱如山说他要回局里上班。何铁夫忍不住就笑了，说："钱如山，你如今这么发达了，还有心思到局里来上班？"钱如山说："何局长您不知道，如今的生意不好做，我与其在外面这么硬撑着，还不如回局里去上班，过清闲日子舒服。"

何铁夫知道钱如山这不是真心话，他肯定还另有什么企图，于是说："你回来上班，我们当然欢迎，不过你那 300 万元的本息和每年 20 万元的管理费，得先交到局里来再说。"钱如山说："何局长您还怕我不肯交？我有好几处房产，我上班后就出手，还局里的钱还是足够的。"何铁夫说："回局里我知道不是你的真心话，你还是继续做下去，等还了局里的借款再说吧。"钱如山说："我也想继续做下去，只是现在手头太紧，没有资金可供周转，何局长您能不能再借 200 万给我？"

何铁夫感到好笑，这样的话也只有他钱如山才说得出口。何铁夫也就懒得跟他磨嘴皮子，没好气地说："告诉你吧，钱如山你再耍赖，我迟早会把你推上法庭的，到时要你倾家荡产。好了好了，不跟你啰唆了，明天我还要上班哩。"

钱如山也就知趣地站起身来，出了何铁夫的家门。

可当何铁夫关好门回到客厅的时候，却见钱如山刚才坐过的沙发上放着一个信封，打开一瞧，里面足足有 300 张百元大钞。

七

　　审计检查组在财政局查了一个星期的账，审计意见书上主要点了三大问题，一是市委近几年根本就没有基建项目，可财政却拨给市委一笔 120 万元的基建款；二是钱如山借走的那 300 万元，借款合同上的还款日期已过了两年，至今分文未还；三是行政事业性收费财政专户上 500 万元资金转到了国债办下面的国债营业部里去了，虽然有分管市长的签字，但严重违反了财经纪律。

　　何铁夫就这几个问题跟审计组的人一一进行说明。市委那 120 万元是前年市委换届选举过后拨的，实际用途主要弥补会议费的亏空，剩余的都用在市委招待所的改造装修上了。钱如山的经济实体是那年政府鼓励机关办实体，以弥补财政资金的不足兴办起来的，钱如山借走的 300 万也征得了市政府领导的同意，现在正在向他催缴，再缴不上就向法院起诉。转到国债营业部的那 500 万元的情况要复杂些。过去国债发行由财政部门办理，国债营业部为了盘活资金，把发行国债收缴上来的部分资金临时借了出去。不想借钱给人家你是爷，找人要钱回来你便成了孙子，转眼国债兑付期限到了，不但没拿到一分利息，连本金也讨不回来。老百姓手里的国库券要兑付，国债营业部里的钱柜空虚，财政局担心问题闹大，引发社会矛盾，才经请示市委常委领导，从财政专户里借钱搞兑付，同时责令国债营业部的人尽快回收借款，现在他们还天天在外面催债。

　　做完说明，何铁夫建议审计组不要把这些情况写进审计结论里，因为审计结论要报到人大去，人大代表如果认真起来，是不太说得清楚的，而这些事情不仅仅是财政的事，与市委、市政府领导都有关系。费自名刚离开财政局，当然也清楚内幕，表示暂时还不宜张扬出去。但他又说，这次来财政搞审计，并不是审计局心血来潮，是市纪委接到群众举报信后，特意委托审计局的，过后必须给纪委一个说得过去的交代。

　　审计组走后，何铁夫的情绪好几天都好不起来。他知道市纪委的所谓群众举报信绝对是财政局的人搞的，因为只有内部的人才知道内情，而且看得出，这明明是冲着他何铁夫来的。好在何铁夫平时还比较自律和小心，除了在无法推辞的应酬上吃点喝点，或者在这会议那典礼上领几个误餐费外，其他情况他是不会染指的。孔方兄也太有魅力了，可如果钻进里面出不来，不就得不偿失了？何铁夫想自己大概还不至于这么糊涂。

由孔方兄，何铁夫猛然想起那天晚上钱如山在他家里留下的那个信封，于是拨通了钱如山的手机。不到二十分钟钱如山就到了，一进局长室，钱如山就笑嘻嘻地对何铁夫说："何局长是不是要我来办借款手续？"何铁夫铁青着脸说："钱如山，你跟我打交道，也不是一天两天了，你还不了解我是什么人？"

　　听话听音，钱如山意识到他这一次又在何铁夫前面碰了壁。他摇了摇头，心想也真拿这个何铁夫没办法，我钱如山跟市委、市政府甚至更高层次的官员打的交道也不少，可还从来没有人拒绝得了我，这个何铁夫肯定是哪根筋出了差错，要不他怎么会这么不开窍呢？正在钱如山发痴的时候，何铁夫起身打开自己身后的铁皮柜，把那个信封拿出来，摔到钱如山的面前，说："我是看在我们同事多年的分儿上，不然我只要往检察院一交，凭这一条就可把你送进去了。你还是尽快把借款还了，好面对财政局 200 多号干部、职工。"

　　钱如山脸上挂不住了，抓起那个信封，扫兴地出了门。

　　何铁夫心上的感觉忽然好了许多，觉得自己一下子崇高起来。他也知道，这是一种十分廉价的崇高感，但至少自己没有被钱如山拉下水，在钱如山面前多少也算得上是一个小小的胜利。

　　何铁夫正在得意，金石开进了办公室。金石开皱着眉头说："何局长，老干活动中心开张好多天了，我给老干们一个个都去了电话，至今没有一个人肯来。"何铁夫说："搞老干活动中心，不是老干们自己提出来的吗？如今按照他们的意愿搞起来了，他们为什么又不来了？"金石开说："他们是对超收分成奖只拿 70% 有意见，说如果你不收回成命，他们就不上中心来。"何铁夫说："怎么又是我的成命？这是党组集体做的决定嘛。"金石开说："老干们都说他们已经一个个找了其他的党组成员，他们都说要按老办法给老干提成，不同意按 70% 给，最后的决定是你一个人的意思。"

　　何铁夫一拍桌子，吼道："那好，现在就开党组会，我要一个个跟他们对质。"金石开说："何局长您别急，我有一个办法，可以把这事摆平。"何铁夫说："什么办法？"金石开说："西方不是有全民公决的办法吗？我们来个全局公决，把全局干部、职工包括离退休老干们都喊来搞无记名投票。"何铁夫说："如果老干们串联起来拉票，其结果跟党组的决议正好相反，不是要出我们的丑？"

　　金石开笑了，说："离退休人员有多少，不就 40 多位？仅占总人数的五分之一不到，而对老干退休在家还跟在职的享受同等待遇意见纷纷、提出退休人员最多拿 70% 的超收分成奖的，本来就是在职的人嘛。"何铁夫想了想说："就照你说的试试吧。"

　　听说要就老干的待遇问题搞全局公决，大家都感到新鲜。老干们也觉得这是一个最公正的办法，一致同意这样做，说这样的事早就应该由大家来定，不能由何铁夫一个人说了算。那天投票的时间还没到，财政局的大会议室里就挤满了人。投票方法就像农村里搞村长海选，有投票箱，有由在职干部和老干共同组成的监票员、唱票员、计票员，那架势庄严得很。

投票完毕，当场计票，结果同意老干只拿70％超收分成奖的票数超过了四分之三。这一下老干们才突然醒悟过来，原来他们的人数没有优势，这样的结果是不用投票就可以预料得到的。但木已成舟，他们也不好再说什么，只能接受这个事实了。

事后连何铁夫都觉得好笑，金石开一个小聪明就把老干们给蒙过去了。何铁夫长长地松了一口气，他很感激金石开给自己解决了一个难题。

八

组织部邹主任没有忘记何铁夫和陈立宪的嘱托，给他们提供了一个难得的消息：屈部长的父亲逝世了。

邹主任还特别提醒何铁夫说，屈部长因为身处特殊位置，一向比较注意，所以他再三交代，不要告诉任何人："你们如果要去，一是不能跟别的任何人说，二是不要说是我告诉你们的。"何铁夫说："请邹主任放心，我们一定注意，绝不会出卖革命战友。"

组织部长都是异地为官，屈部长不是临资人，到他家去有200公里的路程。何铁夫考虑到去一趟需要两天时间，便跟其他在家里的局领导说是跟陈立宪上省里要调度资金，两人处理了几件急事，就出发了。当天下午就到了屈部长家，只见屈部长家门前的坪地里全是高级小车，绝大部分车牌跟何铁夫的车一样，是临资市的号码。

一下车，何铁夫就看见了魏家桥，他已捷足先登。见了何铁夫两位，魏家桥愣了愣，说："我不知道何局长你们要来，才跟组织部的老同事先来了。"

何铁夫没说什么，撇下魏家桥，表情肃穆，轻轻走进灵堂，献上花圈，给死者作揖，再把跪在灵前的屈部长扶起来，一边把礼金递给他。屈部长不肯接礼金，何铁夫就说："屈部长您看看落款，这是我和小陈私人送的，在这里我们讲的是私人感情。"屈部长这才收下了，说："我走时什么人都没告知，你们是怎么知道的？"何铁夫说："屈部长您就别问这个了，您这么大的事情，我们过来一下，不是很应该的吗？"屈部长也觉得这是人之常情，心里暗自感激何铁夫和陈立宪的诚意。

屈部长只有一个姐姐，母亲去世早，姐姐几乎就是他的娘，全靠她一手把他带大。姐姐有两个小孩，儿子快大学毕业了，女儿去年高考落榜，至今还闲在家里，屈部长又在外地为官，一时顾不上给她解决这个问题。何铁夫忽然想起他的一个同学就在屈部长老家所在的市里做财政局长，就对屈部长说这个事情包在他身上了。当天何铁夫就和陈立宪离开屈部长家，绕道去找了那个同学。那个同学满口答应，不久就把屈部长的外甥女招进财政局一个二级机构做了工人，待时机成熟再转为干部。

工作做到这个地步，陈立宪升级的问题也就没有悬念了。屈部长奔丧回来没多久就召开部务会，通过了陈立宪，并以最快的速度上报到了常委。在常委会上屈部长态度坚决，加上常务副市长白日升附和，陈立宪提副局长的事就这么敲定下来，只等下文这最后一个程序了。何铁夫和陈立宪因此松了一口气。

下一步要考虑的便是谁来接手这个预算科长的位置。何铁夫征求陈立宪的意见，说：“从预算科两个副科长里产生，你看可以吗？”陈立宪想了想，说：“科里两个副科长业务上是没说的，可如果提为预算科长，上下左右都得斡旋，仅仅懂业务还不够。”何铁夫忽然想起一个人来，就说：“你看金石开怎么样？”陈立宪说：“金石开当然是个好人选，人又机灵，有点子，而且他原来还在预算科搞过，是为了提科长才安排到政工科去的。只是……”

说到这里，陈立宪便打住了，欲言又止的样子。何铁夫说：“有什么在我面前说不得的？”陈立宪才说：“我与金石开一个科共事多年，总觉得他这人太聪明了点。”何铁夫朗声笑了：“聪明不是坏事，预算科长不聪明还行？我需要的就是他的聪明嘛。”

两人正在说金石开，不想金石开就来到了门口。见两人正在说话，金石开欲退回去，被何铁夫叫住了。金石开就走了进来，说：“我看你们正在商量事情，不好打扰。”何铁夫说：“有事吗？”金石开说：“临资市建城 2000 年城庆日快到了，市政府正在牵头组织大型的城庆活动，其中有一项书法展览，面向各机关单位征集作品，我想何局长的书法很有功底，请您写一幅。”何铁夫说：“我的字登不了大雅之堂的。”金石开说：“您就别谦虚了，算是给我帮个忙，我们也好向政府交差。”何铁夫说：“什么时候交卷？”金石开说：“现在是 11月上旬，我们月底交作品，月底前给我，行吗？”

“现在就 11 月上旬了？”何铁夫言在此，而意在彼。金石开点了点头，等待他的答复。何铁夫却转而对陈立宪说：“你赶快把两家税务局的税收和行政性收费收入汇总一下，看还差预算多少个百分点？今年的城庆政府要财政至少拿 500 万出来，如果收入上不来，那就不太好办了。"

得了话，陈立宪立刻离开了局长室。何铁夫见金石开还站在桌旁，就说："还有什么事吗？"金石开说："你还没答应我呢。"何铁夫说："好吧，我尽量争取。"

这天晚上何铁夫难得有点清闲，在家里看了会儿电视，突然记起金石开给他的任务，就想，何不现在就试一试，免得过几天又忘到了脑后。于是走进书房，拿出宣纸和笔墨，准备认认真真写几个字。可把纸铺到桌上后，就一时想不起该写什么好了。董小棠见了说："今天有闲心舞文弄墨了？"何铁夫说："2000年城庆搞书法展，金石开要我交一幅作品，一下子又不知写什么才好。"一旁的女儿何叶青说："爸你不是喜欢郑板桥吗？就写他的'难得糊涂'好了。"何铁夫说："你开什么玩笑！"

不过经女儿这一说，何铁夫还真的想起郑板桥的另一句话来。主意一定，何铁夫就凝神静气，在纸上运作起来。书成，是八个字：

一肩明月
两度春风

也许是今晚心境好的缘故，这字写得还真有几分气韵。何叶青说："爸这字真像是大书法家写的，我看比郑板桥写得差不到哪里去。"何铁夫也满意地笑了，将那几个字多瞧了几眼，然后准备落款。忽然想起一叶知秋的成语，也没署真名，写了知秋两个字。

第二天，金石开接到何铁夫这幅字，打开一看，就觉得有点不同凡响的味道。金石开说："如果拿去交易，我敢肯定能卖大价钱。"何铁夫就笑了："这样的东西能卖钱，我就不用卖苦力当这个财政局长了。"

九

陈立宪汇总的收入数字出来了，何铁夫大吃一惊，国税和地税都滞后预算进度 20 多个百分点，也就是说两个税务局加起来欠进度 6000 多万元。原来是本地的两家烟厂销售滞后，税收任务无法完成，而且从全省甚至全国的香烟市场形势看来，一时三刻也难得有什么起色，剩下的时间又只有一个多月了，要想完成年初人大审定通过的全年预算任务，几乎没有了希望。偏偏今年干部、职工又涨了工资，还恰逢 2000 年城庆，支出增长比例猛增。收支的一缩一伸，财政必然面临捉襟见肘的窘境。

何铁夫于是带上陈立宪，去找常务副市长白日升。白日升也已从两个税务局那里获知了情况，正急得像热锅上的蚂蚁似的，见了何铁夫两个人，就说："我也正要去找你们呢，总得想个什么法子吧！"何铁夫说："法子自然有，天无绝人之路嘛。"

听何铁夫这么说，白日升眼睛就亮起来，他知道何铁夫在关键时刻常常会有些出人意料的点子，就说："你说说看，是什么法子？"何铁夫却说："把两个烟厂还有您白市长和我何铁夫卖了，总能换几个钱回来。"白日升气不打一处来，骂道："什么时候了，你还有心思开玩笑！"何铁夫说："不开玩笑，又怎么办呢？人总不能被尿憋死吧？"

白日升在何铁夫的口气里听出了一点意思，就望他一眼，脸色缓和下来。他掏出一包大中华，准备发烟，何铁夫一把抓过去，撕开烟盒，反客为主地给陈立宪和白日升一人发了一根，再往自己嘴里插一根，余下的塞进了自己的口袋。白日升就笑了，长长地吐一团浓烟出来，对何铁夫说："这烟可不能白抽白拿。"何铁夫说："我这是不见鬼子不挂弦。"

接着何铁夫给白日升出了一个主意。何铁夫说："我们不是酝酿了多时，要征收各行政事业单位包括文化、卫生和教育在内的收费调节资金吗？这个办法一直实施不了，如果不趁这个特殊的困难时期下手，以后恐怕又难搞了。"

"是呀，我怎么没想到这一层呢？"白日升一拍脑门，显得有些兴奋，可旋即他又垂下了头，叹道："这事真要做起来，阻力不少，还不一定行得通。"何铁夫说："只要常委意见统一，下得了决心，有什么行不通的？"白日升说："难就难在常委这一关，他们各管一块，一旦触到自己那一块的利益就不肯干了。"何铁夫说："您先在关书记和黄市长那里说通，再召开常委会专题研究财政工作，由您汇报财政形势，我来提征收收费调节资金的方案，我们这双簧一唱，事实一摆，常委们想不通过，也得通过。"

调子一定，两下就分头行动起来。

等何铁夫这里方案基本成形，白日升在关书记和黄市长那边也串通得差不多了，接着常委会如期召开。两人都是有备而来，资料数据充分，说服力强。白日升先把今年的财政形势一摆，收入差多少，支出有多大，收支之间还有多大的缺口没有着落，一五一十，说得一清二楚，常委们听了都意识到今年的财政形势相当严峻。最后白日升说："我把情况都如实汇报了，今天请大家来的目的，是想向大家讨一个可行的法子，扭转局面，渡过难关。"

常委们就你看看我，我看看你，谁也没出声。最后关书记开了口，对白日升说：“你们今天汇报财政工作，不仅仅只说困难，总得说些解决困难的具体办法吧！财政也来了，财政有什么办法，拿到桌面上来！”

何铁夫觉得关书记说话有水平，他不说何铁夫来了，而说财政来了，是因为何铁夫是代表财政列席常委会，而财政又是政府的财政，何铁夫代表着政府，他所说的自然不是个人意图，常委们也就不好轻易否定他的意见。何铁夫心里就有了数，说起话来底气足多了。他说：“过去一段时间，各行政事业单位包括文教、卫生部门的各项收费还没有完全纳入财政专户管理，有一小部分虽然纳入了财政专户，基本上也只属于代管性质，左手收进来，右手全额返还给单位，只不过在财政的账上空转了一番，财政收入的数字是搞大了，却并没增加一分钱的可用财力。根据预算外资金管理条例和外地做法，各项收费在全部缴入财政专户的同时，地方政府还可根据当地财政状况调剂使用，并征收政府调节资金。”

接着何铁夫不慌不忙把对行政事业单位征收政府调节资金的政策依据、征收范围、征收比例以及具体的操作办法，都条理清晰地给大家作了说明。

何铁夫刚说完，会议室就不安静了，大家你一言我一语地议论开了。关书记见状，在桌上敲了几下，说：“有高见一个一个地来，不要各自为政。”立刻，分管教育的副书记发难了，他说：“现在上面口口声声要科教兴国，《教育法》明文规定教育要按高于当地财政收入增长的比例增加投入，现在倒好，不但教育投入没达到法定比例，政府反过来还要从学校的收费项目里征收8%的调节资金，这不是挖教育的墙脚是什么？”

接着分管文化和卫生的副书记开了腔，他说：“文化、卫生这几年政府的投资越来越少，而现在社会进步那么快，对文化、卫生事业的要求越来越高，科技含量、硬件软件设施的配套，其成本也在不断看涨，政府再来个釜底抽薪，还要不要让他们生存下去？”

分管政法的副书记不甘落后：“如今各类案件直线上升，不稳定因素那么多，上面天天喊稳定工作压倒一切，稳定工作如果出了问题一票否决，政法战线的压力越来越大，困难越来越多，政府还要从他们的罚没收入里征一部分出去，今后谁来保平安、保稳定？”

就这样，公说公有理，婆说婆有理，似乎就财政没理。一旁一直不吱声的黄市长心里就来了火，他说：“你们说的都对，真理都掌握在你们手里，就我们政府一无是处！我看你们是不当家不知柴米贵！这样吧，11月份的工资还没全部筹措拢来，12月更是没有着落，你们如果不支持财政就算了，今后全市干部、职工包括在座的各位常委都不要领工资了，大家散伙外出打工去。”

关书记这时也出来支持黄市长，他说："大家应该看清一个事实，各部门的收费实际上都是拿着政府的文件、打着政府的牌子，不花一分钱成本，以牺牲政府税收作为代价收来的。那么又是从什么地方收来的，从企业收来的，从纳税人手里收来的，这不是变相的税收是什么？比如说教育，政府的投入年年增长，学生交的学费、杂费、这费、那费也不断地在涨，而且涨得格外凶，我们好多学生和学生家长都望校兴叹、望校却步啊。还要说教育经费紧张，钱都到什么地方去了？这样的话还没人敢说，一说就是不重视教育，大帽子可以吓死人。可我们想过没有，我们的教学质量、我们的素质教育搞得怎么样？比如卫生，那边政府在医院里投入了不少，这边药费、医疗费成了天价，药品销售的回扣风愈刮愈烈，有些制药厂的直销员天天泡在医院里，对着处方给医生数回扣，政府每年花在职工身上的医药费简直就是个无底洞，现在机关事业单位开始搞医疗改革，个人负担部分加重，哪个还敢上医院？报纸、电视都是政府投资搞起来的，可有几页报纸、几分钟电视不是广告？现在已不是文章和电视节目里插广告，而是广告里插文章和电视节目。还搞了什么广告中心，各企业、各单位交的广告费都打到中心去，表面上交了几分钱的税款，实际上完全逃离了政府的监控。"

关书记这通火一发，那些闲言碎语也就消失了。关书记说的句句都是实情。何铁夫原来以为，关书记只对大家头上的乌纱帽感兴趣，想不到他掌握的情况还真准确。何铁夫心存感激，暗暗感谢关书记对财政工作的大力支持。不由得就想起劳动局那张关书记签了字要借贷社保资金的报告，心想当时关书记还不知道上面有了新的精神，自己的态度不该那么生硬，应该转一个弯，自己拿着报告去跟关书记说明一下，关书记是聪明人，是会理解财政的。何铁夫就有些后悔，抬头望了关书记一眼。

关书记没有注意何铁夫，他右手握笔，左手的五个指头在桌上快速地弹了几下，十分坚定地说："如果没别的意见，就按财政这个办法搞，先以市委和市政府的名义下个文，再开个市本级行政事业单位负责人和财务人员参加的动员大会，老白作报告，我和老黄还有人大、政协几大家一把手都要讲话，从今以后都要按这个办法搞。"

关书记一锤定音，大家有没有意见都无话可说。

会后，白日升和何铁夫开始负责组织起草文件和筹备会议，紧接着召开动员大会。如今要从人家口袋里掏钱，比放人家身上的血还令人伤心，所以文件一下，动员大会一开，各单位、各部门就炸开了锅，什么意见都出来了。好在常委们已经统一了口径，把各种意见都毫不客气地顶了回去。尽管这样，真正按文件具体实施起来，阻力仍然相当大。特别是教育和新闻两个口子的领导，连人都不见了踪影，更别说让他们把钱集中到财政专户里来了。关书记和黄市长来了气，把纪检书记和组织屈部长都喊拢来，一起坐在财政局，给教育和新闻单位打电话，如果他们再不露面，那就就地免职。这样，教育局长、电视台台长和报社社长才夹着尾巴跑了来。关书记和黄市长先把他们骂了个狗血淋头：“你们也看到了，纪检书记和组织部长都在，你们头上的乌纱帽还留不留在你们的头上，由他俩来表态！”

这些部门领导哪见过这阵势，钱是单位的，不是个人的，而乌纱帽只要戴在头上，便是自己的，为保住头上这顶好不容易得来的乌纱帽，他们只得乖乖按财政要求，一分不少地把该交财政的钱交给了财政。

教育和新闻这些钉子户一拔，别的单位也就变得老实了，纷纷把收费资金纳入财政专户。何铁夫让陈立宪把数字一算，各单位按征收比例可上缴财政的资金比以往多出了5000多万，就是说，两家税务局短缺的税收也就弥补得差不多了。

何铁夫松了一口气，打电话给白日升报喜，白日升高兴地说：“下次再给你大中华抽。”何铁夫说：“那是，不过还有一事请您也得关心一下。”白日升说：“什么事？”何铁夫说：“陈立宪那事，你催他们早点把文给下了，我这里也好另外物色预算科长开展工作。”白日升说：“你放心吧，我去催。”

十

做了一件大事，何铁夫心情不错，轻轻哼起一支小曲：

二呀么二郎山
高呀么高万丈
解放军铁打的汉
下决心坚如钢
……

刚哼了几句，女儿何叶青推门回来了，何铁夫立刻停止了哼唱，掉转头去瞧女儿。不承想平时活蹦乱跳的女儿今天一副闷闷不乐的样子。何铁夫就笑她：“公主今天怎么啦？是任贤齐还是张宇感冒或者住院了？”何叶青没好气地把书包往沙发上一摔，泪水就顺腮帮流了下来。何铁夫不解，问她出了什么事。左问右问，何叶青就是不说。

直到董小棠做好晚饭，喊他们父女俩到餐厅去吃饭，叶青才说班主任老师今天无缘无故就不让她做数学课代表了，还把她的位置调到了最后一排。何铁夫说："你做错什么事没有？"何叶青委屈地说："我做错什么了？我跟平时又没两样！"

何铁夫就意识到了什么，心里骂道，真是卑鄙，竟把账算到了孩子的头上。

第二天一到办公室，何铁夫就把陈立宪叫来，要他把这个月一中教师的工资扣着不要拨。陈立宪丈二和尚摸不着头脑，愣愣地说："一中的调节金不是交了吗？怎么还要扣他们的工资款？"何铁夫说："你去问一中好了。"

陈立宪当即跑到一中，把财务科长叫出来，打听情况。财务科长一时也搞不清是什么原因让何铁夫生这么大的气。陈立宪想了想，说："何局长的女儿何叶青是在你们学校读书吧？"财务科长说："是呀，何叶青进我们学校时，我还跟他们的班主任打过招呼，叫他关照关照何叶青。是不是何叶青的原因？我们去问一问班主任。"

找到班主任一问，班主任也不隐瞒，承认了撤销何叶青数学课代表和调她位置的事。问班主任为什么要这么做，他为难地说："这也不是我的主意。"陈立宪和财务科长便找到校长，校长也为难地说："这不是我的主意，我是不得已而为之。"陈立宪说："不是你的主意就是教育局局长的主意，但你一定要发话，让班主任收回成命，否则这个月一中教职工的工资就别想到手。"财务科长把校长拖到一旁，跟他嘀咕了几句，校长赶忙点头，找了班主任，责令他马上恢复何叶青的课代表和原来的座位。

也是应了一波未平一波又起那句旧话，何铁夫下班回家走在沿路上，一辆摩托车从后面风驰电掣般冲过来，在他身边一拐，把他摜翻在地。何铁夫只觉手上和背上像着了火一般，爬起来一瞧，好几处衣服都撕烂了，里面的肉都擦脱了一层。摩托车早已没了踪影，何铁夫发现身边多了一个牛皮纸信封，打开来，里面有一把水果刀和一张纸条，只见纸条上写着：事情不要做得太绝了，否则你还有亏要吃！

何铁夫把信封和纸条塞进公文包，第二天拿到单位给陈立宪瞧。陈立宪想想，说："我想这也与这次我们征收政府调节资金的事有关。"何铁夫说："这我就不懂了，征收调节资金是公对公，我又没得罪私人，两件事风马牛不相及，怎能扯到一起？"陈立宪说："教育局1993年在职工和教师中集资5000多万到广东那边炒地皮，结果亏得一塌糊涂，集资户经常到教育局吵闹，教育局没法，每年都要从各学校的收费提成中暗度陈仓，弄一部分出去还款，现在我们把他们的收费收进财政专户，他们动起来不那么方便了，那些拿钱去炒地皮以及与炒地皮有关的人自然着急，便使起这下三流的手段。"

想不到情况会这么复杂，如果为了公事自己真的把命搭进去，也不值得，何铁夫就气愤地说："这政府调节资金搞不搞，并不是我何铁夫一个人的事，跟市政府汇报一声，干脆把文件取消得了。"陈立宪说："这事根子还是在教育局局长那里，我们先找白副市长，让他把这水果刀和纸条交给教育局局长，也就不会有事了。"

两人于是去找白日升，白日升也觉得陈立宪的分析有道理，就把教育局局长叫来训了一顿。教育局局长自然不肯承认这事与他有关，因为这是凭分析，并没证据证明就是他的人干的。白日升说："我不管是不是你的人所为，我只要你记住我的话，如果今后何铁夫有个三长两短，我先派人把你捆起来再说！"教育局长心里当然清楚这到底是怎么回事，便说："我回去调查一下吧。"

果然以后就风平浪静，再没意外发生了，何铁夫这才安下心来。

十一

城庆日即将到来，市委、市政府专门召开各单位负责人会议，反复强调要把稳定放在首位，城庆期间不许出现任何如安全和集体上访之类的事件。

开完会出来，何铁夫想起陈立宪那件事，就顺便到组织部去了一趟。刚好屈部长在那个没挂牌子的办公室里，一见何铁夫，就说："何局长，我正好要找你，陈立宪的文发是发了，可中间出了点小插曲。"何铁夫问："什么小插曲？"屈部长说："这本来是组织原则，不能跟你说的，可我们也不是一天两天的交情了，告诉你也无妨。"

何铁夫就意识到情况有些不妙。屈部长说："本来我们的原意是安排陈立宪就地提拔的，后来常委考虑到陈立宪人年轻，今后前途无量，就安排他到县里做财贸副县长去了，至于你那里我们以后会给你安排人的。"

何铁夫没什么好说的，只能接受这个现实。

回到局里，何铁夫马上找来陈立宪，无奈地说："我本想把你留在身边，好好地帮我两年，想不到中途又变了卦，早知这样，还不如不提你，继续让你做预算科长，我的工作也好做些。"

陈立宪似乎并不感到意外，压低声音说道："这是我早就预料到了的。"

何铁夫说："那你怎么不早告诉我？早知道，也许还可补救一下。"陈立宪说："何局长您为我的事情已经费了不少的心，我真不忍心再给您添麻烦。"何铁夫说："那又是哪一个环节出了问题？"陈立宪说："这其实都是魏家桥造成的。有朋友私下告诉我，魏家桥几乎每个常委都找到了，说我们两个在财政局一手遮天，业务上的事情任何人都插不上手，如果我陈立宪提了副局长，两人的势力便更大了。"

何铁夫无言，只叹息了一声。

文件很快就下来了，陈立宪被任命为一个偏远县的副县长，同时免去预算科长的职务。这就意味着，陈立宪没了在预算科做科长的资格。身边没有陈立宪，何铁夫就等于少了一只胳膊，无所适从起来。何铁夫就对魏家桥恨恨的，找到白日升说："白市长，这个局长我不干了，您让魏家桥来干好了！"

白日升当然明白何铁夫的意思，因为魏家桥也是找过他的。不想白日升却说："要说这事，还不能完全怪魏家桥。"何铁夫深感意外，说："这话怎讲？"白日升说："魏家桥找人之前，常委就做了研究的，常委会曾就陈立宪的去向征求过我的意见，我也同意按这个方案办，只不过魏家桥说的与常委领导的意思不谋而合而已。"

何铁夫愣了，还是不明白这之间的道理。白日升只得点破了说："说白了，你和陈立宪太合得来了，你那里又是财政局，财权在握，陈立宪提了副局长，还把他留在你身边，谁放得了心？"

何铁夫吱声不得，垂下了头，无奈地出了白日升的办公室。

回到家里，何铁夫还是闷闷不乐的，晚饭只吃了一点点就放下碗。以往见何铁夫这样，董小棠就会问他哪里不舒服，要不要去医院看看。可今天董小棠却无动于衷，理都不理他一下。何铁夫似乎也意识到了董小棠的反常，瞥了她一眼，这才发现她的脸青着，难看得很。因为自己心烦，何铁夫就不想去管董小棠，看了一阵电视，洗完澡就上了床，不一会儿就迷迷糊糊睡了过去。

半夜醒来，何铁夫习惯性地伸了手往董小棠那一边探去，董小棠竟生硬地用背朝着他，何铁夫扳了好几下也没扳过来。何铁夫就开了床头灯，欠了身子去瞧董小棠，只见她脸上两行泪水正无声地往下淌着。何铁夫有些惊讶，问："小棠，你怎么啦？"

不问还好，这一问，董小棠就抑制不住地哭出了声。何铁夫说："有什么事你就说出来吧，光哭是不管用的。"董小棠就一边哭一边说："还用我说吗？你自己心里有数。"何铁夫一时摸不着头脑，有些生气道："我心里有什么数？我又没惹你。"董小棠说："你当然不会惹我，你有的是人可惹。"何铁夫还是不知所以然，撇开董小棠，平躺下来，望着屋顶说："真是莫名其妙。"

董小棠就猛地翻转了身子，低声吼道："谁莫名其妙了？何铁夫我哪点对不起你？你竟背着我在外面做那些见不得人的事。以前人家说你如何如何，我不相信你是那种人。可自从当了财政局长，手中有了点权，你就跟其他当了官、掌了权的人一样完全变了，变得越来越不像样了。你要跟我说清楚，那天晚上你出了市委就撇开司机，一个人去了哪里！还有那一个星期天，你说上图书馆，可你根本就没迈进图书馆半步，到底干什么去了！你不跟我说出来，今天晚上就写离婚报告。"

何铁夫怎么也没想到，董小棠原来是为这生气，一定是有人别有用心，在她面前说了闲言碎语。好在何铁夫尽管心里默默地喜欢着吴凤栖，但并没做过什么出格的事，所以等董小棠稍稍平静一点后，他就把两次碰见吴凤栖的事一五一十作了说明。董小棠本来也不相信何铁夫有事，这一下也就释然了，转过身来，柔柔地把头埋进他的怀里。何铁夫在董小棠头上抚摸着，一边说："是谁在你面前说我坏话的？"董小棠说："我一连接到了好几个电话，说你在政府办就跟吴凤栖勾搭上了，你当财政局长后，又把她调到身边，还提了科长，两人更是以工作为借口经常待在一起，形影不离。开始我也不信，后来接的电话多了，想想吴凤栖能干、漂亮，也就相信了。"

何铁夫气得骂了一句粗话。

其实财政局早就在传着何铁夫与吴凤栖的风流韵事了，只不过没传到何铁夫本人耳朵里来而已。传说是有鼻子有眼的，说何铁夫经常与吴凤栖上公园、看展览，夜深了还在街头谈心、散步，末了就用公款到宾馆里开房间，还被公安局抓过，公安局里还有何铁夫交罚款的单据。何铁夫也似乎从人们的眼神里看出了什么，但他没工夫去关心这些，他要做的事情太多，尤其是新一轮国债兑付日期要到了，何铁夫放不下国债办那笔借出去的国债间歇资金，也不知收回来了多少。何铁夫想，这事如果老这么拖下去也不像话，既影响了国债兑付，又占用着预算资金，的确是件麻烦事。

他于是起身往国债办走。还没走到八楼，就被金石开拦住了。金石开兴致勃勃地说："何局长，有一个好消息要告诉您。"何铁夫说："近来我得到的都是坏消息，我不相信今天会有什么好消息。"金石开说："您那幅字有人想出高价买走，您说这还不是好消息？"何铁夫说："还有这样的事情？"金石开说："您那么高档的艺术品，我当初都想买，只可惜我出不起价钱。"何铁夫说："你别笑话我了，我知道我那字究竟有半斤还是有八两。"金石开说："这是主办单位要我跟你联系的，如果您愿意卖，他们就出手。"何铁夫说：

"如果有人看得起我的字，尽管拿去就是，不要说买不买的。"金石开说："得了您这句话，我就可以答复他们了。"

走到七楼，还没进国债办，周里旺就从后面追了过来。周里旺有些紧张，说话也不那么连贯。周里旺说："何局长，大事不好了！"何铁夫意识到出了麻烦，立稳步子说："别急，什么事你慢慢说。"周里旺说："我们局里的老干部到市委集体上访去了。"何铁夫大吃一惊，背上都吓出了冷汗，说："真有此事？你不是开玩笑吧？"周里旺说："谁敢开这样的玩笑，是市委办刚打来的电话。"

何铁夫心里说，坏了坏了，前两天市里才开了稳定工作会议，现在从中央到地方强调了又强调，稳定工作绝不能出问题，尤其是出集体性事件，偏偏财政局的老干集体上访，这简直比出了杀人放火的案子还要令人恼火。

十二

何铁夫和周里旺火急火燎赶到市委三楼，财政局40多号老干部已把市委关书记的办公室围得水泄不通。有人手里还举着小旗子，上面写着"我们要平等"、"我们要吃饭"或"打倒贪污腐败分子"等字样。关书记被堵在办公室里，他那嘶哑的劝解声已被外面的吵闹声压下去，显得那么微弱无力。老干部们也看到了何铁夫，但他们谁也不把他放在眼里，依然缠着关书记不放。何铁夫在众人中瞟了瞟，发现有一个老干部没到，立即意识到了什么，对身边的周里旺说："你给魏家桥打电话，让他把钟守成找来，如果魏家桥不肯动，从明天开始，就由他来当这个财政局长，并告诉他这是关书记的意思。"

周里旺就掏出手机，跑到走廊尽头稍安静点的地方给魏家桥打电话。先打到他的办公室，没人接，又打他的手机，也没开机。周里旺只好打钟守成家里的电话，也没找到他，他家里人说他一早就出去钓鱼去了。

何铁夫一时无计可施。恰在此时，有浓浓烟雾自楼道口方向腾腾升上来，同时有人惊心动魄地喊道："不好了，不好了，楼下起火了，起大火了！"

老干部们闻言，愣了几秒钟，接着掉头就跑。看来老命究竟比超收分成比例重要。刚跑到楼道口，市委办的人拦住他们，说这里走不了了，火势正往上冲，快烧上来了，只能从另一头走。他们于是纷纷掉头，从另一头的楼道口仓皇而逃，像一群打了败仗的逃兵。

老干部们走后，楼下的烟雾也跟着消失了。关书记走到门口，问是怎么回事，市委办的人都说，可能是烧着了楼道边一个纸篓子。关书记这才松了口气，进了自己的办公室。何铁夫赶忙尾随关书记走进去，向他做检讨，赔不是。关书记问了几句情况，说："小何呀，你的业务工作的确不错，这一点市委、市政府都是肯定的，可其他方面的工作，你也要注意，近来对你的反映不少，你要好自为之。"

何铁夫忙点头承认，进行自我批评。关书记的口气才缓和了一点，说："当然你也有你的难处，以后老干部工作还得多讲究点方法，不能再出现这种被动局面。"何铁夫说："我以后会吸取惨痛教训，把工作做到位的。"

离开关书记的办公室，下到二楼，何铁夫在楼道边看见一堆灰烬和一个未燃尽的篾篓子的边角，心下不免暗想，还真得感谢这个纸篓子，如果不是它这么恰到好处地燃起来，今天这个集体上访事件不知还要闹到什么地步。

正这么想着，金石开从楼上下来了。何铁夫有几分奇怪，问他："你从什么地方冒出来的？刚才我们大难临头的时候，怎么没见你的踪影？"听何铁夫这么说，一旁的周里旺就忍不住想笑。何铁夫不明就里，说："你笑什么？"周里旺说："要说我们刚才的大难，还真是这个金石开给解围的。"何铁夫更加糊涂了，骂他们："你们到底在搞什么鬼？"周里旺说："还是要金石开自己说。"金石开说："到车上去再说。"

三个人上了车，金石开就得意地向何铁夫作了叙述。他说："在局里向您汇报了您那幅书法作品的情况后，我就去了城庆艺术展览处，想把您的话转告给主办展览的负责人。不想那位负责人不在展览处，那里的人说，他到市委向主管领导汇报来了，我于是又跑到市委来找他。在楼前的坪里就看到了你们的小车，知道领导也来了。不想一上三楼，就见我们局里的老干部们把关书记的办公室堵得水泄不通，我就清楚是怎么回事了。当时我就想，找城庆负责人缓一下没事，这集体上访的事不制止住，可就不堪设想了。可我一时又没什么好主意，就急得在楼梯间来回地走。走到二楼的楼道口，突然看到转弯处一个堆满废纸的纸篓，我心里立刻就有了一个主意。于是我走到三楼，先拉过周里旺，说好如何配合，然后再下去把纸篓子给点着了，当然我不让纸篓子燃明火，只让它冒浓烟，那腾腾的浓烟一冒，问题不就解决了？"

这世间之事就是这么有趣，有些看上去很棘手的问题，就是手握大权、呼风有风唤雨有雨的市委书记都束手无策，一个毫不起眼的纸篓子就能搞定！何铁夫想，这个金石开还真有手段，嘴上说："也只有你金石开才想得出这样的鬼点子。可这还不能从根本上解决问题，今天他们走了，保不了明天就不会再来，到时再烧纸篓子，怕是不管用了。"周里旺笑道："到时不烧纸篓子，带瓶汽油来烧。"

"烧汽油那是自焚，我还没这个念头。"金石开也开了句玩笑，接着说道，"我当了这么多年的政工科长，天天跟老干部们打交道，知道他们是些什么人，如果没有人在后面操纵，他们怕是不会自发起来搞什么上访的。"何铁夫说："那是谁在后面搞的操纵？"金石开说："今天没有出面的人。"何铁夫说："你是说钟守成？"金石开点点头说："就是他！"何铁夫说："我回去就把他叫来，好好地教训教训他。"金石开说："恐怕没有用，何况没有任何证据说明他是这次上访的始作俑者，就是能够证明，你也不能拿他怎么样的。"

何铁夫叹息一声，说："难道就没法子制伏他了？"金石开说："我倒有一个法子，到时领导看我的。"何铁夫说："什么法子？"金石开说："暂时不能说，一说就不灵了。"何铁夫说："你好像是个巫婆。"

何铁夫想，说不定这个金石开还真有什么歪主意，能把这个钟守成给摆平哩。

后来老干部们果然就不再闹事了，尽管他们依然还是像先前一样只拿超收分成奖的70%。何铁夫的一块心病就摘除了，心下便想，这金石开还真不简单，有空得问问他到底使的什么法子。

不想老干部们这里没事了，又出了另一件事：反贪局进了财政局。

十三

反贪局来财政局查国债营业部借走的那500万元资金。营业部借的尽管是财政专户里的钱，而且还有市政府领导签的字，但拨款过程要经过预算这个环节，于是有人举报时任预算科长的陈立宪从中得了好处。因牵涉到陈立宪，反贪局又拿了检察院的通知找到他，要他查案期间不能离开案发地，必须随唤随到，只有查案结束后，才能离开。这样陈立宪一时就去不了县里了，只好在家闲着。

何铁夫知道，这实际上是冲着他来的，因为每一笔预算拨款，不管其性质如何，都要经过他审批签字才拨得走。不过何铁夫心中有数，他并没从中得到什么好处，因此在反贪局办案人员面前，他显得很平静。当然何铁夫也知道这些人是得罪不起的，尽量配合好他们，需要资料什么的，能提供的都提供。何铁夫还抽空陪他们到营业部去翻了翻那些旧凭证。国债近年已放银行发行，财政局的国债营业部只留着一名职工守摊子，负责兑付前几年发行出去的国债，营业部里一派萧条。

见状，何铁夫就摇了摇头，心想当年的营业部好红火，局里好多干部都争着到这里来，不让来还对何铁夫意见纷纷，好像这里有金子可捡一样，而当时确实有些胆大妄为的角色，趁着制度上的漏洞胡来，利用国债资金兑付过程中的时间差，放出去发了点横财，不想那不义之财在口袋里还没捂热，又掏了出来，还把人弄进去遭了不少罪。钱这个东西尽管上可通天，下可入地，可一不小心栽了进去麻烦就大了。

反贪局查查停停，停停查查，竟然搞了一个月，但除了原来的老问题，并没什么新的情况。陈立宪由于吊在这里，不能到县里去赴任，市里便以此为借口，安排另一个人去补了缺。这时何铁夫才恍然大悟，原来让反贪局来查账，是醉翁之意不在酒。何铁夫对陈立宪心生歉意，怪自己没把事情办好，下班之后，就绕一段路程，去了陈立宪家。

刚好陈立宪到门口送客人，见了何铁夫很高兴，请他快进屋。落座后，何铁夫说："在家里憋得慌吧？"陈立宪说："开始那一段有一点，现在习惯了，觉得不用上班也有工资领，恐怕是天底下再美不过的事了。"何铁夫说："在家里干些什么？"陈立宪说："前些日子主要是看点书，最近购了一台电脑，就上上网，刚才那几个人就是来给我装软件的。"何铁夫说："听说上网会上出瘾来的，现在你恐怕是没白天黑夜了。"

何铁夫临出门时，陈立宪向他透露了一个想法。陈立宪说："大学一位同寝室的同学在省里办了一个软件开发公司，约我去做财务主管，不知去不去得？"何铁夫说："你先去试试再说嘛，只是不要对人讲，行就在那边继续搞，不行再回来，反正你的工资关系还在财政局，只要我还是局长，就一分不少地发给你。"陈立宪说："有何局长支持，就这么定了。"

陈立宪有这种精神状态，何铁夫心里也就稍稍好受了些。

心情一好，何铁夫就想有所作为，于是进了一个文化用品商场，看有没有好纸、好笔可选购。从商场出来，何铁夫怀里已抱了一捆纸。想起旁边有一条小巷，直通自己家门，便掉头走进去。这是一条老掉了牙的旧巷，游医走贩，麻馆典当，补鞋修伞，抽牌看相，什么名堂都有，热闹非凡。

出乎意料地，何铁夫竟看见金石开蹲在地上，正和一个摆卦摊的瞎子聊着什么。何铁夫就喊了声金石开，金石开见是何铁夫，跟瞎子打声招呼，起身来到何铁夫面前。何铁夫问："你在算命？"金石开摇摇头说："我从来没算过命。"何铁夫说："那你在这里干什么？"金石开说："这算命先生和我是朋友。"何铁夫说："你真有意思，跟算命先生交朋友！"

这时，何铁夫忽然想起一件事，便问金石开："你还没告诉我，你是用了什么法子让老干部们不再闹事的。"金石开开心地说："要说这事，还全靠这位算命先生帮了大忙。"何铁夫大惑不解，望着金石开说："他怎么能帮得了这个忙？"金石开笑笑说："我虽然从来没算过命，但我没事时爱往这些小街小巷溜，跟这些三教九流的人聊聊天，一来二去的就跟他们熟悉了。刚才这位算命先生我认识他已经两年了，所以前次局里老干部们闹事，我就来求他帮忙，他二话没说就答应了我。"

接着金石开给何铁夫说了一件事情。

退休老局长钟守成有个特点，有空爱带着他的孙子上街走走。他的孙子是个豁嘴，也许在其他地方容易碰上熟人，难得向人解释孙子嘴豁的事，钟守成就常常往这条偏巷走。金石开就如此这般给瞎子交代了一番。第二天钟守成从瞎子面前经过时，瞎子就缠住钟守成要给他算命。钟守成开始不愿算，瞎子说："先生您要知道，我从来不主动给人算命的，都是人家有求，我才开口，今天我是听您的脚步声有异，才好心好意劝您算一个。这样吧，现在您一言不发站在那里，我先打几卦，如果不准，我一分钱不收。"

听瞎子如此说，钟守成果真就站住不动了，倒要看瞎子怎么打卦。瞎子虽是瞎子，可打的是阳卦、阴卦还是信卦，都一清二楚。瞎子说他听得出来。这天瞎子一连给钟守成打了三卦，然后嘀嘀咕咕念叨了一会儿，才说："照理说，您是一个有福气的人，官至七品，家资上万，不过美中不足的是，您的第一个孙子嘴上有点毛病。"

钟守成一听，这瞎子说话口音不是本地人，却说得这么准，莫非真神了？他就在瞎子前面的小板凳上坐了下来。瞎子继续说道："据卦辞说，您家半年后又将新添丁口，实在可喜可贺啊！"

这一下钟守成更惊奇了，因为他费了九牛二虎之力，通过种种关系给儿媳妇弄了个生二胎的指标，儿媳妇两个月前已经怀上了。但钟守成缄口不语，听瞎子继续往下说。瞎子说："不过卦辞上还说，您如今有魔缠身，魔在暗中指使您做一些见不得人的事，前不久差点酿成血光之灾，如果您再听魔的指使，您这第二个孙子生下来恐怕不是豁嘴，就要缺胳膊少腿的。"

闻言，钟守成心里有些不安，不高兴地说："你真是瞎话瞎说。"瞎子说："您不相信，今天可以不付钱，以后应验了再来补交。"

钟守成只得在卦摊上扔下 5 元钱，牵着豁嘴孙子的手逃走了。回到家里后，瞎子的话便老在他耳朵里作响，挥之不去，竟害得他魂不守舍、茶饭不香。他把瞎子的话反复琢磨了好久，觉得瞎子说的魔一定就是魏家桥了，因为魔就是鬼，魏家桥的姓跟魔一样，都带了个鬼字。瞎子说的血光之灾可能是指那次市委大楼里差点发生的火灾，火光和血光都是带红色的，火灾真的发生了，就会死人，是一回事。

这么一想，钟守成害怕起来，跑到瞎子那里去，讨教如何才能免去那个没生下来的孙子的灾难。瞎子如此这般跟钟守成说了一通，钟守成以后便没再听魏家桥的，魏家桥没有钟守成配合，号召力不够，老干部们也就多一事不如少一事，不再胡闹。

听金石开说得这么神乎其神，何铁夫觉得他是在编故事。不过不管怎样，金石开已经给他排了忧、解了难，心里倒也受用。一受用，这天晚上何铁夫就拿着新买的宣纸，写了好几幅字，其中有一幅他写得最随意、最放得开。那是两句诗，曰：

红稻啄残鹦鹉粒

梧桐栖老凤凰枝

写毕，何铁夫左看右看，感到很满意。第二天，他特意把字拿到街上，用玻璃框装裱了，挂在自己的书房里，有事没事，就爱站在一边瞄瞄，自我欣赏一番。有时女儿何叶青也来品头论足，说他这字的确有几分神采，写出了他的风格。只是这诗有点怪，如果改成'鹦鹉啄残红稻粒，凤凰栖老梧桐枝'，意思就顺多了。何铁夫笑笑说："你这意见应该找杜老夫子提去。"何叶青想想说："不过这样子，诗味还是浓一些。"何铁夫说："我的女儿真聪明。"

何铁夫的夸奖让何叶青很高兴，她在何铁夫腮上吻了一下，然后说："爸的气色蛮不错的嘛，书法养人，像爸这么公务繁忙的人，就应多写写字，免得被工作压垮。"

何叶青走开后，何铁夫感觉一阵晕眩，差点倒在了地上，赶忙到床上躺下了。董小棠做完家务来到卧室，见何铁夫这么早就已睡下，觉得不对劲，把手放到他额上一试，有点烫，就拿了几颗药让他服下。原来女儿说何铁夫气色不错，是有点烧的缘故。好在只是有点伤风，何铁夫身体素质好，吃了药，晚上睡一觉，又在家里静养了一天，就基本上没事了。

吃过晚饭，何铁夫突然觉得自己有必要去找找关书记，和他单独谈一谈，这对工作、对自己都有好处。过去何铁夫总觉得财政归政府管理，政府又安排常务副市长白日升直管财政，他只要多向政府和白日升汇报，对政府和白日升负责就行了。现在想来，这似乎还不够，必须多争取市委特别是关书记的支持才行。尤其是前次关于加强预算外资金管理、征收收费调节资金的事，关书记能花那么多的时间，下这么大的力气亲自抓，是对财政多么大的关爱。还有老干部集体上访的事，闹得这么沸沸扬扬的，市委也没对财政做出任何处理，这说明关书记对财政是多么的宽容和偏爱啊!

如此想着,何铁夫就感激得不得了,准备立刻动身,往市委大院的书记楼跑一趟。

何铁夫没叫单位小车,打的去了市委大院。进了大门,的士往左一拐,穿过一片橘林,就来到一座六层楼的宿舍前。关书记住在三楼,抬头望去,只见关书记家那朝南的书房的窗户上晃晃地亮着灯,何铁夫心想今天运气还不错。何铁夫给司机付了钱,正要下车,关书记的书房突然熄了灯。何铁夫看看表,才9点多,关书记不会这么早就睡觉吧。

迟疑间,三楼过道上的灯亮了,关书记正站在楼梯口送客。何铁夫就坐在车上不动了,他要等人家走后再上楼去,免得被人发现他也来关书记这里跑动。

关书记的客人很快下了楼,是两个人,一左一右地走着,还摇头晃脑地轻声谈论着什么。走近了,何铁夫不禁吃了一惊,原来是魏家桥和金石开。何铁夫心里说,他俩到这里来做什么?世界之大,怎么偏偏在这个地方碰上了他俩?

何铁夫一时就没了再去见关书记的兴致,叫司机开车走人。司机方向一打,让车掉了头,隐入橘林深处。

十四

何铁夫好几天没去财政局了,这天进了办公室,见桌上已经堆了一堆由机要员送来的一直没批阅的文件,就趁其他人没来,看起文件来。

还没看上两行字,金石开进来了。金石开轻手轻脚地走到何铁夫面前,说:"何局长,昨晚我到您家里,有件美事要告诉您,谁知您出门去了。"何铁夫一边看文件,一边说:"什么美事?"金石开说:"您那幅'一肩明月,两度春风'的字昨天下午有人买走了。"何铁夫说:"还真的有人买?"金石开说:"当然是真的。"何铁夫说:"卖了几个钱?"金石开说:"8万元。"

何铁夫就把目光从文件上移开了,望着金石开,说:"你不是逗我开心的吧?"金石开说:"我敢吗?您是我的老板。"金石开说着,就把一张支票掏出来,放到何铁夫的桌上。何铁夫把支票拿起来,认真看了看,尽管那上面明明写着8万元,他还是有些不相信,说:"不可思议,那几个字能值8万元?"金石开说:"何局长您大概也知道,有些名家的字,十几万几十万一幅都是常有的。"何铁夫说:"可我又不是名家。"金石开说:"不是名家,就更说明您的字本身有价值嘛。"

何铁夫摇摇头，想起那天晚上他去找关书记时，金石开和魏家桥捷足先登的情形，觉得事情并没那么简单。是呀，如果真有这样的好事，他还做这个费力不讨好的鸟财政局长干吗呢？见何铁夫无语，金石开又说道："何局长，没别的事，我回科里了。"何铁夫说："你走吧，谢谢你了。"

金石开刚走到门口，何铁夫又把他叫住了，略有所思地说："你说这8万元怎么处理才好？"金石开说："这8万元是您创作所得，属于您的私有财产，您自己定吧。"何铁夫一时也没想出处理这8万元的最佳方案，只是对金石开说："我再想想吧。"

转眼就到了12月中旬。这天下午，何铁夫在政府开完会，刚回到办公室，就接到财政厅童学军的电话，他说省委组织部已经找他谈了话，省里正在做各地市人事调整方案，等文件一下，临资市的黄市长一动，他就来任市长。何铁夫当然高兴，心想看来回市政府也就是近两个月的事了，这财政局长也不是人干的，早离开财政局，早解脱。

正在想入非非，许久不见的钱如山突然出现在面前。钱如山一边从口袋里拿出一包芙蓉王，抽一支出来往何铁夫手上递，一边意味深长地笑着，说："何局长您真是贵人多忙啊！"何铁夫瞥钱如山一眼，不冷不热地说："钱总今天来还钱啦？"钱如山说："您的钱我会还的，我又不会从地球上消失掉。"何铁夫说："你老这么拖下去，我怎么向全局干部、职工交差？"钱如山说："何局长您别要我还钱了，我现在正在做一笔买卖，急需流动资金，还得向您另借一笔呢！"何铁夫说："你以为你有毛病，我也会跟着有毛病？"钱如山说："您如果再借50万给我，这笔生意一做成，我就把过去和现在的钱一并还您。"

磨了一阵，何铁夫不耐烦了，说："钱如山，如果你这么不讲理，我忙过这一段，一定跟你法庭上见。"钱如山也把脸沉了下来，低声吼道："姓何的，你不要太得意了，你别以为你没有把柄在我手上，到时有你好果子吃！"何铁夫笑了，说："姓钱的，你少来这一套，我是那么容易唬住的！"钱如山起身走到门口，要出门了，又回头神气地说道："我们骑驴看唱本，走着瞧好了！"

何铁夫万万没想到的是，第二个星期纪检委的人就进了财政局。其中一位姓蒋，是纪检委的副书记，平时跟何铁夫是打过交道的，彼此熟悉。蒋副书记说："何局长真对不起，我们本来是老朋友了，可干我们这一行的，也是没法子的事。"

何铁夫意识到情况不妙，但还是冷静地说："别转弯了，有什么你就直说吧。"蒋副书记说："我们是接到可信的举报才来的，你有巨额受贿嫌疑。"何铁夫不可思议地说："你们有证据吗？"蒋副书记说："当然有。"何铁夫说："可以让我看看吗？"蒋副书记说："最好是在我们出示证据前，你把情况说清楚，这对你有好处。"何铁夫说："你要我怎么说呢？"蒋副书记说："实话实说，有什么说什么。"何铁夫说："平时在甲单位喝酒，在乙单位领误餐费，要不要交代？"蒋副书记说："除了这就没别的了？"何铁夫说："没别的了。"

蒋副书记沉吟片刻，说："如果你不说实话，那我就代表市委通知你，从明天起你停职反省，等问题搞清楚再说。"说到这里，蒋副书记又吩咐跟他来的手下人去通知魏家桥，明天召开财政局全体干部、职工大会，由纪检委的领导来宣布何铁夫停职反省的决议。

蒋副书记他们走后，何铁夫在办公室待着，半天没回过神来。

财政局的大部分人还不知道何铁夫出了事，所以科长们要批什么条子、处理什么事情，仍然来找何铁夫。何铁夫本来懒得管这些烂事，但蒋副书记宣布他从明天起再停职反省，那么今天他还有行使局长权力的资格，于是该签的字照样签，该管的事照样管一下。

最有意思的是工交科长石时务拿来的那个条子，竟然是几个月前被何铁夫顶回去的环保局那个全额返还排污费的报告。与那时不同，报告上已经签着市委关书记和黄市长两个人的大名，批示财政局按过去的办法把排污费全额返还给环保局。何铁夫想，反正自己这个局长已经当不成了，权力过期作废，你不签也有人会签，二话不说在上面签了字，让石时务拿到预算科去拨款。

第二天，何铁夫没去参加宣布他停职反省的职工大会。

不过有人已经告诉他，大会还宣布他停职反省期间财政局由魏家桥主持全面工作。魏家桥主持工作后的第一件事就是召开研究老干部待遇的专题会议，决定老干部们仍像过去那样，拿超收分成奖的100%。

何铁夫知道这是意料中的事，也就不觉得奇怪。从此就赋闲在家，读点闲书，写几个字，日子过得优哉游哉。偶尔还到沿江路上去溜达，看落光叶子的柳条迎风摇摆，看已经瘦下去的资水无语流淌。有时也会到梧桐公园去转上一圈，在那苍劲的梧桐树上靠靠，瞧几眼那副"云带钟声穿林去，月移塔影过江来"的对联，想一会儿似乎已经久远又似乎仍近在眼前的旧事。

何铁夫发现原来闲着的时候也有闲着的意思。

十五

不过何铁夫究竟是忙惯了的，闲了两个星期，他就有些憋不住了，想起自己无缘无故停职反省的事，决定上纪检委去问个明白。蒋副书记没有两个星期前那么强硬了，他拿出一张复印件递给何铁夫，说："你见过这东西的原件没有？"

何铁夫一看，是金石开给他的那张8万元支票的复印件。他似乎早就预料到了是这么回事，镇静地说："我得到过这么一张支票。"蒋副书记说："那你为何不早说？"何铁夫说："这是合法所得，我说它干什么？"蒋副书记说："如果合法，我们还去找你？"何铁夫说："我写了一幅字，人家愿出8万元购买，我有什么办法？"蒋副书记说："你的字就那么值钱？"何铁夫说："这就不是我何某人的事了。"蒋副书记说："你知道你那幅字现在在何处吗？"何铁夫说："这我可没过问过。"

蒋副书记就笑笑，打开抽屉，拿出一样东西来，竟然就是何铁夫亲笔写的那幅"一肩明月，两度春风"的字幅。连这幅字都到了蒋副书记手里，这可是何铁夫始料未及的，他多少有些吃惊。何铁夫说："是你出钱买走的？"蒋副书记说："我又不懂书法，怎么会去买你的大作？"何铁夫说："那又是怎么到你手里的？"蒋副书记说："钱如山送来的。"

闻言，何铁夫就全明白了。只是他有点想不通，自己处处小心谨慎，对这件小事竟然没引起足够的警惕。何铁夫摇摇头，一脸的无奈。

这时，蒋副书记又说道："8万元可不是一个小数字，只要移交司法机关，你就会到里面待上几年。"何铁夫站起身来，也从身上掏出一张复印件，放到蒋副书记前面的桌子上，然后掉头走了出去。

蒋副书记拿过去一看，是一张汇往何铁夫曾工作过的通化县一个贫困山村的8万元汇款单的复印件。蒋副书记知道，那个村子是市委定的财政局的扶贫点。

第二天，市委领导把何铁夫找去谈了一个小时的话。

谈话内容有两个，一是向何铁夫道歉，事情没弄清楚就让他停职反省；二是考虑到这件事给他带来了一定的负面影响，再留在财政局，恐怕不太好开展工作，市委决定让他还是先回市政府，到原来的位置上干一段，以后有合适的地方再做安排，当然他的正团级待遇不变，副秘书长里面就有好几个是正团级。

何铁夫没说什么，下午就去了一趟政府办。刚进政府办就有一个长途电话打了过来。何铁夫抓过话筒才喂了一声，童学军就在那头叫了起来："何铁夫你是怎么了？手机不开，四处都找不到影子。"何铁夫说："你找我有什么事吗？"童学军说："前天省委又找了我，因为管党群的省委副书记调外省做书记去了，新上任的党群副书记要安排自己的人到临资市去，让我还是先在财政厅做副厅长，去临资市的事以后有机会再说。"

何铁夫半天说不出一句话，只不出声地骂道，童学军呀，你害得我好惨哟！

何铁夫忽然想起自己在财政局最后批的那个关于排污费全额返还给环保局的报告，也许是自己算财政收入账时搞的空转太多的缘故，自己也在财政局空转了一番，如今又回到了原来的位置。但转而又想，副秘书长的位置虽然没多少权力，却清闲自在，也没什么不好的。这么一想，何铁夫的心情似乎就好了些，起身准备到其他秘书长和科长们的办公室去走走。

不想出了门，一眼望见几年前吴凤栖待过的那间办公室，心情又沉了下去。何铁夫略略有些后悔，早知今日又会回政府来，当初又何必把吴凤栖调到财政局去呢？

何铁夫低着头又返回办公室。

电话又响了，竟是吴凤栖打来的。何铁夫心头为之一振。吴凤栖先问了问何铁夫这几天的一些情况，然后告诉他，魏家桥已经跟她打了招呼，要她和石时务对调，到工交科去做科长。何铁夫说："如今企业转体，工交科清闲。"吴凤栖说："金石开提副局长的材料也已报了上去。"

何铁夫不置可否，他对这些不感兴趣。为了转换话题，何铁夫开玩笑说："我今晚请你去白领茶庄喝茶，你会赏脸吗？"不想吴凤栖立刻应道："当然去，7点在白领茶庄门口见面。"何铁夫说："还真去？"吴凤栖说："不真去，还假去？你如果还是财政局长，用八抬轿子来抬，还抬我不去呢！"

如影随形

一

　　5月的一个中午，高平决定到一个地方去写生。

　　那个地方叫滩头，在那条穿过城市的资水河上游。高平对这次写生抱有厚望，这是他作为一位画家能否一举成名的关键时刻。高平从几岁开始学画，如今画了三十多年还只是在他祖居的这个城市里略有小名。他对此耿耿于怀又很不服输，准备在今年秋天省美术学会举行大展之际，搞出一鸣惊人的大作品。高平换了一个崭新的画夹，买了一盒昂贵的进口碳素笔，还在那只配有长镜头的雅丽牌照相机里装上了一卷三十二张的高级黑白胶卷。他算是全副武装起来了，只等他那研究易经的朋友给他定下的良辰到来时举步出门。

　　这个良辰折合成现代计时标准应该是下午3点，高平看看手表此时只有2点20分，也就是说离出门良辰还差40分钟。高平顿觉无聊起来，于是打开画夹，站在阳台上胡乱抹起来。阳台外就是那条从他要去写生的地方流下来的资水河，河边是这个城市独一无二的水上乐园，乐园的门帘正对岸上的城洞，城洞的一边是人民医院，另一边便是高平所处的文化馆。不一会儿，这些多少具有一些城市特征的事物就以素描的形式跑进了高平的画夹。

　　就在高平在素描的下方画上他的歪名就要合上画夹时，他身后咔嚓响了一声。高平意识到这是自己的宝贝相机在吞噬一样它感兴趣或不感兴趣的事物。高平回过头来。那个叫青杏的漂亮女人正举着相机站在他身后。见那架势她好像还要再咔嚓一下似的。"好了。"高平有些不耐烦地吼了一声，伸手把相机夺了过去。高平是要拿去写生用的，总共才三十二张底片，她这么咔嚓掉一张就只有三十一张了。青杏却没生气。她也没有理由生气。青杏的脸上浮着美丽却有些邪恶的笑，她说："三十二减一等于三十一丝毫不错，你这位画家还晓得算数真不敢小看。"说着，她扭动肥厚且翘的屁股转身进了屋，爬上高平的席梦思，叉开双腿摆出一个很狂野、很诱惑人的姿势。而那张席梦思根本不是青杏的领地，它是高平跟妻子白力的地盘。

二

白力那天于午后 2 点 15 分离开文化馆。这个时候有一个人正在预谋为白力去着手悲壮的自杀。他手上拿着一把新疆铜箍把小匕首，反反复复在脖子上试了好几回。这把匕首是他从文化馆馆长家里拿走的。馆长常用它削水果招待来访的客人，同样馆长也用匕首削了苹果招待他这位不速之客。但他觉得用这把新疆匕首削苹果的确有些可惜，这样的利器应该派上更重要的用场。于是他在离开馆长家时将匕首藏进了袖子，他认为馆长有眼无珠是不会让匕首器尽其能的，只有他才可能让它担当大任而不枉了它的坚韧和锋利。

白力当时并没想到有人要为她自杀，她仅仅跟人开了一个似真似幻的玩笑，她以为如今的男人面对一个这样的玩笑并不会当真。那天她仅仅想着另一个淡淡的影子，那便是作为画家的高平。高平早就告诉了她他要外出写生，大概要去一个多月。本来对于她这是常事，但那天她却多少显得有些忧伤，那双只有成熟的歌唱演员才具备的媚眼略含泪意。对此高平不觉有些感动，差点就要放弃蓄意已久的出去写生的主意，高平动情地上前抱住白力，在她的唇上深情地亲了一下，然后松开双手放她走出房门下到楼下。也许就因了高平这一个举动，白力才在她的思维里留下了高平的影子。

等到高平的影子从白力的脑海里完全消失，白力的脚步已经迈出文化馆的青砖拱门。按照常规，那个要为白力去自杀的人还没有把新疆匕首切入脖子。他此时打开自己的窗户，手握匕首的铜箍把站在窗前，那情形显得有些苍凉感人。他在这个城市生活了三十年，他觉得多少有些舍不得它。他要最后瞥一眼这个城市，跟这个城市作一番无声的告别。于是他看到了城市上空的团云，看到穿城而过的资水河，看到了河边的水上乐园和岸上的城洞，看到了与他遥相对望的文化馆的苏式砖楼，而后他转过身去关了房门，再一次缓缓举起新疆匕首往脖子上割去。

白力的步子迈得非常轻灵、富于弹性，那踏踏响着的足音仿佛是在催促那位即欲自杀的勇士赶快采取果决行动，虽然勇士根本不可能听到白力的足音。有一阵风从远处拂至，将白力飘逸成一株婆娑的春柳。白力趁势在原地转了半圈，娇美地停倚在墙根的阴影里，一边顺着文化馆围墙的墙头随意地往里瞥了一眼。这样白力就瞥见她和高平居住的楼房外的楼梯口浮上一个倩影。那是青杏，那是虽不如白力漂亮却比白力年轻、性感、狂野大胆的青杏。青杏甩掉白力的目光进了高平的房门，任白力愣在墙根傻成一具无奈的木头。许久，白力才回过神来，脸上现出苦涩自嘲的浅笑。白力将被风撩起的风衣扯一扯，裹紧自己那个不失娇柔却已不丰满的身子，重新踏响足下那踏踏踏的足音。不过这一回，那足音多了一层义无反顾的意味，像一位赶赴沙场的义士，满是气吞山河的悲壮。这恰好与那位要为白力自杀的勇士的犹豫不决形成强烈的对照，他的新疆匕首就要割进脖子时又停下了，一行男人的清泪溢出眼眶。他再一次从敞开的窗户往外望了一眼，然后才合上眼皮将意念转移到握匕首的手上。白力、白力、白力！他的心里喊着白力的名字，我要为你去死！

<h1 style="text-align:center">三</h1>

　　青杏四仰八叉地躺在属于高平和白力的席梦思上，腿上的紫裙凶恶地扇开，逗引出肥硕的大腿的嫩白和腿根抢眼的淡红。青杏说："莫非你说走就走，也不给我留下点什么？"青杏的声音和她躺在席梦思上的姿势有着同样的恶毒。高平不愿屈服于这种恶毒，他心中已经装下一个更为宏伟的计划，他得为此采取果决的行动。高平抬腕瞧瞧手表，下午3点也就是出行吉时在即。他把装着生活用品的牛筋包往肩上一挎，对青杏说："你还要在这里休息一会儿吗？走时别忘了关房门，这里是我和白力的战斗堡垒。"然后高平潇洒地迈出房门开始壮行。

　　可是高平高兴得太早了点儿，青杏像一条吸血的蚂蟥已经叮住了他。高平始终想不明白，青杏到底是对他有深仇大恨，还是喜欢上他身上哪一样不成体统的东西，要么就是自己犯了一种不自觉的错误，比如昨天晚上高平去向馆长请创作假，无意中也许留下了一条孽根。

　　昨天晚上高平走进馆长家的房门时，见馆长正扒开青杏的衣领用手在青杏的肩上抠着，抠得咬牙切齿，抠得气喘吁吁，而青杏还在吼叫"不对，不是地方，不够力度"。见高平进了屋，馆长像遇了救星乞怜地望着他，手上的动作也停了下来，馆长说："快坐，我给你倒茶。"立即顺理成章地撇下青杏往厨房跑。高平说："馆长，你别客气，我讲一个事就走，不好过多打扰您。"馆长说："没关系。"坚持着进厨房给高平端来了热茶，那架势是要让高平跟他深谈以解他被青杏纠缠之围。高平说："只是点小事，你先给青杏弄了再说不迟。"馆长斜一眼青杏那满脸的不情愿，接着说："你喝口茶吧，是一个学生新送来的古丈毛尖，味道不错。"高平礼貌地举杯抿了一口，正想恭维一句，那边青杏忽然尖厉地"哎哟哎哟"地叫起来，一只手握成拳头在肩上扑扑扑猛敲猛搔。馆长立刻又慌了神，惊悸着向青杏走过去，一边回头向高平求援，说："你过来瞧瞧到底是啥原因。"高平不得已，走过去站在青杏的侧面。青杏穿一身宽松的淡蓝色睡衣，领口开得很低，惊心动魄地露着右边的半只肩膀。高平对青杏说："你这段时间上班干的什么？"青杏说："我抄了两个月的目录了，省图书馆领导要来验收我们馆上二级图书馆的达标情况。"高平说："这就对了。"馆长听话听音，赶快把高平推近青杏，说："你给治治，你一定能治。"高平说："试试吧。"说着高平伸手掐住青杏肥厚的肩膀。馆长说："这恐怕不行吧，隔着衣服不抵事，你把手伸到里面去。"高平眼睛的余光从青杏领下的乳沟处掠过，说："你不知道画家是画人体出家的，在我的眼里人穿衣与不穿衣一个样，人穿得再厚身上每一块肌肉、每一块骨头都仿佛历历在目。"说着高平在青杏肩上用了用劲，那块不太正常的扭结着的肌肉就开始放松了。与此同时，青杏又尖叫了一声，整个身子蛇一样狠命一扭，旋即松弛下来，差点瘫进高平怀里。

接下来馆长在高平肩上捣了一拳，说："你真行，你这是给我排了忧、解了难。你说吧，你是不是朝我要创作假外出写生？我同意，你去多久都行，我包了你的差旅费、补助费，文化馆再穷创作上的开支还是要保证的。"对于馆长的恩准，高平已没有过多的惊喜，虽然馆长以往常常对他的创作设置种种障碍。高平从刚才青杏那声尖叫里得到了结论，所以他应感谢青杏给予他这次难得的良机。岂料女人都是需要回报的，她并不想轻易放过高平。高平想我是在取得这次初步的成功时，不可避免地犯下了另一个不自觉的错误。尼采曾告诫男人去见女人时不要忘了带上鞭子，高平的错误大概就是没有带上鞭子，而且还用他空着的未曾设防的手为女人提供了一次特殊服务。

四

歌厅里的灯光骤然暗下来，鼓手把节奏敲得悠闲而舒缓。白力被聚光灯追着在台上慢慢挪步。她已经脱去身上的风衣，那件扎在裤腰里的紧身蓝色衬衣将她装饰得非常窈窕。不一会儿她就挪到了前台，用那双媚眼轻描淡写地瞟了瞟台下的观众或听众。这通常是白力演唱前的习惯动作，她需要在客人挑逗的眼神和无声的姿态里得到一种信任，以此激励起她那廉价的激情。可这天下午白力总是找不到感觉，两只耳朵支棱着无法捕住乐队的旋律，心上忐忑怎么也镇定不下来，一时眼前浮起丈夫背着画夹出去写生的幻影，一时脑海里旋起青杏那条放肆的紫裙。到后来白力又想起那个叫何古的外科大夫。何古已经很多天没来这水上乐园的歌厅里听她的歌了，何古一直是白力最忠实的歌迷，虽然何古已经三十多岁，早过了当歌迷的年龄。白力想莫非他真的拿鸡毛当令箭去向馆长要泰山金刚经了？那天白力仅仅是为了开心，添油加醋地跟何古说了有关泰山金刚经的谣传，不想何古就发了痴，对白力说"只要你想要我一定给你弄到手"。白力当时心里明白男人为女人服务总是有目的的，但泰山金刚经纯属谣传的悬案，又到哪里去寻找蛛丝马迹呢？白力于是对何古说她不久将应邀去香港演出，如果他能替她弄到泰山金刚经，他要她为他做什么她都不会拒绝。

白力的嗓音终于亮起来，虽然白力这天下午唱得并不十分生动，而且有两个地方都稍稍跑了调。白力唱道："每日如旧静看黑夜的告终，每日如旧独个生活来忘掉做梦，每日如旧避免记着依稀的一个面容……"唱了半天，白力恍惚记起何古向她点的唯一的一次歌就是这支《这一次意外》。白力还记起当时她唱完这支歌一走下台，何古就举着一束塑料花向她走过来，何古告诉她，他已经弄清了泰山金刚经的来历。何古说泰山金刚经是用宣纸从泰山顶的石壁上抄下来的，总共才五份拓本，有些已散失到海外。何古说因为泰山顶刻着金刚经的石壁已经崩垮，这几份拓本便显得格外珍贵，用价值连城来形容毫不为过。何古还说他通过周密的查访证实这个城市里确实有一份拓本，那是"文革"前夕从省城运来的。当时省文物馆响应上头号召将文物用火车运往这个城市展览，不料火车没进城"文革"便开始了，省文物馆的头头脑脑被红卫兵揪上街挨斗去了，再没人顾及这批托运在火车上的古董。但世上还是有一些有心人没有忘记这件事，他们通过交涉跟半瘫痪的火车站的工宣队联系上，把火车里的散乱的文物抱出了车站，那份金刚经的拓本就落入了这批有心人中间的一个人手中。何古十二分神秘地告诉白力，这人就是现在的文化馆长。然后何古告别白力开始实施他的计划。他不动声色地一步步向文化馆长靠拢，他为馆长第一个夫人给他生的痴子送去昂贵的进口药，说是只要坚持调养用药，那痴子就会慢慢变得聪慧起来，这让馆长不知如何感谢何古，按着痴子的头给何古下跪行大礼。接着何古又给馆长送去一套叫作猛男神力宝的器械，嘱咐馆长冬练三九夏练三伏功到自然成，届时馆长的新妇青杏一定笑脸常开、顺心遂意。何古觉得保险系数不够，又主动请朋友服务上门将馆长的三室两厅装修一新，什么吊顶、墙裙、木板条地面全副武装不花馆长一分钱，直惹得馆长喜醉了心、笑歪了牙。看看火候快够了，何古才着手展开最后的攻势。何古心里说，白力你就看我的吧，我定会叫你心满意足的。何古心里这么说着,觉得阳光灿烂、春风得意、豪情满怀,好像全世界都快属于他了。

五

青杏在高平和白力的席梦思上一直躺到天快黑才离开。她很伤心,她弄不清为什么高平不接受自己。青杏真想就那么在席梦思上一直躺下去,用那个狂野的姿势等到外出写生的高平回家。可青杏细想这的确没有可能,这个屋子并不仅仅属于高平,还同时属于一个叫白力的女人,这女人下午在水上乐园里的歌厅唱完歌很快就会回来,到时候她不走也得走。因此,青杏从席梦思上很不情愿地爬起来,在屋里绕了半圈,便扯一扯有些皱巴的紫裙,带上门下了楼。在楼前的青石砌成的小坪里呆立着,青杏不知该回自己的家还是从门洞出去追赶高平。

这时馆长从外面走了进来。馆长脸色寡白,额上的皱纹蓄着愤怒。馆长只在门口停顿了一下望了青杏一眼,立即又别转身从廊下走了过去。馆长还没有走到楼梯口,青杏又看见门洞里进来一个人。青杏看到那人着实被吓了一跳,她看见那人的脖子上有一个乌黑的洞,有殷红的血泡从里面骨碌出来,而且夹着咕咕咕的恐怖的声音,旋即那血泡和咕咕咕的恐怖的声音破灭了,变成黄红的羊水溢出黑洞。青杏心上一闪,觉得肠胃要翻卷过来了,一连打了两个干呕。青杏别转头欲走开,才发现楼梯口的馆长已经立住了脚。馆长吼道:"何古,你给我出去!不然我打电话给派出所了。"青杏这才又悄悄回头瞥了瞥来人,意识到他就是那个给馆长送进口药、送猛男神力宝,并且把她和馆长的家装修得豪华十足的何古。青杏原是很熟悉他的,因为何古这几个月在她家跑得太勤了,刚才之所以没去注意他是谁,完全是由于他脖子上的黑洞。青杏记得何古第一次踏进她家给馆长的痴子送进口药,她就有了一种不祥的感觉,青杏觉得这个叫何古的男人不同寻常,他送药上门定有原因。后来果然印证了青杏的感觉,何古原来是要向馆长索取一样名叫什么泰山金刚经的玩意儿。直到这个时候馆长才恍然大悟,意识到何古的终极目标原来是这件事,可馆长悔之已来不及,只好跟何古苦口婆心地解释,说他从没见过这种稀奇古怪的东西,要是他有的话绝无隐瞒不送的道理。何古哪里肯信馆长的话?他心平气和地笑着对馆长说:"你不愿马上拿出来也可以,过两天我再来拿。"果然两天后何古又闯进了馆长家,这回两人大吵了一通,何古临走时脸上铁青着说:"你再想想,两天后我还会登门拜访的。"这次的两天后就是青杏在高平的席梦思上躺了半日的这一天。这一天的上午青杏看见何古已经来了一次，他拿起她家的新疆铜箍匕首朝馆长刺过去，馆长先是一惊，眼睛惊恐地鼓得极大，但匕首在馆长的胸前停了下来，而后何古把匕首塞进袖子跟跄离去。当时青杏就意识到何古的离去并没意味着事情会就此了结，虽然青杏不知道何古缠着馆长索要什么泰山金刚经的真正动机何在，但青杏以一个女人的直觉认为何古绝不是像常人那样为了金钱去搞什么文物走私，也许他的目的纯洁得多、高尚得多。这样莫名其妙地想着，青杏便撇下一旁惊魂未定的馆长，急切地走出被何古撞得大开的房门，去瞧愤然离去的何古。何古已经下楼绕廊到了拱门边，何古的形象显得有些高大和亮丽，在不太明媚的浅浅的阳光里一晃一晃，让青杏感动不已。

六

歌厅里的人已经走光，白力仍坐在化妆室里呆呆地望着镜子里的自己，久久不愿离去。镜中人虽略显憔悴，目光里掩饰不住地流露出淡淡的哀怨，可那张姣好的脸依然动人、妩媚不减。白力真想就这么伴着镜中人不再离开，直到地老天荒，但她很快还是站了起来朝化妆室的小门挪过去，她知道这里不是她的天地，一会儿天黑了另一个承包人和另一批鼓乐手就会将这里完全占领，他们不需要她这样的歌手，他们的歌手不会唱歌，只会喊歌却比她年轻、性感：大腿露得多，领口开得低，煽情的眼睛煽得出火花，她已经落伍，只能在午后为那些所谓趣味高雅的文明人调调胃口。

白力伸手撩开水上乐园的门帘停顿了一瞬才走出来。对面不远的城洞下的笛声倏然而起，越过懒洋洋的即刻就将西逝的阳光，滑向白力的耳畔。白力微微一怔。尽管这笛音在此时此地奏响已不是一两天的事了，可每回白力都会为这笛音战栗。白力走下水上乐园那架到岸边的踏板，踩着湿润的青石板往城洞缓缓而行。

城洞下的笛音依然清清丽丽地鸣响着。吹笛人是一个盲童，他背倚爬着青藤的城墙微微低了头把笛音吹得动听而感人。盲童的脚边放着一只小竹篓，里面零零散散装了行人掷下的小额纸票和硬币。白力的长影从盲童的身上掩过，盲童的手指上滑出一个惊悸的滑音。白力在通往城楼的石坎上坐下，面朝城外望着资水河面上脆弱稀薄的夕辉，两耳却有意无意捕捉着从盲童的笛孔里跑出来的精灵般的音符。白力记起十六年前那个凄清的黄昏，那时她已是歌剧团的演员，每天清晨或黄昏她总是独自一人来这资水河边练嗓子。也不知是什么原因，从春到夏又从夏到秋再从秋到冬白力练得很勤、很苦却收效甚微。白力气馁了，对自己失去了信心，准备改行做鼓乐手。春天的一个黄昏，白力又来到这河边，她以恋恋不舍的心情作最后一次练唱，算是为自己还没开始就要结束的歌唱生涯作哀悼。她哽着喉头开始发第一个音，不用说这和以往没有丝毫的区别，从她喉咙里跑出来的声音艰涩、粗糙，不堪入耳。白力的眼泪都流了下来，心想，完了完了，我这不中用的蠢猪！就在此时，一声高昂宛转有如天籁一般的乐音响起，把有些昏暗的天拨得明丽起来，也将白力沉沉的心撩得鲜活灵动了。白力陡然间得到一种感觉，一种贯穿着五脏六腑，让她耳目一新、灵气顿生的感觉。白力不自觉地跟着那天籁续上自己未曾练完的音调，由浅至深、由低至高渐渐地唱得开阔了、圆润了。原来晦暗与光明之间仅一墙之隔啊！白力想关键要有开墙的钥匙，她庆幸有人及时给了她这把钥匙。白力回头才发现吹笛人就倚在爬着青藤的城墙下面，那情态就如十多年后靠在这里的盲童一模一样，所不同的是他是一个中年人，深沉的目光中抹不去岁月刻下的沧桑和忧郁。后来白力才知道这中年人竟是她那个歌剧团的第一任团长，只因"文革"被冲击出团再没回去。后来政府曾多次请他出山，他每次都婉拒不出，只肯在家收两个小徒以打发闲日。他的拿手戏是吹奏横笛，但听说自从离开歌剧团后便再没摸过笛子，却不知这日黄昏是何缘故面对资水河的幽咽吹出如许高昂、宛转的笛音。自此之后白力因为有这笛音的引领技艺大进，不久便渐趋珠圆玉润的境界。随之而至的是白力身上那越来越热切、激越的情愫令她不能自己。只是白力最终并没有向吹笛人表白，吹笛人便悄悄退出白力的视野不知去向。就这样，十多年过去了，歌剧团风风雨雨至今名存实亡被人忘在脑后，而白力也从辉煌的大舞台来到幽暗的娱乐性歌厅成了民间艺人一般的歌手。尽管如此，白力总忘不了那为她开启混沌的吹笛人，她之所以选择了这城洞外的水上乐园继续她的演唱生涯，恐怕潜意识里是要在这儿重遇当年的吹笛人。岂料竟碰上了将笛吹得凄清如当年吹笛人的盲童，这又怎么能不让白力浮想联翩、怀想不已呢？直到夕阳西沉，天地变得迷蒙而苍凉，白力才从往事的烟尘中回过神来。她站起身朝盲童走过去。就在白力从包里取出一张5元钞票欲往盲童面前的竹篓里放时，一个身影挡住了白力。白力有些意外，缓缓把头抬了起来。

那不是别人，正是跟白力同住在文化馆院内的馆长。盲童的笛音戛然而止。天空有归鸟扇着翅飞过，初夜铅灰的网络无声地张开，时间一下子显得那般苍老而寂寥。

七

　　高平外出写生的那天午后要为白力自杀的勇士便是何古。何古爱上了人到中年却依然风韵犹存、魅力不减的白力。在何古心目中，白力的动人之处正是她作为一个成熟女人才具有的深沉含蓄、姣美温馨和隽永多思，这可不是那些花枝招展的年轻女孩所能拥有的，那些女孩往往过于浪漫、狂热，将上帝给予的美容、俏貌糟蹋得浅露平庸、分文不值。何古不止一次领略过这种廉价的美艳，可他很快厌倦了，觉得索然无味。所以当何古第一次坐在水上乐园的歌厅里听白力用随意却沉稳的声音演绎流行歌曲时，便暗暗地吃了一惊，心头荡漾出特殊的感觉，他意识到自己苦苦等待和渴望着的，正是从白力身上透露出来的说不清、道不明的东西。何古朝白力走了过去，邀她到他的桌边一同喝咖啡。白力婉拒了何古，说要去化妆室准备一个节目。白力的另一首歌唱完之后，何古又上前邀请，仍然得到白力得体的、让人极易接受的婉拒。第二天下午，何古再次登上水上乐园，又用相同的方式邀请。最后终于感动了白力，她款款来到何古的桌边，矜持而又大方地坐了下来。只是白力没喝何古的浓咖啡，招手向服务员要来一杯白开水，白力歉意地说："我姓白，喜欢白开水。"她又补充说，"生活里充满了这种咖啡的滋味，所以用不着端杯我对此一清二楚了，而白开水的味道往往被我们忽略了，其实它味道最正、最纯，我们只有端杯白开水才可能品出人生的原味和真味。"何古被白力这种理论弄得稀里糊涂却又茅塞顿开，他为白力所折服，拜倒在她的石榴裙下。从此何古一心一意爱着白力，把她当成唯一的偶像崇拜。从此何古心无旁骛，断绝了与别的女人的任何来往。从此，何古除了上班就是到水上乐园的歌厅听歌，满心装着的就是白力白力白力。

　　那天午后何古举着新疆铜箍把匕首再一次架到脖子上时，他又有点舍不得就此了结自己的生命了，他似乎还有种什么牵挂不是这把匕首所能割舍的。他记起来了，他已经好几天没见着白力了，一行浑浊的泪自何古的眼里淌下，何古心里说他妈的馆长，你害得我好苦哟！何古手上那把已切向喉骨的匕首便稍稍偏离了一点。他是医院里的外科大夫，给病人动手术就像市场里的屠户给人割猪肉一样得心应手，自然对人体包括喉咙那部位的每一块骨头和每一寸肌肤都了如指掌，这一点和当画家的高平没有区别，只不过外科大夫总是用刀将人身上的骨或肉剔去，而画家则用画笔将人身上看得见或看不见的筋骨和肌肉拼在一起，拼出似是而非、无形有神的人。因而切割宰杀作为一种艺术抑或手段是外科大夫的专利和特长。何古很懂得当下他手中的匕首稍偏离角度的真正意义。那把匕首的锋刃已经绕过了何古脖子上最富激情的血管，绕过了生与死之间那细如发丝的临界线，尽管何古手上的力度未减分毫，刀口处的深度也有过之而无不及，甚至连惨白的喉骨都暴露了出来，这一切都是无关生死的。那暴露的喉骨很快就被血染红，何古脖子上的刀洞因血水的浸润显得阴黑可怖、冷气森然，好像何古真的来自阴曹地府。何古举着新疆匕首瞄了瞄，顺便又瞭了瞭窗外流淌着寡白的阳光的世界，脸上阴险狡黠地冒出似是而非的笑。一个新的主意和计划出现在何古的意识里。他把新疆匕首往自己肩膀上揩了一把，那件暗灰的衬衣便留下一道殷红的血迹，宛若秋天的红叶。而后何古将匕首放在袖筒里，晃晃悠悠出门下了楼。

何古从医院后墙侧门趑进那条古旧而又曲折的深巷。刁钻乖戾的巷子风从巷子深处绕出来，将生了白硝的墙垣磨砺得青辉暗射。何古喉结上的刀洞深不可测，那带了血污的圆泡从里面冒出来由小变大直至破灭，最后化作淡红的羊水往锁骨方向淌去。那些走出巷子与何古擦身而过的人，便用奇怪的目光瞪何古几眼，仿佛看见稀有动物自天而降一般，有些还贴在墙上交头接耳、窃窃私语，像是议论一起突发的桃色事件。也不知巷子到底有多长，何古走了半天也没走出去。他摇摇摆摆、似醉非醉、恍恍惚惚，说是梦又醒着，说是醒又梦着。何古并没感觉到脖子上的疼痛，他满脑子是悲壮苍凉的激情，他用过多的心思去体会自己作为一个伟男的壮举。他想他以后可没有太多的时间去求见他崇拜着的偶像，他得继续与文化馆长斗智斗勇，没把那泰山金刚经从馆长口袋里掏出来他誓不回头。何古早就在心里默默许下宏愿，要用泰山金刚经去换取白力的欢颜，否则他愧对白力，也枉做了半辈子男人。在这种动力的驱使下，何古的步伐便刚强了许多。何古口上嘀嘀咕咕说道："白力让我瞧你一眼，我想我最终是能弄到泰山金刚经的。"他的说话声虽然有少部分从嘴唇里流了出来，但大部分却漏出喉骨上那个冒着血泡的刀洞，变成咕噜咕噜的含混不清、阴阳怪气的声音。

这条巷子的尽头就是资水河边的城洞，何古的目的地正是那里，他知道每天黄昏水上乐园的歌厅一散场白力就会上岸穿过城洞回文化馆。何古要在这里与白力见上一面，哪怕是远远地瞧上白力几眼也好。何古觉得他这几天与馆长抗衡已把身上的能量消耗殆尽，他急需在白力身上吸取这种能量，从而有足够的勇气和智慧与馆长较量。何古因此稍稍加快了脚下有些歪扭的步子，最后终于走出巷子来到城洞边。不死不活的太阳还没落山。何古知道自己来得早了点，于是他在城洞里徘徊了许久，不知该做些什么才好。何古想干脆先去文化馆一趟，威慑一下馆长，杀一下他的锐气，但何古又怕错过看一眼白力的机会。后来，何古就沿着城洞边的石坎爬上了城墙，呆立墙头死死盯住西边的太阳。良久，对面水上乐园里的鼓乐逐渐消沉下去，有人陆陆续续走出水上乐园。何古的双眸变得异常明亮。很快白力也挑开水上乐园的门帘出现在曲栏上，可馆长的身影穿出城洞却挡住了白力。"妈的馆长，你他妈的！"何古在那个冒着血泡的刀洞里咕噜了一句。

八

何古登上一道台阶，敲开城西派出所的铁门。"你找谁呀你？"铁门里面一张嘴巴突然张着没再合上，那没说完的话音都像刹住蛇芯子般从那嘴洞里塞了回去。何古站在门边一副充满耐心、不慌不忙的样子，他说："我就找你呀，你大概就是这里的所长吧，看你身上的制服有多好。"那人说："你看你那吓人的样子，怎么来派出所不去医院呢？"何古说："我就是从医院来的，我还去医院干吗？"那人说："医院不将你的脖子整好就放你出来了？"何古说："我脖子上的洞又不是医院的人割的，恐怕找医院找不上。"那人说："那你的脖子也不是派出所的人割的，恐怕找派出所也找不上。"那人说着就伸着手要去关铁门。何古哪里肯就此放过他，脚一伸就站到了门中间，同时从袖子里取出那把新疆铜箍把匕首。那人吃一惊，往后直退不再把守铁门，说："你莫非要行凶杀人不成？""你们吵吵嚷嚷的要干什么？"这时那人身后的院子里站了一个穿制服的矮个子。那人立即像抓到了救命稻草似的躲到矮个子身后，他指着门口的何古说："他要……行凶，所……所长你……你……你看怎……怎……怎么办……"原来他还不是所长，何古心里说我刚才算是和他白啰唆了一阵。矮个子所长挺身上前，用蔑视的目光盯住何古，说："你举着刀要干什么！告诉你，你这是班门弄斧，派出所可不吃你这一套。"何古这才意识到自己拿着新疆匕首的姿势有些不对，他将匕首的尖端往一侧撇了撇，然后走过去讨好地对所长说："所长，我这可不是刀，这就是匕首——著名的新疆铜箍把匕首。现在已不是冷兵器时代，所长你用手枪用惯了，可能对什么是刀、什么是匕首概念模糊。"所长说："少废话！快把凶器交上来！"何古低着头趋前一步，乖乖地将匕首倒过来让铜箍把躺进所长的手心。何古瞄一眼所长那缺乏表情的青色的脸说："我就是来交凶器的。""好吧，跟我来！"所长说着用匕首在手心拍了拍，转身挪步先朝审讯室走去。

何古坐在审讯室的板凳上像犯人一样弓着背。何古心里想，真怪！我又不是被他们抓进来的犯人，我是自己主动跑进来的原告，我干吗也会心虚气短？用匕首在脖子上割一个洞我都不在乎，而坐在审讯室的板凳上却勇气顿消，这到底是什么鬼在作怪？何古下了很大的决心才将头抬起来在审讯室四周瞟了几眼，他想弄清楚这个地方有什么特殊之处。经过这一瞟何古才知道，这仍然是一间普通的房子，四壁除了有两行"坦白从宽，抗拒从严"的字外别无其他，唯一使人感到威严一点的是前面桌边的穿着制服的所长，这一刻他因坐在一张高椅上对何古来说便有了一种居高临下的意味。何古想，这大概就是自己抬不起头来的唯一的理由了。意识到这一点后何古立刻在心理上作了矫正。何古大义凛然地望着高处的所长，说："你看到我脖子上的刀洞了吧？我就是为这而来的。"所长把手上的匕首放到桌子上，伸手去抽屉拿出一个绿皮记录本。所长说："看到了。不过你别得意脖子上的一个洞，那算什么？人家脑瓜上的洞、眼眶里的洞、胸口上的洞……我见得多了。"所长说着，打开笔记本用笔在上面记起来。

所长问："今天是几号了？"何古瞪大眼睛反问："你不问我脖子上的洞是谁捅的却问今天是几号，你这不是离题万里吗？"所长说："你给我闭嘴！我这是搞记录，不先记下时间，以后怎么整理材料送你们这帮歹徒上法庭？"何古随便捏造了个日子，说："今天是十八，要讲发不离八，好日子啊！"所长说："发发发，命差点呜呼哀哉还要发？你快说你脖子上洞是怎么来的。"何古开始叙述："我是一名外科大夫，半年前我认识了文化馆馆长。"所长扬扬手示意何古暂停，拿匕首朝桌上敲了敲，说："怎么你说话时有两个声音？好像你嘴巴在说话，同时脖子上的洞也漏音出来。你能否只让一个地方出声？"何古意识到那个洞今天格外不甘寂寞，它几乎把应该从嘴唇那里出来的声音的大部分都截住分流到了脖子上的刀洞。妈的，这个洞真不识时务！何古在肚子里骂一声，愧疚地对所长说："真不好意思，这个该死的洞妨碍了公务。不过等一会儿你就会习惯。这个洞里的声音和嘴里的声音意思完全相同……"

何古开始叙述："事情是这样的，文化馆藏有泰山金刚经拓本，馆长愿将它奉送于我。当然，馆长不是白送，他是有条件的。馆长有一个痴子，需要一种昂贵的进口药医治；馆长性功能衰退，他的续弦夫人青杏又特别年轻，馆长屡战屡败，他需要一种新式武器猛男神力宝；馆长的房子已经陈旧，需要请人装修，上地板，配墙裙、吊顶。于是，我们约定，我给他送上进口药，送上猛男神力宝，请人把他家装修一新比皇宫还气派，他把泰山金刚经拓本送给我。

可当我朝他要泰山金刚经拓本时他却说根本没这回事，那只不过是说着玩的。不但如此，他还操起削水果的新疆铜箍把匕首给了我一下，幸亏我命不该绝，脖子上留下一个刀洞，小命还没丢。今天有幸跟所长您亲切交谈，聆听您的教诲，请所长您为我做主、伸张正义。我也不是无赖之徒，一定要将馆长打入大牢，把牢底坐穿，我只要他拿出金刚经，我们之间的恩怨便一笔勾销。"至此，何古的嘴巴和脖子上的刀洞才一齐停止播音，安静下来。所长在笔记本上记下最后一个字，扔了笔。他瞟了何古一眼，问："就这些？没有要补充的了？"何古说："就这些，没有要补充的了。"所长拿起新疆铜箍把匕首在手上把玩了一会儿，然后对何古说："过来一下。"何古于是站起身颤着腿朝所长挪过去，心想莫非他也要给我一刀？见何古走过来了，所长扔下匕首，将笔记本和笔往桌边一推，说："签上你的名字，写上你的单位和住址。"何古抓起笔在本子上写下：何古，人民医院外科医生，住在人民医院十三栋二楼南面单元南面宿舍。写完，何古脖子上的刀洞咕噜噜漏出一道放松了的气息。所长说："你可以走了，有什么进展我们会通知你或你单位。"何古用嘴巴和刀洞说："最好通知我，这些纯属我的私事，与单位无关！"说完，何古就离开审讯室，走出派出所大门。望着街上懒洋洋的人流，何古心想，我该去见见白力了，我要告诉白力，我一定会弄到泰山金刚经的。

九

白力决定跟盲童谈一次。她在台上唱完最后一支歌，没等歌厅里的人离去就先走出歌厅。那缠绵的乐音在后面追逐着白力：天不下雨天不刮风天上有太阳，走了太阳来了月亮又是晚上……白力很厌烦这种废话连篇的歌曲，虽然她也免不了要在台上咿咿呀呀地唱它，白力想如今的男人女人包括她自己智力退缩到了极点，神经出了故障，所以才只对这些平庸不堪的东西感兴趣。白力想，先前还有刘三姐、李铁梅可唱，如今唱这些却没人听得懂，没人再感兴趣了，真是不可思议！白力真想躲避那种无病呻吟、装腔作势，找一个清静之处濯洗自己的嗓子和耳朵。白力渴望着能有福分回归到从前的自己，可她无法甩脱尾随而至的靡音，它们几乎无处不在、无时不有，白力跟跄着往城墙下的城洞走过去。

这时盲童的笛音还未吹响，他心上那座黝黑的时钟还没到点，何况水上乐园那边的乐音仍在缭绕着。但盲童的感知力是非常强的，他意识到一道影子飘摇着倏然而至，他知道那一定是那个他等待着的人提前来到了他跟前。盲童没有探问，只把笛子举到唇边，他将用自己特殊的方式和语言与一个人对话。白力按住盲童的笛子，说："别吹了，我已来到你的面前。我想问你一件事，你愿意回答我吗？"盲童点点头，将笛子握在手上。

白力说："也许不用我说你就知道我要问你什么了。"盲童点点头，而后开了口。白力觉得盲童说话的声音和他吹的笛音一样动人。盲童用笛音一般的声音说："这是我师傅交代给我的，师傅说我如果感到寂寞、孤独了就到这资水河边的城洞外吹笛子，师傅说他当年就是在这个地方用笛音驱走无边无际的苦闷的。"盲童说着话，无光的眼轮里仿佛闪射出明丽的光芒来。他继续说，"师傅交代完之后便把自己的笛子给了我，就是我手上的这支笛子。"盲童特意把笛子举起来在白力面前晃了晃，"此后师傅就消失了，再也没在我的面前出现，我就摸索着到处寻找我的师傅。我几乎摸遍了这座城市的每一条大街和小巷，也没有闻到师傅的一丝气息或一个小小的足音。师傅大概真的从这个城市彻底消失了，要不然我是会将师傅找着的。凭我的感觉，只要师傅还在这个城市里，只要他出现在街上或从街上经过，哪怕街上的人再多再杂我也会体会出师傅的脚步和信息。"盲童流下干涩浑浊的泪水，继续叙述他心中的哀婉和悲伤，"我苦闷极了真想了却自己这条贱命，可我立刻想起师傅的话和师傅给我的笛子。我按师傅的指点，在一个似乎是冥冥中暗示给我的时刻来到这个地方，然后我吹出了师傅第一次教给我的曲子，顿时我心上就好受多了，那种因师傅的离去而一直笼罩在心头的荫翳开始往周围散淡开去，我感到从未有过的兴奋和激动，浑身都生长出对于生活和未来的信念。"盲童的脸上释放出绚烂神奇的光彩，那情形和他吹出他最得意的笛音时一模一样。盲童继续着他源源不断的叙述，"当然，还有比这更重要的，那就是我吹响笛音时有一个人走近了我，我立即从她身上感应出一种不同凡响的气息，这种神秘的气息只有跟师傅在一起时才体会得出。只不过师傅是男人，而这个人是女人，我猜想她身上的气息一定是师傅传导给她的，师傅曾用我手上这根笛子吹出魔力一般的笛音感化和濡染过这个女人。要不然她一走近我我就产生特殊的感觉，那就荒唐滑稽了。"

白力感动了，她伸手接过盲童递过来的笛子，心上浮起一泓春水，这春水一半是喜悦一半是伤感。白力的目光在笛子上盯了一会儿，那根笛子泛着暗红的光泽，每一个笛孔都显得很幽深，仿佛随时都会冒出一缕悠长的笛音和一个悲凉的故事。白力往盲童身边靠近一步，用一只手在盲童脸上轻抚着，白力抹去那上面缓缓流淌着的、不知是哀是喜的泪水。白力说："孩子，你别说了，一切我都懂了，我们的感情和生命都是这根笛子里流出来的声音滋养大的。我们走吧，太阳已经落山，夜幕已经罩下来。你以后不要再来这里吹笛子了，我已经辞去水上乐园歌厅里的工作，今后恐怕难得来听你的笛音，虽然我是那么留恋这个地方，那么喜欢你用这根笛子吹出来的声音。"白力不由得也淌下了两行浊泪，她收回抚在盲童脸上的手，在自己脸上抹了两下，而后缓缓抓过盲童那只垂在一旁的手，将那根神圣的笛子轻轻放回到盲童的手心。

十

这天晚上，西边的半个城市都忽然停了电。事先没有任何预告，咒骂声、吼叫声、尖厉的呼哨从街两旁向街心掷去，旋即星星点点的烛光在街头巷尾眨巴起来，那样子仿佛冤鬼的游魂，旋即调侃的哼唱传过来："去了电灯去了蜡烛又是晚上，哥哥什么日子才能闯进你的梦乡？"

人民医院也停了电。何古呆坐在自己的房间里，他没有点蜡烛。在黑暗中，何古摸了一下自己的脖子，他发现那个洞已愈合了一半，何古有些惊异于自己的生命力和再生力的强盛。这个洞割开之后，何古没上过药，连碘酒、蓝药水都未涂。何古摸着这个半合的洞突然想起也该有十几、二十天了吧，这么长时间了怎么就未闻派出所的半点信息呢，那矮个子所长不是说有什么进展就通知单位和本人吗？何古这几天每天上午都要往传达室跑几趟，一直未见派出所寄给单位和他个人的信函或打过来的电话什么的。何古想派出所不办理此案也没关系，我自己想办法。但至少派出所得将那把新疆铜箍把匕首还给我啊，我好用它去割馆长的脖子，我不能白割了自己一刀。

一想到铜箍把匕首，何古身上就来了劲。何古在房里踱了一会儿方步便出门下了楼。何古认为老这么等下去也不是办法，派出所拖得了十几天、二十天，也可以拖上三年、五年，若那样一切都完了，白力早都不认识他了。何古心上有些迷乱，步子变得沉重起来，但他还是坚定了一下信心继续朝医院门口走去。

何古经过太平间门外那段路程时空中突然刮过一阵风，幽黑无光的太平间的木门"嘎呀"响了一声，何古往那边睃了一眼，并没在意那门是关着还是开着。以往有电的晚上那门总是敞开的，家属可以随时进去认尸或领尸。该不会有狗或别的牲畜进去捣乱吧？何古的脑海里无意识地闪过这个念头，然而他没停下脚步或挪过去瞧瞧太平间。何古很快就经过太平间来到医院大门口。门外的大街烛光闪烁好像有许多人在过生日，正准备一口气吹熄这生日蜡烛。其实这是一些摊贩卖果品、香烟、汤圆、快餐之类的，那声声吆喝从明明灭灭的烛光里往外直冒。何古的身影穿出医院大门，晃进蜡烛夹击的灯影的藩篱之中，他忽左忽右、忽东忽西、忽沉忽浮、忽明忽暗，像一具走不出迷宫的游尸。也不知过了多久，何古从那藩篱般的烛影里游离出来飘进烛光企及不到的黑暗里。何古不觉回过头来望望身后远去的暗淡的烛光，眼前有了一种豁然开朗的感觉。何古有些不可思议地笑了笑，他觉得奇怪，刚才在烛光中穿行什么也看不清，前后左右都是一些暗影，想大大方方抬脚走路却有些不知深浅，这一会儿离开了闪闪烁烁的烛影，一切都在黑暗中清晰起来。何古的身影无缘无故地晃悠一下而后慢慢转回身去。前面是一道铁门，一道紧闭着的铁门，铁门旁边挂着一个长形牌子，何古没必要走上前去就半猜半认弄清了那是"城西派出所"几个字。何古在门口站了一会儿后去摇铁门，"哐当，哐当，哐当当当，哐当当当"，那铁门被何古摇得很响亮、很有节奏，像何古在水上乐园的歌厅里听白力演唱时乐队在一旁敲响的乐音。何古想，白力还去那里唱歌吗？何古想，白力的歌真有意思，就好像她那闪烁的眼眸一样。已经很久没去那里听歌了，不知白力是否还记得她对自己许下的诺言。想到这里，何古心里就苍凉起来、悲壮起来，何古不再摇晃铁门，愣怔了一下。铁门继续轻摇了几下，终于完全停止摇晃变得沉默无声。何古抓住铁门的横梁爬到门顶，然后很轻快地飞进派出所的院子里。

十一

见停了电，文化馆馆长摸摸索索从抽屉里摸出两根蜡烛用火柴点燃了，这两根蜡烛一根插在窗台上的烟灰缸里，另一根则被馆长牢牢地抓在了手上。他抓住蜡烛走到那些被自己翻得乱七八糟的柜子、箱子前。停电之前，他就在这里翻了好一阵子，那样子就像那狠命地在地上刨食的母鸡。馆长受了何古的惊吓之后，这几天忽然想起他曾交给青杏一个小纸箱，那是几年前他跟青杏结婚时交给青杏的，馆长对青杏说是他的个人档案，包括他的学历证书、获奖证书、作品展览通知、跟前妻和跟青杏的结婚证，以及前妻和青杏写给他的情书。他记不清是否还有别的什么在里面。馆长只记得他将纸箱交给青杏时说过的那一句话，若干年后你对我完全了解了，觉得我们的婚姻非常满意，完全可以白头到老了，再把小纸箱交还我，我们共同来保管。馆长恍惚中疑心那所谓的泰山金刚经或与此有关的东西也装进了小纸箱。何古说的关于泰山金刚经的传说并不纯属子虚乌有，他当年确实曾跟人去火车站取过省美术馆托送过来的东西，只是他不太记得有没有泰山金刚经之类的东西，假若他拿了一般不会乱扔，要放也会放到一个保险一点儿的地方。自从何古朝他索要什么泰山金刚经之后，他虽然嘴上没漏半点口风，但背后已在家里找了几回，几乎把每一个角落都搜遍了，然而直到这天晚上仍一无所获。馆长就想起交给青杏的那个小纸箱，莫非那里面会藏着什么？馆长开始找小纸箱，可他不知青杏究竟将它放在了哪里，怎么找也找不着。

此时，楼道里响起迟缓而沉重的脚步声，馆长偏着头支棱着耳朵倾听起来。

馆长听出那脚步声果真是朝着自己的房子这个方向而来的。他挺直身体，把蜡烛举过头顶将自己的黑影逼至身后，然后一步一步向门口走过去。他意识到门外的脚步声并不是青杏的。青杏走起路来有弹性，是一种点到即止的风格，而门外的脚步声过于沉稳、凝滞，似乎能在楼板上留下深深的脚窝似的。馆长转身准备继续寻找小纸箱，可他的身体还没完全转回去，外面的脚步声就停在了他的门边，接着一声很厚重的撞击声"嘭"的响在门上，虚掩着的房门被撞开了。馆长的身体很不情愿地转回去，旋即眼睛瞪得又圆又大，充满了惊奇、迷惑和恐惧。原来门外有一具寡白的裹尸布裹着的东西僵挺着扑了进来。同时扑进来的还有一股冷飕飕的风，这股风直取馆长手上的烛光，馆长赶紧用一只手在蜡烛旁挡住，那烛光才扑闪着死里逃生还阳转来。那僵挺着的东西"砰"的一声扑倒在地，馆长不由得"啊"一声后退了两步。而后他又看见一张阴惨惨的笑脸出现在门口，这是一个地地道道的活人，这人手上还拿着一把寒光直闪的匕首。尽管馆长此时已被吓昏了头，但他仍然认出这把匕首就是曾经放在他这个屋里削水果的新疆铜箍把匕首。那人拿着匕首迈进屋里在裹尸布上一挑，那个黑脑袋里面的脖子也露出来，馆长于是清清楚楚地看见了那脖子上的小黑洞。

十二

高平在夕阳西下时分回到这座城市，当时人们都在纷纷议论刚发生不久的奇案。高平因写生外出，对此浑然不知，仍沉浸在那没有完全冷却的激情里。高平离开城市后，青杏一直没追随上他，结果却殊途同归，高平一回到文化馆，青杏也进了文化馆的门。进而青杏尾随高平进了他的屋。屋里的一切仿佛与高平走时没有丝毫变化，连席梦思床上那个痕印也似乎还是青杏在那里四仰八叉躺过的。青杏于是又躺到那个皱痕里，将现在的青杏和许多天以前的青杏叠合在一起。高平把肩上的行李扔到屋子中间的地板上便深深陷进沙发里。许久，他们都一言不发隐在初夜的阴暗里，高平觉得思绪在夜空中游弋了一阵，最后悬在某一个点上不再移动，就宛若一个系牢在一个固定地方的气球。青杏苦苦的追随毫无结果，这让她又恨又泄气。高平从迷惘之中逐渐清醒过来，他觉得该做点什么才是，于是他从沙发上站起来，到床头去按电灯开关，不承想他的手被另一只手抓住了。这是一只细腻、小巧却有力的女人的手。他借着黑暗里的微光瞥见这只手，突然觉得它很美妙。他说："想不到你的手这么动人。"青杏说："其实手对于女人来说并不仅仅是劳作的工具，你总听说过'手是女人的第二面容'这句话吧。"高平很赞同青杏的观点。他在这只手上又瞟了几眼，然后抽出那只属于自己的、还未形成任何理论的男人的手。青杏盯住他，嘲讽地说："你以为我那么贱，要把自己贡献给你是吗？你想错了，你这头蠢到了家的猪！"高平忍俊不禁笑出声来，他忽然想起得把写生时拍的胶卷冲出来了。

十三

何古的案子在这个城市被传说得沸沸扬扬。案发的时间是西城区突然停电的那个晚上。那时，高平和青杏都还没有回到这个城市。那天晚上何古翻越派出所的大门后径直往那间审讯室奔去。审讯室的门是虚掩着的，何古只轻轻一推就开了，借着门外透进来的弱光，何古发现里面有一个人正在翻找着抽屉。他就是那位矮个子所长，何古一下子就认了出来。原来，那天晚上停电后所长在家坐了一会儿，可是电　直没来，所长便想点根蜡烛，因为那个时候上床睡觉为时过早，没事做又没光亮枯坐着实在无聊。他找了好久也没找到蜡烛，突然想起最近财务室为了应付停电给每人发过一把蜡烛，而他的那一把似乎被他丢进办公兼审讯室的桌子里了。所长因而来到审讯室，并在抽屉里找到了那把蜡烛。巧的是何古那把新疆铜箍把匕首也在抽屉里，所长这才猛然想起何古曾经向他报过案，原来他当时把何古这把匕首收进抽屉后，连同何古跟他说的一切也一同收了进去不再想起。所长想这可不是一个小疏忽，但也没有办法，只好改日再去文化馆找那个馆长调查调查。没想到，何古已经站在了他的身后。何古二话不说，把匕首拿在手里，何古只问"你干吗把我的事搁了这么久不办"便朝所长脖子划了过去。所长当场倒地，眼巴巴望着何古扬长而去，何古在门边忽然良心发现，又折回来把所长扛到肩上往医院奔去，刚到医院门口，所长就已气绝，何古便把他背进太平间。何古在太平间准备自杀时，偶然瞥见手上的匕首立刻又想到了那个收着泰山金刚经不肯交出来的馆长，于是何古用裹尸布将所长裹了扛到了馆长家，何古想用这最后一招逼馆长拿出泰山金刚经。馆长已经被逼上梁山，他趁何古不注意夺过匕首，在何古脖子上那个还没完全合拢来的刀洞上又戳了一下，而后馆长自己被吓得发了疯，拿着匕首在街上猛喊猛叫："我杀了人，杀了派出所所长，杀了何古，我是杀人魔王，杀人不眨眼。"

这个传闻的结论似乎一点儿不假，何古挨了一刀，馆长变疯，这是事实，何古脖子上那个未愈合的刀口又被割开了，现在何古还在医院里奄奄一息接受抢救，馆长则被派出所从大街上抓走正准备送进精神病医院。

案发后第二天黄昏，高平和青杏回到城市里，回来后高平待了一会儿就开始冲洗胶卷。房间隔壁就是暗室，高平牵着青杏那只美妙绝伦的手走进去，很快把胶卷底片冲出来，然后再一张张洗相片。共有三十二张相片，其中有三十一张是高平写生时拍的山水，青杏感兴趣的是高平那实用的体魄。她抱紧高平在暗室的地板上翻滚着。高平完成了自己的工作，他已经有了足够的情绪，他把青杏抱起来走出暗室扔到席梦思上面。

事后，青杏满足地站起身，把衣服穿到身上，拿起自己的东西离开了。高平则在席梦思上躺着不动，他忽然想起了白力，她现在在哪里呢？是不是仍在水上乐园唱歌……许久后高平才记起暗房里的照片还没收拾好，他起身穿上衣服又进了暗房。收拣好三十一张山水照后他看见那张与众不同的照片。它不是山水照，是城市里的天空和房屋。这大概就是外出写生前青杏在阳台上咔嚓的那一张。高平对它产生了兴趣，就像刚刚对青杏的兴趣一样来得很即兴。他想这或许可能成为创作的素材，虽然照片里的内容是他平时熟视无睹的资水河、水上乐园、城墙和人民医院。他决定将这一张的底片放大几倍再洗一张瞧瞧。结果他在这张放大了的照片里发现了与正在传说中的奇案有关的一个很重要的细节。

十四

五月末、六月初的时候，美术大展已迫在眉睫。高平逐渐回到他那创作的心态里，从滩头回来后几乎没有人再来干扰他的生活。青杏一直躲在自己家里，期间据说她也出过门，沿着资水河边的小路到精神病医院看了看馆长，馆长已经不认识她，只顾又哭又笑的忙于自己的表演。白力已经远离这座她毫不留恋的城市，有人说她是在一个停电的傍晚乘火车离去的，她身边还牵着那个常在河边吹笛子的盲童。因此高平的日子异常的清静，而这样的日子极易培养一种具有闲愁意味的情绪，这样的情绪恰恰适合高平的创作。有时高平会背着画板走出文化馆来到河边，在城洞口伫立片刻，之后撅着屁股登上城墙。那条资水河从水上乐园左边的上游缓缓流下来，每一朵荡漾的水花都盛着一幅俏丽的景色。水边一条水路曲里拐弯往上延伸，高平听说青杏就是沿着那条小路到上游的精神病医院看望馆长的。高平支起画架在画布上临摹眼前的风光，他得摒弃一切杂念以及跟创作无关的情绪，他一门心思要做一流画家，期望有朝一日一鸣惊人、天下皆知。

可这天他的画没有画成。他的画仅仅画到一半，画面上就飘进一个令人不解的疑点。那是水上乐园旁的一段水域。高平喜欢纯自然的技法，他画那段水域便把每一个小细节都画了进去。高平惊异地发现他画里的水中漂着一具寡白的尸体，这可是他描摹时始料不及的。高平将他的画面和真实的资水河进行了一番比较，结果发现那段水域里确有一具死尸般的东西半沉半浮着。高平无法静下心继续画画，他心上生出一种奇特的感觉。高平放下画笔往城墙下走去。这时已有人开始在河中打捞。等高平来到水边，河中的东西已被人拖上岸，并且一下子就围过来许多看热闹的人。高平挤进去，地上果然摆着一具寡白的裸尸，这不是别人，正是文化馆的馆长。高平的目光停在馆长那因变形而显得丑陋、阴惨的发紫的脸上，那里大概隐藏着一些还无人知晓的秘密。假若这张丑陋发紫的脸是一张底片，那他一定要用一种特殊的药水将它冲洗出来，高平想那里面肯定会蕴含着丰富的内容和细节。高平轻轻叹息一声，离开水边回文化馆报告水边的有关情况，不能让捞尸的人再费周折去寻死者的单位和亲人。他还得去一趟人民医院，据说何古的命大，脖子上挨了两匕首仍然活过来了。

那个晚上，城西派出所所长确实摸黑进了审讯室，这与前面提到的有关奇案的传闻相吻合，但他却不是进去拿什么蜡烛之类的东西。那个时候所长的心头比无光的夜晚还黑暗，那个时候点不点灯于他意义确实不大。

停电之前，所长去了趟火车站，他听人说他的儿子也就是那个吹笛子的盲童，跟一个女人往火车站方向去了，所长一下班就出了派出所的门。盲童已经好几天没回家了，所长那几天心神不定，什么事也不想做，他觉得他的精神都快要崩溃了，他再也找不到丁点寄托，他的灵魂几乎成了断线的野风筝。盲童离家出走时曾留下了一段话，那段话录在那本卡在录音机里的磁带里。多年来，大约是在老婆投河自尽后所长就有了听磁带录音的爱好，当然那磁带里不是什么京剧或四大天王，那里面全是儿子的笛子录音，而且有两本磁带还是老婆生前亲自为儿子录下的。可那天下午，所长下班回家揿下录音机时，里面却不是那熟悉的笛音，他听到盲童那透入骨髓的凄厉的话音。盲童说："爸爸，请允许我最后叫您一声爸爸。我已经多年没这么叫您了，我想用这最后一声爸爸弥补过去。我走了，我恨您又爱您，尽管我至今还弄不清楚您是否真是我的爸爸。但有一点我很清楚，那就是我妈妈，也就是您的妻子是被您逼死的。我走了。"当时所长就呆住了，他在屋子中间站立了老半天。他无法驳回儿子的话也无法挽留儿子，他不得不承认儿子的话正击中了他的痛处。十余年了他一直在一种煎熬中挺着、扛着，儿子突然出走让他的精神很快垮了下去。他没了上班办案的心思，头脑中一会儿是出走的盲儿，一会儿是已投河自尽的老婆。有两年时间他天天逼自己的老婆，原因是她曾跟文化馆馆长有一段往来，并声称这个盲童根本不是他的种子。他老婆没招架之功了，最后撇下几岁的盲童浸入资水河底。现在盲儿又走了，所长怎么还有活下去的勇气呢？他愧对他们娘俩儿，他越来越觉得良心上的不安。尤其是何古来报告了有关那位馆长的案子后，所长心上便更加乱，不知道该如何处置。

　　所长来到火车站，开始他没有发现盲童和那个女人。所长找遍了候车室和火车站每一个角落，后来他进了月台。那时，火车刚从北方开过来没停稳，车上的人纷纷把脑袋伸到了窗外。所长突然想起那个传说了二十多年的故事和何古的举报，他想当年那列装着省美术馆托运的艺术品的火车，大概也是这么徐徐从北面开过来的。所长很奇怪为什么在这个时候想起这件与寻找盲儿毫不相关的事。他按了按太阳穴，斜靠在月台边的柱子上。这时从火车上下来的人陆续出了站。候车室里边的人群潮水般澎湃而来，然后向火车涌去。所长睁开疲惫的双眼瞟着这壮观的场面，他在密集的人流中发现了那个熟悉的身影——盲儿。所长看见盲儿的确是被一个女人牵着，那女人身材窈窕、气质高贵。就在盲童和女人将要登上火车时，所长飞步跑了过去，他站在悬梯边拦住了盲儿和女人，他说："盲儿你别走，爸爸来接你回去。"盲童和女人立住了，盲童那空洞的眼里似乎泛出嘲讽的光，盲童说："不，你一直不承认我是你的儿子，虽然我知道你心里也许是爱我的。"所长说："你说对了，我一直爱着你，而且爱得很深很深，我正在忏悔我的罪过，你是我真正的骨血。这几天你不见了我好苦，快回去吧，爸爸背着你走。"盲童说："不，你改变不了我的主意，我是不会回去的，我要跟白姨去找我的师傅，他才是我真正的爸爸。"盲童说着，牵着白力登上南去的火车。所长便木木地立在那里成了一根石柱，直到火车开走了好久之后他才离开火车站，没入城市的初夜的混沌也不知过了多久，所长才回到城西派出所。他没心思回自己的家，他开了审讯室的门，一屁股跌坐在椅子上。鬼使神差，所长仿佛看见那个手拿新疆铜箍把匕首的何古就坐在桌子外边受审，虽然此时屋子里和半个城市都漆黑一团，什么也不可能看见。所长身上的神经被什么拉扯了一下，他心头漫过无边无际黑如夜色的悲哀，"盲儿盲儿……"他口里喃喃着,两行咸泪滚下面颊洇往嘴角。他打开了办公桌中间的抽屉将手伸了进去,摸出了那把在黑暗里闪着幽光的新疆铜箍把匕首。在屋外的影子晃进审讯室虚掩的门时,所长毫不犹豫地将匕首举到肩膀上,自言自语道:"何古,别以为你才是英雄,我可不愿甘拜你的下风。"

十五

那张关于城外风光的素描,因为馆长尸体的出现高平没法画完,而且他也没了将它续完的兴趣,他觉得这一切更像一篇小说而不是一幅画,而通过画面去表现这些的确很难。高平想起那三十二张底片的黑白胶卷,心上莫名地生出了一丝希冀。高平已将青杏拍的那张照片放大,他在上面发现了与正在传闻的奇案有关的一个细节,说不定这时还可以入画。高平走进暗房去找那张照片。可是他找遍了整个暗房却没发现那张照片,而另外三十一张仍然躺在抽屉里。"真见鬼!"他骂一声重新将暗房翻找了一遍,仍然没找到那张该死的照片,连挂在墙壁上的胶卷也已无踪无影。高平无可奈何地走出暗房,垂头丧气地陷进沙发里。完了,这次参加美术大展的计划成了泡影。他忽然想起馆长下葬后一直未看到青杏,于是他去敲青杏的房门。敲了半天也没有反应,他用手在门上轻轻推了一下,门无声地开了,屋里的霉味扑鼻而来。他走进屋里看见桌上有三样东西: 一个纸箱,里面有证书和一本薄薄的笛谱;那张他放大了的求之不得的照片;一封信,一封青杏亲笔写给他的信。

青杏去了一趟精神病医院。那时馆长还在精神病医院里疯疯癫癫地养病。馆长原是一个杀了两个人的犯人,他只有疯癫着才会被认为是精神病病人。青杏手上拿着一个小纸箱和一张照片。青杏想她与画家的孽缘已经了结,余下来的光阴都是她和馆长的了。这么想着,青杏心头就灿烂起来,宛若刚从云隙里探出的斜阳。青杏来到精神病医院,在一棵葱郁的玉兰树下见到了馆长。馆长正摇头晃脑,缓缓绕着玉兰树转圈,嘴里还哼着没有节奏的曲调。青杏在一旁站了许久没去惊扰馆长,鼓着双眼想发现馆长的破绽。有一瞬间,馆长停下脚步茫然地瞥了青杏一眼,而后他又低了头继续绕着玉兰树兜圈。青杏朝馆长走过去,她首先拿着那张放大的相片追着馆长说:"这张照片里有一扇窗户。那窗户里面有一个人——一个男人,他手上拿着一把闪亮的匕首,他把匕首架到自己脖子上,然后深深地割进去。"馆长没理会青杏继续绕他的圈。青杏很气愤地指着照片吼道,"这人不是别人,这人是被你杀死的何古。"青杏继续吼道,

137

"这说明一个问题，何古那是自杀行为。自杀你懂吗？你是无罪的！"说完青杏便离开了，她把相片和小纸箱都留在了那棵玉兰树下。

青杏在留给高平的信上说："想不到馆长那天晚上就翻墙跳了河，这个小纸箱和相片作为遗物是我从精神病医院里领回来的。我在相片上发现了馆长摸过的手指印，但那个小纸箱里的东西几乎没动，只有原来压在箱底的那本薄薄的笛谱被他翻了上来。"

十六

高平那幅名为"世纪末"的绘画作品在美术大展中荣获头奖。这幅画是根据青杏留下来的那张照片创作出来的，高平几乎没有新的再创造，整个画面就是那扇窗户和嵌在窗户里握着匕首割自己脖子的悲剧英雄。评委们说这是一种天才的创造，整个画面体现了世纪末苍凉、悲壮的情绪，这样的画的确少见，不可多得，具有画艺的最高表现力。高平对评委的高见不置可否，领了奖就往回赶。进入城市时天已黄昏，而又恰逢停电街上烛光摇曳。高平沿着当时何古走过的路在烛光中穿行，猛然间瞧见一道影子。那道影子那般飘忽不定、隐显无常。再后来，高平就再也分不清谁是影子、谁是何古、谁是自己。影子、何古以及自己完全重叠一处、融为一体。

也不知过了多久，那影子逐渐从烛影里剥离出来隐进黑暗里。前面已是城西派出所的铁门，影子翻进去直奔审讯室。审讯室的门虚掩着，影子推门而入，便见一道幽光闪过，一个黑影轰然倒下。影子走过去才看清这是所长，那把匕首还歪在他热血喷涌的脖颈旁。然后影子将匕首塞进腰里，背上所长往外走。影子背着所长在街上的烛影中晃悠那样子很像两个奇特的幽灵。很快就进了人民医院，影子加快脚步朝急救室冲，可还在太平间的路边时，背上的所长突然头一歪、手一垂，身子重重地往下沉了一下，影子心凉了半截，在原地立了一阵。这时有风吹响了太平间的门，影子于是将所长背进太平间，给他找了一个位置把他放平，让他舒服一会儿，而且找来裹尸布盖住所长的身子，所长的身子比较短小，那块裹布剩了一截。这时影子忽然有了一个新的念头，影子因而兴奋起来，他背着裹尸布里的所长又走出太平间。一会儿影子就登上文化馆馆长那栋宿舍的楼梯。由于肩上背着一个死人，他脚下的步子便显得很沉，这使屋里的馆长判断出这绝不是青杏的脚步。影子背着所长撞进了馆长的家门。

馆长看见了站在门口的人手上还拿着一把匕首，那便是影子。影子上前一步蹲下用匕首将裹尸布挑开一点，死尸脖子上明显地露出一个黑洞，而且那黑洞在烛光的照耀下非常阴森、恐怖。影子举着匕首逼上前，说："这是你也是我最后一次机会，你若不拿出泰山金刚经，我就和所长一样倒在这里。"馆长的目光这时从所长的脖子上移到了那张脸上，他笑着伸了脖子向影子迎过来。这可是影子始料未及的，影子慌乱中悲观至极，他绝望地喊着"白力算我没用"，然后用匕首割进自己的脖子里。有滚烫的血喷涌而出淹没了影子的感觉，影子趔趄一下向墙上倒去，同时有一只手在一个什么按钮上碰了一下。

这时电灯突然亮了，影子立刻还原为高平，所有的虚无和梦幻顿时灰飞烟灭。高平睁开眼睛，往周围瞟了几眼，并没有看见裹尸布和裹尸布里的所长，也没有馆长以及何古，而且这根本不是馆长的家里，而是高平自己的屋里。高平抬头望望空中的电灯，点点头，说也许是刚来的电。接着高平看见了扔在桌上的小纸箱和那张作为《世纪末》素材蓝本的照片。高平记起这完全是自己离开这里去省城领奖前的老样子。他重新拿起摆在相片旁边的青杏的留言信，他将眼光停留在信的末尾那几行字上："我准备到很远很远的地方去，这是了结我跟你、我跟丈夫馆长的孽缘的唯一方式，这是定数，是谁也无法勉强的。只有一件事相求，就是请你将小纸箱里的笛谱收藏好，等有朝一日那位吹笛子的盲童回到这个城市请转交给他，以遂馆长那个未竟的遗愿。"

高平把小纸箱打开，将青杏的信以及箱子上面的笛谱和那张特殊的相片一起叠好，然后郑重其事地把它们藏到小纸箱的最底层。

古马镇

一

伍太一行人从山上走下来的时候，天才麻麻亮。古马河像还没睡醒的少妇，躺在古马镇的臂弯里，那幽白的浅浪仿佛恬然的梦境。

过了黑瓦木栏的长亭般的古马桥，伍太一伙就在桥头站住了。脚下是灰色的石板，濡了露水，隐约向古马镇口的砖墙下延去。伍太他们看见了墙坎上的人影。那是两位日本哨兵，抱着枪缓慢地徘徊着，像两具丢失了归宿的游魂。伍太拔出手枪，猫了猫腰准备动身往镇口侧面的墙垣爬上去。

"啪！啪！"这时伍太身后连响了两枪。

"哇哇……"墙坎上的日本哨兵枪一扔，号叫着，捧了裤裆，双双跪在了地上。

"又是你！"伍太收住前倾的脚步，回头瞪一眼灯草，恶狠狠地咒一声，"坏我的事，今天晚上弄死你。"

灯草的两把枪还举在肩头。她的睫毛很长，沾着毛茸茸的露水，一双圆眼在睫毛下喷着滋润的亮光。

灯草的枪法是打蜡芯练出来的。夜晚在墙根上插上点燃的红蜡烛，远远地用枪点射，蜡芯射飞了，蜡光熄灭了，红蜡却仍然好好地插在原处。后来灯草每次举枪都把目标看成红蜡烛，竟然从没放过空枪。刚才灯草从桥头往镇口的墙坎上一眼望过去，仿佛就一清二楚地看见了两位日本哨兵裤裆里两根倒悬的红蜡，于是心头一热，一双手痒痒地就抽出手枪，举起来，朝两支蜡芯点了两点。

一股烫烫的感觉从灯草的体内漫过。

灯草的两个食指又在扳机上勾了两下。这回灯草的目标移上了日本哨兵的额头。

伍太他们看见，两个跪着的日本哨兵头一啄，身一软，就伏在了地上，像是向伍太这伙不速之客行磕头大礼。

伍太他们从桥头奔下来，冲向镇口，爬上了墙坎。

镇里已是一片枪声。

二

天顾望望窗外，已经大白。他穿好衣服，把双瘦骨嶙峋的大脚伸进木屐里，吧嗒吧嗒就出了房门。

其实，刚才的枪声只响了半个时辰就结束了。对天顾和镇上人来说，这样的枪声已经习以为常，无法使他们的情绪产生些许波动。天顾一直安安稳稳躺在床上，任凭窗外枪声如雨，直到他该起床的时候才起床。

天顾在门口站了好一阵。他脚下的高坎很陡，坎下有两株肥大的芭蕉树，那绿色的芭蕉叶在懒散的晨风中有一下没一下地晃着。以往天顾每次起床后都要从这里撒一泡尿下去，在芭蕉叶上洒出噼里啪啦的脆响。天顾喜欢听这种声音，觉得这种声音非常美妙，让人感动。然而今天早晨天顾却没撒尿。

天顾看见镇口的墙里摆着二十多具尸体。那个地方本来经常摆着尸体的，这不是什么稀奇事。稀奇的是以往枪声过后总是摆着中国人的尸体，这回却摆上了穿着黄皮的日本人的尸体。天顾一兴奋，把木屐提得很高，吧嗒吧嗒又进了屋。

天顾从门后取下一个竹筒，提了筒襻，复出门，向屋侧的石山走去。天顾心想，今天的确是个好日子，他要好好煮一壶茶，过个瘾，再到小学堂里去给娃儿上课。他猜想那些娃儿今天肯定会从山上下来，到课堂上去听他讲课的。真难为了镇上的小娃，日本人还没攻破镇门，他们就从镇后的石山脚躲进了大山里。开始还以为半个月之内，日本人就会被赶跑的，谁知快两个月了，日本人还驻在镇里，虽然镇外来过三四拨人马，都没能攻下古马镇，每次都弃尸而逃。

绕了两个弯，出得铜古巷，就到了石山前的槽井边。槽沿上有几个女人正在弯腰取水，有点压抑但仍掩饰不住窃喜的说话声，在井槽里荡几荡，复又冒出井槽，泼湿了槽边的青色石板。

天顾早看出来了，那个腰圆臂肥的女人就是菜花。天顾从她两股壮硕的腿把子之间的缝隙间睃过去，看见她正在悬着粗粗的手腕，只一晃，就把满满一桶水撂到了槽沿上。就在菜花竖起腰回过头的那一瞬，天顾赶紧把目光移开了，脸上不经意地掠过一丝惊慌。两人早就分开过了，还这么死死地偷看人家，像话吗？天顾自嘲了。

菜花几个女人挑着水走远了，天顾才抬起脚，向井槽挪过去。不想木屐在女人弄湿的石板上一溜，天顾身子往前倒去，差点栽进井里面。"娘的！"他骂了一句。

三

伍太一伙搬进原先日本人住的六排屋。伍太和灯草的房子靠近铜古巷，透过木格子窗户正好望得见石山下的槽井。

伍太和灯草喘着气，扔了枪，躺在铺上。昨晚爬了一晚的山路，今早又开了一仗，他们觉得很累。伍太双手枕在头下，眼望着窗格，刚才与日本人对阵的情形，又回到脑壳里。好久没打过这么漂亮的仗了，想不到那二十几个日本人这么容易干掉。还多亏了灯草，除了那两个哨兵，栽在她枪眼下的日本人不下几个。

这么想着，伍太就侧了头去瞟身边的神枪手。灯草叉着腿躺在那里，似乎已经睡着了，这的确不像一个女人的姿势。伍太在心里嘀咕了一句，又掉转头去看窗格。

窗外这个时候传来女人的语音和水桶吊在铁钩上发出的"吱吱"的响声。

伍太就觉得那种声音蛮好听，就像配了乐的弹唱。伍太忍不住撑起身子，往窗外瞟了一眼。这一瞟，他就瞟见一个大腰大臀大腿的女人。那女人挑着一担水就似挑着戏台上的篮子，轻轻松松把一起离开槽井的女人甩在后面好远。因为轻松，那女人虽然挑着水，却仍然有闲劲地把红润的脸昂得很高，把胸前的大奶挺成一座山。

那女人就是菜花。

伍太闯过的世界也不少了，弄过的女人也不少了，可伍太却还没有见识过菜花这样惊心动魄的女人。伍太的目光混沌起来，嘴里不自觉地就发出"啧啧"的怪音。

"啧什么啧，你？"灯草这一会儿用手在伍太肩上用力拍了一下。她并没睡着。

"没、没什么。"伍太把目光从窗外抽回来，不满地瞥了瞥灯草，"外面有一个槽井，槽井上有人。"

"放你娘的臭屁。谁还不知道外面有槽井，槽井上有人？"灯草嘴上这么说，也不由得欠起身望了望窗外。

灯草的目光也混浊起来。

她当然不是看到大腿大臀大腰大胸的菜花，菜花她们的影子早已不见了。而且就是菜花她们还在窗外，灯草的目光也是用不着混浊的。

灯草看见了从槽沿上走下来的天顾。在枪声大作后平静的清晨，在朝阳就要洒过来的深巷里，天顾那颀长的身影，虽然说不上是那么清奇，却多少有点仙风道骨的意味。

后来，灯草的脑壳里便一直存留着这种怪异的意味。

"吃饭去吧，日本人锅里的饭已经熟了。"伍太没有察觉灯草脸上微妙的神态，背起枪，精神抖擞地出了房。

四

天顾在铜古巷底的老砖屋里待了两天，仍没见一个学生的影子。屋里光线黯淡，方砖铺就的地板生了青黑的苔花，泛着湿润的霉味。天顾坐在一块用来写石粉字的木板前，手上端了一把紫色茶壶，不时低首用嘴唇在壶嘴上嗫一下，咂一口茶水，不时抬着望望台下十几张奇形怪状的小桌凳，眼里是一种失落的光。

娃们都回村了，怎么不来上学呢？天顾左右不明白。他放下紫色茶壶，朝门口一步步挪去，脚下的木屐在砖屋里留下空落而单调的回音。

天顾的木屐声从砖屋门口一直敲到铜古巷的石板上，最后从巷侧的小弄里绕到了镇边。

在墙坎上，天顾这才发现这天的阳光似乎比以往要灿烂得多，古马河泛着浅黄波光，似有似无地辉映着远远近近的山峦。古马镇上空流溢着从未有过的澄静。

天顾这时看到了他的娃们。

他们在墙坎里的坪地上攻击着日本人的弃尸。伍太一伙枪击日本人时很来劲，对他们的死尸却提不起兴趣，所以两天了还横七竖八地扔在原地。那伙娃们从山上跑回镇里时，看到了这批死尸，很兴奋，一个个都拿着棍棒或长竹签拢去戳日本鬼子，竟然把上老砖屋念书的事忘了个一干二净。开始他们还有些胆怯，生怕日本鬼子会突然爬起来，瞪着眼来掐他们的脖子。戳了几次，见死尸全没了活着时那股凶神恶煞劲，娃们胆子就大了许多，敢近前去用石头砸，用脚踩，觉得这样非常解恨。有些还扬起手在日本人脸上扇，扇得啪啪响，就像日本人活着时扇中国人一样。

娃儿中有一个最大的，大概有十二三岁的样子，就数他格外顽皮。天顾看见他又戳又砸又扇耳光，忙得最开心，后来还俯身下去，在日本人嘴巴里塞一个石头，对着日本人的嘴巴撒尿，撒得尿花四溅。

后来天顾看清楚了，这个大孩子就是他和菜花生的巴矩。

天顾走到娃们身后时，巴矩还在日本人嘴巴里撒着尿，其他的娃儿也学巴矩样，各人找一个日本人，兴致勃勃地发泄着。天顾没惊动他们，在后面站了一阵。

终于天顾长长的身影被一个娃儿觉察到了，这娃儿捅了捅巴矩。

巴矩回头，看见了天顾。

"先生，你也来撒尿吧？"巴矩的头回向天顾。

巴矩好久没喊天顾做爹了。自从菜花跟巴矩离开天顾后，巴矩也做了老砖屋里的学生，巴矩就跟别的孩子一起称天顾做先生。

天顾没吱声，只望着巴矩。他记得这娃从小就格外喜欢撒尿，每天晚上都要撒一泡蛮大的尿在床上，把一张床差不多全洇湿，把一个屋子熏得臊气冲天。晚上撒了尿，早晨起了床还要撒，从门口撒到坎下的芭蕉叶上，那吧啦吧啦的声音比天顾撒的还要响亮。天顾还发现巴矩的鸡鸡也发达，比他同龄的孩子都大，撒尿时坚挺挺的。天顾心想恐怕是老子的劲火给了小子，要不然他就不会老这么蔫蔫的，满足不了菜花，最后菜花再也不愿跟他混了。

"回学堂去吧。"天顾打一个激灵，这才想起他到这里来的意图，张口说娃们。

"不回去，我们要打日本鬼子。"

"读书没得打日本鬼子味道。"

"读书有什么用？"

娃儿们七嘴八舌地嚷开了，根本就不把天顾放在眼里。

天顾作声不得，呆呆地望着娃儿们在搞打日本鬼子的表演。

五

灯草不知从哪儿弄了一把蜡，天断黑她就到铜古巷底的老砖屋里打蜡芯去了。这是她几年来的习惯，每天晚上都要练一阵枪法。她发现天顾那个作教室用的老砖屋宽敞，就决定去那里练，已经一连练了两个晚上。

蜷在铺上的伍太觉得很无聊。他不满灯草每晚都去打蜡芯，把他一个人丢在屋里。伍太一无聊一不满，就往那扇朦胧的窗户觑，心里想着槽井边上说不定又有一个在打水。那人当然应该是大腿大臀大腰大胸的菜花。菜花被伍太请来给他们一伙人做饭，每天都要到槽井上去挑好几次水。伍太一想着菜花，就会把灯草全忘掉，伍太认为菜花比灯草有味得多，伍太越来越不满灯草那小腿小臀小腰小胸的样子。

不过这时窗外没有任何动静，这使伍太感到失望。伍太就把眼睛闭上，没了觑那扇窗户的兴趣。

但很快伍太的眼睛又睁开了。他听到隔壁食堂里有了响声。那响声很粗重，伍太耳朵一支就听出来了，那是菜花在清点碗筷。晚饭后菜花回了自己的屋子，大概这会儿才抽空到食堂来。伍太的血就加快了流速。

"过来，菜花你过来。"伍太喊。

菜花就真的推开了伍太的房门。看得出菜花正在洗碗，黑暗中她的围裙还挂在襟前，一双手在裙上揩着。

"伍、伍队长喊我有事？"

"嗯。"

"灯草不在屋里吗？"

"嗯。"

嗯了两声，伍太这才发觉是自己找菜花，而不是菜花要找他。他就说："菜花，镇上人都说你茶煮得好，怎么不给我煮？"

"哪里哪里。"菜花说，"不过伍队长肯喝我的茶，我回去给你舀一勺来，我今天卜午才煮了一罐。"

菜花说着，退了出去。

不一会儿，菜花就回来了，手上拿了一个竹勺。那件围裙已脱掉了，隐约显出蓝花布衫里的肥躯。

伍太接过竹勺，一仰脖就灌进了嘴巴。伍太觉得这茶的确爽口，通体都清润起来。

"好喝好喝。"伍太说着，捋捋嘴边几根稀疏的胡子。

菜花就来接勺。

伍太顺手抓过菜花肥肥的手，一牵，把菜花牵过来。他去抱菜花，却感觉菜花的肥躯的确有些肿胀，他的手的长度似乎不够用。但菜花还是被他箍住了，虽然菜花用力扭了扭。

"别，别！"菜花使劲推着伍太的嘴巴。

伍太终于没能将嘴巴戳到他要戳的地方。伍太于是放弃了努力，一把推开菜花，大声吼道："滚，滚开吧！"

145

菜花就站在铺前，没动。

伍太说："菜花你说，我是什么人？"

"你是伍队长。"

"还是什么？"

"还是，还是打日本的英雄。"

伍太就笑了。伍太笑着说："是的。既然是打日本的英雄，难道弄个女人也不应该？"

菜花说："你不是夜夜弄灯草吗？"

伍太说："弄灯草不算。"

菜花说："灯草也是女人，而且是美女。"

伍太说："灯草美是美，但没味道。"

菜花说："我就有味道？"

伍太说："你有味道，你大腿、大臀、大腰、大胸，你就是比灯草有味道。"

伍太稍停一下又说："你有味道，我要弄你，我是打日本的英雄。"

菜花就开始脱衣裤。

菜花一脱衣裤，那大腿、大臀、大腰、大胸就更大了。

伍太就骑到菜花身上去。菜花在下面一个劲儿地扭摆，嘴里哼着奇怪的声音。菜花这是太快活了，她觉得她做女人以来从没这么快活。

菜花于是更没命地扭摆，更没命地号叫。

不过扭摆归扭摆，号叫归号叫，这时窗外晃过的一个依稀的影子，菜花还是觑见了，或者说是感觉到了。

菜花感到有些扫兴。

六

天顾决定找一回伍太。

天顾远远地看见伍太窗上扒着一个人，天顾就紧走两步，想问那人在看什么。结果那人从窗上溜下来，一拐，就从屋角拐得不见了。

"嘻。"天顾这时认出了那人影是巴矩，"嘻，这娃。"

但天顾没去追巴矩，也没拢窗子，而是从屋檐下绕到六排屋的禾堂里，去找伍太。他想他不是小孩子，没有闲工夫去扒人家的窗子。

天顾有重要的事情。

天顾站在伍太房门口，没去敲门。已经黑好一阵子，伍太也许已经上床，说不定正和灯草热火呢。天顾从前和菜花常是这么个时候上床热火，只是热火多了，天顾渐渐没了兴致，渐渐竟失掉了热火的能耐。菜花就咒天顾。尽管让菜花咒，天顾也不恼，后来却叫菜花挪了窝，自己过起了没有热火的清静日子。

在伍太门口停了一会儿，天顾想还是不要打扰伍太算了，自己的事情明天来办也不迟。天顾就转身，往回走。

没走上几步，迎面碰上一个人，竟然是灯草。灯草那个细长的身子在天顾前面立定了，天顾便赶忙侧身给灯草让路。

灯草说："是先生哪。"

天顾说："哦，哦。"

天顾一边哦哦，一边在心里嘀咕，这伍太也是，人家灯草还没归屋，他就把房门关死做什么？

灯草说："先生找谁呀？"

天顾说："哦，哦。"

灯草说："你没回答我呢？"

天顾还想哦哦，觉得这哦哦有些不对了，便张皇地望一眼灯草。他发现灯草轻轻巧巧地笑了，那笑在夜色里显得神秘而姣好。天顾觉得灯草的笑蛮迷人。天顾就在心里说，菜花可从没这么迷人地笑过，菜花的笑也和她那身肥躯那样气势汹汹，让他喘不过气来。

灯草又说："先生是找伍太吧？我帮你去找。"

天顾于是跟灯草又折了回来。

灯草在门外喊："伍太，你在屋里吗？"

屋里没动静。

灯草去敲门，发现门是闩着的。灯草又大喊："伍太，这么早你就挺尸呀！"

灯草敲一会儿门，又喊一会儿，伍太硬是不开门。灯草来了火气，飞起一脚向门板踢去。门"哐当"一声开了，床上两个人坐起来。

"好呀，伍太你这鬼，我去练枪还没练上半个时辰，你混上了女人。"灯草过去将被子一掀，掀出一团肥大的白肉。

天顾没进门，但他在门外也看出来了，那团肥大的白肉就是菜花。天顾心想，菜花那团白肉也要伍太这样的角色才对付得了，他天顾已是无能为力了。

灯草的两把枪一把点一个，说："两个狗男女还不快穿衣裤。老娘火急了，点了你们的狗卵。"

灯草用枪把菜花逼出屋。菜花一边捋衣扎裤，一边从天顾身边侧过去，还斜了天顾一眼。天顾装作没看见，把脸别一边。

灯草见菜花消失在门外，又望一眼呆立着的天顾，火气消了蛮多。灯草把枪插进腰里，对天顾说："先生有事，就进来说吧。"

天顾并不进屋。

天顾说："也没啥了不起的事。"

天顾说："我想让娃们回学堂里上学。"

灯草说："好，你就要他们去上学呀。"

天顾说："娃们不肯回去，他们只对日本人的尸体感兴趣。"

灯草说："那这与我们有啥关系？"

天顾说："请你们把日本人的尸体埋掉。"

伍太这时恢复了常态，伍太瞥了天顾一眼，不耐烦地说："我们只负责杀日本鬼子，从来没兴趣埋他们的尸体。"

天顾说："那娃们……"

伍太说："算了吧，我没闲工夫与你扯这些。你走吧，我要休息了，明天要砌工事，说不定日本人哪天要来报仇。"

天顾不吱声了，掉转头，往回走。

灯草在后面说："先生你好走。"

灯草又说："埋日本人的事，你和镇上人看着办吧。"

七

菜花拐几个弯就到了屋里。

菜花的胸口里面有东西咚咚地在蹦，脸上像是被火烧着一样灼热。菜花清楚，她当然不是因为被灯草和天顾撞上了而心有余悸，她整个的心事还沉浸在汹涌的激烈里。她想那伍太真有两下子，比天顾强百倍。

菜花用碗在茶罐里倾了一碗茶，咕噜咕噜喝下，这才感觉平静了些。她用铁夹在火塘里扒了扒，火塘里立即显出红红的火仔。菜花于是拿了松明戳进火塘里，另一只手捏个火筒对到嘴上，一鼓腮，一运气，火塘里的火仔忽地一亮，松明就燃了起来。菜花举着松明进了房间，在窗边的圆镜里看见了晃亮的火把。她走拢去，镜里的脸仍然是红扑扑的，掩饰不住的兴奋和满足。菜花就用手在脸上捂了捂，烫烫的，恐怕熔得了铁。

也不知在镜前站了多久，是手上的松明火快烧着了手指头了，菜花才陡地惊一下，从那份痴态中回过神来。她一下子意识到了什么，出了房门，在屋里屋外寻找起来。

"巴矩，巴矩，你在哪里？这么晚了还不归屋！"菜花喊。

菜花边喊边寻，一直没见到巴矩的影子。菜花有点急了，就打算到天顾屋里去找，说不定这小子躲到天顾那里去了。

其实巴矩哪里也没去。他就在屋后的墙壁下，拿了一截白石灰在乱画着。看样子他在画一个人。不过他画人的秩序有些特殊，先画一双脚，然后画肚子胸脯，再画脖子脑壳。菜花在屋前喊他的时候，他正画着那人的脑壳，画得很专注，对菜花的喊声无动于衷。画成了，巴矩退两步，瞄瞄。墙上那人被初夜稀稀的月色晃着，有点滑稽。瞄一阵，巴矩似乎还不满意，又走拢去，举手在那人的嘴边添了两笔。

这一下，巴矩觉得差不多了。巴矩的眼睛从人像上移开去，把白石灰往檐外一扔，一拐弯，转到屋角下，伏了身子去石洞里掏着什么。

不一会儿，巴矩就掏出一样东西，是把小匕首，尖尖的，闪着微光。巴矩用手指在匕首尖上拭了拭，旋即又转过身子，回到檐下的人像前面。

巴矩把匕首举到鼻尖上，眯了一只眼睛，认真地瞄着墙上的人像。

这时菜花已从天顾屋里转回来，刚要抬脚进屋，她就听到了屋后"咚、咚"的声音。

菜花看见巴矩了。

巴矩一门心思往墙上放着飞刀。巴矩放得很准，墙上那人的眼睛、鼻梁、嘴巴、咽喉，都有了洞。菜花过来时，巴矩刚好又放出一匕首，这一匕首"吱"一声，不偏不倚插进那人的胸口，匕首的木柄还悠悠地颤了颤。

菜花的身子也不由得颤了颤。

菜花鼓着眼睛仔细想，觉得墙上的像似乎像一个人，尤其是他嘴边那几撇胡须。

但菜花立即把目光收了回来，去瞧巴矩。

菜花说："巴矩，别疯了。还不跟娘回屋去？"

八

伍太把他那伙人和镇上懂泥工的人赶到镇边。伍太挥舞着大手叫："懂泥工的去挑石灰来搅三合泥，其余的兄弟抬石头，从河里抬到墙坎上去。我们要把墙补牢，不能让日本人有机可乘。"

等伍太叫完，一伙人就分头行动起来。

灯草就站在伍太身后。她没事做，就在墙坎上来回走动，把瘦长的影子支到墙下的坪地里。镇上的娃们又走了拢去，在日本人尸体上恶作剧。

有人开始抬着石头爬上墙坎，把石头扔到缺口处，让泥匠们调了三合泥来垒砌。伍太也下到河里去翻石头，偌大一块的石头，人家要两人用竹篓抬，他"嗨"一声，把石头摞到肩上，一个人就扛上了墙坎。

灯草在墙坎上走了几个来回，觉得有些碍人家的事，便下了墙坎，回到了镇里。她沿着铜古巷走下去，在石板上留下橐橐的足音。

到了巷底，灯草发现老砖屋的门是关着的。灯草觉得奇怪，她晚上进老砖屋打蜡芯，这门都是敞开着，白天竟然还关住了。她敢肯定，那些烂桌歪椅已经不值钱了，不会有人进去拿的，灯草他们到古马镇来了好几天了，她看出这里的民风好像还算古朴。

灯草这么自忖着，在门口站了好一会儿。她白天没到过老砖屋，晚上从这里进出时，竟没仔细瞧过老砖屋的模样。灯草看到老砖屋高高的门楣上画着刘关张的像，木门黑漆斑驳，隐约留着从前庄严的痕迹。门上还有字的痕印，但已无法辨认是什么字了。灯草猜测，这里从前一定是一座宗祠之类的建筑，怪不得天顾要把他的学堂放到这么个庄重的地方。

后来灯草把目光收回到自己的鼻子底下。她把手放到门上，一用力，那黑漆木门就"嘎"一声袭开了。灯草把自己的身影和浅黄的阳光一起推进阴暗的屋子里。

灯草看见了天顾。

天顾一动不动地坐在写字的木板下。手上是那把紫色茶壶。头微垂，双目似开似闭。整个的一尊千百年的古塑。

灯草走过去，站在天顾前面。灯草有些感动了。灯草喊："先生——"

良久，天顾才缓缓抬起头。

灯草说："先生，你在这里干吗？"

天顾只叹一声，没有回答。天顾把紫色茶壶举到嘴边，抿了一口。他的喉头不紧不慢地一滑，立即有轻轻的咕咕声透出。

灯草说："先生，你在等你的学生吧？"

天顾说："是的，等我的学生。"

灯草说："你每天在这里等吗？"

天顾说："每天在这里等。"天顾又说："日本人来了，娃儿们都逃走了，从那时开始我就天天等他们。日本人被你们赶跑了，杀死了，娃儿们也回来了，我以为他们会回学堂了，又在等，结果他们还是不肯进这个学堂。"

灯草说："得想办法把他们弄回来。"

天顾说："有什么办法呢？他们一心要打日本人，哪还有心思进学堂？"

灯草就不吱声了。灯草回过头，看到门外的阳光从裂开的门缝上涌进来，再涌进来，把阴暗的老砖屋映得光亮了许多。

九

菜花用水桶挑着茶水向镇口走去。菜花还是穿着那件蓝花布衫，那大腿大臀大腰大胸摆着，扭着，晃着，颤着，很澎湃。

菜花每天给伍太那伙人做饭。凭那身力气一天做三顿饭不在话下，还有许多闲工夫没事做。没事做时，她就站在六排屋的廊柱下垂着手发呆，或者用眼睛瞟瞟伍太和灯草的房门。那房门紧闭着，伍太带着他那伙人修补墙坎去了。菜花就想起自己在那房里干过的事。原先是跟日本小队长，日本小队长只晓得哇啦哇啦乱叫。后来跟伍太，伍太晓得说"你有味道"，伍太的劲头也格外的足，菜花也真的体会了伍太说的味道。菜花想，伍太真不愧是打日本的英雄。

菜花这么想的时候，往往就对伍太产生了由衷的感激之情，她感激伍太搞死了那些日本鬼子，包括日本小队长，更感激伍太很有劲火地给了她味道。

菜花还想，伍太和灯草在里面时，不知是否也有味道。菜花口上不说，心里说，如果她像灯草那样有福气每天晚上跟伍太在一起，那她一定幸福死了。

禁不住地，菜花脸上就烧起来。

菜花脸上一烧，她就待不住了。她几步进了屋，忙起来。

菜花大火大鼎，很快就烧好了两水桶浓酽的茶水。她挑着茶水，出了门，悠悠然然，很快到了镇口。

菜花一眼就望见了墙坎下，日本人的尸体还乱七八糟地摆在那里，一伙顽皮的娃儿在日本人尸体上鼓捣着，那般兴致勃勃。菜花在那堆尸体里，似乎认出了一个人，好像是日本小队长，这时正有一个孩子在他身上猛踢着。

不一会儿，菜花就把茶水挑到了河滩边。正在忙碌的汉子们，见有人送来了茶水，都瞟过来目光，咧嘴而笑。他们吃了几天菜花做的饭菜，很可口的，那菜花烧的茶水也一定不赖。

伍太当然喝过菜花的茶水，晓得那是什么味道。伍太扔了手上的石头，第一个走到菜花的身边。

菜花有意把大胸耸了耸，用竹勺为伍太舀了一勺茶水。

伍太的目光在菜花的胸脯上黏住了，一时忘了去接竹勺。伍太一下子悟起那晚在这又韧又软的大胸上快活的情景，身上的筋脉突地鼓胀起来。

伍太好久才接过竹勺。

伍太接过竹勺，却并不急于把嘴巴戳进竹勺里，伍太要留着嘴巴做别的用场。

伍太说："你好味道。"

菜花说："你还没开始喝呢？"

伍太说："没喝也知道味道。"

菜花说："总没有她有味道吧？"

伍太说："她？她是谁？"

菜花说："她是灯草。"

伍太说："灯草没你有味道，灯草细腿细臀细腰细胸，哪有你有味道。"

菜花说："味不味道，先喝吧，其他人拢来了，也要喝。"

伍太这才把茶水喝进肚里。

伍太把竹勺交给下一个要喝茶的人，离开菜花好远了，还把头回转来，用锋利的目光在菜花的大胸上刮。

汉子们一个个都喝得心花怒放。

一心花怒放，肩上手上的劲就十足，动作起来就蛮利索，两天的活一天干完了，还不晓得累似的。

十

灯草起得早。她是被窗外的冷风吹醒的。醒来好一会儿，她还木木地不知自己这是躺在哪里。反正至少不是原来六排屋的房子，因为六排屋的房子窗户是木格的，而这里实际没有窗户，只有两个老砖那么大小的窗洞，像老人无牙的嘴巴，在砖墙上森森地张开着。

灯草意识到刚才的冷风就是从那里吹进来的。那是春天的清晨寒气凛冽的山风。

灯草也意识到了这是什么地方了。

与往常一样，昨晚灯草又在老砖屋里打了半个时辰的蜡芯。她打得顺手，几乎是弹无虚发。往六排屋走回去时，灯草不禁哼起了小时候常哼的一首不知名的童谣。可当她哼着童谣走到六排屋门边时，那门又从里面闩了。灯草心头升起无名火，想一脚把门踹开。可她忽然释然了，她在门边站了一会儿，咕噜了一句："好吧，那骚货有味道，就让你们味道去吧。"然后灯草又掉头走回了老砖屋。

灯草走出老砖屋的黑漆木门时，天空还是一片迷蒙的灰白，并没全亮。她耳闻着自己有些脆响的足音，走过铜古巷，绕过两条小弄，到了镇口的墙坎边。稀粥般的乳雾里，日本人的尸体还横躺于墙坎下，且有三五只瘦狗，在尸体旁走动着，或闻或啄。灯草已经闻到随风而至的腐臭味。灯草不免慈悲，可怜起这些暴尸异国的孤魂野鬼来。

不知不觉，灯草就到了墙坎边。

"嘘——"灯草身上颤了一下，倒吸一口凉气。只见前面一具日本人的尸体，被割掉了脑袋和双手，好恐怖地摆在那里。灯草敲掉的日本人脑袋没有几百也有几十个，那些尸阵如山、白骨遍野的场面也不是没经历过，可这种无头无手的残尸却似乎还没见过。灯草不忍细瞧，转过脸，对那几只远远盯着死尸，久久不肯离去的瘦狗吼两声，然后匆匆离开了墙坎。

回到镇里时，人们还没起床。

灯草就几拐拐进了六排屋。伍太的房门还紧紧关着。灯草心里骂：伍太这狗弄出的，昨晚味道了一个晚上还味道不够，天亮了这么久了还在房里味道！灯草哗啦从腰里抽出那两把枪来，朝房门上瞄了瞄。灯草知道房里床铺的方位，她只要一勾扳机，两颗子弹就会从门板上射进去，在两个男女的身上犁两道不深不浅的血痕。

但灯草没有勾扳机。灯草的手垂了下来，枪眼朝向地下。灯草的眼光也收回到眼帘里，她抬着头，眼皮紧紧地合了拢去。

有晶莹的泪水从灯草的眼角溢出。

只见灯草一咬牙，手中食指使足劲，狠狠地勾住了扳机。

"啪啪啪啪……"

灯草的脚边的石板立即火花四溅，硝烟味和岩石碎末弥漫起来，呛得灯草猛咳了两声。

"谁在外面放他娘的枪！"伍太在房里高声叫。

灯草又勾了几下扳机。

枪声过后，听得见伍太骂骂咧咧起了床，走到了门边。

门"嘎"一声开了，伍太的脑壳嵌在了门上。几乎是同时，一个什么东西从门上方砸将下来，不偏不倚扣在伍太的脑门儿上。

伍太"哎哟"一声，趴在了地上。

伍太的脑门儿前头，一个苍白的头颅在青石板上来回滚动了两下。最后不动弹了，那挖掉了眼珠的眼坑和敲走了牙齿的嘴巴，阴森地向伍太洞开着。

伍太爬起来，把那怪头搂起，一甩，甩到了阶基下。

"咯、咯、咯咯咯……"怪头滚着、弹着，最后掉进基脚的水坑里。

伍太说："灯草，你做的好事。"

灯草说："我做的好事？"

灯草也迷糊了，谁做的好事呢？让伍太遭这样的报应。

十一

菜花晚上又早早地进了伍太的屋。菜花还是穿着那蓝花布衫，淡淡的油壳香味从那蓝花布衫里面飘出来，招引着伍太的感觉。

菜花用油壳水洗了身子。

菜花每晚进伍太的房都要用油壳水把个丰沛的身子洗得非常干净，非常细滑。她知道男人喜欢女人干净细滑的身子，而且越干净就越喜欢，越细滑就越喜欢，只要男人一喜欢，女人就有快活可享受了。

可这晚上，菜花没享受到快活。

伍太没兴趣搭理菜花。他坐在床边，嘴巴鼻孔都朝着楼板，目光呆呆痴痴，挂在楼板下的蜘蛛网里。菜花身上的油亮丝毫发挥不出引诱男人的功能。

但菜花不急不忙。男人心里不痛快，你是撩不得的，只能默默守在身旁，让他有足够的时间将不痛快一点一滴地释放出去。释放完了不痛快，剩下的全是痛快了，男人的气色就会变得灿烂，变得热烈。

菜花就默默地搬把小椅，默默地坐一旁，离伍太不远不近，像只温驯的肥母狗。

这样呆守了良久，伍太才把身子放开，僵尸般摆到了床上。菜花见有了动静，不觉在心里暖了一下，提起屁股，移到了还留着伍太气味的床沿上。

轻轻地，菜花说："别生那颗头的气了，那颗头被你扔到阶基下后，被一只狗叼走了，它是再不会来吓你了。"

伍太的身子这时还了阳似的，蠕动了一下。

伍太说："屁，我还怕它吓？"

菜花见伍太不但有了动静，还跟她搭起腔来，菜花的脸上就生动了许多。菜花心想，今晚的油壳澡总算没有白洗。菜花就有了把伍太逗得更开心的欲望。菜花接过伍太的话，说："你知道那颗头是谁吗？"

"还有谁！日本人。"

"不只是日本人，还是日本小队长。"

"日本小队长？"

"就是那个被你击杀的日本小队长。今早晨我跑到阶基下看过了，他的嘴巴边也有几根稀稀的胡须，跟你一样。"

伍太侧过头，瞪了菜花一眼。嘴边的几根胡子滑稽地弹了一下。

"没有错。"菜花自顾自地说，"只要一见那几根胡须，就错不了。"

伍太说："当然错不了，你跟他睡过觉，像啃我嘴上的胡须一样，也啃过他嘴上的胡须。我没说错吧？"

伍太不觉生出一种作呕的感觉。伍太挥了挥大手，下逐客令："走开，你走开！"

菜花不得不站起来，向门边走去。出了门还回头瞟了一眼，一脸的委屈。菜花想，今晚这个油壳澡还是白洗了。

十二

伍太第二天就让他那伙人把墙坎的尸体拉到了镇外的山坳上，挖了个大穴，要把这些尸体一穴埋掉。

这些尸体开始腐烂，上面爬着细细的白色虫子，让人起鸡皮疙瘩。难闻的臭气随风飘扬着，熏腥了半个镇子。

镇上的娃儿也很少来糟蹋这些腐尸了，伍太他们拉走尸体时，娃儿们只远远地看着，并不近前。大概对这些尸体的厌恶逐渐取代了那刻骨的激愤的仇恨。

伍太也一直没拢去。后来尸体拉到山坳上就要入穴了，伍太才走到尸堆旁，让人把那具无头无臂的残尸翻出来，想看看那究竟是个什么怪样。

手下人照着办了。

伍太先望见了那个断菀树花般的颈脖。喉骨间有一个小眼，像在无声地诉说着什么。断脖两边是没了臂膀的肩膀，白色骨头支棱着，腐肉烂皮有一缕没一缕地吊着。看得出，这三个地方，都不是一刀就砍下的，而是一刀一刀割下来的，所以刀口才显得这样不规则。

那头现在在哪里呢？伍太心下想，若把那头合到这断脖上，又该是一个什么样子？照菜花说的，那头已被狗叼走了，也许有可能。那么那两只手臂呢？伍太不得而知。

伍太把目光从残尸上收回来，在地上踱了两圈。伍太又想起昨晚菜花走后做的梦。这个梦几乎断断续续做了一个晚上，做得伍太有些心惊肉跳了。只要伍太一合上眼睛，那个脑壳就从阶基下滚了上来，滚过禾堂，滚进门槛，滚到伍太的枕边。那个脑壳上的眼洞、嘴洞，一下鼓起蛮大，一下又缩小到原样，仿佛有声音颤颤抖抖，从那三个忽大忽小的洞眼里一齐迸发出来："把我、送、送回、去，送、送到我、我的、脖子、子、上……"

伍太大约就是因为这个梦，才决定埋掉这一批尸体的。

然而，那个怪头呢？并没有回到它原来的地方呀。伍太停下了脚步，瞥一眼尸体，对手下人说："你们留三四个人在这里，把穴掘得更深一点。其余的回镇上去找那个头，一定给我找到！"

找头的人开始行动。

可找了一个上午，却不见那头的影子。下午继续找，把镇里镇外的坑坑洼洼，砖缝石洞也搜遍了，仍然一无所获。还找来了菜花，她跟伍太说过的，看见狗叼走了那个头，到底叼往哪个方向去了？菜花说，她看见狗叼走了那个头，这不假；并且她看见是叼往铜古巷那边去的，但究竟叼到哪个角落里却不清楚了。

众人又把铜古巷再搜了一遍，还是毫无结果。

其中一个机灵点的小个子就对伍太说："伍队长，昨晚你不是老梦见那怪头总是往你房里滚吗？何不把你房门打开，让我们进去瞧瞧，说不定还真滚进了里面呢。"

伍太无可奈何，把房门打开了。

小个子几个人就跟伍太踏进了门槛。

房子不宽，床底门后，一下子就搜了一个遍，哪里有什么脑壳，各人的脑壳都在各人脖子上，硬是没有多余的。

"看来那脑壳是没办法自己滚进这房子的。"大家就嘀咕。

只得又往门外走。走到门外，那小个子又踱了回去，把伍太那缩在床角的被子抓过来，用力就是一掀。

大家就实实地吓了一跳。

只见那脑壳从被子里滚出来，在床铺上重重地蹦了两下。

小个子把那脑壳提到手上，搂到了镇外坳上，让脑壳和那断花般的脖子合在一处。然后众人动手，把尸体都扔进穴里。怕残尸上的脑袋离位，只得最后放进去，卡在其他的尸体中间。

伍太松了一口气，要手下人掩土。

刚动锹，天上陡然下起大雨。伍太一伙只得匆匆掩了一层土上去，就离开山坳，落汤鸡般回到了镇上。

十三

天顾熬了一壶浓酽的茶。

天顾熬茶很讲究。他每次都要用他那个有些红亮的竹筒取水，取的是铜古巷石山脚下的泉水。这泉水不是流入槽井里的井水，而是从槽井上方一个细细的泉眼渗出来的，接那泉水要工夫和耐心，半天才取得了半竹筒。用竹筒取的泉水不走味，也不会沾上巷里的灰尘和异味，煮茶最理想。水取回来，倒少量进高嘴铜壶里，洗过壶，再把茶叶倾进壶中，放文火上温烤。茶叶是上等的峒茶，谷雨那天从峒茶树枝尖上摘下来单独烤制的。待到壶里茶叶烤得半燥，发出了香味，再从竹筒里灌少量泉水入壶。这时加大火力，壶中很快沸腾，即用竹片刮去茶沫，茶水倒入准备饮茶的紫色茶壶中，晃几晃再泼掉，算是清洗了饮具。铜壶里的一道水处理掉后，才注入二道泉水，用文火慢慢煮。大约煮一个时辰，铜壶里的茶水出了香也出了味，再离火，倒进紫色茶壶里饮用。

天顾平时少有工夫煮这样的茶水，一定是碰上了喜人的事才这样煮茶品味。天顾今天觉得也要碰上喜人的事了。

天顾捧着他那装满浓茶的紫色茶壶，去了老砖屋。

天顾坐在木板前，一边有滋有味地品着紫色茶壶里的茶水，一边耐心地等待着。他相信镇里的娃儿会陆续走进老砖屋里的。

然而天顾等了许久，也没见一个娃儿的影子。外边的铜古巷一直平平静静，无声无息。偶尔有懒散的脚步声响过，瞬息间激起天顾的信心，但不一会儿那脚步声又消失在巷子的另一头。天顾有些泄气，轻轻叹息一声。

天顾一壶茶水都快喝完了。

天顾站起来，望一眼敞开的门。觉得有些无聊，又坐下去，把目光收回来。

怎能会不来呢？墙坎下的尸体已经埋掉了，娃儿们怎么会还不来呢？

天顾的木屐一下一下地在老砖屋里响起来。老砖屋空洞、阴暗，而且有些潮湿，那单调的木屐声失却了以往的脆亮，显得有些沉沉的、幽幽的。

在屋里转了两转，天顾举起紫色茶壶，喝掉了残剩的最后一口茶水。天顾再感觉不出茶水的醇香，满口的苦涩。

最后，天顾出了老砖屋。

他这才发现天上下起了迷蒙细雨，无形的寒意犹存的风，从小弄里，从巷口吹过来，把细雨抹到人的脸上。巷子里的石板是湿的，晃着似有似无的青光。

天顾脚上的木屐声，牵着天顾瘦长的身影在巷子里移动着，仿佛传说中的怪魂。

那身影一直从巷底的老砖屋，移到了菜花的屋背后，这才停了下来。木屐的声音于是消失了，却有不太大声的霍霍声，从菜花的屋角送出来。

"巴矩，你磨那匕首干吗？"天顾说。

那屋角，巴矩正在磨石上磨着小匕首。他磨得很起劲，屁股翘着，脑壳前伸，全身的重量都倾到一双手上。

天顾又说："巴矩，你们怎么不进学堂？"

巴矩不抬头，也不吱声，仍然全神贯注磨着那把小匕首。

霍、霍、霍、霍……

天顾打一个冷战，觉得这声音有那么点怪模怪样，他想将这声音从耳鼓里赶出去，却怎么也赶不走。虽然这声音并不大，也并不尖厉刺耳。

十四

日本人还没有来。

墙坎已经修补完，伍太一伙人没有太多的事可做，闲得无聊。

灯草仍然一如既往，每天晚上都要打半个时辰的蜡芯，然后宿在老砖屋里。白天也很少跟伍太他们一起，一个人在镇里镇外转。伍太几次有事找她商量，她也不肯拢场。

灯草一转一转就转上了铜古巷后面的石山。站在石山顶，能隐约望见远处的洪江城。灯草的心里就有了怅然的感觉。那是她的故乡。她的父母兄妹都被日本人杀死在城里，她是被伍太他们救出去的，后来就再也没有回去。

灯草在石山顶站了许久，一直到黄昏镇上陆续冒起了炊烟，她才从上面走下来。

灯草进了六排屋。

伍太和小个子他们在禾堂上玩骨牌。见了灯草，伍太就把前面的骨牌哗啦一推，离桌走过来。

灯草说："你们倒有闲心玩牌。"

伍太偏偏脑壳，在灯草脸上望了一会儿。伍太心里想，菜花虽然大腿大臀大腰大胸，但菜花的面相却无论如何没灯草姣好。

灯草说："站在石山顶就望得见洪江城。"

灯草又说："日本人怕是不会再到这个偏远的古马镇来了。"

伍太把目光从灯草脸上撤下去。伍太的耳朵里当然听到了灯草后面说的话。

伍太说："我找了你几次你都不来。"

伍太说："我也知道你会爬到石山顶上去的。"

伍太又说："日本人不来不是更好吗？"

灯草狠狠地瞪一眼伍太，心上蹿了火。灯草咬咬牙，低低的却是硬邦邦的，说："日本人不来当然更好，日本人不来，你天天可在这儿逍遥，晚上还可跟肥猪一样的菜花快活。"

伍太不吱声。

灯草一扭腰身，往外走去，在身后甩下一串毒话："你们在这儿待着吧，把你们的尸身都烂到古马镇。我一个人走。"

灯草的毒话钻进伍太耳里，伍太浑身的不自在。伍太在地上怔怔站着。桌旁玩牌的人并不察觉伍太的情态，仍在高声喧闹着，把牌和得噼里啪啦响。伍太三两步走过去，将桌子猛地一掀，一桌的牌哗哗哗全都撒到地上，撒得满禾堂都是。

玩牌人脸上的笑眉嬉嘴便一齐定了格。

伍太背了手，转身咚咚走过禾堂，跨进屋里，将门哐地关上了。

小个子他们你望望我，我望望你，掩住嘴巴，生怕漏出笑声来。

夜幕慢慢降临大地。又是一个初夜。

十五

天顾大病了一场。他那瘦长的身影更瘦更长了。他每天都要去铜古巷槽井上接一竹筒泉水来熬峒茶，然后慢慢品，品出许多滋味。镇上人说，不是这茶水吊着天顾的命，他恐怕早就没了。

伍太他们踏进天顾的门槛时，天顾的茶罐刚刚离火。天顾给自己的紫色茶壶灌了半壶，便给伍太他们一人倒了一小杯。

伍太望望天顾那瘦瘦长长的身影，低头抿了一口茶水。

伍太有了一种气脉贯通的感觉。

伍太到古马镇一个多月了，只听人说过天顾的茶绝顶，却还从未尝过。这一尝，才知道真的名不虚传。伍太常喝菜花的茶水，原以为那样的茶水就算上乘了，想不到与天顾的茶水一比，根本就不是一个意义上的境界。

伍太又在茶杯上抿了一口。

伍太说："敢问先生，古马镇与洪江城最近的路程有多远？"

天顾说："春天以来这场雨下了好久了。"

伍太说："从水路去洪江城大概最快吧？"

天顾说："槽井上泉水都变了味。"

伍太说："我们如果从水路突然攻进洪江城，是否能把日本人赶跑？"

天顾说："古马镇真不抵事，大水一冲就冲掉了。"

伍太迷惑地望一眼天顾，这家伙怎么了？你问东，他答西，牛头不对马嘴。

天顾说："那群孩子不听话，不肯到学堂里上学，却满镇地疯窜。真是造孽。"

天顾说："我好久没病了。那年娃儿们不肯归学堂，古马河大水冲走了古马桥，我大病一场，结果日本人进了镇，杀了不少人。"

伍太他们不懂天顾话里的意思。他们觉得这天顾是乱弹琴，胡说八道。

其他人也感到诧异，天顾在床上三天三晚不下地，病后这两天也最多去铜古巷里打一筒泉水，他怎么就知道古马河发大水，把古马桥给冲走了呢？

伍太他们站起身，把杯里的茶水全都灌进喉咙里，然后拍拍屁股，走出门，走进雨后初晴的光影里。

一伙人开始分头行动，把镇上人家屋里收藏的干爽的木条全搜出来，搬到了河滩上。那座古马桥已被前天晚上的大水冲得无踪无影，河上的水没全退，水面宽阔了许多。伍太他们又拿来了斧头、篾缆，把木条推进水里，砰砰砰扎起木排来。一天多时间，一架又长又宽的大木排就扎成了。大家爬到排上用用力，那木排显得十分扎实，而且浮力很足。

晚上，伍太请菜花做了最美味的肉菜，煮了最醇的酒，弟兄们痛饮了一番。伍太向大伙宣布，明天开排离镇，杀向洪江。

大伙雀跃起来。他们在古马镇闷了这么长时间，实在憋不住了。

十六

夜里伍太不再让菜花进他的房。明天就要离开古马镇，到洪江城去与日本人拼命，他不想把精力耗费在一个女人身上。没菜花在一旁，伍太的意念不免又会跑到另一个女人那里。他陡地生出一份渴念，想跟灯草待上一阵，哪怕是半个时辰也好。灯草的影子于是悠悠地向他飘过来，像一根游丝，将他缠住。忽而又化作一阵风，从他身边飘走了，飘得无影无踪。

过一阵，伍太又想起天顾那份奇异的样子和那神秘的语调。他不明白天顾不回答他的问题，却莫名其妙对他说槽井里的泉水变了味，说娃儿在外疯窜不肯归学堂，说大水冲走古马桥。伍太弄不懂这与他有什么关系，弄不懂天顾干吗要在他前面唠叨这些风马牛不相及的东西。真的，伍太弄不懂。

弄不懂，伍太的脑子里便一片模糊。模糊中，伍太隐隐约约听见一个声音："伍太，还、还给、我……还、还、给、给、我……"

还给你？你是谁？还给你什么？伍太感到很奇怪。伍太四处张望，却并不见说话的人。伍太想，是什么风吧？大概是听见风声，误认为是有人说话了。

可俄顷那声音又含含混混在伍太耳边响将起来。

伍太说："你是什么人？"

那声音只是说："还、还给、给、我……"

"你干吗不出来？"

"还、给、给我……"

"我欠你什么？"

"还给我，还、还、给、我……"

伍太东瞧瞧，西望望，眼前一片漆黑，什么也没看见。

但那声音还在阴阳怪气地荡着。

伍太用力把眼睛睁大，他这才从黑暗中看见了两道影子。但那影子似乎很遥远，虚虚无无的，竟看不出是什么东西。

而那影子的声音就是清晰的。

逐渐，那影子一晃一晃，便晃到离伍太不太远的地方。伍太不觉毛骨悚然了，额头上渗出了冷汗。

伍太看见那是一双苍白的手。

那手没有人，鬼鬼祟祟在黑暗中悬荡着。且刚才的声音也是从那手上发出来。那手上似乎有一张似有似无的嘴巴，正一开一合，发出那个千篇一律的怪音："还、还、还给、给、我……"

伍太后退几步，脑壳在墙壁上磕了一下，身上不住地颤着。但伍太还是麻起了胆子，朝那手叫道："还你什么？还你什么？"

那双手还是那句话。

伍太怒了，从身上抽出枪，吼："你滚开滚开，我枪杀了你！"

那双手就呼地荡过来，把伍太的枪砍到地上，然后左右开弓，在伍太脸上扇起来。且那手掌仿佛长了牙齿，在伍太脸上扇一下，就要狠狠地撕咬一下，疼得伍太像什么钻着心一样。

伍太撕心裂肺地惨号一声，醒了。赶忙去摸脸，幸好没有异样。

"娘的！"伍太咕噜一句，复又沉沉地睡过去。

可没过多久，那双手又出现了，又像刚才那样又吼又闹，来扇伍太的耳光。这么折腾了三四次，搅得伍太一夜睡不好。最后那次，那双手不去扇伍太的耳光，却以极迅速的动作往伍太的裆里捞去，伍太欲避不能，惊跳起来。这一跳，伍太就跳到了床下。眼睛一睁，外面已经大亮，而他的床前真的摆着一双惨白的手。

伍太见那双手真如梦中一样，那样狰狞可恶。伍太心有余悸，不知是醒了还是仍然在梦中，半天不敢向那双手走拢去。

其实那双手已经开始腐烂了。手臂那头的骨头露在外面，像个锣槌。

十七

伍太他们没有如期开排离开古马镇。

等伍太打开房门时，小个子几个人都守在门口。他们一眼望见伍太，不觉吓了一跳。伍太脸色寡白，眼睛里布满血丝，眼神呆滞，惊恐未散。整个一条彪形大汉忽然像散了架似的，歪歪斜斜，失去了神采。

小个子几个人赶忙过来扶住伍太，将他扶回床上。

小个子他们当然也看到了地上那双手。

伍太语无伦次地向小个子他们叙述了那个怪梦。伍太说那梦怪还不算怪，怪的是梦里那双手竟然真真切切就摆在他的床前。

小个子把那双手抓到手上瞧瞧，把它们扔到了屋角。小个子站了一会儿，又略有所思地走过去，把那双手又捡起来。

小个子说："这是一双握惯了刀柄和手枪的手。"

小个子说："伍队长你还记得那个日本人的残尸吧，你叫我们把他的脑袋找到，合到了他的脖子上，可那双手我们并没找到。"

伍太点了点头。

小个子说："这双手就是那具残尸身上的。"

伍太说："既然我们已满足残尸要求，把那个头安到了脖子上，那这双手怎么还老是纠缠住我不放呢？"

小个子想想，问伍太："这双手只说要你还给它，但还给它什么并没说，是吧？"

伍太说："我问过，那双手只一个劲说还给它，并没说还什么。"

小个子说："我们上一趟镇外那个山坳，把这双手放回到那具残尸上。"

伍太他们一行来到山坳上。

把埋着日本人的土穴掘开，一股腐臭味腾过来。那些乱七八糟的尸体变成了黑色，但腐烂程度却并不深。摆在尸堆中间的那具残尸，那颗曾经抛弃了尸身的怪头，还稳稳地扣在脖子上。

小个子爬进穴里。

小个子说："我曾经问过镇上的先生天顾，他说这个山坳是镇上的风水宝地，尸体葬在这里很耐腐。镇人曾在这里埋过人，但那家人接着出了大乱子，整个镇子都被闹得鸡犬不宁。据说地仙事先说过，人埋到这里后，如果后人是大贵大富的命，就可成龙登金銮宝殿，否则就要大差错。那家人果然害怕，起出尸体，改葬到了别处。自此，镇上人自知没福分消受这块风水宝地，再不敢往这里葬人。"

小个子一边说，一边把那双手送到那尸体的臂膀上。一具残尸，看上去终于完整了。

小个子爬出来，招呼其他人掩土。

可小个子又即刻摇了摇手，说声"慢着"，复爬进穴里。

小个子把那具刚刚变完整的尸体那沾满黄土的黄裤一扯。

尸体的裆上一无所有，空空如也。

小个子低了头细瞧，见那里隐隐约约仿佛还留着不太清晰的刀痕。

小个子抬起头，望了望穴上的伍太。伍太一脸的惊愕。

一旁的人都也感到奇怪。

回镇的路人，小个子走在伍太的后面。小个子对伍太说："伍队长，你梦中那双怪手要朝你要的，恐怕就是那个东西了。"

十八

菜花破着喉咙骂巴矩："成天不归屋，从早到晚窜尸闹魂，看我放你的脚筋！"

巴矩把菜花的骂声当作耳边风，跟着他那几个蟹兵虾将从屋前溜到屋后，不一会儿就见不到踪影了。

灯草从天顾屋里出来。天顾要她赶快离开古马镇，这地方不是久留之地。但不能跟伍太一起走，伍太那人一脸之不吉之气。灯草对天顾的话将信将疑。但她心里却有一种什么预感，这预感似乎刚好与天顾说的有些吻合。

灯草脑壳里这么稀里糊涂地悟着，耳边就响起菜花的诅咒声。灯草立住脚，皱了一下眉头，便进了菜花的屋。

菜花正在弯腰折一叠衣服。菜花折得好认真，折一件，还要用手掌在衣服上抚一抚，把皱折处抚平。菜花其实是那种挺讲究的女人，吃的、喝的、用的、穿的，都清理得干干净净、整整齐齐。

灯草就在那叠衣服里看见了一件特殊的男人的衣服。

见灯草进了屋，菜花赶忙侧转身，给灯草搬凳让座。还倒了上午才熬的茶，递给灯草。

灯草喝一口茶水，喉咙就滋润了许多。灯草的声音也圆润了许多。

灯草说："菜花，你是个好女人。没有你，我们是拿不下古马镇的。"

菜花没吱声，只顾折衣服。

灯草说："也难为你了，跟日本小队长纠缠，让人任意……"

说到这里，灯草一时找不到恰当的词了，她本是要说"糟蹋"或"作践"这样的话的，但她说不出口。灯草自己也是女人。何况菜花是为了镇上人，为了他们能顺利歼灭日本人，拿下古马镇。事实上，若不是菜花缠住日本小队长，他没能及时赶到墙坎上的话，伍太他们是根本没法爬上古马镇的墙坎的。灯草心想，她当时之所以要往日本人裆里放枪，也是因为她同情菜花的遭遇，要为她泄恨。

这时灯草看见菜花眼里的泪水"噗"地掉到她前面的那叠衣服上。

灯草心上一酸。

但灯草还是狠狠心，把要说的话说给了菜花。灯草说："可你不该报复伍太呀。伍太现在可惨了，我从来就没见过他这个样子。他原来可是个顶天立地的男子汉。"

菜花折好最后一件衣服，转过身来，眼望着灯草。她眼里晶莹地转着泪水。

菜花说："都是伍太出的主意，不然我怎会跟日本小队长……"

菜花说："为这，天顾跟我分开了，巴矩从山上回来，也恨我恨得咬牙切齿。别看巴矩才十余岁，他心眼多着了。"

灯草久久不能言语。

最后灯草把茶杯放到桌上，立起身，准备离去。灯草感到头有些晕眩。

灯草仿佛是自言自语地说了句："这是前世的冤孽啊！"

十九

伍太离开古马镇的时候，他那伙人马有一半以上没跟他走。

因为伍太杀了小个子。

伍太把账都算在了小个子身上。小个子太精明了，发生在伍太身上的怪事，小个子似乎都知道来因去果。伍太不明白这是为什么，他只可能设想这一切都是小个子所为。

所以伍太毫不犹豫就杀了小个子。

其实开头伍太并没这么去理解。是后来小个子又给伍太找到了日本小队长裆里那个丢失了的东西，伍太才突然萌发了杀机。

伍太他们从镇外的山坳上回来后，伍太就让小个子他们去找那个东西。伍太在山坳上小个子扯开日本小队长那具怪尸的裤裆，发现日本小队长那东西已经不在，伍太就认可了小个子的说法，觉得他梦中那双手要他还的那东西就是这个东西了。

小个子他们便从伍太的房间开始搜寻。他们吸取前次找那颗头的经验，将伍太的被褥翻过来又翻过去，同时把床铺草也一根根清理了一遍，却没见那东西的影子。接着他们搜了六排屋的每个角落，之后又扩展到铜古巷和整个镇子。结果一无所获。

到了傍晚，小个子他们又空着手回到六排屋。这时他们听见一个女人的声音。

女人是菜花。

菜花拿着一件洗净叠好的衣服，款款走进伍太的房间。

伍太背对着门口，面壁而立。伍太心绪麻乱，好像没察觉菜花的到来。

菜花说："队长，你的衣服洗干净了。"

菜花说着，把伍太的衣服放到伍太那翻乱了的床上。菜花在床前停了停，想把床上零乱的被褥和草整理一下。

这时小个子一步跨进了门槛。

小个子在门外看见了菜花手上的衣服。小个子于是过去把衣服拿到了手上。小个子拿了衣服，对伍太说："队长，这衣服是你的吗？"

伍太这时才转过身来。伍太望望衣服，又望一望小个子和菜花，最后又把目光停到小个子手上那件衣服上。

伍太有些莫名其妙。

但伍太莫名其妙了良久，最后还是似是而非地点了点头。

小个子就在衣服上瞄了一阵。那是件浅灰色的衣服，已经打了补丁，领口和袖口处磨起了毛，显出了白边。小个子瞄一阵，就把衣服抖开了。然后小个子把手伸进衣服口袋里。

小个子就这样抓了一把东西出来。

这正是男人裆中之物。

不过小个子手中这物已经有些枯干萎缩，看得出已脱离男人身子好久一段时间了。

一旁的人，包括伍太和菜花，都是一脸的惊异之色。他们怎么也想不到，伍太梦中怪手要伍太偿还的东西，竟会藏在菜花洗过的伍太的衣服里。

而伍太这时就冒出了对小个子怀疑的念头来。伍太想，为什么唯有小个子偏偏什么都晓得呢？这中间是不是有什么蹊跷？

这天傍晚，伍太要小个子他们再一次掘开了镇外山坳上的坟地，小个子又爬进穴里，把那物放回到它原来的地方。

然而，伍太没等小个子爬出穴来，就抽出枪，朝小个子的脑壳勾了一下扳机。

小个子跟日本人躺进了一个穴里。

伍太的人为小个子的死感到震惊，他们中间一部分人便立即离开伍太，躲起来，伍太上排时，没跟着一起上排离开古马镇。

连灯草也不在排上。

镇上人说，灯草沿原来他们那伙人进镇的旱路出了山。还说那批没跟伍太走的人跟了灯草，他们要重新组织人马，另立山头。

二十

天顾好久没到石山下的槽井里接泉水熬峒茶了。天顾觉出泉水里的异味，这异味跟前不久那回的怪味有些相似。但天顾讲不出这究竟是什么异味。

镇上人也隐约体味出来了。

但镇上人照常去槽井里打水，他们不像天顾熬茶这般讲究。

接下去的日子便如这异味样，模模糊糊，说不清，道不明。镇上人只管过着，没谁去认真理会这日子的好坏。

倒是镇上的娃儿都自觉地归了学堂，每天去老砖屋里等候天顾上课。其中数巴矩最为积极，他再不玩他那把小匕首，总是第一个推开门跨进老砖屋。

可天顾不再去学堂里上课。

天顾说："镇上一连出了那么多的事，已经大祸临头，给娃儿教再多的学问也不顶用。当初想把他们规在老砖屋里别到处乱窜，都没能规住，如今已为时太晚。"

灯草就是这个时候回到古马镇的，身边是那批背叛了伍太的人。

灯草把全镇的男女老少都赶到六排屋里的禾堂上。

灯草站在中阶上，腰里两把手枪，枪把露在盒子外面。灯草甩着手来回走了几步，最后站住不动了。灯草望着前面那些参差不齐、大大小小的脑壳，阴着脸说："你们快逃吧，洪江城里的日本人就要来了。他们原先是不打算再来古马镇的，因为这块偏僻的地方对他们没太多的意义。可后来他们听说他们的小队长被割了脑壳后还割了双臂，还割了裆里的那物……"

灯草说到这里顿了顿，睃一睃镇上人，接着又说："光听说，他们也许下不了这个决心，可他们目睹了一具被割了头又被割了双臂和裆里那物的残尸。他们把这残尸当成了他们的小队长，这残尸与他们的小队长很相似。他们是在洪江城楼下的木排上看见这具残尸的，那木排七零八落，只剩最后一截了。日本人把这具残尸当成对他们的挑衅。"

众人堆里起了一阵骚动，一片议论。

灯草说："听我说。那残尸当然不是日本小队长。日本小队长还在镇外山坳上的土穴里。"

灯草说："那残尸是伍太。"

众人哗然。

灯草又说："日本人看见伍太的残尸，要来收拾古马镇，要把镇上男人的脑壳、双臂和裆中的物统统割掉。我有个想法，想请你们承认是谁破了伍太的木排，把伍太弄成那个惨样，然后交出伍太身上的三样东西，我要还他个全尸。然后我们大家离开古马镇。"

灯草一口气说了这么多，有些微喘了。

这能是谁呢？镇上人纷纷议论着，满脸的疑惑。

这时人群中一个高大的汉子走了出来。大家都踮起脚尖去瞧。

灯草一看，是天顾。

灯草说："先生，你干什么？"

天顾说："割日本小队长和伍太的人，就是我。"

镇上人都瞪大了眼睛。

灯草摇摇头，表示不相信。

天顾说："你们若不相信，就跟我来吧。"

大家给天顾让开路。天顾在先，灯草和众人在后，离开六排屋，走进铜古巷，直接向石山下的槽井方向走去。天顾的木屐声很脆亮。

天顾在槽井边站了站，也不吱声，然后一纵身，跳了进去。

大家就听见井里咚地响了一声，且有难闻的怪味腾上来。

大家打捞天顾尸体的时候，才一并打捞出灯草所要的东西：头，双臂，男人裆物。

也就在这个时候，镇口的墙坎外响起密集的枪声。灯草心上一动，大声问："你们看见她没有？就是菜花那骚女人，还有她的儿子巴矩！"

镇上人才意识到，今天怎么就没见菜花和她的儿子巴矩呢？

然而谁都顾不了这些了，纷纷作鸟兽散。

枪声已越来越紧，越来越近。

二十一

若干年后，古马镇上来了一支人马。到了镇口的墙坎边，这支人马就停了下来。旋即，就见一个高大的汉子，搀扶了一位老妇人，从中间走出来，一步步上了墙坎。

汉子和老妇人都不说话。阳光从镇后的石山顶上射过来，斜斜的，将汉子和老妇人的影子投到墙坎的坪地里。汉子和老妇人的目光在墙坎下停留片刻，然后他俩就掉转头，缓缓朝镇里走去。

镇上已是一片废墟，断垣残瓦之间，长着茂盛的蒿草和芭芒，野鼠和不知名的虫鸟，飞突其间，发出各色声音。风吹过，这些蒿草和芭芒狂舞起来，仿佛鬼怪的乱发，将地下和空中的生灵吓跑。

汉子和妇人在草丛间移着步子。他们脸上缺少表情，漠然地僵着。不一会儿，他们就到了石山下。那槽井隐在柴草间，井沿布满黑青的苔衣，井里黑幽幽的，被井壁上的草苍半遮半掩着，透不出井面的水影。

离开槽井，汉子和妇人顺着荆棘之间依稀的石板路的影子，向前走去。两边偶尔一堆断瓦，瓦砾旁是焦黑的残柱和板壁，上面盘踞着蜂窝什么的。

石板路的尽头，是半堵老砖墙，墙上蛛丝马迹，透着阴湿的霉味。汉子和老妇人在墙边呆立良久，又转身顺来路走了回来。在一处石坎旁，两人停住了。汉子从老妇人身旁走过去，下了石坎，在一处瓦堆中停下。他扒开瓦堆，下面是一道石坑。汉子拍拍沾了瓦灰的手，然后从腰里抽出一样东西。

那是一把小匕首。

小匕首尖尖的，闪着白光。汉子把小匕首举了举，用眼睛瞄了一会儿刀锋，脸上掠过极其复杂的神色。

最后，汉子用舌尖舔了舔匕首尖，把它塞进了石坑下面的石洞里。

汉子和老妇人回到镇口的人马中。

他们带着那女人马匆匆上了路。那个废弃了的古马镇很快在他们身后消失了。消失了的还有古马镇那稀奇古怪的陈年旧事。

夫妻镇

原是一方水土，一方人情。却被一条夫妻河阻隔着，河东一坨，河西一坨。河东曰夫镇，河西曰妻镇。河东河西，抬头碰着个鼻子，低头磕着个额角，两镇因而又亲昵地叫着一个有味的名字：夫妻镇。

夫妻镇上的人们，就如夫妻河一样，都清清亮亮，洒洒脱脱，从无半点遮遮拦拦的娇羞劲。男人自不必说，对一身强健的肌体自信得要命，总不愿白白被衣衫裤子遮了去，穿个小裤衩就在镇上耀武扬威地走动。如果要去河里洗澡摸鱼，那更干脆，连裤衩也懒得上身，随便用什么将那阳物一捂就行了。女人也不示弱，穿了短裙和内衫在街边一边乘凉，一边谈论琼瑶小说改编的电视，那大腿白映映地展着，比健美运动员还迷人。按时髦的说法是，非常性感，似乎是特意让男人们眼馋的。到了河里，则更精，与男人比"浸酸萝卜"，常会赢。"浸酸萝卜"是沉到深水里浸，看谁的气憋得久。赢了就罚事先规定的钻胯。望着女人湿溜溜滴水的胯，哪个男人放得下这个架子，出得起这个丑？女人们就一窝蜂拥将过去，将男人弄翻在地，七手八脚掰开两腿，在那阳物周围，一人扯一把蜷曲着的黑毛，作为战利品，拿去向别的姊妹们炫耀……

据说，从前河东夫镇的男崽格外英俊标致，河西妻镇的女娃格外乖态美丽。既然男崽英俊标致，夫镇人就很喜欢生男崽，不愿生女娃。结果男崽一群一群，女娃却极少，有几个也是丑女，到了待嫁年龄，门槛上还生青苔。既然女娃乖态美丽，妻镇人就只好生女娃，不想生男崽。结果女娃成了串串，男崽却难得看见几个，就是看见了，也是些侏儒痴呆，上不得场面。

自然，夫镇的男娃长大后要成亲，都是拿着聘礼，来河西的妻镇娶媳妇。妻镇人家，有些看到自家的男崽不成器，就干脆把女娃留在家里，请人抬猪挑物，过了木桥去夫镇"娶"男崽过来接替烟火。且妻镇人举行婚礼，总比夫镇人收媳妇还隆重，那铁炮放得格外响，酒席办得格外多。还扎了戏台请城里的戏班子唱古戏，一唱就是三天三夜，夫镇和妻镇的人家全都关门落锁，来守戏台。

当然有人不信，这世上竟会有生男崽英俊生女娃却丑陋、生女娃乖态生男崽却萎缩的怪地方。那么就去问问镇上那位目睹过几回改朝、几次换代的六奶奶，她可是最有权威的人物。

六奶奶的脸上，自然就来了许多神气。眼珠子也不再昏花，一下子亮闪闪的了。她先不直接回答，而是拿松松垮垮的下巴，往夫妻河翘翘，说道："你们就没见夫妻河岸边两样岩石？那岩石可是极异怪，极有味道的哩。"

众人便一齐跑到夫妻河边。

便见妻镇这边，有一块厚厚实实、圆滑光亮的大石板，石板正中间，巧巧怪怪长了一个活灵活现的眼。夫镇那边呢，半截浑圆的石柱子，突兀地凸在河面上，分明是要伸向河这边的石眼。

众人都不吱声了，你望望我，我望望你，欲走不走，心领神会地做着鬼脸，腮上憋出微红的羞赧。

"看出什么了没有？"待众人转回来，六奶奶便问。她微哂了，瘪瘪的腮帮一鼓一鼓，鼓出一番极撩人的意味。

原来，河西这边的大石板，叫美女摊花，河东那边的石柱子呢，叫乌龙过河。本来那乌龙要长得多，一直伸到河西这边来了，可惜后来被人用铁锤砸断了，掉落在夫妻河底。

那么，那人又是谁？为什么要去砸乌龙？众人听得心里痒痒的，催促着六奶奶。

"别急嘛。"六奶奶舒了一口气，扯扯身上的褂排衣，把瘪屁股往篾椅里头移移，蠕动着松弛的嘴皮，开始讲述那个用铁锤砸乌龙的人的故事。

那人有一个有模有样的名字：船老板。当然不是那撑船渡河的船老板。船老板只放木排竹排。船老板是个很特别的外号。船老板可是河东夫镇第一号美男子，长着一副富贵相不说，他的体魄可比任何人都要强健，该凹的地方凹，该凸的地方凸，有柔有刚，有光有泽，那凹凹凸凸，无不恰到好处，不知曾博得多少美女子的青睐。船老板当然清楚自己的这个优势，常常半裸着个身子，在男人女人中间钻，以示炫耀。因为太神气，头昂得特别高，胸脯挺得特别雄，走起路来，只用两个脚跟着地，而两个脚尖不肯落地，从来就是像两只船一样翘着的，故镇上人一律喊他船老板。

有一年，船老板放着一张木排下洪江。到洪江两百里水路，险湾恶潭不知其数，船老板凭一手挥篙使棹的本事，都闯荡过去了。不想就在快到洪江时，在一个不大的急滩上搁了浅。船老板便脱了衣裤，下到水里，用竹击钩撬木排。撬了半天，木排就是不动，像是有人使了定身术似的。船老板心里想，别慌，好事不在忙中使，先撒泡尿，憋足劲再来。便将竹击钩往水里一戳，戳住，再捏住胯下那个摇摇晃晃的物件就是一阵狠泄。但听"咕噜咕噜"一番脆响，犹

171

如戏台上的渔鼓，好不激越。也许是这泡尿憋得太久，贮得太足了，好一阵都撒不完，尿泡泡一圈一圈，似排列在一起的待发的弹头。就在船老板撒得正快活的时候，不想那木排竟活动起来，开始往滩下流去。哈，这泡尿比竹击钩还行，一下就把木排冲走了。船老板那兴奋劲就别提啦，摇晃着自己那个家伙，朝着渐去的木排又猛撒了一股。

待船老板撒够乐够，木排已顺激滩流去好远，欲追已属不能。船老板也不后悔，提着竹击钩就朝着岸上爬。上得岸来，望着下身那丛墨黑的毛，才想起衣裤还在木排上。这当然难不住船老板，他将竹击钩往肩上一扛，撑起脚下两只船就踏上了回家的旱路。两百里路程，人来人往，他就是那么一丝不挂，昂首挺胸，听凭腿间那物件一晃一晃走回来的。这件事，后来一直被夫镇人当作一种英雄壮举、一种莫大的骄傲来传诵哩。

不巧的是，船老板回到夫妻镇的这一天，夫妻河涨了大水。河岸一些人家还被大水淹了近河的碓屋和猪牛栏。木桥已被冲走，船老板要回河东的夫镇，看来只有涉水了。他在岸边站了一会儿，准备下水过河的时候，有一个声音在后面唤住了他。那声音又娇又嫩，像河边的小鸟，听了让人甜润得浑身舒畅。船老板回头一望，不禁又惊又喜。原来是妻镇的头号美女玉姑。玉姑那幽幽目光含着柔情蓄着蜜意，正自吊脚楼上脉脉地抛洒下来。船老板身上就起了浪潮。船老板记得从前替人挑着贴了红布的聘礼，来妻镇接新娘时曾见过两次玉姑。玉姑就住在河边，她是在栏杆上观河里的大水，发现赤身裸体的船老板的。也不知是哪根神经主宰着玉姑的春情，她竟鼓起勇气，出了门，半羞半喜，将夫镇这位货真价实的美男子，留进了吊脚楼。下面应该发生的，当然就顺理成章地发生了。妻镇别的美女子，知道了玉姑的这一艳遇，简直嫉妒得要命，都说玉姑是世上最有福气的女人。

第二天，夫妻河的水就退了许多。玉姑送船老板至河边时，真是千般难分，万般难舍。船老板临渡河时对玉姑说定，待他再放张大木排，去洪江换了银钱，购了聘礼回来，就马上来娶她过去。半年后，玉姑的肚子已经挺得很高了，却听说船老板由于家庭的逼迫，不得已与另一女子成了亲。玉姑开始还寻死觅活地闹了几次，后来也就将肚子里的生命降生到了地上。竟是个男崽！据说落地时，那个小雀雀还直直地翘着，撒了一泡不大不小的朝天尿呢。这男崽高鼻梁、阔嘴巴、四肢饱满颀长，活脱脱第二个船老板，将来一定是个美男子。妻镇生的男崽不都是萎缩小气的吗？现在终于也有了自己的美男子。全镇人都跟着一个劲儿地高兴，足足放了三天三晚惊天动地的鞭炮，以示喜庆。

而河东夫镇船老板的婆娘，后来也生了小孩，也很漂亮。却是个"鳌壳"，为夫镇开了个生乖态女娃的先例。女娃占了男崽俊俏的份儿，夫镇后来的男崽便不再都英俊洒脱，也有了侏儒丑汉。倒是妻镇人后来生的男崽，一个比一个出色，眼见得就要吞没夫镇以往独有的雄风。夫镇人就说，是涨大水的那个晚上，船老板将夫镇人的雄种，遗失在了玉姑的床上。口气中不免有怪罪船老板的意思。船老板所以经常是悒悒不乐，再没了以往美男子的风采。只有走路时，脚下仍然撑船，步子迈得很高远。

也许是一种什么感应，船老板的婆娘后来生猪崽一样，生了一窝小孩，全是"鳖壳"，都是要蹲在地上才屙得出尿的。就气得个船老板，在屋角抡起那把烧石灰打岩山用的大铁锤，跑到夫妻河边，将那过河乌龙一锤敲去了半截。而后，船老板拿起竹击钩，撑张木排下了洪江。打玉姑吊脚楼前经过时，玉姑站在栏杆上，痴呆呆地望了好久，直到船老板的木排在转弯处消失了好半天，还舍不得进屋。之后，听说直到船老板淹死在洪江，船老板的婆娘才给他生了一个遗腹子。

只是镇上人很奇怪，船老板的水性可是一流的，怎么能淹死呢？六奶奶这时忽然把话打住，没再往下说。天色陡地暗将下去，夫妻河上面有归鸟啾啾啼唤着，向古枫飞去。炊烟袅袅，被晚风撩起，丝丝缕缕，消失在初夜的混沌之中。

众人依然沉默着，怏怏地等待着六奶奶那未说完的故事。六奶奶沉吟良久，告诉大家，船老板的儿子长大后，拿着船老板放排积攒下来的钱，在省城念了几年洋学堂，后又到日本东京留过学。据说他曾在北洋政府教育部任过职，是个不大不小的官。只回过夫妻镇一次，是专门来给他老头子那葬在乌龙山上的坟墓立碑的。至此，船老板总算有了个正果。

"只是，那被敲去半截的乌龙再过不了河了。"六奶奶戚然一声叹息，脸上那本来就很深的皱纹，似乎更加深邃了，干涩的眼睛，仿佛要喷射出许多光芒来似的，而最末却只余下一片痴呆和茫然。

数天之后，也就是六奶奶讲述船老板的故事后不久，镇上忽然来了一个陌生人。陌生人戴着金丝眼镜，头发很长，像个艺术家。堂堂的相貌，中等偏高的身材，走路时昂首挺胸的，很有神采。他很少在街上走动，一个人在夫妻河边徘徊了两天。第三天，陌生人便在美女摊花那块岩石板上坐下来，面向东岸的乌龙，作静静凝思状，仿佛参禅的佛师。良久，才将目光转过来，去望夫妻河。夫妻河波光闪烁，融汇着太阳的暖意，悠然向下游淌去。

夕阳滑向西岭的时候，陌生人离开美女摊花那块岩板，走近河岸的古枫。他在树下站定，拿过背上的挎包，取出一块用草绿色帆布包裹着的四方木块，夹稳白纸，开始对着不远处的美女摊花和乌龙过河，仔细描绘起来。

陌生人原来是位画家。

遂引得镇上人过来围观。都觉奇怪，世上画不尽的风花雪月、鸟兽虫鱼，这画家干吗还要跑到这偏僻的夫妻河来，画这异异怪怪的岩石？奇怪归奇怪，眼珠子就死死定住，睃着画家的画板不肯放松。这画家的笔也就神奇，那两样物件爬到他的画板上，竟然愈加地活灵活现、乖态生动了。还有夫妻河的流水，好像就在画上悠悠流淌，流出一声声细碎的汩汩声。围观的人不觉得啧啧地赞叹起来，极佩服画家的好手笔、好功夫。

后来就连六奶奶，也颤颤巍巍地来了。她叫众人让开一条缝，近前，将画家上上下下好一阵打量。然后低下头，默默走出人群，回到自家那座不知经历了多少朝代，已被风雨冲蚀得歪扭破旧的板装屋。众人当然没注意到六奶奶的来去，他们只对画家感兴趣，望望夫妻河两岸，又望望画家的画板，要看哪些地方像，哪些地方不像。

太阳西沉，余下满天红霞，把夫妻河两岸的乌龙过河和美女摊花，镀上一层辉煌。河面上，那波浪流光溢彩，煞是炫目。画家收起画板，站起身，要离开古枫了，众人这才散去，口中议论着画家画的画，兴犹未了。

画家背着帆布包，沿着夫妻河河滩走了一段，就在进镇的路口上停了下来。稍稍踌躇，便径直向六奶奶的板装屋走去。

六奶奶已换了身刚刚浆洗过的青布裰排衣，端端正正坐在阶基下的竹椅上。血色晚霞喷洒过来，将她有些昏花的眼睛涂得有点放亮。

"六奶奶。"画家走过来，蹲到六奶奶前面，毕恭毕敬地说道，"晚辈画了一幅不像样的画，请您老过目。"

"什么画？"六奶奶并没去瞧画家，目光掠过屋外的低空，投向远山。

"乌龙过河和美女摊花。"画家提过帆布包，就要去取画板。

"不，不啦。"六奶奶缓缓摇了摇有些枯干的手掌，"我知道你画得很不错，也很像。"

画家脸上有些得意。

"可是，"六奶奶又说，"还没出味。"

"没出味？"画家惊愕了。

"没出味。"六奶奶重复了一句，把瘪屁股重重一移，竹椅嘎地响了一声，"也怪不得，你不完全清楚夫妻镇的故事。"

六奶奶便把夫妻镇的故事讲给画家听。

黄昏在娓娓的故事里，幽邃起来，神秘起来。夫妻河的波浪，此时传过似有似无的拍击声，把这个故事溅得湿漉漉的。

画家终于听懂了这个故事。

他谢过六奶奶，然后转身走出去。他心中已酝酿出一幅辉煌的杰作。

六奶奶仍一动不动地坐在竹椅里。她一直望着画家的背影，消失在苍茫的暮色里，才下意识地扯了一下硬挺的褂排衣。

镇上人就围过来，向六奶奶打探画家是谁。

"你们看画家的长相，和他走路的姿态，像谁？"六奶奶的腮帮像青蛙一样蠕动着。

"像谁？"众人想不起来。

"乌龙过河的故事忘记了？"六奶奶脸上的笑容藏在皱纹里。

"船老板？莫非是船老板！"众人感悟。

"不是船老板，是船老板的孙子。"六奶奶把昏花的目光，掷向初夜迷蒙的长空，"还有他眉骨上那个不起眼的小痣，也是从船老板的眉上继承下来的。"

大家不吱声了，沉浸在莫名其妙的小小的迷惑里。

不久，六奶奶就无疾而终。

临终前，六奶奶在夫妻河边踯躅了一个下午，目光一直没离开过乌龙过河和美女摊花。回到家里，她又在阶基上站住，面向那天画家离开镇子的方向，沉默了许久。

按照六奶奶的遗愿，夫妻镇的人把她抬上了乌龙山。就见船老板的坟旁，已密密麻麻地挨着许多坟堆。据说这些坟堆里，都是与船老板同时期的美女子，她们生前没有福气与美男子同床共枕，便求死后挨得近点，以遂凤愿。

为葬六奶奶，地仙费了天大的劲，才在船老板的坟旁选准一个空地。地穴已经掘好，可要将棺木往下放时，却怎么也放不下去。地仙不禁大吃一惊。分明是按六奶奶的棺木大小掘的地穴，怎么到时竟放不进去呢？地仙的额上急出了毛毛汗，最后一掐手指，才发现算错了下葬的日子。地仙怎么也不相信自己给人家看了一辈子地，竟会出现这样不可原谅的错误。但事实如此，无可否认，只好让六奶奶在穴上待着，再选入穴的黄道日完葬。

十五日后，黄道日到了，地仙组织起原班送葬的人马，复上乌龙山。上到山上，见船老板的坟堆与六奶奶的墓穴之间，已经端端站着一人。竟是画家。地仙和众人深感意外。但见画家给船老板行了三个跪拜大礼，便走过来，扶住六奶奶的棺木。

"六奶奶，是您给的我灵感，今天晚辈特谢您来了。"画家嘀咕了一句，接着就将脑壳在六奶奶的棺木上，响响地磕了三下。

六奶奶的棺木便顺利地落入穴里，那般安稳、四正。

地仙就轻轻地舒了一口气。

当晚，夫妻镇人坐在街旁看电视时，就不约而同谈论起乌龙山的事情来。那画家是船老板的孙子一说，大家意见统一，觉得六奶奶曾说过的那话很可靠。那么，六奶奶是不是就是当年那个得了船老板雄种，为妻镇生了第一个英俊男崽的美女玉姑？众人公说公有理，婆说婆有理，没有权威的说法。

这时，电视里开始插播晚间新闻。众人眼睛旋即就亮了，议论声一下子停住，注意力全集中到屏幕上。原来那位画家跑进了电视里，他一幅名为"夫妻"的画，在国际博览会上获了金奖。屏幕上很快就映出了那幅画，竟然是夫妻河岸的乌龙过河和美女摊花。但不是那天画家在古枫下面画的那幅。夫妻镇人清楚地记得，那幅画虽然很逼真，但不像这幅获奖作品，乌龙夸张地过了河，且夫妻河上的色彩渲染得十分浓烈和诱惑。但画很快映了过去，电视里复又出现画家。此时，一位记者走了过去。"画家同志，"记者别出心裁地问画家，"苏联一位文学家说，没有故乡就没有诗人。敢肯定，没有故乡也就没有你这位名噪世界画坛的画家。请问，你的故乡呢，在哪里？"

"我的故乡？"画家望着电视机外面的夫妻镇的人们，得意地笑了，"在夫妻镇。"

夫妻镇人心里便一阵甜蜜。

可夫妻镇人怎么也不能明白，画家干吗要把乌龙过河画得那么夸张？莫非他是把六奶奶说的那个故事，也一起画了进去？

两阳镇

　　邵阳和衡阳，都蛮宽蛮大。邵阳是阳，衡阳也是阳，一个小小的镇子便把它们容纳了进去。

　　这个镇子叫两阳镇。

　　两阳镇就一条小街，东街属衡阳，西街为邵阳。东街人要过西街来，都说到邵阳来；西街人要过东街去，就说到衡阳去。才那么两步路，就穿了州，过了府，两阳镇人觉得蛮豪气，蛮够味。

　　街子不长，自北向南，笔直的一溜儿。最后被一条小河一挡，就挡住了。小河从邵阳流过来，哗啦一下流进衡阳，故两阳镇的人就顺其自然给安了个名：两阳河。

　　两阳镇有两样挺出名的货色，一曰碗，二曰酒。碗在邵阳，酒在衡阳，便有邵阳碗子衡阳酒之说。许是街子南端傍倚着两阳河的缘由吧，邵阳最大的碗厂和衡阳最高的酒楼，皆在此处。

　　先说碗厂。它后倚轿顶岩，左临两阳河，是个好处所。碗厂一直红红火火的，谁知近两年忽然背起时来，生意越来越不景气。最后，厂子倒闭，只留下一人守着厂里半仓库卖不出去的碗，其余离厂，各奔东西，自谋生路。

　　留下来的这人，叫丁亦举。没别的好门路，没本事去外面挣钱，不得已守厂子，算他倒了十八辈子的霉。

　　其实，这丁亦举可算得上两阳镇的半个秀才。比如说丁亦举这名字，就与众不同。这名字是他老爷爷给取的。老爷爷据说托了街后轿顶岩的福气，清末最后一次科举时中了名举人。亦举，是老爷爷希望他日后也能中举，光耀门第。丁亦举因此自小就读过老爷爷遗留下来的线装书，免不了还要捏着老爷爷的狼毫，临几本柳体，竟临成两阳镇的一绝。兴写大字报那阵，丁亦举的柳体曾使两阳镇大为增色，衡阳和邵阳都有头头组织写手，来两阳镇参观学习，请丁亦举传经送宝，授受技艺哩。

　　丁亦举能写，亦能喝。他经常到东街衡阳的酒楼上喝，喝得很有境界。这是一家谷酒店，极兴旺。两阳镇人皆喝得，喝米酒不过瘾，要喝谷酒。谷酒就是用谷熬的酒，比米酒质优、色酽、味醇、性烈。且喝的时候香口入喉，醉起来却没晓得讯。所以喝米酒喝得五斤的，喝谷酒只喝两斤就要翻蔸；喝米酒喝得三斤的，喝谷酒只喝一斤就要骂天骂地。

然而，能挂牌熬谷酒、卖谷酒的，两阳镇也就仅此一家。熬谷酒不比熬米酒，一般的酒曲子发不了酵，一般的熬法出不了酒。谷酒店有祖传的曲方和熬酒秘法，从不外传，是独家生意。店老板姓王，生有二子。遗憾的是，这兄弟二人生性不太聪明，竟使王家祖艺无法下传。

倒是老大的婆娘荷花嫂，不但人如其名，模样子百里难挑一，而且异常的聪敏贤惠。王老板看中这一点，脑壳里转风车转了几夜，最后果断地把祖艺授给了荷花嫂。只半年工夫，荷花嫂就把一整套配曲、煮谷、熬制的技法，掌握得精透，酿的谷酒简直比王老板亲手弄的更胜一筹。喜得个王老板胡子翘起天高，五年前临终时，还把老大老二叫到床边，叮嘱他们厚待荷花嫂，日后谷酒店得凭她一把手。也是祸不单行，第二年老大喝了谷酒去两阳河里炸鱼，炸去一边脑壳，一命呜呼。自此，谷酒店全靠荷花嫂苦心经营，老二和他婆娘跟着打点下手，倒也弄得有模有样。

丁亦举每天都过街，到衡阳的谷酒店去喝酒。他不到楼厅里去占位置，也不要荷花嫂为客人准备的花生米、咸鸡蛋或卤制的鹅翅鸭爪、猪耳香干之类的下酒菜。就蹲在柜台前的青石板上喝哑牯酒，把酒里潋潋滟滟的阳光都一并喝进肚子。这才是真正的酒君子：两阳镇人很称道，说喝酒不讲究是站是坐，神情便可专注于酒之真味；不用下酒菜，酒味才不失本色。丁亦举酒中境界因此是最高远的。前几年，碗厂发达，荷包里票票多，丁亦举每天都要到谷酒店喝三次酒，每次一碗，从不间断。后来碗厂破落，丁亦举的酒也从一天三次，递减至两次、一次。最末，碗厂一个工资也发不出了，丁亦举就常常断喝。

这一回，丁亦举已是好几天没沾过一滴谷酒了。心上就似猫挠着一般，慌得很。不知不觉，也就横过街子，到了荷花嫂店前。已踏上柜台前的青石板，去荷包里一摸，才意识到连荷包屎都没一颗。

"亦举，好几天没过衡阳来喝酒了，去了什么地方？"荷花嫂喊丁亦举时，总亲昵地将他的丁姓去掉，"莫不是相亲去了？"

"荷花嫂，你也取笑我。"丁亦举高高大大的一个汉子，脸上竟泅上羞赧，"谁嫁我这没中用的丁亦举？"

"两阳镇谁读过你那么多的线装书？"荷花嫂把目光从丁亦举身上扯回来，勾了脑壳去缸里舀酒，"过来，喝一碗。"

丁亦举就摇着脑壳，直退。脚还在衡阳，屁股却早翘到了邵阳。

"是碗厂没工资发了吧？"

"碗厂早解散了，就我一个人守着一仓库的碗。"丁亦举站在街心，把自己的影子踩在脚板下面。

"没关系。过来，今天的酒嫂子不要你掏钱。"荷花嫂把柜台上的酒碗往外移了移。

"不！"丁亦举袖着手，犹犹豫豫退至街旁的槐树下。一个大男人，怎好白喝人家的酒呢。

见丁亦举走开，荷花嫂也只得转身去招呼店里的酒客。酒客们占满店里的桌凳、栏杆，大碗大碗往嘴巴里倾。两阳镇人喝酒，从来不用酒杯，皆使大碗。碗大，谷酒又烈，醉起来便快。醉了，免不了哭爹喊娘，嬉笑怒骂，尽情尽兴。还要雄风大振，见底的碗，在手上只一扬，就旋着圈飞出栏杆外，"吧"一声掉进河里，溅起白闪白闪的水花。喝酒喝出了豪性，甩几只碗，不会被人指背，相反认为是男人之举。在两阳镇，说谁喝不喝得酒，不说一次能喝几斤，而说一次甩了几只碗，是饭碗还是菜碗。至于荷花嫂，酒客甩几只碗，不但不会在意，相反越甩得多她越高兴。这说明酒客视她和谷酒店为家，能尽性子。酒醉心里明，酒客们再醉，再糊，甩了碗，付酒钱时也不会把碗钱忘记，总会一起算进去。即使忘了碗钱，荷花嫂也不会见怪，碗出在邵阳，几只碗算什么？人家愿意进店，愿意用谷酒把自己灌醉，就是对你荷花嫂的最大抬举。

槐树下的丁亦举，见店里男人大碗喝酒，脚板心就安了钢钉，钉在地上冒得脱。喉咙骨碌骨碌，唾沫咽不停。尤其是酒客们把空碗扬起来，硬着脖子往栏杆外扔时，他的手也不自觉地慢慢扬起来，扬起来，似也要豪气一番。眼睛自然就鼓出了水，视线像搞激光扫描，跟着酒客脱手的碗一起画弧线，一直划进栏杆外那蓝盈盈的两阳河里，半天起不上来。

丁亦举就这么在槐树下站了好几天。最后那一天，他见酒客们手里的碗又飞进了两阳河，心里就有了一种灵动。他拔出脚底的钢钉，匆匆离开槐树，走回碗厂。

不一会儿，丁亦举就从碗厂的铁门里走将出来。不过这回他不再袖着手，而是在手上抓了一只碗，挺着个胸脯，一步跨进衡阳，把碗往谷酒店的柜台上一放，眼望着荷花嫂，说道：

"荷花嫂，给碗酒吧。"

荷花嫂眼角瞟一丝妩媚的笑，给丁亦举斟上一碗。丁亦举伸手接过酒，转身蹲到青石板上去。酒斟得极满，看去似高出了碗沿，但丁亦举端得十分平稳，这一转一蹲，竟连渗都未往碗沿外渗一丝丝。蹲下后，眼睛睃睃街旁的槐树，先用嘴唇去碗里稍稍一抿，有滋有味巴两下，接着下巴一翘，嘴巴一张，那酒碗便深深嵌进两弯粗大的牙齿里面，但见碗下那尖突的喉结，上下滚动了两次，酒碗就从牙床里退了出来。把碗口朝下，抖几抖，竟无滴酒落出。脸上随即涸上一层闪亮的得意，起身，后转，把酒碗置于柜台上。

"这碗就留给谷酒店。"丁亦举说一声，把目光从荷花嫂米豆腐般细嫩的脸上撕下来，走下台阶，缓缓离去。

荷花嫂拿着碗，望望丁亦举高大的背影晃进邵阳，脸上很灿烂。

这天起，丁亦举每天进店喝一碗谷酒，每次都带一只碗来，喝过酒，碗就留在谷酒店，不再拿走。一天一碗，不多不少。

"亦举，"这天丁亦举放下碗欲走，荷花嫂叫住了他，"以后不要总带碗来，喝酒就是了，店里少碗时，我差老二去你厂里购。"

"说什么购，你需要只管派人去拿。"丁亦举说，"但我怎好不带只碗，白喝你的酒呢？"

"喝碗酒算得了什么？我也有事要求你呢。"

"求我？"丁亦举以为耳朵里进了毛毛虫，"你荷花嫂是个大能人，我丁亦举什么能耐都没有，你哪会有求我的地方？"

"老大和爹去了好几年了，我想打两块碑，安到他们坟上去。"荷花嫂只说，不去看丁亦举，"亦举，你肚里有墨水，字写得绝，求你给写几个文字，我请石匠錾到碑上面。"

多讲良心的荷花嫂，竟然没忘记埋在土里的死人。丁亦举心里顿生敬意，同时又腾起一股暖流，如今的人都只盯住谁袋子里票票多，有哪个看得见他丁亦举肚子里的墨水和手指头上的字呢？丁亦举极感激，一个堂堂男子汉，在荷花嫂前面，竟小学生般把头啄得有如莲花落："行，行，我这就给你写。"

荷花嫂于是把丁亦举请进店里坐定，先敬上一碗谷酒，再拿出笔墨，在桌上摊了纸，单等丁亦举开笔。丁亦举谷酒下肚，衣袖一挽，问清亡灵生卒年月，拈笔悬腕在纸上书起来。桌旁便围满酒客。许久没见丁亦举写字了，众人兴趣浓得很。就有"啧啧"的赞叹声，自众多的嘴巴里溅出。

碑字很快写就，标准的柳体，清秀、苍劲、隽永，极耐看。共两张，老大和王老板各一张。收毫搁笔，丁亦举又将字瞄了一会儿，满意地点下头，交给荷花嫂，竖竖腰，阔步走出谷酒店。

第二天，荷花嫂就请来石匠，在碑上錾字。

丁亦举便过衡阳来看那石匠錾字。看得极专注，目光跟着石匠那滴滴滴劲走的錾子尖一起冒火花。也怪，纸上的字到了石碑上，又别具一番风采，愈见其稳健、深刻和遒劲了。就这样，石匠在碑上錾了几天字，丁亦举便一旁守了几天，一刻也未离开过。

之后，两阳镇人便有几天没见丁亦举的影子，他缩在碗厂里面没浮头。

当丁亦举重新出现在街上时，他肩上已多了一根扁担。扁担两头挑着两只大箩筐，箩筐里面装着一捆一捆的碗筒子。

扁担尖尖上，还挂着小锤子和小錾子。

"买碗啰，买碗啰！买一只号一只，号碗免费啰——"

丁亦举张开大嘴巴吆喝，悠悠长长，清脆洪亮，像苗族歌手唱的歌子。惹得那些正在厨房里忙碌的妇人，连身上的围裙都未及取下，就往门外站。便见高大的丁亦举立在街心，左脚点着邵阳，右脚踏着衡阳，把两只装着碗筒子的箩筐往旁一搁，手上的小锤子和小錾子叮叮当当地敲起来。

"是的呐，碗是该号，我家的碗常丢，找都没处找。"妇人们嚷嚷着，油渍渍的手在围裙上揩几揩，走过来，"不花票票号碗，我要一筒。"

丁亦举于是极迅速地从箩筐里提一筒碗出来，先解去绑碗的草索，再夹一只于两腿间，开始号字。别看丁亦举臂粗手大，可使起小锤子和小錾子来，就如他写狼毫一样，灵巧得很，极见功夫。一边还和妇人搭讪："嫂子，兄近来是喝的米酒还是谷酒？"

"他呀，再也离不得谷酒啦，一喝就是一马桶。"妇人半自豪半嗔怪道，"醉了还发尿癫，两阳河里他扔的碗，用皮箩都装不完。"

"两阳镇的男人嘛，不用几只碗，还算汉子？"丁亦举自然顺着妇人的兴致。两手却并不停歇，錾子尖"滴滴滴滴"响得脆，蚕子吐丝般在碗底吐出极隽秀的字。正宗柳体，比用毛笔写在纸上的还有味。再从身上取下小墨盒，用手指蘸了墨，去碗底一抹。那墨据说是调了锅底灰的，抹在字上，字就清清晰晰现在那里，再也褪不掉。

丁亦举就这样，每天从碗厂里挑碗出来，自邵阳卖到衡阳，再自衡阳卖到邵阳，城镇乡村到处跑，那销路倒也蛮不错。

每天自然要从谷酒店经过。自然要去箩筐里取了宽口大碗，用衣袖揩揩，让荷花嫂舀满，蹲在青石板台阶上喝，喝毕留碗于柜台上。日日如此，从无例外。

丁亦举在谷酒店喝的谷酒无以数计，留下的碗也没办法数清，但丁亦举竟从未给荷花嫂号过碗。丁亦举意识到这一点之后，就极想给荷花嫂号一筒碗。

"想号就号吧，随你。"荷花嫂在柜台里面说。

那丁亦举就取出一筒宽口青边碗，一只一只夹在腿间錾。錾得极认真，握錾子的手鼓着青筋。錾子尖在碗底犁出的瓷屑，被清晨的阳光舔着，那般闪闪烁烁。

那一阵，店里酒客多，但荷花嫂却停了手中活不做，一直站在丁亦举身后观着。她觉得丁亦举号碗的姿势很耐看。

前面九只碗，錾得快，号的是王老二的字。最后一只，丁亦举号了蛮久。号就后，荷花嫂接过手上一瞧，是一朵花，还有几片阔叶托着哩。线条虽简洁，却清秀活脱，有一种逸远的韵味。

好雅的一朵荷花！

荷花嫂的眼角就瞟一丝妩媚的笑，米豆腐般细嫩的脸艳丽起来，就如荷花那样娇美。

接下来的几天，丁亦举都不用在谷酒店留碗，荷花嫂天天用这只号了荷花的青边碗给丁亦举舀谷酒喝。丁亦举的酒便喝得更急骤。喝毕，还要端详好一阵，仿佛要把碗底的荷花也吞进肚去。也怪，用这只碗喝酒，丁亦举身上的血就流得格外快，卖碗时，劲头异常足，那吆喝声越发地洪亮动人。

当然，这碗也只给丁亦举一人用，丁亦举喝过，荷花嫂就洗净，收进碗柜最里头。

逐渐，两阳镇人就对这只碗起了闲言碎语。说早就看出丁亦举不是好角色，要不当初就不用柳体替人写大字报，如今也不挖社会主义墙脚，把厂里的碗倒卖一空了。还风闻镇上已做出决定，要派工作组进驻碗厂，清查丁亦举的问题。

王老二和他婆娘也对那只荷花碗存有戒心。他们当然明白，荷花嫂握着王家酿制谷酒的祖艺，她若有个心猿意马的，对王家岂不是个影响？这天，丁亦举早早挑着箩筐出了碗厂。他也听到了镇上的闲话，打算卖了这担碗后，就把卖碗的钱集中起来，重新筹办碗厂。跨过街心，便放下担子，喝荷花嫂舀的谷酒。喝完，如往常一样将碗底荷花端详一会儿。

谁知荷花嫂将碗洗净，正要收进碗柜，王老二紫胀着脸色，跨前一步，冷不防抢过碗，哐当一声，掷于楼板上。

刚肩着扁担要起身的丁亦举腰股一闪。

那天，丁亦举破例没卖完碗就回了碗厂，从此一病不起。他向来健壮如牛，从来没病没痛的。就急坏家中老娘，出出进进，请来郎中把脉探病，郎中含含糊糊，说不准个子丑寅卯。只得喊来邻居的小伙子，抬丁亦举到镇卫生院去吊盐水瓶。吊了几天，仍无起色。两阳镇女人就在背后说，是荷花嫂勾了丁亦举的魂，弄不好就是她在那荷花青边碗里悄悄放了蛊。

好多日子过去了，丁亦举的病仍然不见好转，竟至于昏沉不醒的程度。丁亦举娘急了，赶忙去找荷花嫂，要她退蛊。荷花嫂正在给客人上酒，见丁亦举娘匆匆而至，便迅速放下手中工夫，去柜里拿了一只碗，舀了谷酒，端在手上，走出谷酒店。好个荷花嫂，平端酒碗，步点莲花，在阳光下摆挪着柳腰丰臀，虽然行迹匆忙，平了碗沿的谷酒却平平稳稳，没分毫晃荡。越衡阳，入邵阳，一会儿就进了丁亦举的家。丁亦举床前围着不少人，见来了荷花嫂，便让开条路。荷花嫂走近床边，一手仍端着酒碗，一手去丁亦举额上摸摸，轻言细语地："亦举，嫂子来了。"

昏沉中的丁亦举猛然睁开眼皮。

荷花嫂双手捧上酒碗。

丁亦举一下子坐起来，用瘦削的大手接过酒碗。仍如蹲在谷酒店柜台外的青石板上喝酒一样，先抿一小口，而后把碗深深嵌进阔嘴，同时下巴一翘，脖子一仰，碗里的谷酒丝毫不剩就进了喉咙。

瞧碗底，竟然是那朵好雅的荷花！

"这碗……没、没砸烂吗？"丁亦举长长地嘘口气，眼光被那荷花牢牢黏住。

"没。"荷花嫂说，"这碗扎实得很哪。"

丁亦举的病，就这么奇怪地好了。

用两阳镇人的说法是，退蛊还须放蛊人。

荷花嫂临出门时，还回头对丁亦举说："亦举，你肚子里有墨水，若愿意，就到衡阳去给我管理店里的账，我正缺这把手。"

两阳镇上，于是再也听不到丁亦举粗犷的卖碗声。他一甩手，将卖碗的钱上缴镇里，便最后一个离开碗厂，进了谷酒店。

再以后，邵阳就顺理成章做了衡阳的上门女婿，两阳镇人说。

背　景

一

秦时月在学生徐宁宁家做完家教，来到街上，天上正下着毛毛细雨，城市上空那五颜六色的灯光因而显得有些虚幻。秦时月把风衣领口裹紧了，又拉过领后的帽子罩住脑袋，毫不犹豫地朝前走去。这个地段离他家也就半个小时的路程，他不想坐车，准备就这么走着回去。这一方面是因为他实在舍不得那一元钱的车费，另一方面也是想顺便活动活动身子。秦时月常跟人说，田径包括走路是奥林匹克精神的最初形式。

秦时月是儒林中学一名普普通通的语文老师。做老师虽然生活清贫，但如今政府优先保证教师工资的拨付，老婆曾桂花又是造纸厂的工人，小日子还过得下去。谁知造纸厂去年开始减员，有办法跟厂领导搭上界或上面有人打招呼的避免了被减的命运，曾桂花靠秦时月穷教书的靠不上，又没有别的门路，第一批就被减掉。家里的日子因而一下子紧巴起来，秦时月只好学其他老师的样儿，选了四名学生，每个星期抽四到五个晚上，分头到这些学生家里去做家教。一个学生家里每月给他一百到两百不等的家教费，一个月的进项加起来就有六七百，算来把老婆上班的工资给赚了回来。

正在秦时月这么边走边想着心事的时候，一辆的士停到了他的前面。秦时月不去理会的士，继续朝前走自己的路。他知道如今的士多、客人少，的士司机见谁都想拉。不料车上却伸出一个脑袋，对着他大声喊道："秦老师上车吧，我送你回去。"

秦时月抬起头来，竟是自己学校的副校长东方白。

东方白来儒林中学之前是市一中的团委书记，因为教育局局长是他的姑父，局里早就把他内定为一中的副校长人选。不想后来情况发生变化，等到一中换班子时，东方白的姑父已提前退位，官话说叫离岗休息，好给年轻人腾出位置。

于是一中的副校长竟让教导主任替了上去，把东方白给刷了下来。不过教育局还是看在东方白姑父的面子上，把他派到儒林中学来做了副校长，并许了愿，等老校长一退，他就接班。因为有这样的背景，东方白到儒林中学后就有些人模人样，不太跟秦时月这样的普通教师接近，平时秦时月他们有事向他请示汇报，他也总是一副公事公办的样子。

可近段时间，东方白却突然对秦时月亲热起来，有事没事就爱跟他套套近乎。有时秦时月从操场边走过，东方白也会喊住他，走过去和他说几句闲话。或者秦时月正在办公室批阅学生作文，东方白冷不丁走进来，逮住他一聊就是半个小时。想不到今晚都快10点了，东方白又忽然在他身后冒了出来，那样子真有点克格勃的味道。

就在秦时月忸怩着要不要上东方白的的士时，东方白已从车上走下来，将他拉到车门边，像塞麻袋一样把他塞了进去。

刚一坐稳，的士就启动了。东方白侧过头说："秦老师架子真不小，请你坐个车也这么难请。"秦时月的目光越过东方白的肩膀，望望窗外晃动着的高楼，说："我走路走惯了，坐这样的小车头晕。"东方白笑道："这是普通的士，有什么可晕的？我跟你说吧，我这个人什么大车、小车、飞机、轮船都不晕，就晕自行车。"说得前面的的士司机都笑了。

秦时月没觉得这有什么可笑的，但坐了人家的车，不笑不礼貌，便故意笑笑，有话没话道："校长到哪里办事？"东方白说："特意来接你的呀。"秦时月说："校长别哄我了，我四十多岁的人了，你以为那么好哄？"东方白说："跟你开句玩笑，我到宾馆里看个朋友回来，刚好瞧见路边一个人有点像你，就让师傅把车速放慢了，细瞧还真是你。毛主席教导我们说，一个人做点好事并不难嘛。"

秦时月回到家里，见曾桂花还坐在客厅里看电视。电视右上角的时间刚好到了10点，曾桂花就问他："平时你最早也要10点20分才进屋，今天怎么提前了？"秦时月轻轻推开左边的房门，望望正在做作业的儿子，复又关上门，说："看来我要时来运转了。"然后他将搭东方白便车的事说了。

曾桂花望望秦时月，说："还有这样的好事？"秦时月说："你以为我在编故事？我能编故事就不当教书匠，写小说赚稿费去了。"曾桂花不太相信这是事实，摇了摇头道："东方白肯定有什么意图吧，不然他犯得着对你这么客气吗？"秦时月在客厅中间来回走了几步，说："我也这么寻思来着，古人早就把问题看透了，说人世难逢开口笑，上疆场彼此弯弓月，人家突然对你张开笑口，心里确实有几分不踏实。"

也许是贫贱夫妻百事哀吧，过去两夫妻在一起说个什么，没几回说得到一处的，总是三句说话，两句相骂。今天晚上在对待东方白这件事上，不知怎么的态度竟然这么一致，秦时月的话一停顿，曾桂花就附和道："是呀，毛主席也说过，世上没有无缘无故的爱，也没有无缘无故的恨，东方白突然对你好起来，后面肯定有什么原因。"

这么你一句我一句琢磨了好一阵，也没琢磨出一个稍微说得过去的理由，秦时月便觉得有些乏味了，打起哈欠来，说："我得去睡了，明天上午有课。"曾桂花却没法放下刚才的话题，启发秦时月道："你想想，老校长就要退了，原来教育局是定了让东方白接班的，最近听说薛征西在教育局活动得很厉害，东方白是不是想争取你的支持？"

薛征西也是儒林中学的副校长，而且在东方白到儒林中学之前就做了三年的副校长了。秦时月知道，中国人向来就有先到为王的传统，让后到的东方白做校长，明摆着薛征西是不会服气的，他去上面活动活动也属人之常情。

秦时月便说："这事在儒林中学已是公开的秘密了，只是东方白想最后做上校长，他完全可以像薛征西一样到上面去活动，有必要讨好我们这些普通百姓吗？"曾桂花说："这你就缺少政治头脑了，现在提拔干部都要考察考察，搞些民意测验。我们厂里提一个科长什么的，都要来这一套，你们要提校长，上面肯定会派人到学校里来弄点情况。"秦时月说："这都是走过场，做戏给老百姓看的，谁会当真？"曾桂花说："该走的过场也得走呀，东方白如果多争取几个你这样的老师，让你们都不说薛征西的好话，只说他的好话，上面确定校长人选时就会有所考虑了。"

秦时月把曾桂花的话仔细想了想，觉得多少还有些道理，就望着她，说道："你知道的还真不少。"曾桂花说："这几天学校里不都在说谁当校长这事吗？薛征西和东方白的一言一行都在学校老师的视线里。"秦时月开玩笑道："你真是秀才不出门，能知天下事，你是几时变得这么世事洞明的？你们厂里的领导真没眼光，竟然让你下了岗，不给你个政工科长什么的当当。"

曾桂花斜秦时月一眼，骂道："我不是在为你瞎操心吗？你倒好，好心当作驴肝肺，挖苦起老娘来了。"

二

第二天上午，秦时月上完课回到办公室，打开教案备了两堂课，正准备回家，传达室送来了当天的报纸。秦时月心想，中饭有曾桂花负责，现在就回去，也没什么要紧事可做，不如翻一翻报纸，说不定能看到感兴趣的新闻。

刚翻开第一版，秦时月眼睛就睁大了。他发现了一个熟悉的名字：吴万里。

吴万里是秦时月读师专时一个班上的同学，两人关系一直不错。毕业后秦时月当了老师，吴万里做了报社记者，两人偶尔还见见面什么的，可后来吴万里进了市委机关，天天忙着为领导服务，彼此交道就渐渐少了。特别是四年前吴万里到下面做了县委书记，也许是人在官场，身不由己，难得有自己的时间，基本上就没跟秦时月往来了。

不过毕竟是昔日的同学，秦时月对吴万里还是很关注的，就将吴万里的那条消息认真看了一遍。原来这是一则公告，是市人大常委会发布的，说吴万里已被市人大常委会任命为市政府副市长，不日即将赴任。

这小子还真有一手！秦时月无声地自语了一句，又将这条消息看了两遍。

原来这个副市长的人选未确定之前，市政府就传出不少小道消息，说是市里班子多年没有变动了，突然空出一个副市长的位置，把那些有可能进步而一直没有机会进步的要员的胃口都吊了起来。其中有十三人，包括市政府龚秘书长、五个县委书记、七个要害部门的一把手最有实力，他们纷纷出动，跑市委常委，跑省里主要领导，甚至上北京活动，要把这个副市长的位置挪到自己屁股下面。几经角逐，最后龚秘书长和吴万里被定为考察对象。本来龚秘书长就是上一任市委常委领导内定的副市长人选，胜算较大，不想吴万里利用龚秘书长与一位主要常委的矛盾，钻了个小空子，抢占先机，变劣势为优势，变优势为胜势，最后又将胜势变成胜局，入主市政府。

秦时月难免生出一番感慨来，心里说，如果像自己一样一直做着教书匠，吴万里大概也还是一个普普通通的一级教师吧。人哪，都是命运主宰着，是做官的命就做官，是教书的命就教书，没得说的。

就在秦时月感叹着的时候，东方白走了进来。

秦时月抬了头，跟东方白打招呼。说了几句闲话，东方白说："你不是要报高级吗？教育局只给我校两个指标，现在有资格申报高级的老师就有八九个，僧多粥少，你恐怕得有点超前意识。"秦时月说："评不评得上，一是看你们领导，二是看市职改办，我有没有超前意识，恐怕关系不大吧？"东方白笑道："那不见得。"说着从包里拿出一份表格，交到秦时月手上。

秦时月一瞧，是一份科研成果奖励推荐表，制表部门是市人事局。秦时月说："我又没什么科研成果，拿着这张表，不是秃子头上放把梳，有什么用场？"东方白说："前不久你不是在《语文教研》上发表了一篇论文吗？你把这篇论文的情况填上，弄个奖回来，对你晋升高级有好处。"

秦时月早动了心，嘴上却说："我那篇文章又没什么分量，只不过举了几个教学方面的例子，怎么好意思出手？"东方白说："你别谦虚了，照我说的去做吧，下午我来拿表。"

秦时月望着东方白的背影消失在门口，又将手上的表格瞄了瞄，然后按照表格要求，把论文标题、发表刊物、日期以及内容简介都填了上去。一边在心里想，不就一张表格吗，倒要看他东方白会弄出什么花样来。

东方白没有食言，下午3点多就进了秦时月办公室。秦时月把表递给他，说："填是填了一下，不知要不要得。"东方白在表上瞄一眼，说："你文章都写出来了，填的表还有不要得的理？"说着小心地把表格收进包里，往门口走去。

可要出门的时候，东方白又转过头，说："你跟我一起到人事局去走一趟吧。"秦时月说："我还要备课呢！"东方白说："课你晚上再备吧，我也是为你着想，你本人跟人事局的领导见见面，对评奖只有好处，没有坏处。"

经过校办时，东方白进去让办公室主任给表格盖了章，这才和秦时月一前一后出了校门。跑到人事局，秦时月发现东方白跟这里的局长、科长们都熟，哪怕碰上一只痰盂都要点个头、打声招呼。秦时月却没一个认得的，只有缩在东方白后面，一边看他施展外交才能，一边心中暗想，怪不得大家都想谋个官做做，学校的副校长虽然算不上什么官，但大小是个头目，跟外界有些交往，认识的人多，不像自己一个教死书的，一年到头，天天跟教案和粉笔灰打交道，竟至于"不知有汉，无论魏晋"，而当今世界，不认识两个人，没些人际关系，你是寸步难行啊！

秦时月这么想着的时候，两人已经来到楼道西头的奖惩科。科里共有三个人，一个科长，一个副科长，再加一个科员。他们跟东方白都很熟。科长说："前两天我还在省展览馆看过东方校长的书法作品，几时也卖件墨宝给我收藏收藏？"副科长说："东方校长这么有名气，都说贵易妻，易了几回了？"科员说："易妻时请我们喝喜酒哟。"

说笑了一阵，东方白才把秦时月介绍给他们。科里人都说："哦，这就是秦老师，东方校长早跟我们说过的，久仰久仰。"

秦时月连忙点头，想说几句感谢的话，却因激动而话不成句。心想自己一介老师，竟然能得到堂堂人事局领导的久仰，看来报纸、电视没有白宣传科教兴国的伟大思想，要不人家也不可能这么尊师重教。可转而又想，哪里的衙门不是门难进、脸难看、事难办，人家不是跟东方白熟悉，有义务对你这么客气吗？今天如果是你一个人站在这里，想要他们正眼瞄你一眼，怕都是痴心妄想。也就暗怨自己自作多情，没见过世面。

东方白变戏法似的从身上拿出三只红包，一人衣袋里塞了一个，接着再将秦时月的表格呈上。

三个人对衣袋里的红包无动于衷，一副君子轻利重义的模样，却对秦时月的表格表示出极大的兴趣，科员看过呈给副科长，副科长看过呈给科长，科长看过，表态说："我们研究研究吧。"又还给副科长，副科长还给科员，科员把表格夹进文件夹，放进抽屉，笑着对东方白和秦时月说："你们放心吧，两位科长交办的事，我一定全力办妥。"

两人离开人事局后，秦时月半信半疑道："这就成了？"东方白说："怎么不成？人家红包都收下了。"秦时月说："那红包多大一个？"东方白说："500元一个。"

秦时月站住不动了，嘴巴张着，半天合不拢。东方白觉得他那痴样好笑，说："你这是怎么了？不是半身不遂吧？"秦时月摇摇头，说："还是把表格抽回来吧，我不评那个奖了。"东方白问："为什么？"秦时月说："三个红包就是1500元，我听说那个什么成果奖的奖金，也就是三五百的样子。"东方白就来了气，说："你充什么傻气？红包钱既不要你出，也不用我出。"秦时月说："你不出，我也不出，谁出？"东方白说："谁出，这不是你要操心的，你只知道评了奖，请我的客就是。"

不久，市里科研成果奖评奖结果就出来了，秦时月荣获一等奖。颁奖大会上，秦时月上台领取证书和那500元奖金的时候，最先想到的就是东方白塞给奖惩科的三个红包，觉得这生意做得实在有些亏，虽然那三个红包的钱并不是他出的。

本来颁奖会东方白是要代表学校参加的，无奈临时有事没去成。秦时月一回到学校就去了东方白的办公室，把500元奖金放到他桌上，说："东方校长，这份奖金放你这里吧，什么时候上馆子，由领导你来定。"

东方白把红包塞回到秦时月手上，说："不急不急，今后有你请客的机会。"

离开东方白的办公室后，秦时月心头不免生出几分感动。原来他一直怀疑东方白为他出这么大的力气，是要利用他，却至今没见他提过半句什么，是不是自己神经过敏，太小人之心了？

更让秦时月既感动又不安的是，过后不久，东方白利用自己分管学校后勤的便利，让学校食堂一名出了点小差错的工人提前退了休，把曾桂花安排进了食堂，每月可拿到500多元的工资和奖金。

要知道，儒林中学老师家属子弟闲在家里没事做的多得很，谁不想在学校里谋个事情做做？现在秦时月连句话都没说过，老婆就得了个工作，这可是他做梦都没梦到的。秦时月就在心里把东方白当成了再生父母，恨不得立即找个机会，好好报答他一番。便天天盼望上面来考察校领导，他好为东方白说几句硬话。当然还不止自己给他说话，他还要把他信得过的老师动员起来，一起促成东方白做上校长。

可秦时月还没找到报答东方白的机会，东方白又兑现了他先前的许诺，给秦时月争取到了高级职称的申报指标，把他的档案材料送到了市职改办。

本来，儒林中学另外八个符合晋升高级条件的教师中，比秦时月资历老、教学成绩突出的就有四五个，但往上报材料时，东方白坚持要报秦时月，理由仅仅是秦时月得了市里科研成果一等奖，别的教师没有这样的殊荣。说实话，如今这个奖那个奖多如牛毛，谁没有那么三五个。这些奖说算数还算点数，说不算数屁都不是。但东方白却认定了秦时月这个奖是正儿八经的政府奖，是别的这个奖那个奖没法比的。其他领导没有比东方白更过硬的理由，只好由着东方白，把秦时月的材料报到了市职改办。职改办是人事局设立的，秦时月在人事局代表政府主持的科研成果奖里得了个一等奖，现在要给他评职称，职改办还不全力支持？

只是就在市职改办正要组织开评的时候，出了一个小插曲，秦时月的职称差点泡了汤。

原来另一位副校长薛征西见那几个符合高级申报资格却没能申报的老师心有不甘，就在背后怂恿他们，要他们告秦时月的状。那几位老师便以秦时月的职称材料虚假不实、学校个别领导做手脚包庇亲信为由，联名写了告状信，上访到市委、市政府和人大领导那里。如今社会矛盾多，几大家领导常常接待上访人员和批阅告状信，比儒林中学复杂严重的情况多得是，哪有精力件件细究？于是把告状信批转到教育局，要教师们去找教育局领导落实查证。

为了职称告状上访，教育局领导见得也不少了，知道这不是什么大事，但看在市领导的批示的份儿上，还是答应这几位教师，一定查证落实，要他们先回去安心上课，等有结果一定答复他们。教师们都是知识分子，要他们告蛮状，也告不来，觉得教育局领导暂时也只能如此，便回了学校。

这些教师一走，教育局领导松了口气，找来职改办的邓主任，问是怎么回事。邓主任简单作了说明，领导认为评秦时月的高级，也没违反什么原则，便要邓主任跟儒林中学的领导打招呼，做好那些教师的工作，今后不要再上访，以免影响教育系统的形象。

从领导那里出来后，邓主任就翻出电话本子，给东方白办公室打了电话。

此时的东方白正在挥毫泼墨，在宣纸上写下一幅字：

一身正气
两度春风

　　一身正气是句旧话，如今有些实权的人都喜欢用这句话自我标榜，好像正气都到了自己身上，人家都是邪气似的。两度春风却是东方白个人心迹表白。原来东方白进步为一中团委书记和儒林中学副校长，两次都是春天任命的。这可是人生盛事，古人进士及第，免不了"春风得意马蹄疾，一日看尽长安花"。现在已没有科举，东方白不可能也进士一番、及第一回，却一次又一次得以进步，在纸上书下两度春风字样，实不为过。这可比真的大老远跑到长安去看花，不仅省心得多，还可给国家节省一笔不菲的差旅费，实为明智之举。当然两度春风云云，其喻义也只有东方白自己心知肚明，那是不能与人道破的。他也是知识分子出身，还没浅薄到这个地步。

　　东方白这么自我陶醉着，还没来得及落款和署上日期，桌上电话就响了。他很不情愿地把狼毫放到笔架上，抓起了电话。只听邓主任在那头说："儒林中学有一批老师到市里上访状告秦时月的事，你知道吗？"

　　东方白猛吃一惊，这可是他始料未及的，他说："我并不知道呀，市里领导是什么态度？"邓主任说："市里领导要撤了你的职。"

　　听出邓主任在开他玩笑，东方白就放了心，说："撤了还好些，我正不想做这鸟副校长，费力不讨好。"邓主任就将事情简要说了几句，说："你要我们给秦时月评上高级，这没问题，但你们学校的老师，你可要给我稳住，他们再到市里上访就不好办了。"

　　"那是那是，我做好老师工作，绝不给邓主任您添乱。"东方白忙说，"这事让邓主任操心了，我让秦时月请您的客，怎么样？"邓主任说："请什么客呀？我和你东方白，谁跟谁呀？当年要不是你姑父，我能有今天吗？"

　　放下电话，东方白走到隔壁校办，吩咐校办主任去把秦时月找来。然后又回到自己办公室，拿了狼毫，给那幅字署上刚才来不及署上的大名和日期。

　　秦时月赶来时，东方白还拿着狼毫，站在桌旁眯眼自赏着那几个墨迹未干的字。秦时月也不知东方白找自己有什么事，见了他桌上的字，也在一旁欣赏起来。东方白的字不仅在儒林中学和教育系统是最好的，就是在全市书法界也堪称一流，不少书法爱好者和教育界人士家里都收藏有他的墨宝。

　　关于东方白的字，还有一种传言，说是学校图书馆没建成的时候，老校长就托人找政要和教育名流题写馆名，可人家一听说东方白就是儒林中学的副校长，都不愿题写，说是儒林中学有一个东方白在那里，还用得着他们吗。老校长想想也有道理，回头来找东方白，东方白说请名流或政要题写馆名是规矩和惯例，这既是对莘莘学子的一种鼓励，对学校以后的建设也大有好处，而他何德何能，敢担此大任！他坚拒了校长的请求。外面的人不敢题写，东方白也不肯动笔，馆名至今还没镌上去，急得老校长团团转，说馆名的事没定好，自己就是退下去了，心中也不安。

秦时月观赏着桌上的字，觉得无论是结构笔势，还是其内在神韵都到了一个相当高的境界。他不觉感叹道："东方校长这字真绝了，如果用这样的字题写学校图书馆名，图书馆定然增色不少。"东方白把手中狼毫放下了，摇摇头说："你别恭维了，我这人还是有些自知之明的。"

围绕着书法又聊了一会儿，东方白这才不紧不慢地告诉秦时月，有人已将他告到了市里。秦时月心里有些紧张，说："东方校长，给你添了大乱，我心里真过意不去，我那职称还是下次再说吧。"东方白盯住秦时月，说："真没出息，这点小风声就把你吓住了。我可不是你这样的软壳动物，凡事不做就不做，要做就要做好、做成功！"

秦时月不由得就在心里佩服起东方白来，刚刚那泄下去的气又重新鼓了起来。

然后两人仔细分析了一下情况，认为这件事的背后一定有人撺掇，这人当然不会是别人，就是薛征西。那么怎样稳住薛征西呢？东方白很快就有了主意，他对秦时月说："对薛征西这人我还是了解的，我有办法摆平他。"秦时月说："什么办法？"东方白笑道："这是天机，不可泄露。你多准备点钱请客吧。"秦时月说："这没说的。"

三

两天后的下午，秦时月在办公室备课，有人喊他接电话。

秦时月一年四季待在学校，跟外界几乎是绝缘的，没有几个人与他有往来，如今听说有电话找他，想破头也想不出是谁。不过他还是放下教案，去了校办。

电话是东方白打来的。

秦时月说："我还以为是谁呢，原来是东方校长。"东方白说："给你打电话就紧张了吧？"秦时月笑道："我紧张什么？领导心中有我，才找我呢。"东方白说："秦老师也学会说漂亮话了，看来这时代的确在进步啊。"秦时月说："校长别夸我了，是不是要我埋单？"东方白笑道："秦老师不愧为知识分子，不言自明。我跟你说吧，我已经在通天楼订好包厢了，你快来'放血'。"

放下电话，秦时月就飞速下了楼，往校门口直奔。到了那栋新建的图书馆楼前，才发现口袋里只有200元零花钱，只得转身走回头路。到家里后，曾桂花听说要请东方白，自然很支持，把存折给他，要他多取些钱。秦时月说："取多少？500元够了吧？"曾桂花说："你真是没见过世面，500元钱请得了什么？你至少得取1000元。"秦时月说："吃顿饭要不了1000元吧？"曾桂花说："有备无患嘛，你一年到头也没请几回客，人家东方校长给你帮那么大的忙，1000元算什么？"

秦时月觉得曾桂花的话有道理，便到银行里取了1000元，匆匆赶到通天楼。东方白已在门口等着了，笑道："怎么这个时候才来，是不是给曾桂花交家庭作业去了？"秦时月说："老夫老妻了，交什么家庭作业？哪像现在的年轻人？"东方白说："三十如狼，四十似虎嘛，你这个年纪正在火候上。"

说笑着，两人就到了东方白预订的包厢门口。服务小姐先在门上轻轻敲了两下，继而把门推开，同时弯腰做了一个请的动作，把他俩让进去。秦时月这才看见包厢里已坐了一个人，竟是个漂亮女人，还有些面熟，只是一时想不起是谁了。

就在秦时月迟疑之间，那女人站了起来，说："秦老师你不认得我了？我是陈小舟，你的学生呀。"秦时月这才依稀想起十几年前教过的一位漂亮的女生，忙说："你就是陈小舟？"东方白在一旁说："你的学生已是市教育局政工科科长，我们的顶头上司哪。"秦时月说："我一年到头不去教育局一回，真是孤陋寡闻，学生已是顶头上司了还浑然不知。"陈小舟说："别听他瞎说，什么顶头上司不顶头上司的，老师永远是老师，学生永远是学生。"说着，大大方方把手伸给秦时月。

秦时月先是一愣，接着忙把手伸出去，跟陈小舟握了握，便感觉陈小舟的手很细腻、柔软，仿佛没有骨头一般。秦时月身上某一根神经竟不自觉地颤了颤，心下不免暗想，当年这个陈小舟在自己班上读书时，只觉得她漂亮，却不知她的手这么细软，要不也找些借口多握几回。

就在秦时月神思恍惚之际，门外又进来几个人，东方白一一作了介绍，都是市教育局的，一个就是职改办的邓主任，另外还有两位副科长、副主任之类的，官虽然不大，却都是实权在握的，说句话都毒得死鱼。

大家坐到桌边后，酒菜就上了桌。都是东方白事先就点好了的，酒是浏阳河，菜是鳗鱼、王八、基围虾之类。秦时月哪见过这阵势，生怕自己钱带少了，忍不住就要去腰间的钱袋里摸一摸。

服务小姐把酒斟好后，东方白举杯发话道："感谢大家一贯对儒林中学和我本人以及秦老师的关照，今天秦老师做东，邀大家一聚，请各位一齐喝了这一杯！"说着，东方白先干了，其他人都说："东方校长真是痛快！"跟着喝干了杯中物。

　　酒过三巡，喝酒的速度放慢了些，各自捉对说起闲话来。东方白觉得气氛有些沉闷，拿出手机，说："最近我手机里常常收到一些短信，我给大家念两段怎么样？"陈小舟附和道："这个主意不错，不过要先说好规矩：念得听的人开心了，听的人喝酒；听的人不开心，念的人自己喝。"

　　大家都很赞同，纷纷说："陈科长说得很对，就听陈科长的。"东方白说："保证让你们开心。"于是他打开手机，找了一条，念起来，"不跑不送，原地不动；只跑不送，平级调动；又跑又送，提拔使用。"

　　东方白念毕，邓主任说："这条好，真是一针见血，官场上就是这么回事。来来来，干了这一杯，我再给大家念一条。"大家便响应着喝了酒。邓主任打开手机，念了一段带色的短信，话音才落，众人便笑得东倒西歪，一个个自动端酒喝了一杯。

　　一旁的秦时月没有手机，平时也是两耳不闻窗外事，一心只教教科书，哪里听过这样的段子，这天也算是大开了眼界。毕竟是当语文老师的，教课文时，经常总结时代特征、段落大意、中心思想什么的，秦时月一下子就看出这些段子的一个特点：都是说的人情世故，没有一条说到他们这些教书匠或是工人、农民的。看来如今教书匠和工人、农民已难得引起时髦的人们关注，连流行一时的段子都把他们排除在外了。

　　秦时月还体会出了这些段子的另一层意味，忍不住插话道："各位领导说的段子棒是棒，但单个来看，却不免形而下了点，如果把它们联系起来分析，就更有意思了，那简直就是一幅浓缩了的当今社会的世俗风情图，不知各位看出这一点来没有。"

　　见不太开口的秦时月说出这番话来，大家就停了手中杯，要听听他的下文。东方白来了劲，对众人说："大家看清了，秦老师可不是等闲之辈。你们知道他的大名吗？秦时月，多么有意思，多么不同一般！那可是从一句古诗里得来的。"陈小舟接话道："是呀，就是王昌龄的'秦时明月汉时关'，大家肯定读过。"大家就说："原来秦老师的名字都这么具有书卷味，肚子里的学问肯定高深，秦老师快给我们说说你的高见。"

　　众人这么捧场，秦时月底气更足了，他端了桌边茶杯浅饮一口，不慌不忙道："你们看好了，刚才东方校长的段子说的都是跑和送两个字，实际上就是权钱交易；接着邓主任的段子说的是小姐有了小费才提供服务，这无疑是钱色交易；后来陈科长的段子呢，说的是局长用副处换取女部下的性回报，这当然便是权色交易了。"

大家一听，觉得还真是这么回事，就称赞秦时月独具慧眼。秦时月又说："如果把这三个段子摆在一起，那么权钱色都全了，权钱色之间的关系也清清楚楚了，也就是说，有了这三个段子，当今社会和官场的世俗风情的浓缩图就历历在目了。"

秦时月一番谬论，让大家对他刮目相看，都说："我们只知道胡说八道，哪里看得出其中奥妙！还是秦老师高明，能透过现象看本质。"东方白接口道："秦老师这样的高水平，大家说说，他有没有资格上个高级？"大家都说："怎么没资格？早就有资格了，我们这些负责职改和政工的，如果连秦老师这样有水平的老师，都没给他搞个高级，那简直就是我们的失职，我们再待在教育局都不好意思了。"

一个晚上，喝了那么多酒，说了那么多话，也就这几句说到了正题上。

东方白于是高高举起杯子，大声道："感谢大家的美意，我们为秦老师干了这一杯！"

这么吵吵闹闹喝了两个多小时，大家慢慢就有了醉意。秦时月因为喝得少，还有几分清醒，免不了老去数桌上的菜碗和桌下的酒瓶，越数心里越没底，暗暗思忖道："口袋里的这1000元恐怕是鸟枪打飞机，难够得着了。"

挨到散席，秦时月抢先出了包厢，去服务台结账。不想东方白从后面走过来，在他肩上拍拍，说："节目还没完哩，你急什么？等会儿再结账。"秦时月就有些心虚，嗫嚅道："还有什么节目？"东方白说："通天楼吃喝玩乐一条龙服务，三楼、四楼还有保龄球、足浴、按摩等节目，你想一顿饭就把他们打发走，恐怕没那么容易！"

秦时月只觉得腿肚子抽筋，背上早渗出了冷汗，他在心里暗暗叫苦道："这么搞下去，别说1000元，再带个三五千的，也下不了台啊！"但这话又不好在这样的场合对东方白明说，只得硬着头皮跟在东方白后面往三楼走。

三楼是保龄球场，几个人分成两组进入球道旁的座位。秦时月本来就没打过这球，又想省两个钱，忙退到一边去。偏偏东方白硬要拉他上场，秦时月无奈中把球抓到手上，一用力抛了出去。谁知那球却鬼使神差飞到了他的头上方，他还东张西望四处找球，不晓得那球正往下掉，向他的脑袋砸去，惊得一旁的人都快要背过气去。好在东方白眼疾手快，猛地将他推开，才免去一难。

陈小舟久在机关，见的世面多，知道她在场，有些节目男人们放不开，打完球后，便找借口要走。东方白让小姐们将几个男人带上四楼后，跟秦时月去送陈小舟，一直送到楼下街道旁。东方白对着大街扬扬手，立即就有一辆的士靠过来。就在陈小舟向的士迈过去的时候，东方白拽住她肩上的坤包，往里面塞了一个红包。陈小舟正要推让，东方白已把车门打开，将她一推就推了进去。秦时月这一下也机灵了，开了前排的车门，给了司机10元钱，说："到教育局宿舍区，够了吧？"司机忙说："够了够了。"按声喇叭，一踩油门，将的士开向街心。

两人对着的士挥挥手，看着的士尾灯闪几闪，转入另一条偏街，这才转身进了通天楼。秦时月脑袋里还晃着东方白给陈小舟的那个红包，忍不住问道："红包多大？"东方白没吱声，向他伸出两个指头。秦时月说："200？"东方白说："看你人到中年了，还这么涉世不深。"秦时月说："2000？哪来的钱？"东方白说："你的钱呀，我刚才在总台预支的，你埋单时统一结算。"

秦时月就傻站在地上，觉得胸口发闷。

东方白斜秦时月一眼，嘲讽道："心疼了吧？我跟你说吧，舍不得孩子套不住狼，等一下还要象征性地给其他人红包哩。"又说，"你知道陈小舟是什么角色？"

秦时月已经听不到东方白的话，脑袋里嗡嗡直鸣，好像是东方白刚才塞给陈小舟的那个红包变作黄蜂，钻进了他的脑袋。

东方白见秦时月没反应，又说："你知道陈小舟和薛征西是什么关系吗？"秦时月摇摇头，表示不清楚。东方白说："过去薛征西追求过陈小舟，陈小舟并没把他放在眼里，但薛征西却一直没能忘记那段旧情，曾私下对人说过，他至今一见到陈小舟和陈小舟那双葱白一样的手，他心情就无法平静。"

秦时月抬头望一眼东方白，想起刚才跟陈小舟握手时的感觉，心里说，天下男人的感觉原来都是相通的。

到了四楼，那几个男人早已各就各位。秦时月又要回避，想省一个是一个，东方白还是不肯放过他，让小姐强行把他拉进一间幽暗的包房。先是泡脚修脚，接着是按摩。小姐问秦时月按什么式，是中式、泰式还是日式。秦时月从没来过这些场合，哪懂这式那式是什么式，便说："小姐爱怎么就怎么吧。"小姐说："那就日式吧，日式温柔。"

可小姐再温柔也没啥用，秦时月一副心不在焉的样子，老想着今晚怎样才能走出这个通天楼，听任小姐怎么在身上拿捏，他横竖体会不出温柔和乐趣来。

就这样迷迷糊糊过了两个多小时，秦时月深一脚浅一脚地出了包厢，又见东方白正给那几个刚快活完的男人塞红包。秦时月没过去掺和，主动跑到总台去结账。收银小姐在计算器上撅了一阵，给他报了一个数：8888元。

秦时月顿时傻了眼，仿佛开了裂的气球，只觉得整个身体都瘪了下去。他结结巴巴道："8888？小姐你没算错吧？"小姐瞥他一眼，说："本来是9000的，四个八吉利，才要了这个数。"说着从吧台里拿出一张清单，递给秦时月，补充说，"先生你放心，不会错的，我这可是计算器算的。"

秦时月一看，其中开餐多少、打保龄球多少、按摩足浴多少、预支的现金多少，一五一十都记录在案，就不好说什么了。

这时东方白走了过来，说："秦老师结账没有？不贵吧？"

秦时月心里骂道，莫非要十万八万才算贵？我这又不是公款消费。忙把东方白拉到一边，说："没想到会这么多，所以……"东方白看了看小姐写的数，说："这个数也不大嘛，今晚我们可是例行节约，没搞什么铺张浪费，才没给你太大的负担，要不然恐怕还不是这个数。"秦时月一筹莫展，无奈道："你说得倒轻松，可我……"

秦时月话音没落，一个西装革履的中年人匆匆来到总台旁，对东方白抱歉道："东方校长对不起了，让您久等了。"东方白说："哪里，领导们也才做完。"

秦时月回头一瞧，是承建儒林中学图书馆的杨老板。

杨老板二话不说，拿过桌上的单子，只粗粗瞟一眼，就从身上掏出一把票子，放到了吧台上。

见吧台里的小姐点钞如飞，秦时月的嘴巴张得大大的，好久都没有合上，仿佛不知那钞票为何物似的。

四

第二天，陈小舟给薛征西打了个电话。

她先问到儒林中学到市里上访告状的事是否属实，薛征西承认有这事。陈小舟说："这事你恐怕得做点工作，如果他们再闹下去，对你本人和教育局都不会有什么好处。"

别人的话薛征西可以不听，但陈小舟的话他还是会考虑考虑的。这一方面因为他曾追求过陈小舟，至今旧情难舍，另一方面也因为陈小舟是教育局主要领导的宠臣，又待在政工科长的位置上，教育局管辖范围内的人事安排得由她拟定初步方案，她发句话，下面中学里的校长、副校长自然会奉若圣旨。

薛征西就向陈小舟打保票，一定妥善处理好这事。

其实薛征西也不要怎么处理，他不再去鼓动就可以了，而没了他的鼓动，那些上访的老师见也上不出什么名堂，加上随着时间的推移，先前的激情不再，大家慢慢也就冷了心，没谁再有兴趣去多事。因此职称开评后，邓主任他们在后面一使劲，秦时月的高级便很顺利地通过了。这职称是跟工资挂钩的，秦时月的月工资一下就加了100多元，喜得他和曾桂花做梦都笑出声来。

只是受人之恩，却没有报答的机会，两个人不免又有几分内疚。

这天吃中饭的时候，秦时月对曾桂花说："古训说受人滴水之恩，当涌泉相报，我们得到的东方校长的好处岂止是滴水，简直就是长江和黄河，或至少也是资水，我们却没能对他有丁点回报，问心有愧啊！"

曾桂花当然也有同感，说："那你想想办法，给他表示点什么呀！"秦时月说："那表示什么？"曾桂花说："不是说烟酒不分家吗？给他买几条烟、几瓶酒吧。"秦时月摇着头说："一般的烟酒嘛，出不了手，名烟、名酒假货多，只怕弄巧成拙。"曾桂花说："那给他夫人送件什么首饰？"秦时月说："那又不知道人家喜欢什么首饰，说不定人家什么首饰都有了呢。"曾桂花说："干脆就送钱吧，既省事又好出手。"秦时月说："这不太俗气了吗？"

这一下曾桂花不耐烦了，说："你怎么这么多顾虑？你这样子办得了什么事情？怪不得你四十多岁的人了，还一事无成，要不是东方校长帮忙，你那个一级教师都要当到退休那一天去了。"说完，扔了饭碗，气呼呼地摔门走了出去。

秦时月就愣在那里，不知如何是好了。

可没几分钟，曾桂花却回来了，对正在洗碗的秦时月说："我刚才碰到东方校长了，他正从外面回来，要你到他办公室去一趟。"秦时月说："他有什么事吗？"曾桂花说："他没说，你去吧，碗我来洗。"

秦时月放下水池里的碗，匆匆出了门。

赶到办公楼，东方白的办公室却是关着的。秦时月就有些纳闷，莫非东方白没在办公室里？那他又喊自己到这里来干什么呢？转过身想走开，觉得不甘心，复又回去，伸了手要去敲门。

这时门忽然开了，走出两个人来，一个是那次在通天楼埋单的承包图书馆工程的杨老板，另一个是秦时月做家教的徐宁宁的家长市税务局徐科长。杨老板开玩笑道："是秦老师哟，你怎么鬼头鬼脑的？"徐科长也笑道："怪不得东方校长说还约了人，我还以为是个美眉，原来是你。"秦时月只好客气地笑笑，算是跟他们打过招呼。

杨老板和徐科长出去后，秦时月就进了东方白的办公室。一抬头，只见上次东方白写的"一身正气，两度春风"那幅字，已经裱得十分雅致，挂在了墙上。

在那字上瞄了一会儿，秦时月忽然想起自己从杂志上看到的一篇文章。那篇文章说的是一位大官写得一手好字，刚好也写了"一身正气，两度春风"八个字，高挂在自己办公室里。大官身旁自有高人，看出他曾两度春风得意，因此写了这样的字。东方白的官虽然不大，却也历经浮沉，深谙为官滋味，估计跟那大官有着相同的感慨，可谓英雄相惜，才不约而同也写了这么八个字吧。

秦时月还记起，那篇文章最后交代，那大官手中有大权，到他那里去办事的人，总是先要盛赞主人那出手不凡的书法，对其高雅的志趣和不随流俗的气节表示出由衷的敬佩，然后再将人民币和支票塞进他的抽屉。想东方白为自己办了好几件大事，自己跑到他这里来，虽然也对墙上的字倍加赞赏，却从没送过钱物，真是惭愧。

想到这里，秦时月不由得摇了摇头。东方白不解何意，问："你摇什么头？"秦时月掩饰道："我是想东方校长怎么来得这么早，上班还要半个多小时呢。"东方白移过一张椅子，让秦时月坐了，说："刚在家里吃过中饭，杨老板和徐科长就打电话，说在办公楼等着我，要商量些基建结算和税收上的事。"秦时月说："找我有什么事吗？"东方白说："没什么事，中午安静，想跟你聊聊天。"

随便聊了几句，秦时月起身去把门关了，回来放低声音说："听说上面就要来考察学校领导班子了？"东方白笑道："来考察就来考察呗，这是组织上的事，我这一摊子杂事都忙不过来，哪有工夫操心这些？"秦时月说："那也是。不过据我所知，大部分老师都认为，薛征西一直在儒林待着，分管一下教学还可以，如果让他来负责全盘工作，他既没有开拓精神，又缺乏工作魄力，儒林中学是不会有什么起色的。"

东方白似乎对秦时月的话不以为然，沉下脸道："薛校长比我资历深，工作务实，可不能这么说他。"秦时月忙说："那是那是。只是……"秦时月正要说下去，东方白就打断了他，半开玩笑道："秦老师别忘了那句老话——'静坐常思己过，闲谈莫论人非'。"秦时月又点头道："那是那是。"没有再去说薛征西。

不觉就到了快上班的时候，秦时月说："领导没事，我走了，下午还有一节课哩。"东方白说："没事没事，你走吧。"可秦时月起身正要挪步，东方白又随便说了句："呃，听人说，市政府那个吴副市长是你师专时的同学？"

秦时月站住，说："这倒没错，我们还在一张床的上下铺住了三年呢。刚毕业那阵也还有些往来，可自从人家当了官，彼此就没打什么交道了。东方校长跟他熟悉？"东方白笑道："我熟悉他，他不熟悉我。"秦时月说："这是为什么？"东方白说："报纸上每天有他的大名，电视里每晚有他的光辉形象，

199

我能不熟悉他？可我一个中学里的小小副校长，他怎么会熟悉？"秦时月这才明白过来，说："那倒也是。"

东方白这时也站了起来，过去开了门，说："感谢你陪我聊天，没事的时候常来坐坐。"秦时月边向门外走去，边说道："那肯定，密切联系领导嘛。"东方白在秦时月肩上捶了一下，说："秦老师几时也变得这么幽默了？"

晚上曾桂花问秦时月，中午东方白跟他说了些什么。秦时月说："也没说什么，东一句西一句扯了些闲话。"曾桂花说："就没说一句正经的？"秦时月说："天天都见面的，哪有那么多正经话要说？"曾桂花有些不相信，说："我敢肯定，他一定说了什么重要事情，我从中午他托话给我，要你到他办公室去的那一刻，就意识到他找你有事。"

秦时月望了曾桂花好一阵，才说："你有这样的意识？我怎么没在他话里听出有什么正经事呢？"曾桂花说："那是你脑袋不转吧，你再想想看。"

秦时月认真想起来，可想了半天，也没想出东方白哪句话说的是正经事。

两人正琢磨着，电话突然响了。秦时月正坐在电话旁，顺便拿起话筒。电话里是一个男人的声音，问是不是秦时月家的电话。秦时月就觉得那声音有些耳熟，只是一时想不起是谁了，便问道："你是谁？"电话里说："我是谁你都听不出了？我是你一张床的。"

秦时月便知道是谁了，忙说："您是吴万……"那个"里"字还没说出去，又赶紧改口道："您是吴市长？"吴万里说："吴万里就吴万里嘛，什么吴市长。怎么样，还好吗？"秦时月笑道："托您大市长的福，还过得去吧。已在报上看到您回市政府主政了，只是您当领导的日理万机，不敢去打扰您，想不到您亲自打来了电话。"吴万里说："我不亲自谁亲自？我还亲自吃饭、亲自睡觉呢。"

秦时月被吴万里说得笑起来，心想这个吴万里当了这么大的官，在同学面前倒还随便，便说："当领导的不是有秘书吗？让秘书代呀。"吴万里说："给老同学打个电话也让秘书代，我还没这么官僚。"

吴万里倒确实没有什么正经事，不过打电话跟秦时月叙叙旧。末了，他把家庭住址、电话和手机告诉给秦时月，说："有空就上我家来玩玩，政府领导分工，我分管文教卫体这一块，还想多听听你这位行家对教育管理方面的意见哩。"秦时月就有些感动，说："一定去看您。"一边点头如捣蒜，仿佛吴万里就在面前一样。

要挂机了，吴万里又嘱咐道："不过我的电话和手机号码你不要告诉别人，如今找我的人太多，烦心。"秦时月就更是受宠若惊了，心想吴万里这是将自己另眼相看了，一边说："我知道领导的难处。"

放下电话后，秦时月一脸的兴奋，仿佛刚拣到一个金元宝。

他和吴万里的话，一旁的曾桂花听到了些，她说："你这个同学还不错，当了这么大的官，还没把你这位老同学忘到脑后。"秦时月说："我们毕竟是在一架床上待了三年的嘛。"曾桂花说："他在政府干什么？"秦时月说："当市长呗，干什么？"曾桂花说："我还不知道当市长？当市长也像我们在食堂里一样，谁采购、保管，谁淘米、洗菜，谁掌勺、打饭，总有个分工什么的嘛。"秦时月说："正好管我们教育这一块。"

曾桂花就开他的玩笑，说："看来你有出头之日了。"秦时月说："别挖苦我好不好？我是个教书的命，已教了二十多年，这辈子就安心守着这个本行得了，还会异想天开？"

说到这里，秦时月突然想起刚才关于东方白的话题，就说："我记起来了，中午东方白也跟我提到过吴万里。"

曾桂花斜他一眼，说："是嘛，我刚才就提醒了你，东方校长肯定还跟你说了些正经事。"秦时月说："但他说到吴万里时，好像是随便问问，不是太在意的样子。"曾桂花就点着秦时月的脑袋说："你这个大木瓜，你都不多动动脑筋？你想，东方白想当校长，吴万里正好管着教育，你又跟吴万里是同学，东方白特意喊你去他办公室，跟你说吴万里，他的意思不是明摆在那里了？"

经曾桂花这么一提醒，秦时月也明白过来了。他拍拍自己的脑袋，说："是呀，这确实有道理呀。"想了想，又说，"你看看，过去东方白对我并不怎么的，见了面，瞧都不多瞧我一眼，后来突然对我关心起来了，我的职称和你的工作，都是他精心策划、一手操办的。我回想了一下，东方白对我转变态度的时候，正是吴万里升任市政府副市长的那阵，你说说，事情不会这么偶然吧？"

"你终于开窍了。我以为你这二十年书教下来，像样的学生没教出几个，却把自己教成了书呆子。看来我还不能看扁你。"曾桂花说，"刚才你说的并不假，不过不管怎么样，东方校长有恩于我们，我们没有其他报答人家的办法，到吴市长那里替人家说两句好话，给他牵上这条线，让他能做成校长，既还了人家的情，今后对你也只有好处，没有坏处。"

秦时月觉得曾桂花说的不无道理，又想起吴万里在电话里邀请他的话，决定选个恰当的时机，专门到吴万里家里去走一趟。

第二个星期，秦时月就打电话跟吴万里预约好了，周末到他家去拜访一次。吴万里高兴地答应了，说这个周末不用开会，也没有别的什么事情，正好聚聚。

可放下电话，秦时月又犯起愁来，不知上吴万里家里去要不要带点什么。曾桂花说："这还要犹豫吗？你想想，你又不仅仅是去叙旧聊天，还要替东方校长说事，不带点行吗？"秦时月说："那又带点什么好呢？"

曾桂花也没想好要带什么，说："离周末不是还有几天吗，我们一起动动脑筋吧。"

五

曾桂花有了工作，秦时月自己晋了级、加了薪，虽然正在读中学的儿子要花钱，但家里的经济状况已经大为改善，秦时月就辞去了那几个学生的家教，以免影响正常的教学，惹得旁人说闲话。

不想秦时月的家教做得好，效果也不错，那几个学生的家长不肯放手，又一再打电话来，要他继续做下去。特别是徐宁宁的家长徐科长缠得更厉害，特意跑到秦时月家里，向他承诺，家教费可翻一番，又托了东方白来说情。东方白对秦时月说："听说过去徐宁宁的语文成绩不太理想，自从你上她家做家教后，她进步特别快，你难道忍心看着她半途而废吗？"秦时月说："东方校长您这么栽培我，我是不想分散精力，想多在教学上下点功夫，也好为您争口气。"

秦时月说的是心里话，东方白自然是听得出来的，不免有几分感动。东方白真诚地说："老秦啊，你的诚意我领了，感谢你的好心。不过我让你去徐科长家做家教，也是为学校好，你就当作学校交给你的光荣任务来完成吧。"

秦时月一时没听懂东方白话里的意思，东方白就给他作了解释。原来承建学校图书馆工程的杨老板的公司属于徐科长的税管区，徐科长一向对杨老板公司的经营情况盯得特别紧，杨老板想跟徐科长套近乎，徐科长总是不买账，一副拒人于千里之外的样子。后来杨老板得知徐科长的女儿徐宁宁就在儒林中学读书，他灵机一动，跟主管基建的东方白提了个要求，由他出面做东，东方白作陪，喊徐科长吃顿饭什么的，条件是图书馆的基建款可下浮两到三个百分点。图书馆造价 500 多万元，下浮两到三个百分点，就意味着学校将少出 10 多万元的基建款，这等好事到哪里找去，东方白当即答应牵这根线，并且保证一定给牵上。

如今的人嘛，领导的话、爹娘的话都可以不听，但子女学校老师和校长的话那是一定得听的，因此东方白给徐科长打一个电话，他就屁颠屁颠赶了过来，赴了杨老板的约。从此杨老板就跟徐科长成了铁哥们儿，至于业务上的事，那自然就比以前好办多了。徐科长给了东方白面子，现在徐科长为女儿的事，求东方白跟秦时月说句话，东方白当然没什么可推托的。

东方白交了这个底，秦时月见做徐宁宁的家教能多方讨好，还有什么不乐意的，当即就答应下来，继续给徐宁宁做起了家教。至于其他学生，他无论如何也不肯答应了。

这一天晚上，秦时月给徐宁宁辅导完作业后，正准备离去，徐科长喷着酒气回来了。徐科长虽然只是市税务局一名科长，但他负责税收征管的东城区是个黄金码头，个体户生意做得很红火，因此他在外面吃点、拿点、玩点，简直是小菜一碟，人民群众见怪不怪，也是能够理解的。用时髦的话说是：烟酒基本靠送，工资基本不动，三陪基本不空，老婆基本不用。

徐科长这天晚上大概又在外面"基本"了一番，心情舒畅，加上又有几分醉意，见了秦时月，一定要给他表示点什么。秦时月身上多少有些知识分子的酸气，表面上对徐科长客客气气的，心底里难免不太瞧得起，上他家做家教纯粹是看东方白的面子，至于要他接受徐科长除家教之外的钱物，实在有些不屑。

可秦时月正要走开，徐科长已从身上掏出一样东西，在空中一晃，顺势塞进了他的上衣口袋。

徐科长的动作虽然很快，但秦时月看清了，那是一只绿绒盒子，像是装钻戒或手表一类贵重物品。秦时月哪里敢收，要去袋里把东西掏出来，徐科长却一把抓住他的手，一边打着饱嗝，一边含含混混道："秦老师你这是见外了不是？你一个堂堂的高级教师，能看得起我徐某人，继续上我家来给宁宁做家教，让宁宁能有今天的进步，我是感激不尽啊！我一直想报答你，如果你不收下，就是看不起我徐某人。"

秦时月还要推辞，徐科长又说："实话对你说吧，这也不是我自己花钱买的，是一位朋友送的，我家里多的是，你没有必要客气。"说着，一用力，已将他推到门外，说："你走吧走吧，时间也不早了，我不留你了。"顺便把门给关上了。

秦时月没有了婉拒和说话的余地，站在门外痴了一会儿，犹豫着要把关紧的门敲开，可转念一想，姓徐的自己都说了，这也不是他自己买的，肯定又是哪位个体户朝的贡，我不收白不收！

这么想着，秦时月那抬起来要去敲门的手便放下了，身子一转，下了楼。

回到家里，曾桂花像以往一样还没睡。秦时月把怀里的盒子拿出来，往她前面一放，献媚道："你看，这是什么？"曾桂花见是一只精巧的绿绒盒子，就知道里面装的绝不会是一般东西。

她一把将盒子抓到手上，啪一声打开了。

她的眼睛立即就鼓得像铜钱一样大了。原来是一枚精致的闪着银光的白金钻戒。曾桂花伸出手指，把钻戒从盒子里拈出来，放在灯下细瞧起来。

瞧够了，又将钻戒套进手指里，伸到秦时月面前，问他好不好看。秦时月还没开口，她又说："我还是第一次看到这样高级的白金钻戒，一瞧便知道是真货。"秦时月说："谁知是真货还是假货？"曾桂花说："你别逗我了，真货、假货我还看不出？真货哪有这样的成色？告诉我，多少钱买的？"

秦时月故意卖一个关子，说："你猜猜看？"曾桂花偏着头估算了一下，说："黄金有价钻无价，硬要论价，我看起码得上万元。"

说到钱，曾桂花这才起了疑心，盯住秦时月道："这钻戒哪儿来的？你在哪里发了洋财？"

秦时月还想逗逗曾桂花，说："学校今天发了一笔奖金，我们结婚这么多年了，我也没给你买过什么，就给你买了这枚钻戒。"

曾桂花太了解秦时月了，用这么大一笔钱，他是绝不会自作主张的。她又在学校食堂做事，秦时月如果得了这么多的奖金，她还能不听到一些风声？何况学校里也不可能发这么大一笔的奖金。曾桂花越想越觉得这里面一定有什么蹊跷，说："你别把我当小孩了，过去你连几百块钱一对的耳环都舍不得给我买，现在一下子变得这么大方了？"

秦时月这才跟曾桂花说了事情的经过。

曾桂花就将钻戒从手指上褪下来，扔到桌上，说："我还以为是你给我买的，人家的东西你也敢收？"秦时月说："我也不想要人家的东西，可我没法拒绝呀，而且姓徐的也不是他自己掏钱买的，给他送金送银的几时断过？他还会在乎这枚钻戒？"

说到这里，两人都不吱声了，屋子里静下来。曾桂花的目光一直没离开过那枚钻戒，她寻思良久，才说道："我从小到大，包括跟你这十多年，除了与几位要好的亲戚、朋友有些礼节往来之外，从没收到过别人的贵重物品，今晚姓徐的送这枚钻戒，虽然昂贵了点，但他的来源也不正，属于不义之财，我们收了，大概也不为过吧？何况还有你给他女儿做家教的一份辛苦在里面。"

秦时月拿过钻戒，重新戴到曾桂花手上，说："这话就不该是你说的了，人家是不是不义之财，你有什么资格说三道四？至少人家送我们这枚钻戒，是看在我给他女儿做家教的份儿上，还是出于一份好心吧？"

听秦时月这么一说，曾桂花心里受用多了，晃晃手上的钻戒，说："那好吧，老娘我笑纳了。"也是一时兴奋，曾桂花情不自禁揽过秦时月的脑袋，在他脸上猛啄了好几口。

这枚钻戒就这样箍在了曾桂花手指上，直到睡到了床上，还舍不得摘下来，不时凑到鼻子下嗅嗅，放嘴边吻吻。

这么一折腾，还哪里睡得着？曾桂花身上某一处神经便格外活跃，急急抱住秦时月的身子，两人翻云覆雨起来。

夫妻之间这事，如果女人有了愿望，能够变被动为主动，那是另有一番意味的。秦时月也就非常满足，觉得好久没这么酣畅淋漓过了。他将曾桂花搂得紧紧的，心下生出一份感激，虽然他不知是该感激怀里的女人，还是感激女人手指上这枚漂亮的白金钻戒。

大概是这枚钻戒的原因，第二天早上天还没全亮，曾桂花就醒来了，又将手指上的钻戒好一阵端详。过惯了简朴日子，身上突然多了一件这样贵重、豪华的东西，她心里总觉得不太踏实。

后来，曾桂花还是把钻戒从手指上褪了下来。她摇醒了秦时月，说："你还是把钻戒还回去吧。"秦时月揉揉眼睛，说："你是不是在说梦话？"曾桂花望着窗外幽幽曙色，说："不是自己掏钱买的东西，我感到心里不踏实。"秦时月说："有什么不踏实的？又不是偷的、抢的。"曾桂花说："活了大半辈子了，天天粗茶淡饭的，没穿过金，没戴过银，不也过来了？我看就是戴枚这么贵重的钻戒，人也没贵气到哪里去。"

秦时月有些不耐烦了，说："别啰唆了，我还想睡一会儿。"把身子翻到了另一边。曾桂花把他又翻过来，说："下次你去徐家做家教时，退给徐科长。"秦时月说："要退你自己去退好了，我没情绪。"曾桂花火了，低声吼道："你没情绪也得有情绪，你有本事就不要拿人家的东西送我，自己掏钱买去！"

秦时月心里有些虚了，说："这不是我做家教做来的吗？和我自己掏钱买的又有什么区别？"曾桂花身子一硬，坐起来，扬高了声音说："怎么没区别？人家的就是人家的！我跟了你那么多年，你给我买过穿的，还是戴的？不买也就算了，我没什么奢望，但现在你硬要拿人家的东西塞给我，这不能算是你的心意，我不痛快。"

秦时月就蒙了，不知曾桂花搭错了哪根神经。

曾桂花又说："你懂女人的内心吗？女人看重的不是东西贵不贵重，看重的是人的心真不真、诚不诚，不真不诚，再好的东西我也不稀罕。"

人家送枚钻戒，本来不是件什么坏事，到了曾桂花这里就生出这么些不愉快来，这可是秦时月始料不及的。他不再搭理曾桂花，几下穿好衣服，下床出了门。

可这一天，无论是在教室上课，还是在办公室写教案，曾桂花的话却一直在秦时月脑海里萦绕着，拂之不去。前思后想，秦时月也渐渐觉出了曾桂花话里的道理，拿人家的东西送给自己的老婆，的确不是那么实在。

秦时月就做了决定，要把那枚白金钻戒退回去，待今后慢慢积点钱，再给曾桂花买一枚，也好为自己争回这一口气。

谁知下班回到家里，曾桂花又改变了主意。曾桂花说："我也不想为难你，给徐家去退钻戒了。你不是打算去一趟吴万里家吗？把这枚白金钻戒送给市长夫人吧，人家年轻、漂亮，钻戒戴在她手上，才般配。"

秦时月懂得曾桂花的良苦用心，她是想让他将东方白的事说成。

六

周末很快到了，秦时月和曾桂花出了儒林中学。

吴万里住在市政府市长楼里。秦时月和曾桂花先上街买了一箱苹果，将其中一只不太鲜亮的苹果拣出来，用包裹这只苹果的包装纸包了那个放了白金钻戒的绿绒盒子，塞到苹果空出来的位置里，由秦时月提着，去了政府大院。

敲开吴万里的家门，屋里坐着几个客人，看样子是来汇报工作的哪个部门的头儿。吴万里只跟秦时月点点头，便回过头去，继续听那几个人的汇报。吴万里那不咸不淡的态度跟秦时月预想中的情形大相径庭，他心里头不免就有些不高兴，心想，怪不得都说为人莫做官，做官都一样，这吴万里也不例外。秦时月真想一走了之，但又想起此行的使命，只得找个地方坐下，静候吴万里。

吴万里的夫人倒是很热情，忙接过曾桂花手上的苹果，用责备的口气说："你们这是干什么？万里和时月是二十多年的交情了，这样不是显得生分了吗？"曾桂花说："知道你们什么都不缺，就几个苹果，提着好看的。"

吴夫人把苹果收进杂屋后，顺便给他们端来了水果、瓜子和香烟。那几个汇报的人见吴夫人对秦时月夫妇的态度这么好，知道不是一般客人，便长话短说，告辞走了。吴万里立即换了一副面孔，坐到秦时月身边，亲热地说道："本来今晚没什么事情，我是专门在家等候你俩的，偏偏又来了这几个人，烦不烦？时月啊，还是你好，无官一身轻，干好自己的本行就得了。"

秦时月心里已经理解了吴万里，懂得刚才他那冷淡的态度是因为有外人在此而故意为之的，于是说："学而优则仕嘛，大家都像我一样没出息，谁治理国家？"

这时吴夫人又在桌上摆了两只古色古香的陶瓷茶杯，倒了茶水。曾桂花说："我这弟媳真是贤惠，吴市长你真有福气哟。"秦时月说："要么怎么说，一个成功的男人后面总是站着一个好女人呢！你得上这里来学学！"曾桂花说：

"我哪里学得来？就是学得来，也培养不出一个秦市长呀！"说得大家都笑了。

说了些闲话，又相互问了些生活和工作上的事，忽然没话了，屋子里静下来。秦时月便把桌上的陶瓷杯端到手上，端详起来，对吴万里说："这杯子的造型还有几分独特。"吴万里说："可不是，凡是见过这套杯子的人都这么说。"

这时吴夫人将一碟水果糖往曾桂花前面移移，说："嫂子吃点水果糖，据说这糖有美容效果呢。"曾桂花说："我这样，再美容也美不到哪里去了。"吴夫人说："我看你精神状态蛮好的嘛，人也显得那么年轻。"

曾桂花望着吴夫人说："能跟你比吗？你才真年轻哩，脸上没一丝皱纹，还像在娘家做女孩一样。"吴夫人笑道："还年轻？人家都嫌我老得快，只差没休了我了。"说着瞥了瞥吴万里。曾桂花就瞟一眼吴万里，说："吴市长你有这样年轻、贤惠的漂亮妻子，如果还不满足，那我做嫂子的是坚决不答应哟。"

吴万里正想为自己辩护两句，曾桂花已经将头掉回去，抓住吴夫人的一双手左瞧右看起来，一边说："一双多么贵气的手啊，又嫩又白又细又丰满，我听看手相的人说，手是女人的第二面目，有这样一双手的女人，一定是福寿双全，子贵夫荣，一生安乐啊。"说得吴夫人一脸的灿烂，说："嫂子说得好，真如你所说，我也就心满意足了。"

曾桂花还舍不得放下那双手，继续道："这样一双高贵的手，如果吴市长再给你配上一枚白金钻戒什么的，那就是锦上添花了。"吴夫人说："我哪敢有这样的奢望？我脖子上这根10来克的小项链，还是我结婚前自己买的呢。"

两个女人一唱一和，说得十分投机的样子。秦时月见这样下去，也不知几时有个完，就趁吴夫人去给他们的杯子续水的当儿，问吴万里卫生间在哪里。吴万里就去开了卫生间的门，还拉亮灯，开玩笑道："你就亲自上卫生间吧。"

出了卫生间，秦时月并没坐回去，看起壁上的字来。那字确实太一般化了，如果跟东方白的作品相比，简直不可同日而语。吴万里走了过来，说："这字不怎么样，书房里的要好些。"秦时月就说："那让我开开眼界吧。"

进了书房，果然壁上挂着几幅字，比客厅里的字的确要强一些。秦时月说："怎么把一般水平的挂到了客厅，却把好东西藏了起来？"吴万里说："这你有所不知，挂一幅普通的字在客厅，懂书法的人见了，知道我于书法是外行，那要省去许多麻烦。"

秦时月毕竟不是官场中人，对吴万里这话有些似懂非懂，又不便细究，抬了头继续去看壁上的字。他发现这些作品的作者，都没有什么名气。吴万里似乎看出了秦时月的心思，在一旁说："是一些朋友送的，没有什么名家作品，反正我也只是挂着好玩。"

"这样还有意思些。"秦时月说，"记得在师专读书时，你的毛笔字就已经很到火候了，你要写一幅挂到壁上，我看不比这些字差。"吴万里也不搭腔，指着窗边一幅字说："这幅字怎么样？"秦时月就去看窗边那幅字，那字确实比其他几幅要强，笔力遒劲，意味无穷。只见上面写着：

尚思立足慢言道
急欲藏身莫住山

再细看署名，原来就是吴万里自己所书。秦时月不由得赞道："你身在官场，日理万机，还没丢掉这份功夫，太难得了。"又想起东方白的字来，顺水推舟道，"我们学校有一位副校长叫东方白，平时也喜欢写写字，在书法界还有些名气。"吴万里说："这个东方白，他的字我见过，的确不错，还比较符合我的胃口。"秦时月说："我向他讨幅字给你？"吴万里说："不可不可，你千万不能告诉他我喜欢他的字，更不能向他要字，以免授人以柄。"

秦时月想想，说："那倒也是。"顺便又问道，"儒林中学的老校长就要退了，据说要在薛副校长和东方副校长之间产生，不知政府态度如何？"吴万里说："这事教育局跟我汇报过一次，但还没有最后确定。你是儒林中学的老师，你觉得他俩谁合适些？"秦时月说："这我也说不准，但学校大部分教师的看法，觉得东方白的办事魄力和驾驭全局的能力似乎要强些。"吴万里说："有你这句话，我心中就有数了。"

吴万里这句话让秦时月觉得今晚没白跑这一趟。

从吴万里书房出来后，两个女人还在咬着耳朵，秦时月对曾桂花说："你的演讲快结束了吧？我们也该走了。"曾桂花说："我这不是见了弟媳高兴吗？"吴夫人说："急什么呢？既来之，则安之，多坐会儿，我俩还没唠叨够哩。"曾桂花望一眼墙上的钟，说："下次吧，你们也该休息了，明天都要上班。"说着，先起了身。

吴万里挽留了几句，见两人执意要走，只得上前去开门。这时吴夫人从房里提了一个纸盒子，追过来，说："我家没有什么好东西，这套小小茶具，跟刚才你们喝茶的杯子都是江苏宜兴出品的，你们也许喜欢。"秦时月不肯接，说："不行不行，我们怎么受得起？"吴夫人就往曾桂花手上塞。曾桂花客气了一阵，心里想，我们那么贵重的白金钻戒都给了，收下这套小小茶具也不为过，于是半推半就提到了手上。

在回家的路上，秦时月忍不住跟曾桂花开玩笑道："这套茶具没个五六百拿不下吧？这交易做得，一盒二十来块的苹果，换回来一套高级茶具。"曾桂花说：
"那枚白金钻戒就不计算在内了？"

七

老校长退休的日子一天天逼近，可儒林中学谁当校长的事依然没有一个正
式的说法。却不时有谣言传到学校里来，说是薛征西这一段活动频繁，别说教
育局，就是市政府他也打通了关节，还通过龚秘书长跟政府主要领导搭上了。
学校里的教职工就一致认为，东方白已经没戏，薛征西校长做定了。

只有秦时月不信这些传言。他相信吴万里的能量，做过那么多年的县委书记，
已经不是一般角色，这从他力压群雄，把这个副市长竞争到手就看得出来。

当东方白找到秦时月，跟他说起那些传言的时候，秦时月觉得那纯属无稽
之谈，说："现在还是吴万里主管着教育，他如果连自己主管的部门的人选都
把握不了，他还有什么威信？今后还怎么在教育系统开展工作？"

话虽这么说，秦时月不免还是有些担心，生怕自己的忙没帮到，让东方白
落了空。秦时月想探探吴万里的口气，可打他办公室电话没人接，打到他家里，
吴夫人说这段时间吴万里天天在外开会，常常深夜才回，要秦时月打他手机。
打手机时却十有八九是关着机的，好不容易打进去了，还没说上两句，吴万里
就在那边说，我正在讲话，或者说正在陪省里领导视察，要秦时月过些时候再
联系，秦时月又不好蛮缠，只得作罢。

后来秦时月想，光打电话不管用，看来还得和吴万里见一次面，而且最好
让东方白也一起去，把他交给吴万里，以后事情成与不成，就看东方白自己的
造化了。他把这个想法跟东方白说了说，东方白说："我确实也想去拜访一下
吴市长，但怎么去呢？就这么两手空空地去？"秦时月说："那就看你的了，
你比我有办法。"东方白说："送钱送物？初次见面就来这一手，总不妥吧？"

秦时月忽然想起吴万里书房里的字来，说："吴市长跟你一样，精于书法，
你何不在这上面动动脑筋？"东方白说："我跟书法界打的交道多，怎么从没
听人说起过吴市长有这方面的雅兴？"秦时月说："今天不是听说了吗？"东
方白说："你的意思？"秦时月说："我看你可以去给他送幅字什么的，就说
是跟他切磋书法。"东方白点头道："这倒可以试试，只是不知吴市长放不放
得下架子。"

秦时月笑起来，说："论官职，他在你之上，论书法，你在他之上，彼此

算是平手，他有什么资格摆架子？"东方白也笑道："这又不是纯粹交流书法。好吧，听你安排。"秦时月说："那我就安排领导一回吧，你先准备准备，我负责和他联系。"

这天晚上秦时月打电话到吴万里家里，吴万里破天荒在家里没出门。秦时月一喜，觉得这事一定能成。他没有提及东方白，只说自己有一幅字，想给吴万里看看。吴万里爽快地答应了，说："你几时过来？"秦时月说："那要听你市长的安排，我随时听从党召唤。"吴万里笑道："你也变得油腔滑调了？"停了停又说，"最近两天要去趟省城，恐怕安排不过来。这样吧，星期天下午我在办公室看一份材料，又不是上班的时候，安静，你就到我办公室去吧。"

星期天，秦时月吃了中饭就出了门。刚到学校门口，东方白就从一中方向走了过来，手上拿着一筒卷好的字轴。秦时月问他："是幅什么字？可以打开看看吗？"东方白说："反正到吴市长那里要打开的，何必多此一举。"秦时月说："先睹为快嘛。"但他并没坚持，叫停一辆的士，钻了进去。

几分钟就到了市政府，抬腕看表，还不到2点。秦时月记得在师专时，吴万里是有午睡习惯的，估计他还在家里休息，就和东方白在办公室大楼前的假山旁等候。

等了大约半个小时，忽然望见一个熟悉的人影从大楼里走出来，竟是儒林中学的副校长薛征西。两人就往假山后缩了缩，躲到一棵冬青树后。望着薛征西的影子，秦时月嘴上说："今天是休息日，薛征西到这里来干什么呢？"东方白说："这一段时间薛征西忙得很，不是跑教育局就是跑市政府。"秦时月说："这我也有所耳闻。"东方白说："听说他曾多次找吴市长汇报工作，见吴市长的态度不太明朗，又转而投向龚秘书长，龚秘书长对他很欣赏，亲自跟教育局打过几回招呼，刚才他肯定是从姓龚的那里出来的。"

两人这么议论着的时候，薛征西已步履匆匆走过大楼前的坪地，出了市政府大院。两人从冬青树后钻出来，回到先前的位置。静静的大楼里偶尔有人进出，还是不见吴万里。这时秦时月捅了一下东方白，说："你看那边！"东方白顺着秦时月手指方向看去，只见吴万里已从市长楼前那道拱形门里走了出来。秦时月说："要不要现在过去打招呼？"东方白低声说："这样也太唐突了，不如等他进了办公室，我们再上去。"

窥望着吴万里从容进了办公楼，两人又拖了几分钟，才从假山后走出来，往办公楼迈去，立即就有守门的保安把他们拦住了，问是找谁。秦时月说："找吴市长，是他叫我们来的。"说完，就要上楼。保安还是不放行，说："你姓什么？"

也许仗着是吴万里的同学，秦时月底气还蛮足的，说："你这是市政府，又不是公安局，查什么户口？"保安声音就高起来，说："你不说就不要上去。"一旁的东方白忙说："姓秦，秦始皇的秦。"那保安于是对传达室里面的人说："姓秦，打个电话上去。"

不一会儿，传达室里面的人就发了话，说："让他们进去吧，是吴市长约好的。"秦时月胸脯就挺得更高了，迈开步子，咚咚咚往楼上登去。

楼上还有值班室，值班的人对他们又是一番盘问。这时从里层南面一间没挂牌的办公室里走出一个年轻人来，对秦时月说："你就是秦老师吧？跟我来。"

两人跟年轻人走进那间办公室，却并没看到吴万里。屋子里也没办公桌、办公椅之类，只有两排沙发和一张大茶几，根本就不像是办公的地方。年轻人给他们倒了茶，说："吴市长正在谈工作，你们坐下喝口茶，稍等片刻。"

然后年轻人就出去了，顺手将门带上，却没关死，只是虚掩着。两个人就支棱着耳朵去听门外的动静，一有脚步声就去看那虚掩着的门。这样静候了足有二十分钟，也没有吴万里的影子，秦时月就有些烦躁，又不便大声说话，憋得难受极了。

正在两人坐立不安的时候，屋子里突然有了说话声。可那道虚掩着的门还是掩着的。有那么一瞬间，两人还以为是产生了幻觉。但很快他们就发现身后还有一道门，有人边说话边从里面走了出来。

同时里面有声音喊道："是时月吧，快进来。"

秦时月答应一声，撂下东方白，独自起身往里走。吴万里坐在办公桌后的大高背椅上，客气地对秦时月说："对不起，让老同学等了这么久。"秦时月说："没有没有，你当市长忙嘛。"吴万里说："是呀，休息日也有这么多烂事。"

吴万里当然没有忘记秦时月要给他看字的话，说："你的字呢？在哪里？"秦时月说："不是我的字，是我领导的字。"吴万里说："你领导？"秦时月说："我们学校的领导东方校长。"吴万里脸上就沉了一下，但马上又复了原，说："你是说，你的领导也来了？"秦时月说："对，就在外面。"吴万里停顿一下，说："那你叫他进来吧。"秦时月于是掉头喊道："东方校长，吴市长叫你哩。"

东方白立即就站到了门口。

秦时月多此一举地将东方白介绍给吴万里，吴万里礼貌地站起来，把手伸给东方白，说："是东方校长，不久前时月还在我面前提到你呢。"东方白忙把手上的字轴交给秦时月，奔过去双手握住吴万里。

客套和寒暄过后，秦时月解开字轴上的细绳，说："东方校长的字可是远近闻名的。"吴万里说："这我早听说了，今天可要一饱眼福了。"东方白谦虚道："哪里，我是来向吴市长讨教的。"

秦时月很快就将字打开了。

原来是秦时月早就在东方白办公室见过的"一身正气，两度春风"八个字。秦时月莫名地又想起那篇关于那位大贪官的文章，心里暗想，东方白怎么不送幅别的什么字，偏偏送这一幅呢？秦时月甚至生出一个奇怪的念头，那位大贪官是不是因为在自己的办公室挂了这么一幅字，才走了麦城？

这个念头当然只在脑海里闪了闪，秦时月马上就调整好面部表情，把字呈给吴万里。

也许这字的确写得不错，吴万里很是满意，赞道："东方校长真是名不虚传呀，能看到你这样非同凡响的字，真是我的福分。意思也好，我们这些人民公仆如果真能做到一身正气，也就了不起了。"

见吴万里喜欢这幅字，东方白悬在心头的石头立即落了地，他说："吴市长错爱了，这字哪有你说得这么好？"吴万里说："我这可不是胡说八道，我是在说心里话嘛。"说得秦时月和东方白都笑了。

看来吴万里并不是作秀给他两人看的，他又当着他们的面，叫来那位年轻秘书，让他当即把字挂到了办公室墙上。吴万里还说："我要天天看得到这八个字，砥砺自己努力做到一身正气，不谋私利，情系黎民。"

到了这一步，这幅字的作用便达到了预期的效果。

秦时月和东方白走出吴万里的办公室时，吴万里还拍拍东方白的肩膀，说："教育局就要研究儒林中学的事了，我已经与教育局打过招呼，这两天我还会给他们打电话的。"

有吴万里这句话，两个人走在回校的路上时，心情便显得格外轻松。

只是秦时月没法忘怀刚打开字幅时心里头的那份奇怪的感觉，但他又不好对东方白明言，只问了问他怎么想起要把这幅字送给吴万里。东方白说："这几天为这幅字，我简直绞尽了脑汁，每天都要写到深夜，前后起码写了不下二十幅，但不知怎么的，要么是字不如意，要么是所选的话语不太理想，反反复复弄不出像样的来，最后觉得还是挂在办公室的这一幅随意写出来的八个字稍好些，拿回去跟家里的一比较，确实也是这么回事，于是就决定把这幅字送吴市长了，好在吴市长还满意。"

秦时月便不再说什么。他哪里知道东方白是在给他编故事，其实为了那幅字，东方白蓄谋已久了。吴万里还在县委书记任上，东方白就得到可靠信息，他将做主管文教卫体的副市长。东方白开始潜心研究吴万里。很快掌握到他是秦时月师专同寝室同学的可靠情报，于是不露声色在秦时月身上做起文章来。又了解到吴万里爱好书法，便琢磨着送一幅什么样的书法作品才能讨好这个主子。也是功夫不负有心人，终于发现吴万里的县委书记和副市长，两次都恰在春天上任，东方白也就灵机一动，特意写了"一身正气，两度春风"八个字。果然吴万里一见，正中下怀，甚是喜欢。

只是旁人不知东方白的用意，当初见了那八个字，还以为他是有意标榜自己两度春风，先后做上一中团委书记和儒林中学副校长，不想他是使的障眼法，以此迷惑别人。而到吴万里那里给东方白穿针引线的秦时月，毕竟只是一介书生，哪里想得那么深远？

八

以后的事情就顺理成章了，由于吴万里的作用，教育局派员到儒林中学对东方白进行了考察，然后在局党组会上进行集体讨论，正式将东方白定为儒林中学校长人选。按组织程序，教育局主要领导还把东方白叫到局里，跟他谈了话，代表组织肯定了他过去一段时间的工作成绩，希望他今后再接再厉，在局党组的正确领导下再创佳绩，再上层楼。这些当然都是官话、套话，说了和不说是一回事，重要的是谈话结束后，领导握着他的手说的那两句话。领导说，任命文件已经起草好，只等签发打印和下发了，到时组织上再安排人到儒林中学去，向全校教职工宣布生效。

东方白从教育局回来后，就跟秦时月见了面，特意把这个消息告诉给他。秦时月仿佛比东方白还高兴，因为他终于促成了这件事，也算还了东方白的人情。

谁知秦时月还没高兴够，麻烦就来了。

那天秦时月上完课，准备到办公室去的时候，见操场上有人这里一伙那里一群地在议论着什么，他觉得好奇，就向人群走去，想探个究竟。可他一走过去，人们就用怪怪的眼神看看他，不声不响地散去。秦时月便走向另一堆人，那一堆人见了他，也悄悄走了。秦时月好生纳闷，在操场边呆立一会儿，也想不出发生了什么事，只得灰溜溜去了办公室。

进办公室刚放下教案，校办主任就从后面跟进来了，要他到纪检室去一下。

校办主任将秦时月让进纪检室后，就转身走了出去，顺便还把门给关上了。沙发上坐着一胖一瘦两个中年人，胖的那个说："你就是秦时月吧？"

秦时月心里有些不高兴。谁见了他都叫秦老师，这样直呼其名的还不多见。还没等秦时月开口，那胖子又说道："我们是反贪局的，你要主动配合我们，知道什么就要说什么，否则后果自负。"

秦时月就有些发蒙，心下想，哪个权力部门的贪官不是多如蚊虫，一抓一大把！你们反贪局不去抓他们，却跑到学校来，盯住一个穷教书的，算什么能耐？却也不好发作，只说："我足不出户，天天待在学校里面，能知道什么？"

瘦子这时发话了，说："刚才陈科长有一句话没跟你说，我们早已掌握了你的情况，找你谈话是给你一次机会，你自己说出来和我们替你说，其性质完全是两码事，你可要掂量掂量。"秦时月一头雾水，双手一摊，说："你们要我说什么？我丈二和尚摸不着头脑。"瘦子说："那我问你，前不久，你去没去过政府？"

秦时月不由得想起吴万里，该不是他出了什么问题吧？但秦时月还是反问道："你们问这个干什么？"瘦子说："那就是说你去过啰？"秦时月想了想，自己又没去做过坏事，怕什么，就说："去过。政府的全称不是叫作人民政府吗？我是人民，到政府去看看，犯什么错误了？"瘦子笑道："没错，是人民政府，那你到政府去找了谁？"秦时月说："这跟你们有什么关系？"

一旁那个姓陈的胖子忍不住了，说："实话对你说吧，我们是来办案的，你不要多问，把你知道的告诉我们就是了。"秦时月就来了犟劲，说："我要是不说呢？"胖子说："你不说也行，那就跟我们到反贪局去一趟。"秦时月说："去就去，但你们总得给我一个说法吧！"胖子说："当然有说法，没说法，我们随便会找你吗？"

秦时月就意识到可能是吴万里出了麻烦，他想起自己送给吴万里的那枚白金钻戒，莫非问题还真出在那上面？秦时月知道言多必失，没有说出吴万里这个名字，只是说："我又不认识政府里的领导，到政府去想问问高级职称的待遇问题，却没找到任何领导，被政府办的工作人员给赶了出来。"

就这么你来我往磨了几个回合，见秦时月不肯主动交代，瘦子只好打开桌上的包，拿出一样东西来，问秦时月见没见过这个东西。

那是一枚精巧的白金钻戒，其款式和成色都是秦时月非常熟悉的。秦时月的心就沉了一下。瘦子说："这枚白金钻戒，你总见过吧？"秦时月却摇摇头，矢口否认道："我从没见过这个东西。"

瘦子站了起来，说："那就对不起了，秦时月你只好跟我们走这一趟了。"

到了反贪局后，他们又让秦时月看了另一件东西，这便是他和东方白送给吴万里的那幅"一身正气，两度春风"的字。

见再隐瞒也无济于事，秦时月只好把自己知道的情况如实交代了。这样，他便只在反贪局待了一个晚上，反贪局考虑到他每天都有课，而且他再也说不出新的情况，就让他取保候审，回到了儒林中学。

这个时候他才知道，反贪局的人找他之前，已经将东方白、杨老板和徐科长都收了进去，吴万里也受到牵连，正在停职反省。

事情坏就坏在了那枚白金钻戒上。

原来有一天深夜，一个小偷光顾了吴万里家，盗走了少量现金和那枚白金钻戒。也是这位小偷背运，他刚来到楼下，就被正在巡逻的保安队员撞个正着，一把扭到了值班室。保安当即就在小偷手上发现了那枚白金钻戒，他们不敢擅作处理，把它交到了领导那里。

那位领导就是龚秘书长，当他得知这枚白金钻戒的来历后，情绪非常高涨，马上把他的铁哥们儿反贪局局长找过去，暗中对这枚白金钻戒的背景展开了全面的调查。反贪局的人也厉害，他们很快就摸清楚了这枚白金钻戒的来龙去脉。

原来这枚白金钻戒是从市里一家最大的珠宝店售出的，买走这枚白金钻戒的是承建儒林中学图书馆的杨老板，杨老板将它送给了徐科长，徐科长给了秦时月，秦时月又送到了吴万里家里。而这个过程的幕后操纵者便是东方白，他的目的就是要通过秦时月把这枚白金钻戒送给吴万里，让吴万里给自己使劲，最后做上儒林中学校长。

只是东方白怎么也没想到，他不但没做上校长，反而让反贪局顺着这枚白金钻戒，将他和杨老板、徐科长他们背后的交易都牵了出来，即东方白将杨老板少要学校出的十多万元基建款作了特殊处理，三个人都得到了好处。

东方白更没想到，那个小偷竟然是在薛征西的指使下潜入吴家的。

但秦时月觉得事情并不是坏在那枚白金钻戒和那个小偷身上，而是坏在那幅字上。他在吴万里办公室打开那幅字时，就预感到这幅字会给吴万里带来麻烦。

秦时月的预感果然得到了印证。

秦时月后来得知，反贪局的人去找他之前的头一个星期，市政府里就在盛传一个故事。故事说省委组织部部长酷爱书法，他到市里来视察工作时，听人说吴万里的书法也不错，就跟吴万里多接触了一下。吴万里也是高兴，说自己得到一幅妙品，就挂在办公室里，请组织部长去欣赏欣赏。吴万里的意思很明显，如果组织部长喜欢这幅字，他就送给组织部长，为今后的进步做点必要的铺垫。

据说组织部长看到那幅字后，虽然客气地赞赏了几句，却坚拒了吴万里的馈赠。市政府的人就在背后说，组织部长曾在某位省委领导办公室见过一幅内容相同的字，那位领导刚出事，已被"双规"。组织部长见吴万里办公室这幅字跟某省委领导办公室那幅不仅内容一致，字迹也如出一人，害怕给自己带来霉运，自然就不会接受吴万里的美意了。而且，组织部长后来还说，凡是喜欢高调用花言巧语标榜自己的人，往往问题最多，大家可要引起高度注意。

这些似是而非的故事已在市政府甚至社会上传得沸沸扬扬，吴万里却还浑然不知。所以当小偷光顾了他家里后，有关部门已开始暗中调查白金钻戒，并在背后注意他了，他还蒙在鼓里。

秦时月就在心里一次又一次设想，如果当初他制止住吴万里，不让他接受东方白那幅字，事情是不是就不会这样糟糕呢？

当然，秦时月这也仅仅是设想而已，毕竟一切已成定局。

夕阳西下

　　那条铁轨就横在胡光家窗外大约三百米的地方，白天或者夜晚，偶尔会有一截列车从铁轨上咣当咣当穿过，消失在前头的山洞里。

　　铁轨是半年前铺就的。我就是在半年前，在这条铁轨上认识的胡光。那个时候，黑色的七月刚过，在考场上的失利，让我把生活中的一切都看成了铁轨的颜色。最要紧的是，那位教过我数学的女教师调离了我们这个城市，我心中仅存的一丝温馨消失殆尽。我总忘不了女老师俯在我肩旁给我指出作业本上立体几何题的错误时的情形，那阵子我没有把我的错误当作难堪，相反却觉得是一种莫大的幸运。因为女老师挺拔的胸脯挨着我的肩膀，把那特有的柔韧和体香传导于我的全身，乃至每一滴血液，还有她那随意垂着的披肩发，有一下没一下地撩拨着我的耳根和颈项，让我的心上无端生出一份酥软。当时我就想，如果有机会让我选择死亡的方式，我会选择上吊——用女老师那飘逸的头发套着脖子上吊。

　　这时候我真的想到了死亡，然而女老师已经走了，据说是调往她男友所在的城市，我无法找到女老师飘逸的头发，但我不愿放弃死亡这个想法，我在寻找死亡的最佳方式。

　　和我一样，胡光也在寻找，寻找死亡的最佳方式。胡光上了铁轨。卧轨，胡光的脑海里一直闪着这个词汇。自从铁轨铺进来之后，已经有三个人这么做了。胡光记得是一个三十岁的女人开的头。那个女人是城里的名人，曾以她的容貌征服过一个又一个男人，其中包括城里的头号人物市长，但最后女人厌倦了这些，也厌倦了自己，于是她跑到铁轨上，用自己的创举制造了自己最后一个轰动性的新闻。

　　第二个是恋爱中的男孩。男孩和女孩在铁轨上散步，列车从后面开了过来，男孩忽然心生幽默，跟女孩开了一个玩笑。男孩说，只要你说声不爱我了，我就趴到这铁轨上。女孩说，真的？男孩说，真的。女孩就说，不爱你不爱你，一点儿也不爱你。本来这时两人都下了铁轨的，听女孩真的说不爱他了，男孩就开玩笑地做了个向铁轨卧去的姿势。也是见了鬼，男孩的脚下踏着一颗滚石，身子一斜，被刚碾过来的车轮哗一下卷了过去。

胡光记得最惨的还是一位十二岁的小学生。小学生放学后跟他的同学在铁轨上用小石子相互追打。列车开过来了，他们打得正开心，根本没把列车放在心上，恰好一颗石子向小学生头上飞来，小学生为了躲避石子，下意识地一弯腰，同时偏了偏脑袋。就这样，列车毫不费力地就把小学生扯过去，压在了轮下。那天傍晚，胡光就站在自家的窗前，他目击了事件发生的全部过程。当时他的眼睛瞪得很大，嘴巴张得老宽，半天合不拢。胡光记得惨不忍睹的还是列车过去之后的情形，小学生的脑袋不知去向，那具无头尸搁在铁轨旁，血光与无边的夕晖一样，黑红黑红的，恐怖至极。

胡光离开了铁轨。他完全放弃了原先的选择，他开始厌恶那种卧轨的拙劣方式，不愿自己死得这么恐怖吓人。这无论如何都算不上最佳的选择。胡光有些伤感，他想，看来死亡并非一件简单的事情。

胡光一筹莫展地又朝铁轨上望了一眼，夕阳的光辉铺在铁轨上，显出几分神秘。胡光想列车再过半小时就要开过来了，而他已经畏葸地逃离了现场。

不知不觉胡光就走回到自家的大楼前，他在煤渣铺过的坪地上站住了，抬起头来，朝三楼的阳台望了一眼。他知道他有些舍不得这个家，这个曾经容纳过他的爱情和幸福的家。可如今爱情与幸福纷纷离去，家中徒有四壁。这些仿佛是一夜之间发生的事情，就如一个没有根底的梦幻。但最终胡光还是意识到这的确是事实，没有丝毫的虚假成分。

胡光想起女人从家里离去前的情形。那是一个平静的午后，胡光还毫无察觉地躺在床上睡午觉，睡得没头没脑，睡得心灰意懒。胡光从前没睡午觉的习惯，就是想睡也睡不成，因为胡光厂里从前的生产很忙，那种农用小型汽车在大江南北和长城内外都热销，胡光天天泡在厂里，除了往家里送效益工资和奖金外，没有多余的时间回家。可谁想，去年下半年以来，农用车销不动了，胡光和别的工人一样，待在厂里没事做，只能往家里撤退。最要命的是女人的公司也开始放长假，家里除了小孩有学校可去，两个大人窝在家里无所事事，无聊极了，只有躺到床上去，这是能打发时光的唯一办法。

这一躺，就躺了将近一年的日子。那个平静的午后，女人走到床前，望着睡眼惺忪的胡光，用一种非常冷静的口吻说道："我走了。"胡光揉揉眼睛，说："走了？上哪儿去？"女人说："上哪儿去？这与你无关！"胡光这才意识到问题有些严重，坐了起来。但他不死心，又问道："什么时候回来？"女人冷笑了一声："回来？回来跟你喝西北风？"说这句话的时候，女人已经走到门边，抬手开了门。胡光怔怔地坐在床边，眼望着女人的背影，脑海里一片空白。女人又缓缓转过身来，瞥了胡光一眼。胡光心存侥幸，以为女人改变了主意，赶忙站起身，想过去拉住回心转意的女人。岂料女人却说："孩子也不会回来了，我已做了安排，我知道你养不活他。"说完，女人就从门边消失了，永远地消失了。

现在，胡光开了锁，又从这道消失了女人和生存愿望的门下走了进去。他关了门，靠在门板上，一时还想不出比卧轨更高明的死亡办法。他觉得自己太笨，简直是个大木瓜。他开始在屋里踱步，背着手，低着头，俨然电影里临阵前思考作战方案的大首长。胡光不相信电影里的首长能想出克敌制胜的良策，而他却不能。车到山前必有路，胡光想起了上中学时老师在课堂上说过的这句话。

几圈下来，胡光就下意识地踱进了里屋。他瞥见了梳妆台上的圆镜，以及圆镜中自己的嘴脸。他有些吃惊，镜子里的人苍老得就像八十岁的老头，而他敢肯定，自己的年龄还远远没到这个份儿上。胡光就朝镜子努努嘴，同时翻了一下眼皮。翻眼皮的时候，胡光还在镜面上保留着一丝余光，这样他就瞥见了自己那个极像盲人的扮相。

可以说，装盲人本来就是胡光的绝招。他从小就喜欢翻眼皮，只要眼皮往上一翻，两颗眼珠就藏得无影无踪，地地道道的有眼无珠的瞎子。为此他不知挨过父亲多少揍。然而，读夜大的时候，胡光这绝招却给他带来了意外的好处。那是在一次夜大同学的联欢会上，胡光装扮的一位心地善良的瞎子的角色，竟博得全班同学一阵又一阵的掌声。也就是那次联欢会后，一位女同学每次听课都要坐在他的身旁，逐渐跟他好上了。这位女同学后来成了他的女人，也就是那位现在已离他而去的女人。二人结婚的时候女人告诉胡光她爱上他的原因。她说，她父亲也是一位心地善良的瞎子，胡光把瞎子表演得这么惟妙惟肖，又这么高尚可敬，她非常感激他。

可悲的是，胡光的绝招虽然赢得了跟女人的婚姻，却无法将这婚姻长久维持下去。但胡光不能否定，他还在留恋那个女人。他没有理由怪罪女人，他知道罪过全在自己身上，因为他已经失去使女人幸福的能力。胡光心头滋生了一个新的念头，他要伴着一件能够代表女人的什么东西离开这个世界，这样他就心满意足、死而无憾了。

胡光茫然的目光在屋里逡巡了一周，最后跌落在床边。胡光眼睛一亮。这张床曾承载过他与女人的千般爱万般情，曾让他相信全世界都只有光明和幸福，而没有黑暗和苦难。不过此时的胡光不太在乎床的存在，他在乎的是床上的一件东西，这件东西非常平凡，却使他怦然心动。这是一根普通的猪皮做的赭色皮带。这根赭色皮带窄而长，逶迤于床上宛若一条冬眠的蛇。这是结婚时胡光送给女人的小礼物，几年的时光里，它一直缠绕着女人柔软的细腰，也缠绕着女人那份安稳的心。但女人还是从皮带的缠绕里脱身而去。胡光便觉得此时的自己跟皮带一样，成了弃物。

女人，皮带，死亡。胡光发现，这三者之间似乎有着某种神秘的联系。胡光骄傲地认为，自己的灵感没有枯竭，他还是一个富于想象力的男人。

胡光走到床边，弯腰拿起了这根意味深长的皮带。他感激这根皮带恰到好处地出现，它替他排了难解了忧。胡光忍不住在皮带上吻了一下，就像吻到了他至今还留恋着的女人，吻到了他即将投其怀抱的死亡。然后他一边拿着皮带，一边往桌上放了一条凳子。然后他爬到桌上再爬到凳上。然后他在挂着吊扇的铁钩上挂好了皮带。然后他用皮带套住了自己的脖子。

就在胡光准备完成最后一个动作——踢掉脚下的凳子的时候，他怀着一种告别这个世界的悲壮情怀，朝窗外瞭了一眼。他发现夕阳嵌在西山顶，艳丽无比。而夕晖下的铁轨静静卧着，似在守候一个就要发生的故事。

也就在此时，胡光无意间瞥见了铁轨上的一个身影。他觉得那个身影有些荒诞。胡光的心里颤了一下，他一下子联想起那个三十岁的漂亮女人，联想起那个恋爱中的男孩，以及那个十二岁的小学生。胡光厌恶那种残忍的死亡方式。胡光暂时顾不及那位正在向他含笑招手的死亡之神了，他只稍稍犹豫了片刻，就把脖子从皮带里取了下来。

那是一个少年。

少年的影子在铁轨上拖得老长老长。少年踏着铁轨中间的枕木，一步一步挪着，显得非常坚定而又从容。少年偶尔抬了头，望一眼西沉的夕阳，又低头看一看腕上的表。少年心里清楚，再过几分钟，列车就要开过来了，那时他将成为继小学生之后的第四位英雄。少年铁了心，因为这是他唯一的最佳选择。

大约离列车开过来还差三分钟的光景，少年看见一位挂着拐棍的瞎子摸索着上了铁轨，而且慢慢向他挪了过来。少年怔了怔，立住了缓缓迈动的步伐。少年暗想，莫非他也像自己一样，想到这里来充当英雄？少年觉得这确是一件有意思的事情。

也许是出于好奇，少年忍不住就问了一声："喂，你要到哪里去？"

瞎子在少年面前停住了。但他的拐棍还在铁轨和枕木之间探索着，发出毫无规则的哒哒声。瞎子说："我要回家去。"

少年说："可这是铁路，不是你的家。"

瞎子说："我大概是迷了路。"

少年说："你怎么能一个人出来呢？"

瞎子说："这里我原来经常一个人走的，很熟悉，想不到新修了铁路，我才搞不清方向了。"

看着瞎子那副可怜的样子，少年不觉动了恻隐之心。于是少年说："你把你家的住处告诉我，我送你回家吧。"话一出口，少年才意识到自己犯了一个天大的错误。列车就要到了，送瞎子回家，岂不要误了自己的计划？

但说出口的话是泼出去的水，那是收不回去的，况且他面对的是一个盲人。而瞎子的一只手已经颤颤地伸过来，抓住了他的一只手臂，同时还感激不尽地说："谢谢你，谢谢你啦。"

万般无奈之下，少年扶着瞎子下了铁轨。

此时的夕阳已经西去，天色陡然暗淡了许多。而长长的汽笛鸣响，列车不早不晚，呼啸而来，倏然而去。

瞎子和少年站在铁轨外的坎下，他们的沉默犹如暗淡了的黄昏。

最后，瞎子打破了沉默，他抓住少年的双手，叹息一声，说："感谢你扶我下了铁轨。"然后，瞎子的眼眶里神奇般翻出两颗眸子，竟然明亮如炬。

少年吃了一惊，但旋即他就明白过来了。

少年脸上露出一个多月以来从未出现过的笑意，他说道："应该是我感谢您，是您把我从铁轨上扶下来的。"

说完，两个人又相互搀扶在一起。

这两个人不可能是别的什么人，那个瞎子就是从死亡的圈套里逃出来的胡光，而那位少年，就是来自黑色的七月的我。

老　材

村上人将棺材叫作老材。

四爷捋起手把子，在对门山上那片茂密的漆树林里，割了三斤照得见人影的土漆。他要给自己那副在草屋里摆了两年的老材上漆。有朝一日不晓得信就倒了菟，也好有间体面点的黑漆屋子避风躲雨。

估计三斤土漆漆一副老材还略有剩余，四爷便打算，顺便将那架为未曾出世的曾孙新做的小摇床也漆一下。

要漆当然必请严漆匠来漆。严漆匠的手艺很绝，方圆百十里都是出了名的。据说他年轻时漆过一副老材，在地下埋了五十多年了，今年修马路移坟时挖出来，竟没一处脱漆，摆在路旁还幽幽闪映青光哩。

严漆匠拿着漆刷，迈进了四爷家的槽门。四爷就叫了几位青年壮汉，将搁在草屋里的老材移到了禾堂边。严漆匠先给老材刮灰打底。严漆匠刮灰刮得蛮平、蛮细，漆未到就见出三分功夫。严漆匠自信地说，灰刮得好，漆才上得牢实，过得古。

几天之后，正式给老材上漆。严漆匠先用漆桶调好四爷割的土漆，接着在堂屋里点蜡燃香，摆酒烧纸，对着家先牌前的神位又作揖又打拱，嘴里叽里咕噜念叨了好一阵子。蜡光、香雾、火烟，辉映着，交织着，使堂屋里的气氛显得浓郁而神秘。懂规矩的人就知道，严漆匠这是在敬请油漆工的祖师爷，犹如读书人敬请孔夫子那样。

见严漆匠这么一副虔诚的样子，四爷心里就不免甜丝丝的，仿佛刚喝了一大碗煮了红枣的甜酒。额角闪着光，连下颌那撮飘逸的胡子都挂上了笑意。四爷特意爬上烟囱，扒开一绺一绺的烟煤，取下半边猪头肉，放到鼎罐里，然后再跑到代销店，买了瓶缠了红绸子的湘泉酒，准备晚上陪严漆匠放开喉咙，尽心尽意喝一顿。

这当儿，严漆匠已动手开漆。他一手提着漆桶，一手拿着漆刷，眯着双老眼，仔仔细细给老材上漆。最见功力的，恐怕就算严漆匠握着棕把刷子的那只手腕了，就如从前村上张财主那在南京读过几年洋书的少爷悬腕书写毛笔字一样，横轻竖重，起缓收快，一抹、一点、一顿、一拖，无不潇洒自如，气韵非凡，遂惹得村上不少人前来观望，嘴上忍不住要吐出啧啧的赞叹之声。

四爷见此，脸上的喜色便更加缤纷。他在火塘里加了两块栗柴，用文火慢慢去炆鼎罐里的猪头肉，人却蹲到门边的青石板上，悠悠地看严漆匠给老材上漆。灿灿的阳光喷将过来，把四爷定格在温软的氤氲里。是哟，只要能受用严漆匠漆的老材，那他四爷也就心满意足、死能瞑目了。

渐渐地，四爷觉出一股倦意袭来。他微合了双眼，那份恍恍惚惚的思绪，竟被慵懒而宁静的阳光濡湿。

这副老材，是四爷自己动手做的。四爷是一位木匠，十四五岁就跟着师傅学木工，起屋造船，打柜做箱，样样手艺都学得蛮精。自然也跟师傅去给人家做老材。四爷记得清楚，每逢有人请去做老材，师傅都要不慌不忙，伸出手掌，勾着大拇指抡番掌功，看是去得还是去不得。

来请师傅的人，一般是事先请问过阴阳先生的，所以日子总很吻合，不会有差错。师傅便点点头，手持鲁班尺，让四爷在后面挑了工具担子，动步出行。

做老材的第一道工序是起墨。

先给那筒做老材天灵盖的正木弹墨线，而后杀一只公鸡，泅血。泅过血的红公鸡当然归师傅，他要拿回家去慢慢炆烂，吃了，第三天才开斧动工。师傅的老材做得扎实而又出样，有圆有方，有棱有角，该翘的地方翘，该收的地方收，谁见了都赞赏不已。老材做就，还要圆墨，少不了又要点香烧纸，杀鸡泅血，热闹一番。据说只有这样，才能使老材的主人生时康泰，死后安宁，来世富贵。

四爷却无法弄懂，师傅为什么会对老材那么虔诚。一座好屋子，一套好家具，活着的人自然受益匪浅；而一个人死后，恐怕老材做得再好、再精致，对死者本人也没有半点用处。在四爷的心目中，人死入土，无论是装进上等的老材，还是一张杉皮，都是那么一回事。因此四爷出师后，虽然给人做了许多木工活儿，但却极少做老材。

这一天，四爷正在为一架新起的屋架子上梁，刚把银花边缠到梁木上，就听到师傅急病猝死的噩耗。他赶忙收起锯刨斧凿，往师傅家跑。按这一带的习惯，人不到五十五岁，是不兴做老材的。可怜师傅做了一辈子木匠，给人家造了那么多上等的老材，却因死得早了些，竟来不及给自己也做一副，临入土的时候，还没有托身之所。四爷心头陡然间生出许多的悲凉。他毫不犹豫，扬起大板斧，匆匆给师傅赶造了一副老材，然后拿一瓶大墨汁，涂黑，将师傅装了进去。使四爷感到安慰的是，这副老材虽然做得急，不免粗糙了些，但师傅躺在里面，却还蛮伸展的。合棺盖时，四爷不自觉地掀开了盖在师傅脸上的纸钱。但见师傅嘴巴紧闭，眼睛微合，疲惫劳苦的面容上仿佛留驻着一份安详、宁静和满足。四爷心中便有了一丝颤抖。是的，师傅劳作一辈子，起屋造船，修亭建阁，生儿育女，没一刻停歇，没一时安宁，什么都豁出去了。可此时，还有什么是属于他的呢？他什么也带不走，能够带走的除了他自己，就只有这唯一的老材了；但他也满足了，他从人世退出来，躺进这副老材，这老材就是他的世界，就是他最可依附、永远属于他一个人的世界。

　　四爷就这样滋生了要为自己做一副老材的念头。他选了十一筒又大又结实的杉木，按师傅生前的规矩，烧香敬神，杀鸡涽血，然后开斧动工。没几天，老材就圆墨完工。半年后，老材干爽够了，四爷又跑去请严漆匠来刮灰上漆。一连上了三次漆，四爷才罢休。还嘱托在伐木场当工人的儿子，若看见好杉木，弄几根到家里来，好给老伴也做一副。不想儿子一去数月没打转，连怀上小孩的妻子都顾不得回家看一眼。给老伴做老材的事，只好搁到一边。

　　这天四爷的眼皮一直跳个不停，心上总觉得有些不自在。他走出槽门，远远望见村口走来一群人，最前边抬着一样什么东西。至近前，才知道是一个血糊糊的人，竟是四爷的儿子。他是被一棵大杉树压死的，压得很严重，脑袋压扁了，脑汁白花花溅出去好远。四爷一声不响，让那群人把儿子抬进槽门，然后拿了两张纸钱，将儿子那惨不忍睹的面容罩住。伐木场的头问四爷有什么要求，四爷说，他让出自己的老材，伐木场的人把那棵压死儿子的杉树给他抬到家里来，他好重新为自己做一副。就这样，四爷用自己的黑漆老材，体体面面葬了儿子。伐木场的人很快就把那棵大杉树弄了回来。那杉树简直大得吓人，第一筒锯下来破开，做得平时要六筒杉木才做得起的棺盖和棺底；第二筒锯下来破开，做得平时要四筒杉木才做得起的两向棺墙。老材很快做就，四爷又取下挂在门角的土漆，请严漆匠给上了漆。四爷的老伴，因为儿子的不幸，再也挺不住，此时已倒在病榻上。一病就是两年，第三年春咽下了最后一口气。四爷把自己这第二副老材给了老伴。此后，一晃二十余年，孙子都长大成了家，四爷却一直提不起给自己做老材的劲头。今年，孙媳妇已怀了小孩，四爷心里一高兴，给那未曾谋面的曾孙做了一架摇床。摇床做得很漂亮，连四爷自己都有些爱不释手，有空就要抚着摇床轻轻摇几下。一摇一摇，四爷的胸腔里就有一样欲望渐渐强烈起来。一个新的生命临世时，是多么的稚嫩，多么需要一架摇床的爱护！而人老了死掉，也许不仅仅是一种结束，同时也是一种开始。用村人的话说，便是上路了。以无形的生命形式代替有形的生命形式，走进另一个无法把握的、陌生的世界，不是同样需要保护吗？这件保护物，就是一副老材，并且也只能是一副老材。四爷于是铆上最后一把老劲儿，扬起斧头，为自己做了这第三副老材。既然做了，就理所当然要请严漆匠来漆。严漆匠好说话，一请就丝毫不打折扣，走进了四爷的槽门。

夕阳向着山坳缓缓滑去，世界逐渐变得混沌而又辉煌了。

严漆匠忙了大半天，第一轮漆工已完工。整副老材好像是刚从漆水里捞出来的一般，油黑透亮。漆香格外温润清馨，犹如大媳妇刚洗过的发丝里透出来的气息。门槛外青石板旁边的那架摇床也上了漆，徒然间就比原来多了一份鲜活。

四爷端过一把竹椅，请严漆匠歇着，尔后从身上掏出四元多一包的白沙烟，递将过去。严漆匠也不客气，接烟于手，叼在嘴上，又伸长脖子，把烟头戳到四爷划燃的火上。

"四爷，你这老材，恐怕……"严漆匠悠悠吐出一圈灰白的烟雾，眼睛似开似合，一脸神秘，"恐怕是漆不得的。"

"严漆匠，你就别打趣了。"四爷笑嘻嘻地说。

"一漆，你就难得占份了。"

"我这半入土之人，谁还抢得了先？"

"刚才，我烧纸的时候……"严漆匠又悠悠吐出一道烟雾。

"不，不会的。"四爷显得很自信，对严漆匠的话毫不介意。

"这老材，是我漆过的老材中极少见的一副，这么好的老材，没有那么大的福气……"

"春牛来罗，春牛来罗！"此时，门外忽然响起一片欢呼声，打断了四爷和严漆匠的话。

只见一群光脚板的小孩，簇拥着一个勾腰驼背的老头，挤进了槽门。老头脚上穿着缺了鼻头和断了屁股的草鞋；衣服丝丝缕缕，袖口破到了肘子上，又格外邋遢，油巴巴的，光可照人。身上背着一个褡裢，两头都装得鼓鼓囊囊的。他举着用长形萝卜做的有头有角、有四脚有尾巴的"春牛"，兀自走进四爷的堂屋门。同时口中念念有词：

一进槽门二进厅，
三进堂屋来送春，
今年雨水好，
耕种有十分；
一日得蚕九日得薪，

财也发来人也兴。

念毕，将春牛往家先牌位上摆端正，再装模作样作了三个大揖。

这老头是远近闻名的十只瓢。这是人家根据他十个指尖上的纹路给取的美称。因为他的十个指头没一只是"箩"，都是"瓢"。十只瓢自己亦常眯了双眼，得意地炫耀："我有十只瓢，一辈子吃不了也用不了。"十只瓢竟真的四季不沾阳春水，就靠着给人吹唢呐、唱葬歌和送春牛这类轻松事过活，清清畅畅地活了几十年，惹好多人艳羡得直流口水。还有人神乎其神地说，十只瓢凭着自己那十只瓢早成了村上的首富，就是这几年到深圳、海南做过大生意回来的人，也不见得比他强多少。一位老妇人作证，有一次她在镇上看见，十只瓢将褡裢里的粑粑、豆子和大米一类的东西倒出来，一下子就换了二三十元亮花花的人民币；说不定十只瓢家里的每一个屋角、每一块天花板，都塞着一把一把的票子哩。

四爷早做好准备，等在那里。待十只瓢手脚完备，转回堂屋门边，四爷就把一瓜勺大米嗖地倒进十只瓢的褡裢，还顺便往他的破衣服里塞进几只角票。一边乐呵呵地说："今天我办大事，难得你这位大吉人的金口玉牙。"

"恭喜恭喜！"十只瓢把肩上的褡裢扶了扶，迈出门槛。在门边的青石板上停了停，就高高抬了腿脚，走向禾堂上那闪映着漆光的老材。

"哎呀呀！四爷你好能干，好福气！我十只瓢走村串户，看得不少，可从没见识过你这么上好的老材哩。"十只瓢站在老材旁边，大惊小怪地嚷道。旋即又转向严漆匠："你严漆匠到底是严漆匠，这手活绝了、绝了！"

十只瓢这几句信口道来的口水话，早将四爷和严漆匠逗得眉开眼笑。

"先让我试试吧！"十只瓢忽然间突发奇想，不禁眉飞色舞起来。他迅速取下肩上的褡裢，上前攀住油漆未干的棺墙，屁股一翘爬进去，然后放倒身子，躺下来。

四爷和严漆匠觉得蛮有趣，高声笑骂道："十只瓢，你这不得好死的，造什么孽哟！"

"舒服、舒服！皇帝老子的龙床，恐怕也没这么舒服。不长不短，不宽不窄，四爷你一定是量着我的身子做的。"十只瓢美美地躺在里面，口中乱叫："我三十大几讨婆娘时，第一次爬上婆娘的肚皮，就是这个味道。"

这时，山坳上的夕阳已经坠了下去，禾堂上一下子暗淡起来。茶堂屋里，栗柴火毕毕剥剥地爆着火花，鼎罐里那半边猪头肉，则飘出馋人的香味，在空中招摇着。

"十只瓢，你出来吧。要不，我就和严漆匠把棺盖盖上。"四爷喊。

"我不出来啦。四爷，你就和严漆匠把棺盖给我盖上吧！"十只瓢在老材里面应道，那声音好沉，好醇，好厚，像发过酵似的。

断黑时分，四爷喊几个年轻人合好棺盖，把老材移进了草屋。又留住十只瓢，一起喝湘泉酒，吃猪头肉。十只瓢求之不得，将肩上的褡裢往门槛上一扔，就上了桌。

酒过三巡，严漆匠说道："十只瓢，你莫总念着四爷的老材，该自己做一副，免得日后烂骨头烂尸身的，没东西收拾。"

"我吗？感谢你严漆匠的美意。"十只瓢叽咕一声，咽下一口湘泉。赶忙又用筷子夹了一块猪头肉，呼啦塞进张得天宽的嘴巴，猛嚼数下，吞吞吐吐转动起舌头："十只瓢，吃不了也用不了，自己不做老材，今后同样会有上等的黑漆老材供我受用，保管不得烂了尸身在路边鸡啄狗拖。"

四爷和严漆匠就跟着笑了。笑得很得意、很开心，笑得酒气和饱嗝，纷纷从撑着猪头肉的嘴巴里往外直喷。

这顿酒肉，三位老头细嚼慢咽，磨蹭了好久。直到月上中天，才离桌散去，那份心绪，那份醉意，竟如这月夜一般恍惚、迷离。

之后，四爷的黑漆老材，就一直在草屋里搁着。四爷的日子，因有了这副老材，便过得蛮安稳、蛮自在。有事没事他都要到草屋去蹲上一会儿，瞟瞟黑漆老材，脸上显出那神气的从容、宽慰和超然之色。

的确，从四爷那还算硬朗的身子骨，没法看出他会在短期内用得着这副黑漆老材。倒是那未曾为自己准备下一块木枋的十只瓢忽然病倒在床上，自此再也爬不起来。

这一天，看起来已是十只瓢最后的时光。他躺在阴暗的屋子里，奄奄一息，行将落气。十只瓢没儿没女，就那位三十大几娶进屋且耳朵有点背的婆娘守在旁边。听说他就要去了，几个侄子才来到他身边。他们一个劲地摇晃着十只瓢，问他有什么要交代的，比方说，在哪些地方放着账。

"你唱葬歌，送春牛，吹唢呐，换得那么多钱物，都放什么地方藏起来了？总不能带到阴曹地府去吧？"满屋子都是叽喳声。这些人一门心思念着十只瓢的积蓄，至于他断气后该用什么东西裹尸，却似乎与他们毫不相干。

十只瓢艰难地蠕动了一下身子。嘴巴僵僵地张着，发不出一丝声音。眼睛散了光，弄不清他是望着屋顶的哪一个地方。窗外的白光渗进来，在十只瓢死灰一样的脸上凝固着。

十只瓢的婆娘开头只顾傻呆呆地在一旁抽泣，这一下仿佛突然明白了什么似的，起身出屋，端来一把梯子，翘首往那天花板上爬去。不一会儿，她就从梁木后面搜出样什么东西。待她沿着梯子爬下来，大家才看出是两只黑色长靴，便感到甚是奇怪。只有在场的老年人似乎记得，这两只长靴是当年张财主的儿子从南京带回来的，土改那阵分给了十只瓢，十只瓢还穿着它，在斗争会上踢过财主小老婆那又肥又大的屁股哩。只是没想到，十只瓢这位平时连尸身骨头都不思收捡的懒鬼，如今却还收藏着这两只长靴。

十只瓢婆娘将两只长靴提到十只瓢床前，倒提过来，往床上一抖，立即就有无数钞票陆续从靴筒里面掉落下来，铺了半张床，差点把十只瓢的头脸都盖住了。分票、角票、元票都有，皱巴巴、软塌塌的一张。还有少量硬币。众人帮忙齐好，一数，竟有八百挂零。

"四爷……"十只瓢的嘴唇这时突然颤动了一下。脸上依稀浮出一丝表情，呆滞、灰暗的目光好像隐含着一种不泯的企求和希冀。接着，喉头一滑，含含糊糊挤出一串字音：

"四——爷——黑——黑——黑漆——老——老材——材……"

而后，十只瓢头往枕边一歪，眼睛一闭，断了最后一口气。

众人愣了一阵，终于还是弄懂了十只瓢的意思。待落气纸一烧，大家便七手八脚，把钱币重新塞进这两只长靴里。并且，一致推举十只瓢侄儿中唯一的一位高中生，出面提了长靴，去对四爷说情。

四爷的孙媳已经分娩，是一个白白胖胖的伢子。四爷便把那架漆得黑亮的摇床，搬到门槛外的青石板上面，仔仔细细擦抹一番，好给小曾孙用。四爷那昏花的老眼，竟也生出些许鲜活的光亮来。

高中生脚底生风，不一会儿就进了四爷家的槽门。四爷知道有人，缓缓转过身子，离开了摇床。

"四爷，您老还安康吧？"高中生嘴巴甜甜的。

"哟，年轻人。"四爷招呼一声，给高中生搬过一张小凳子。"你就是王屠户的儿子吧？王屠户我是看着他玩小雀雀玩大的，想不到如今小儿子都这么大了。"

"哪里哪里。"高中生学着外交口吻，坐到小凳子上，两只长靴顺便放在凳子旁边。

四爷又问王屠户的眼睛是否还明亮，牙齿是否还嚼得动鸡屁眼儿，生了气是否还脱了裤子骂朝天娘。高中生一一做出回答，且脸上的表情生动，身子微微向四爷倾斜着。高中生没有忘记此行的目的，他这是引而不发，等待时机，顺风使舵。

"那两只长靴是十只瓢的吧？我见过的。"四爷突然话题一转。"据说他临去之前，还念念不忘我四爷的黑漆老材？"

"是的是的。"高中生不禁心中一动，觉得这是一个良好的开端。他赶忙搬出一句文雅的常用语："您老真是秀才不出门，能晓天下事啰。"

"哈哈……"四爷捋着胡须，不无得意地笑了，"只是这老材，恐怕不太好讲。"

"您老大慈大悲。"高中生将腰往前面一弓，说道，"我伯爷如今连杉皮都没有一块。你们相处六七十年，您老总不能眼见他光着身子去会阎罗王吧？"

"你去问问你家的王屠户，看我这是第几副做好漆就的老材了？"

"您老身体健旺着呢，就好比三岁牛牯十八汉，离太阳落山还远得很。"

"如今是打着灯笼火把，也无法找这样的上等木料了。对门山上的漆树也少了蛮多。这些，年轻人你总该清楚吧。"

"让出了老材，您老定然花甲重开，寿比南山，到时杉树和漆树还没长大？"

……

两人就这么你来我往的，喷了大半天。禾堂里早围上不少看热闹的人。他们不禁咋舌，对高中生的口才赞叹不已。都说，究竟还是多喝了几瓶墨水，就是当年晏子使楚，恐怕也就这么个风度；想不到十只瓢那个家族，竟有这号年轻的能人。对四爷的老材，也各有见地。有的认为，四爷这么一把年纪了，再弄一副老材，要木料，要做工，要漆工，恐怕不好办，所以万万让不得。有的则说，高中生把话说得这么中听，四爷把老材让出去，积下天大地大的阴功，说不定能将十只瓢未曾用完的年寿，过到自己的名分上，获取冲天的福气呢。

见高中生软磨硬泡，就是不肯放手，四爷真有点无可奈何。他只得开句玩笑，说："年轻人，你自己去草屋里看一看，是不是这副老材记着十只瓢的记号。若记了记号，我便让了；要不，你就莫再枉费心机。"

高中生再也无话可说。他知道四爷把话说到这种山穷水尽的地步，已没有任何回旋的余地。嗨，怪只怪伯爷癞蛤蟆想吃天鹅肉，没有这个福分。高中生提了两只装满钱币的长靴，垂头丧气，向槽门走去。

然而，到了槽门边，高中生又忽然停住了脚步。他心想，都说四爷的老材很不错，既然来了，何不顺便去见识见识，饱饱眼福。

这一小小企求，四爷当然痛痛快快就答应了。他乐得有这么一个向人炫耀的机会。

还站在草屋门边，高中生就惊异了。天底下，恐怕再也难寻第二副这么神的老材：高翘的天灵，雄阔的边墙，饱满的肥头，厚实的底板，沉稳中透着灵动的气韵，庄严中蕴含了宁和而又深邃的禅意，真是一副美妙绝伦、悲壮辉煌的杰作。高中生知道，这副老材，寄寓了四爷对生命和死亡的全部理解；而伯爷积蓄了一辈子的心机，舍不得花费一分一毫，临去了，什么都不牵挂，却念着这副老材，也就不足为奇了。

"四爷，可掀开棺盖，观赏观赏里面的风采吗？"高中生看了外观还嫌不过瘾。他幽默地说，"说不定伯爷的记号还真在里面呢。"

"可以，可以。"四爷见高中生如此赏识他的老材，早已喜不自胜，脸上的皱纹一齐舒展开来，就如那正值开放的八月菊。众人于是帮忙，动手掀开棺盖。

"咦！"

人们满脸的诧异，惊叹了。

这回可不是为了老材的做工。不是，绝不是。这可是荒唐而又荒唐的事情。

原来，老材的两向内墙上，竟一边印着五个手指印。全是黑色的，印在肉红的木壁上，那般醒目。而那上面的指纹，都是千真万确的"瓢"。

"十只瓢，十只瓢！"

草屋里一片哗然。

四爷定定地站在地上，眼睛睁得溜圆。他无法明白，这到底是怎么回事。半晌，他才带着哭腔吼道："十只瓢，你这个没肝没肺的，你好狠心、歹毒，人死了还要把我的老材要了去。到阴间，阎王剥你的皮，下你的油锅……"

四爷无可奈何，接过高中生递上的两只塞满八百多元钱币的长靴。

十只瓢终于如愿以偿，躺进四爷的黑漆老材，带走了他唯一能够从这个世界上带走的东西。十只瓢出殡的时候，阳光很好，古旧的村子明明净净。四爷没去给十只瓢送葬。他实在没有勇气去看那副原本属于自己的老材，竟然没装上自己，却装上另一个人，被大伙隆重地送往另一个世界。

四爷此时正坐在自家门槛上，守在小曾孙的摇床边，守着禾堂上亮闪的阳光和自己那个幽幽的影子。他一边摇着鲜嫩的小曾孙，一边轻轻哼起那首古老的摇曲：

摇呀摇，
摇到外婆桥。
红米饭，肉汤淘，
吃了吃了又来摇。

……

　　哼着哼着，四爷就恍惚觉得，十只瓢就是坐着摇床走的，走得那么从容，那么充满希冀和期待。而他的外婆，正在另一个新鲜的世界等待着他，将为他讲述美丽神奇的童话，哼唱动听迷人的摇篮曲……

弈 乡

半边街是闻名遐迩的弈乡，男女老少皆通弈道，街谈巷议尽系弈语，衣食住行只为弈事，就连街后那风水绝佳的落霞坡，也让给了那一代又一代的弈棋高手。

这些高手中，据说有不少是从街边那座高高的吊脚楼里出来的。

那吊脚楼的柱子就插在幽深的雄河水里。雄河晃晃悠悠，含秋蓄夏，一刻不停地流淌着。楼里的弈人凭窗而居，耳听涛声波语，手执红黑棋子，在棋桌上敲响一着又一着的顿悟和机智；也敲走了星辰日月，敲走了青春年华，竟浑然不觉。便有水到渠成之日，遂将圆熟的棋局搬出吊脚楼，摆到街旁的石桌上去，以候各方高手。那枝繁叶茂的榆树，早撑起一片宁静的绿荫，把雄河上飘过来的风丝丝滤过，播进弈人的感觉里，石桌上楚河汉界，纷繁错杂的棋子之间，隐约可见幽渺的辉光荡漾。

半边街人们仍然清晰地记得，宣统年间，自那吊脚楼里走出来的花龙，还在这石桌上大战过中原的国手。那国手是途经半边街，去参加一个国际大赛。他见石桌上有人对弈，心痒痒，便在桌边的石凳上坐下来开了局，对手就是花龙。两人自清晨直战至日薄西山，未分胜负。此时西风骤起，榆树上猫头鹰惨惨一声啼唤，掠过暗淡的低空，一片灰白的羽毛颤抖着掉在棋盘上。国手不觉一愣，待回过神来，花龙的黑虎掏心炮已"嘭"一声飞过河界，输赢已成定局。谁知那花龙接下来竟偷梁换柱，暗中缓和了局势，最后推成平局。

一旁的人都大惑不解。

一街的人都大惑不解。

后来却听说，那国手在大赛上过五关斩六将，顺利夺魁于手。

还听说，那国手在最后的一盘决赛上，是因为拿着花龙在石桌上和他对弈过，后又拱手送他的那副棋参赛，才将劲敌击败于垓下。

岂料，到了花龙的儿子黑四手上，却不见他步出吊脚楼，走近石桌子。他天天躲在楼里，凭了那高高的栏杆，用粗大坚硬的手指飞快地编织篾缆。那篾缆越编越长，从栏杆上垂将下来，一直垂到了水里。便有嬉水的顽童，向吊脚楼游去，调皮地去扯篾缆，扯得黑四哈哈大笑。黑四把头伸出栏杆，朝下喊道："扯牢实，我拽你上来。"于是那双细细白白的小手便死死抓住篾缆，赤条条的身子让黑四钓鱼般钓上栏杆。

却是一位十二三岁的小女孩。

黑四抓住小女孩往身后一搡，便搡进栏杆里面，然后又去编他的篾缆。黑四忍不住要回头睃几眼。小女孩的眸子好亮，仿佛雄河里那熠熠的波影，发丝好幽，浸润着雄河水的光泽。这小女孩叫翠姑，是吊脚楼对面砖屋人家的女子。

翠姑的眸子一天比一天更亮，那幽幽的发丝编成辫子，仿佛比黑四手上的篾缆还长。翠姑也就不再到雄河里去扯黑四的篾缆。而是整天坐在吊脚楼的窗户下，静静观黑四编篾缆，观篾缆探头探脑地伸到水里，把雄河里的蓝天、白云和船歌、渔调，搅得轻轻晃动起来。

翠姑知道，那篾缆是用来扎木排的。河上的放排佬最爱买黑四的篾缆，去扎那又长又宽的大木排放往洪江。黑四的篾缆厚实牢靠，木排一直放到洪江都磨不烂、绷不断。黑四自己也组织排帮，扎了木排放到洪江去。不过这通常是初夏雄河发大水，洪江竹木生意特别兴旺，而一般的排帮不愿担风险的时候。半边街人就觉得黑四了不起。黑四说没啥，关键在看得出数丈甚至数里外的暗礁旋涡，避实就虚，走好自己的排路，也就和弈棋一样。

黑四这一回编了好多好多的篾缆，却不卖给别的排佬，统统堆在吊脚楼上。翠姑心里明白，黑四又要自己扎木排下洪江了。那天，翠姑在窗下坐了许久，不吱一声。黑四太粗心，竟看不出来。傍晚，潋滟波光里的落霞渐渐消退，翠姑便起身离开了吊脚楼。

越过青石板砌就的半边街，翠姑就到了家门口。她这时突然回头瞥了一眼，暮色里的吊脚楼映在那眸子里，苍茫而又肃穆。

第二天清晨，一声尖厉的呼哨自半边街的上空掠过，黑四的排帮呼喊着开排的号子，挥舞着长长的竹篙，将大木排撑离吊脚楼，缓缓向下游驶去。直到大木排消失于遥远的天边，还有一个倩影静静倚立于吊脚楼斑驳清冷的栏杆旁。

三个月后，黑四从洪江放排归来，他再也见不着翠姑，她已被家里嫁给国民党部队的一位营长，沿着出山的石子路，走向一个很远的世界。黑四在三个月前离开半边街时翠姑站过的栏杆上，久久地伫立着。末了，他从身上掏出一个布包，往栏杆外一倾，便有闪烁着幽光的铜板和银元哗啦啦地坠落，在水面上击起圈圈涟漪。那是黑四自洪江赚回来的大钱。涟漪很快消失，水面复映出青色的山、白色的云，映出黑四痴痴的倒影。

第二日，黑四就从半边街消失，不知去向。半边街人潜心于棋道，没谁去关注这个与弈棋不相干的人。只有那些从洪江放排归来的排佬，偶尔会提及黑四。有的说，黑四还当着放排佬，不过不再在雄河上放排，而将排帮拉到洪江下面的沅水上，走洞庭入汉口，放更大的排，赚更大的钱去了。有的说，黑四的排帮不仅仅放大排，还常常用扎排的斧头和篾缆砍日本人的头、勒汉奸走狗的脖子。洪江下游的沅陵码头上，不时有几个日本人的小脑袋和几具汉奸尸体，据说就是黑四的排帮撂下的。黑四的排帮因此被人叫作斧头帮。

听这么说，半边街人就要咂咂舌头，表示惊讶，但过后谁也不会往心里去。半边街天远地偏，日本人一下子进不来，大家也就心安理得，以弈为乐，绝无外面世界的惊慌恐惧。直到日本人自沅陵逆沅水而上，占据了洪江城，半边街人才隐隐担忧起来。日本人若再上两百里，不就到了半边街了吗？半边街不再其乐融融了，街旁的石桌上也少了对弈的人影。

这一天，半边街却忽然热闹起来。大家跑到街上，见五六个枪兵簇拥着一轿一马，耀武扬威地走在青石板上。当然不是日本人。轿里是什么人看不到，轿帘封得极严。马背上是一名军官，腰板笔直，又黑又浓的胡子里栽着一个铜烟斗，一缕一缕冒着淡青的烟雾。这行人到了吊脚楼对面的砖屋前就停了下来。轿帘一掀，走出一个如花似玉、穿金戴银的窈窕女子。这女子便是翠姑。

马背上的男人是翠姑的营长丈夫。营长是奉命从陆路迂回到洪江城去打日本人的，因时机还不成熟，需等些时日，便陪翠姑绕进半边街，看看岳父、岳母。

半边街人听说营长要带兵去攻洪江城，情绪又活跃起来，先前的恐慌跑得无踪无影。

一时弈风复起，街旁石桌又频频响起敲棋的清脆声。

这段时间，很难见得到翠姑，她深藏于高墙内的砖屋里，极少露面。倒是那黑胡子营长，常叼着铜烟斗，在街上走动走动，和街人打打招呼。有时还爬上街后的落霞坡，读读那些曾名噪一方的弈人的墓碑，倒也有几分怡然自得的儒将风度。

他免不了要去那榆树底下的石桌旁观一阵棋，但总是远远站着，脸上神情清清淡淡，似不经意。却有细心人，从他的眼神中看出别样的意味，断定他是棋中高手，执意拉他弈几局。营长摇摇头，说是随便瞧瞧，于棋道并不精，不敢造次。听话听音，弈人们更感兴趣了，一定要与他对弈，营长沉思片刻，答应改日再说。

第二天，弈人们早早跑到榆树下面，见营长已端坐于石凳上，桌旁放着红漆方盒，里面装着暗香微袭的檀香木棋子。

营长深吸一口铜烟锅，便把方盒里的棋子一颗一颗拿出来，摆在棋盘上。

他把自己的黑将轻轻敲两下，专等对方红帅先走。

很快围过来许多人，都欲一睹黑胡子营长弈棋的风采。岂料半边街弈人都不是营长的对手，一个个败下阵去。半边街人十分惊异，堂堂有名的弈乡，从未在外来弈人面前败北过，如今竟被一介武夫征服，岂不汗颜？

一连几日，战况依旧，半边街弈人没法争回半点脸面。营长敲着手中棋子，让埋着烟斗的黑胡子释放出股股烟雾，去掩饰一脸的神秘。

后来，那石桌旁就多了一位观者。他总是站在营长身后，手指捏着腮边的条形疤痕，眼睛注视着营长手下的黑子。但他神情漠然，不会因棋盘上的风云变幻惊奇、亢奋，或释然、沮丧。人们一心观棋，自然没谁注意到这个局外人的存在。

当有人把目光自棋盘上移开，陡然看清营长身后站着的汉子就是黑四时，大家心中就莫名地生出一种灵动。他们隐约觉得，这石桌上的情势该有所改变了。尽管他们知道，黑四虽是花龙的后代，但从未见他摸过棋子。黑四多年没回半边街了，除了腮边多了一条疤痕，并没有别的变化。

晚上便有人走进吊脚楼，请黑四出面战营长。黑四仍如往常那样站在栏杆上，飞速地编织篾缆。他把篾缆编得很长很长，去垂钓水中明晃晃的月亮。

"营长是位高手，他只调动一边车马炮，就把半边街的威风给杀了下去。"黑四不再编缆，用手捏着腮边的疤痕，"可营长又是一位军人，他只能使左手拈棋，右手要扶唇上的铜烟锅，还要拿枪去杀日本鬼子。"

半边街弈人哑然了。

天天在榆树下弈棋、观棋，怎么却没看出这个中道道呢？

自然，黑四被推到了石桌旁。

"营长在上。"黑四望定营长鼻子下的烟斗，说，"小弟有一请求，若营长同意的话，愿意拼死一搏。"

营长稍一迟疑，抬头望了黑四一眼，随即点了点头。

"营长是高人，小弟为劣手，不敢妄自执帅。"黑四说罢，将门下的红帅往营长前面轻轻一送。

一旁的弈人开始还懵懵懂懂，不知黑四耍什么花招。俄顷醒悟过来，才意识到他们与营长对弈不下数十盘，原来营长每回都是执的黑将，从未执过红帅。众人对黑四刮目相看了。

营长有点吃惊，他知道今天碰上了什么角色。但他又很高兴，他不就是冲着这天而来的吗？他与黑四换过子，抱拳道声"抱歉"，便执红走先。

两人于是你来我往弈开了。真是棋逢对手，将遇良才，两尺见方的石桌上暗流潜涌、惊涛骇浪。黑四不敢怠慢，一步一步走得谨慎。营长也小心翼翼，连以往从不动用的半边车马炮，也被他左手拈起来，遣往前沿阵地，或安营扎寨或四出奇兵，成退可守、进可攻之势。但也许是黑换红的缘故，竟也有思路不畅、出师受阻的时候。只是高手毕竟还是高手，南征北战，久经沙场，遇过的强兵虎将不计其数，故棋面上环环相接、丝丝入扣，局势稳稳当当。

就这样从早晨一直弈到黄昏，黑四渐渐显得有些不支，营长的连环马以炮为后盾，一路踩到黑方城门下，大有二鬼拍门之势。黑四琢磨许久，竟然举棋不定了。此时周围一片静默，半边街弈人为黑四捏着一把汗，企望他能有回天之力。否则，弈乡的名声就要一落千丈，为外人所不齿了。却见黑四将黑将轻轻拈起，扣到士角上，给对方留下将军的空当。半边街弈人便摇头晃脑，觉得黑四的败局已定，再没希望了。有的人因此离开石桌，拂袖而去。倒是那黑胡子营长忽地一惊，望见以往在自己手中安稳如山的黑将就要面临灭顶之灾，心下不觉忐忑。恰在此时，榆树上一声惨叫，揪人心肝，又是那猫头鹰，阴阴地往雄河那边飞去。天空骤然暗下来。

"子鹏，"营长身后传来一声甜脆的呼唤，那是风韵不减当年的翠姑。她唤声营长的名字，递给他一纸电报，"这是拍给你的。"

众人的心思全集中在棋盘上，没谁意识到猫头鹰的惨叫，也没谁意识到翠姑的到来。营长下意识地移开唇上的烟斗，喷出一股幽蓝的烟雾，把炮横移两路，来了个杀伤力极强的黑虎掏心。这回观棋者一点也不惊讶，这太自然了。看来黑四只有推棋认输的份儿了。却不想黑四将刚才的一切都看在了眼里，待营长回过头去接翠姑的电报时，便将马一回，让开车路，而后越过红方炮位，直捣红帅侧门。这纯属一念之差，局势便全部对换过来，令人咂舌。营长望望棋盘，又望望手中的电报，有点无所适从了。可万万没想到，就在营长瞪着惊异的眼睛，听任黑四挥车将军的时候，黑四忽然又改变了进攻路线，看上去似迫红方于死亡线上，实际上却华容道上放了曹氏一条生路。最末，双方握手言和。

当晚，营长就带着他的翠姑和枪兵离开了半边街。

黑四也神秘地消失了。

半边街的弈人再没了以往的弈兴，他们低着头，琢磨着黑四那最后的几着棋，悟不透其中到底有什么奥妙。但他们一致肯定，那一定是有奥妙的，就似当年黑四的父亲花龙与国手言和一样。

后来，听说洪江城那一仗打得异常惨烈，营长的队伍虽然损失惨重，但终究还是把日本人赶出了洪江城。鬼子当然只有从水上逃跑，因为岸上的路卡都在营长的机关枪下。但鬼子们的船只行到雄河入沅水的大风口，早已有斧头帮的好汉们拿着斧头和篾缆在水底恭候多时。瞬间，那些船只一齐侧立起来，把小鬼子一个个都掀到了水里。水面上便一阵斧头乱晃，篾缆横飞，且伴有大叫怪哭，好不热闹。待月影西沉，曙色初露，排佬们已把鬼子的尸体拖到岸边，剥去黄皮，像扎木排一样，用篾缆一排排地扎起来，拼在排尾，放往日本人驻在沅陵的本部。只可惜排到沅陵时，日本人已投降撤走，斧头帮精心扎就的"肉排"，找不到销路。

半边街人仿佛对黑四那几着棋的奥妙，有了某些顿悟。

半边街人不再只以弈事为乐道了，他们论起了营长和黑四的英雄壮举，都说做人就该做这样顶天立地的汉子。

待营长和黑四再一次回到半边街的时候，已是第四年的春天了。

黑四先到，他一进吊脚楼，就极少出门，整天站在栏杆上编织篾缆，编得极认真，那扣住篾片的手指，似有千钧之力，仿佛再稍一用劲，便能把手上的篾片捏得粉碎。而篾缆垂在水里，无声地摆动着，宛若他的沉默，激不起一丝波浪。

半边街人就疑惑，不知黑四织这些篾缆何用，因为雄河上的战争越来越激烈，扎木排放洪江已不可能。

营长仍然带着翠姑，他再没了先前的风采，黑胡子遮挡着一脸的憔悴，只有铜烟斗依旧，缕缕蓝烟缥缈着虚无。他常带着翠姑上街后的落霞坡，默读弈贤的碑文。夕阳便把他们的影子揉得又瘦又长，贴到青青的草色里。

"这是一块多么圣洁的风水宝地！"营长抬起头来，瞭瞭左右的青龙白虎，而后把目光落到那蜿蜿蜒蜒、流烟淌霞的雄河里，再不愿收回。"怪不得父亲生前多次提及，他最大的愿望就是把尸骨埋到这落霞坡上。只可惜，他老人家没这样的福分。唉……"

翠姑没吱声，她的眼睛里也映着那条异彩纷呈的雄河，以及雄河边上那肃穆的吊脚楼。

吊脚楼的主人已把最后一根篾缆编就，从水里抽回到栏杆里面，再团成捆，放到楼道上，那里已码起几堆篾缆了。

这天晚上，雄河里的圆月最清最亮，吊脚楼的影子投在河水里，几分朦胧和虚幻。黑四走出吊脚楼，脚步叩响半边街的青色石板。

当黑四走近榆树，营长已经先到了，一旁还有翠姑，她怀里抱着那个红漆木盒。

营长把木盒从翠姑手上接了过来，轻轻放到石桌上，再打开，拿出黑将，摆到黑四门下。稍停，营长说道："这副檀木棋，家父曾拿到国际大赛上夺过冠军。

他老人家交代过，谁若能拿着这副棋战胜我们父子，这副棋就交给谁。现在我终于明白，老人家原是有心要把它交还它最初的主人。"

黑四没说话，坐到了石凳上。

也许是有翠姑站在一旁，营长的思路竟然极其顺畅，过关斩将，直逼至黑四的城门下。黑四的神色却有点不对劲，好像有什么东西揪住他的感觉，棋弈得极勉强、滞涩。营长弄不清这是什么缘由，瞟了黑四一眼，而后低了头，调动起全部的兵力，长驱直入，直捣黑四的帝都。

黑四仍然是一副漫不经心的样子，意念总集中不到棋盘上，他的脸色枯叶一般暗淡，腮边那条形疤痕在月色下闪着一种古怪的光。

好一阵，黑四的注意力才又回到棋局里，他将黑将挪离士角，"嘣"一声扣到中桥的相位上。

这一声好闷！

营长不觉倒抽一口冷气。黑四这一着，不但化解了营长苦心经营的全部攻势，连再走和棋的余地也荡然无存。

但很快营长就释然了，这其实早就是他预料中的结局。他把石桌上的棋子一颗颗拣进红漆木盒，盖好，双手递向黑四。

黑四却依然凝望着石桌，没有伸手，良久，他才站起身，对营长说："我们之间真正的对弈，恐怕不是在这石桌之上。"

说完，黑四把目光移到翠姑身上，翠姑浴着皎洁的月华，静如处子。

黑四转身，离开石桌，隐进那绰约的吊脚楼。

第二天，黑四和营长同时离开了半边街，黑四还带走了吊脚楼上那几堆篾缆。

不久，半边街就风闻洪江又打了一次大仗，洪江城的防守本来固若金汤，但还是被解放军的队伍架起云梯，强行攻了上去。

那云梯据说都是篾缆扎成的。

这消息数日后就被雄河上的一只木船所证实。这木船是从雄河下游驶上来的，船上有两个死人，一个活人。

死人是营长和翠姑，活人是黑四。

那晚，当解放军的队伍登上城墙时，营长就知道只有撤退一条路了。他想起了那红漆木盒，便回到卧室，他要把盒子从保险箱里拿出来，好让它尽快回到它原来的主人手里。可盒子已经不在，翠姑也不见了踪影，营长心里什么都明白了。他赶紧跑到城墙上，果然见翠姑抱着一样东西，向一个刚从云梯上翻过来的汉子奔去。营长看得真切，那便是身着解放军军装、名震雄河两岸的黑四。完璧归赵，这当然是营长父亲的遗愿，翠姑是深谙其理的。然而，营长心中此时却滋生起浓重的悲凉和惆怅，仿佛全身的血液都冻结于郁闷、凝滞的胸腔。他开了枪，并在翠姑倒下的时候，把冒烟的枪口对准了自己的太阳穴。

黑四把营长和翠姑合葬于落霞坡上，那装着檀香木棋的方盒，也放进了棺椁。旁边，是颇受弈人称道的一代弈雄花龙。

黑四为营长和翠姑抔上最后一抔黄土，深深鞠一躬，缓缓走下落霞坡。夕阳顷刻消逝，天空暗淡下来，只有黑四腮边那条疤痕，如秋叶般灿烂。

离　任

一

再过一个多月，财政局马局长就满打满算五十八岁了。

这是一个重要的年龄标志。机关里有一种通俗的说法，叫作七不进八不留，这对于身为财政局一把手的马局长来说，便意味着政治生涯的结束。用马局长自己的话说，他已进入倒计时，马上要交出屁股下的座椅了。

为此，马局长心头多少有些失落。在位两届，整整十年，马局长没日没夜地忙碌，全市财政收入从十年前的四个亿，提高到十二个亿，增加了两倍，财政局本身也兴建了办公大楼，修了职工宿舍。这些都是看得见、摸得着的，马局长也因此为人瞩目。可现在一下子要削职为民，有干劲、有能力却没地方使用了，他能接受得了吗？

但马局长是个明白人，他知道这是自然规律使然，没有什么不光彩的。从另一个角度说，在这么一个显要位置待了这么多年，没有马失前蹄，较之那些纷纷翻船的同僚，也算是功德圆满了。五十七八是党政要员的坎儿，都说："五十七，五十八，不进牢门趴地下。"说的也不是没一点儿道理，有些人就信奉"权力不用，过期作废"的信条，在退位前总要大捞一把，结果东窗事发，硬是迈不过坎儿。

想想自己已开始交班，就要稳稳当当跨过这个坎儿了，马局长多少感到一丝安慰，略显老态的脸上不觉露出几许自得。

谁知就在这个节骨眼儿上，麻烦出来了。

纪检委把马局长喊了去。

上个星期，组织部长已跟马局长打过招呼，近几天要和他聊聊。马局长知道聊聊的意思，无非是要他顾全大局，不折不扣退下去，把权力交给年轻人。他也就在心里准备好了，等候部长的召唤。但马局长万万没想到，召唤他的是纪检委书记。

马局长赶到纪检委，余书记正在办公室等候他。余书记是老常委了，当年确定马局长为财政局长人选时，余书记是投了赞成票的。这说明余书记对马局长还是有好感的，两人之间没啥疙瘩。因此马局长落座后，余书记少了迂回，开门见山对马局长说："老马，你得接受组织审查，你在心理上恐怕要有所准备。"

马局长知道纪检委找他，无非因为两件事：一是解决点办公经费；二是有关违纪问题。在路上，马局长就揣摩过了，他上个星期才给纪检委拨了5万元电脑购置费，此时找他伸手不大可能。剩下的就是第二点了。

这几年，这种事情也不是一次两次遇上了。远的不说，就说上半年周转金的事，有些科室硬是不听招呼，违反财政纪律，把周转金借给个体老板，借款人因诈骗案锒铛入狱，周转金也就成了烂账。有人将此事告到纪检委，纪检委先找到马局长，马局长当然得承担领导责任。还有国债办和分管国债的副局长集体私分国债利息的案子，尽管他自己分文未得，事前也没谁给他透露过任何消息，但事情发生在他的局里，想把责任推卸得干干净净，那是不可能的。

然而，这下听了余书记要他本人接受审查的话，马局长心里还是有点承受不了。但马局长还是镇定了一下，他说："余书记，你直接说，我到底有什么问题？"

余书记说："有人举报你受贿。"

马局长疑惑道："受贿？"

余书记点点头。

马局长沉吟了一会儿，抬头望着余书记说："我希望组织上加紧调查，在我退下去之前把问题弄个清清楚楚。"

二

几年前，位于市郊的铅笔厂曾是市财政局的财源建设联系点，财政局的马局长到铅笔厂去考察财源项目时，看过厂里的账簿。账是一位姓方的老会计做的，字迹娟秀，账目清楚，跟新颁布的国际通用会计制度衔接得很好。马局长对方会计印象不错，他为企业有这样的好会计而深感慰藉。

不想几年下来，方会计退休了，铅笔厂也因管理不善和产品销路滞涩，濒于倒闭，工人只能下岗，连供销科那位相当能干的女科长唐桂娥都离厂做了捡破烂的营生。方会计那顶班进厂当了工人的儿子，也因厂里境况不佳，每月120

元的生活费都保证不了，家里的日子日渐窘迫，眼看已经熬不下去，方会计无计可施，从储蓄所取出2000元退休金，厚着脸皮去找马局长。

方会计知道自己跟马局长仅一面之交，按理是找不上人家的，但他一个企业的退休会计，没有任何靠山，真不知找谁好，只能去马局长那里碰碰运气。不想马局长不折不扣，满口答应帮忙，说有消息再告诉他。方会计当时感激不尽，只差没给马局长磕头了。方会计在衣兜里掏了半天，掏出那二十张百元钞票，往马局长手里塞。马局长哪里肯接，虎着脸说："你要是放下钱，你儿子的事就不要找我！"

方会计没办法，只好把钱又放回自己的口袋。马局长送方会计出门时，深有感触地对方会计说："方会计呀，你可是我见过的账目记得最好的会计。我们在财政部门工作的人，看到会计的账记得好，心里就高兴。"

闻言，方会计心里就暖和如春。可一走出马局长的家，想起马局长既然不肯收钱，这事恐怕是没戏的，方会计立即就泄了气。细想也是的，你跟人家没啥瓜葛，人家在这退休前的短短几个月里，忙自己和亲戚朋友的事都忙不过来，还顾得了你吗？

事情也就是这样不可思议，没有任何的可能性，也不敢抱什么希望的事偏偏又能成。

就在方会计把马局长的承诺快要忘掉了的时候，马局长把方会计喊了去。方会计心跳如鼓，赶到财政局，见局长室里办事的人很多，他就毕恭毕敬地站在门外，不好意思去打搅马局长工作。直到办事的人陆续走了，方会计才敢进门，细着声喊了声"马局长"。马局长请方会计坐在墙边的椅子上，然后说道："方会计，算你儿子有运气，劳动局下属的劳动服务公司正好有一个岗位，劳动局已把你儿子的档案从厂里调了过去，明天就让他去报到上班。"

方会计先是一愣，有点不太相信自己的耳朵，接着就老泪纵横了。他只激动地说了句："马局长，您真是我儿子的再生父母……"喉咙便咕噜着哽住了。

现在方会计的儿子已经是劳动服务公司的正式职工，这当然是一个比铅笔厂要强许多的单位。一高兴，方会计因胆囊炎而戒了三年的酒又忍不住开了戒。他要老伴炒了干牛肉和卤豆腐，把儿子、儿媳和孙女一齐喊到桌上，打开戒酒前曾储下的老牌昭陵大曲，跟儿子对饮起来，任老伴在一旁不停地唠叨："少喝点儿、少喝点儿，看你是酒要紧，还是老命要紧。"他也不理不睬。

酒过三巡，儿子把杯子往桌上放稳，对方会计说："爹，我这工作没有马局长，恐怕是想都不敢想的事。你知道吗？等着占我位子的人至少有一打，其中包括劳动局副局长的小舅子，要不是马局长给劳动局解决了15万元的维修费，我无论如何也是进不了公司的。"

方会计也放下了杯子，说："是呀，你这一辈子可以忘记你的爹妈，也不能忘记马局长啊！"

儿子说："这当然，可我们不能光嘴上说得好呀。"

方会计说："我也是老琢磨，如今人们办一件调动工作的大事，尤其是从企业调进好单位，不花个几万，是想都不敢想的，而我们得了人家的大恩大惠，却不表示点意思，心里总觉得有愧啊！"

儿子说："给他钱他不肯收，那又该怎么表示呢？"

方会计说："你让我再想想办法吧。"

说着，方会计一仰脖，把杯子里的酒倒进了喉咙。方会计觉得肚里热乎了许多，脑袋瓜子也跟着活络起来。他很兴奋地对儿子说："屋里不是还有一瓶老牌昭陵大曲吗？你给我拿出来。"

儿子说："你还要喝？"

方会计说："你别管，照办就是。"

儿子把昭陵大曲拿了出来。方会计接过来，打开纸盒，往里面觑觑，又盖上。他那满是皱纹的脸上嵌着的一对眼睛闪着一丝得意和狡黠。

三

马局长认为自己是清白的，所以余书记找过他后，他照常上自己的班，力求把该处理的事处理妥善，好无牵无挂地退位。但情绪多少会受点影响。下班后，他把等着送他回家的司机打发走，自己一人在办公室待了一会儿，才走出办公楼。他想绕道从河边那条偏僻的石子路步行回家，借以清理一下自己凌乱的思绪。

马局长弄不清是谁兴起的波浪。事实上他不想也没有必要弄清。不过他心里明白，肯定是局里人告的状。明摆着，在位十年，做的善事不少，但恶事也会有几件。去年落实机关三定（定编、定岗、定人）方案时，他就把几位占据着重要位子，工作上不去但群众的反映就上去了的科长挪开了，惹得他们牢骚满腹，恨不得在他身上捅几刀。只是他稳稳地待在局长的位子上，那些心里恨他的人惧他三分，轻易不敢动作，现在马上要退了，拔毛的凤凰不如鸡，人家的胆子还不大起来？

这么胡思乱想着，马局长心头就免不了有些烦躁。连脚下的步子都没那么稳健了，一只脚踩空，差点掉进水坑里。好在很快就转出了石子路，到了自家宿舍楼前的斜坡下。马局长叹口气，远远地望一眼自家的阳台，一猫腰，往坡上爬去。

上完坡，就是一堵围墙，绕着围墙走两分钟，就到了大门边。马局长不自觉地停下了脚步。

他的目光投到墙外的垃圾堆上。那里有一个衣衫破旧的妇女，手里拿着一根不长的竹棍，正在垃圾里拨弄着。收获总是少不了的，妇女不时要在垃圾里摸索到一两件物品，塞进身旁的蛇皮袋里。每每这时，马局长就看见妇女的眸子流露出闪亮的光彩来。马局长心上就生出一份感慨，他想，别看她是在拾破烂，却自由自在，乐在其中，没有烦恼和苦闷，又不乏收获的喜悦。

进屋之后，马夫人已做好晚饭。可马局长没有食欲，低头进了房里。他脑壳里依然留着拾破烂的女人的影子。他受到了启发，于是打开抽屉，翻找了一阵，像捡破烂的妇女一样，找到了自己要找的东西。

这是一叠参差不齐的发票。这几年他家集中花了一些钱。为了减轻妻子的劳动强度，他替她换了全自动洗衣机，尽管妻子总怨这种洗衣机洗不干净东西。孙子要看动画片，彩电由二十一寸换成了三十四寸。儿媳、儿子喜欢哼几句流行歌曲，他又购了卡拉 OK 机。家家户户搞装修，争豪斗富，他也铺了木地板，吊了二级顶。好在这些他都留下了发票，几十年的耳濡目染，让他懂得了防患于未然的道理。

但马局长又想起一件事，就是那年投资公司设在广东的分公司给他的 1 万元红包，他曾通过邮局汇了回去的，可一时竟找不到汇票的存单了。

马局长一急，额头上就渗出了汗珠。

这时候门铃很震耳地响了起来。是谁呢？马局长感到迷惑，有些思量不透。马局长陡然想起，这段以来，这门铃鸣响的频率已是越来越低。

从前似乎不是这样，从前不管他在不在家，门铃总是响得格外勤快。按门铃的人，自然有来谈工作的，但大部分是来求他给办事，手中自然少不了有轻有重。马局长当然不能拒人于千里之外，他的原则是内外有别，适可而止。事情办不了的，关系不熟的，无论礼金还是礼品，一概不收。办了事而又知根知底的，比如本局交往融洽的职工和县市区财政部门提的烟酒水果之类，他会酌情收一些。不收一些是瞧不起人，没有人情味，人家在背后不但不会说你清正廉洁，还会说你婊子婆充正派，收大礼收惯了，看不上人家的小礼。马局长不想让人难堪，从而得罪人。但有一条小原则必须坚持，那就是票子，无论多少，坚决不收。因此，在现在这种风气之下，马局长认为自己的分寸还是把握得恰到好处的。

好在临近退休的这两个月，再没谁上门了，马局长虽然也感到冷落，但有一个好处，就是清静了许多。那么今晚会是谁呢？不会是送礼人了吧？如果不是送礼人，又是什么人呢？

马局长心里忽然忐忑了一下。莫非是专案组登记财产来了？难道他们的动作这么快？

这么想着，马局长就不自觉地站了起来，准备去开门，却见夫人已从厨房出来，不慌不忙朝门边走过去。马局长立刻又释然了，他想起那句老话，为人不做亏心事，半夜敲门心不惊。

更何况现在刚断黑，没到半夜，马局长又想。

四

从局长楼前的墙下经过的方会计，一眼就认出了还在垃圾上不停地拨弄的妇女，就是他们铅笔厂供销科那位女科长唐桂娥。

方会计在垃圾旁迟疑了片刻，以为唐桂娥没发现他，准备避了她走开，不料唐桂娥却在后面喊了声"方会计"。方会计只好刹住步子，回头，故作惊讶地说："哎呀，原来是你！看我这不中用的眼睛，从你身旁经过都没看出来。"

唐桂娥朝方会计面前挪了一步，望了望他手中用食品袋提着的昭陵大曲，脸上露着怪异的笑，说道："方会计莫非到楼上去送礼？"

说着唐桂娥的下巴朝局长楼方向抬了一下。

方会计觉得脸上有些微烧，提着昭陵大曲的手下意识地往身后藏去，似乎要躲过唐桂娥锐利的目光。如今请客送礼并不是什么稀奇事，是犯不着缩手缩脚的，但方会计这方面的经历毕竟不太丰富，不免有些拘束，结结巴巴地对唐桂娥否定道："哪里，我买了酒，待会儿自己回去喝。"

唐桂娥就笑了，说："你别瞒我了，你儿子进劳动服务公司的事，厂里谁不知道是财政局马局长帮的大忙？马局长前几年到厂里去了几次，他不认识我，我可认识他，我刚才还见他从大门里走了进去。"

方会计一时语塞。这唐桂娥也是，好像电影里国民党的女特务。

唐桂娥又说："说实在的，人家帮了你这么大忙，你去感谢一下是完全应该的。只是你就拿一瓶过了时的已没人愿喝的昭陵大曲，价钱又便宜，实在也出不了手。"

方会计不想跟唐桂娥唠叨这事，有意把话支开，说："你做这事，收入还

245

行吧？"

见方会计提及自己的本行，唐桂娥自然就来了兴致。她用手中的竹棍下意识地在地上拨了几下，说："没收入，我家那几口人怎么过？"

接着又闪着目光做了个环顾左右状，把声音压低了几分："你不要出去说，这里的垃圾真的出宝哩，我天天都要来转一两圈。你知道吗？这几栋楼住的不是财政局的局长、副局长，至少也是科长、副科长之类，天天有人有车来拜菩萨，他们吃不了、用不了，或是不值钱的东西看不上眼，就往这个地方倒。"

方会计说："那你一个月下来，能赚多少？"

唐桂娥说："总比厂里上班强两三倍。"

方会计就往唐桂娥破旧的衣服上瞟了一眼，说："那你怎么还穿成这样？"

唐桂娥脸上闪过一丝狡黠，她说："这你就有所不知了，你穿得富富态态，谁愿意把破烂往你身边扔呀。"

方会计觉得唐桂娥说得也有道理。但他不想没完没了地跟她唠叨下去，就瞟一眼逐渐暗淡下来的夜空，说："时间不早了，我该走了，你也该走了。"

不过临转身前，方会计不无幽默地跟唐桂娥开了个小玩笑，说："我的喜好你恐怕还记得，我就爱几滴酒，戒了三年，如今又熬不住开了戒。如果你在这里拾到没人喝的酒，就卖给我，我出市场的原价。"

唐桂娥也开心，她说："那好说，我只要半价。"

五

马夫人去开门的时候，马局长的目光一直盯着门边。马局长的心里多少有些不踏实。

幸好进来的是方会计，马局长松了一口气。

先发现方会计手上提着昭陵大曲的是马夫人。也许她平时接的都是一些贵烟名酒，对方会计手上这瓶莫说机关里的局长、科长，就是普通老百姓也已经不感兴趣的昭陵大曲不太看得上眼，她那只手伸了伸，又下意识缩了回去。

方会计那张老脸立刻就小了许多。

倒是马局长显得极高兴，走过来，一手接过酒，一手握住方会计的手，乐呵呵地说："你来就来，带什么东西嘛。"

方会计不好意思地说："一瓶低价酒，不成敬意。"

马局长将昭陵大曲放手上掂了掂，似乎是要掂出它的分量。心想，别看这酒不值多少钱，可它代表的是一份真心真意，与以往那些贵烟名酒，恐怕不仅仅是价格上的不同。所以马局长一边将方会计往沙发上让，一边不无感慨地说道："这酒好，又是三年前出产的老牌货，货真价实，不像那些电视里天天打广告的名酒，冒牌货多。"

马局长这几句话，让方会计听着非常舒服，心想，当领导的就是当领导的，说的话就是有水平。

马局长将方会计让到座位上后，回头把酒递给马夫人，说："把酒给我收好，我以后开瓶慢慢品尝。"

马夫人只得有些勉强地把酒接了过去。她有些弄不明白，过去人家送礼上门时，他从没这么高兴过，而且那都是比这昭陵大曲要贵重得多的东西。莫不是现在开始门前冷落了，一瓶不值几个钱的酒，也逗得他这么乐不可支？

马夫人这么想着，觉得有些滑稽。但她还是把昭陵大曲收下了，而且给方会计端上了一杯茶。

方会计双手接过马夫人的杯子，认认真真地喝了一口。马局长在一旁问道："你儿子在公司还好吧？"

方会计赶忙放下杯子，抹一下嘴巴，很感激地点点头，然后欠着身子，说："好好好，这可是马局长您的大恩大德啊！"

马局长说："怎么能这么说呢？"

方会计说："据说为调我儿子，您还给劳动局拨了经费？"

马局长说："那是年初预算就打入盘子的，只不过拨款的时间和你儿子办手续的时间碰巧到了一处，旁边人就把两码本来不相干的事扯到了一起。"

马局长的话虽这么说，但事实上拨款和调人还是有联系的。当时马局长的动机很简单：一是因为自己在位的时日不多了，能替人办件事就要办成，也算是积德；二是因为马局长总忘不了方会计记的那笔好账，这样的好会计求上门了，作为一个财政局长也有责任为他办点实事。所以马局长狠狠心把劳动局的维修经费卡了两个月，直到劳动局办妥了方会计儿子的手续，才在拨款单上签了字。

现在看来，这恐怕是马局长在位时的最后一件善事，别的事情已经力不从心了。

没待多久，方会计就起身准备告辞。马局长也不留客，将方会计送到门边。

马局长说："再过一个月我就有时间了，你常来走动，我再好好陪陪你。"

然后，马局长看着方会计从楼道上矮下去。就在方会计到了转角处，回头招手要马局长进屋的那一刻，马局长借着楼道上不太明亮的灯光，望见了方会计那昏花的老眼里，正闪动着浑浊的泪光。

马局长心头不由得一热。

六

很顺利地送掉了那瓶昭陵大曲，方会计长长地舒了一口气。总算还了一个人情。虽然这算不了什么，无法表达方会计内心对马局长那份真真切切的感激之情，但至少方会计心里要好受一些了。

他却没想到马局长受到了纪检委的审查，而且是因为受贿的事。方会计听说此事后暗吃一惊，不觉就后悔起来。他想这下可好，他的那一份好意，说不定要给马局长带来多余的麻烦，变成坏事。

又过去一些时日，方会计听儿子说，专案组已到马局长家登记了一次，好在马局长家的财产大部分保存了发票，否则马局长就有口难辩了。但尽管如此，马局长家还是有 4000 元的财物没有来历。加上那年投资公司的广东分公司炒地皮时送给马局长的 1 万元红包，马局长早已超过检察院内定的 5000 元以上就要立案起诉的坎儿。

但天公有眼，马局长终于还是花了两个晚上的工夫，戴着老花镜，一会儿翘着屁股爬到壁柜上，一会儿把头栽进抽屉里，一会儿又神经质地翻开床上的垫单棉絮，上下求索，东寻西找，最后硬是在一本记事本的塑料壳里，找到了那张盖着邮戳的邮汇存单。

那一会儿，硬汉子马局长又兴奋又委屈，连老泪都渗出了眼角。他感慨顿生，心想这小纸片看上去那么不起眼，可它却维系着自己一辈子的清浊，维系着自己的声誉和晚节。

他拿着这张小纸片，在胸前捂了好半天，然后把它装进贴身的口袋，深夜跑进市委大院，敲开了纪委余书记的家门。

这样，马局长的受贿额才降回到坎儿下的 4000 元。

碰巧这几天方会计的儿子被单位安排到省城出差去了，所以一时没有人向方会计转达关于马局长的消息。又不好跑到财政局去打听，他只能干着急。

方会计最担心的还是自己送给马局长的那瓶昭陵大曲，如果被纪检委的人发觉了破绽，岂不要给马局长雪上加霜？方会计抬手在自己的脑袋瓜子上狠狠地捶了一拳。他想，怪只怪自己糊涂，偏偏在这节骨眼儿上把那瓶该死的昭陵大曲送到马局长家里。如果因为这害了马局长，那于心何安呢？

方会计等不及儿子从省城回来，忐忑着一颗心，去了趟马局长的家。

马局长家里异常平静，看不出有什么变故。马局长依然那般热情，拉方会计坐到沙发上，又让马夫人递上热茶。寒暄了几句，方会计试探着问起专案组的情况，马局长也不见外，跟他大略说了一下，和方会计的儿子了解的情况没有太多出入。

这时马夫人在旁边插话，说："那些人真是王八蛋，他们不仅仅登记财产，把家里的烟酒，凡是可以拆开来的都拆了，说是看里面夹没夹着钞票和存折。最可气是把缸子里的一条鱼也破了，他们说有一次搜查一位贪官，就曾在鱼肚里破出行贿人用薄膜卷好，塞在里面的钞票。"

听到这里，方会计吓出了一身冷汗。

他没有听主人提及自己送的那瓶昭陵大曲，不知专案组的人拿它做文章没有。方会计几次想问，话到嘴边又咽了回去。他想，那瓶昭陵大曲很有可能已落入专案组手里，为马局长帮了倒忙，只不过马局长怕方会计难为情，不愿说出来。

转而方会计又想，也有可能专案组到马局长家里登记财产前，马局长就处理了，如果是这样，自己这不是杞人忧天吗？而且人家帮自己的是大忙，自己送的是小礼，却还要放在嘴上说出来，好意思吗？

方会计终于没问及那瓶昭陵大曲。他往墙上的石英钟望了一眼，发现时间不早了，就起身离开了马局长家。

只是从此以后，方会计的心就悬在了那里。

直到一个静悄悄的傍晚，方会计在巷口碰上唐桂娥。是唐桂娥先发现的方会计。她站在一面宣传栏下，连喊了两声方会计。

方会计低着头，脑壳里一直晃着那瓶昭陵大曲，猛然听见有人喊他，就停住脚步，揉了揉昏花的老眼。见是唐桂娥，便走了过去。唐桂娥这天穿得干净、整齐，没有半点儿拾破烂人的痕迹。

方会计尴尬地说道："今天你穿得这么好，我都认不出来了。"

唐桂娥的眸子里闪着绚丽的光彩，脸上有几丝得意，说："女儿考上中专了，刚到教委取录取通知回来。"（那时的中专国家包分配，唐桂娥才得意起来。）

方会计说："恭喜你！到时去喝你的酒。"

唐桂娥脸上更加灿烂了。

也许是方会计提到了酒，她"哎"了一声，说："我家离这儿不远，你等一会儿，我回去给你拿一样东西。"

也不容分说，唐桂娥扭着腰肢，身影一斜，即刻消失在宣传栏一旁的巷口。

方会计摆了摆脑壳，心里说，真是人逢喜事精神爽，你看唐桂娥的步子都像安了弹簧似的。

不到五分钟，唐桂娥就重新出现在巷口，而且几步到了方会计面前。她一只手藏在身后，一只手摊开了，伸向方会计。

方会计不明白唐桂娥要耍什么花样，说："你这是什么意思？"

唐桂娥说："拿钱来。"

方会计说："拿什么钱？"

唐桂娥说："我们可是有约在先，莫非你忘了？"

又说，"你拿不拿钱？不拿就拉倒。"

方会计只得摸索着要去拿钱。

唐桂娥却把方会计的手挡了回去，说："跟你开个玩笑，谁要你的臭钱！"

说着，唐桂娥就把藏在身后的那只手拿了出来。

方会计的眼睛顿时睁大了，他有点不敢相信这是事实。

是那瓶方会计耿耿于怀的昭陵大曲，那瓶只有方会计三年前戒酒的时候才出产这种包装的廉价的老牌昭陵大曲。

方会计撇下唐桂娥，把昭陵大曲往腋下一掖，像刚偷了东西的小偷一样，朝四周瞟了瞟，弓着背匆匆朝家中赶去。

回到家里，方会计把昭陵大曲往桌子上一放，眯眼瞄一会儿，才颤着手去揭纸盒子。

把灰瓷酒瓶取出来，伸手往盒子底层一摸，那叠钞票竟然还在。方会计一把抓出来，数了数，三十张，一张不少。

望着这叠票子，方会计怔了半天。

他真不知道这件荒唐事，竟会这么荒唐！

七

方会计心里一直不踏实，总觉得欠马局长的太多太多。他想这一辈子是无法还马局长的情了。但总得有点儿补偿吧，尽管马局长并不期望着他还情。

于是，方会计在马局长五十八岁生日那天，把那三十张百元的钞票装进一个糊了红纸的信封，揣进怀里，上了马局长的家。

方会计是那种不撞南墙不死心的角色，这一次他无论如何要把这把票子送出去。

马局长家没有一丝过生日的气氛。

方会计进屋后，环顾四壁，对马局长说："如果我没有弄错的话，今天应该是您的生日吧？"

马局长知道方会计的意思，说："退下来了，只想放松放松，把各方的客人都回绝了。"

过一会儿，马局长又说道："想不到退下来前还要遭这一劫。好在他们算来算去，把豆腐、韭菜都算了进去，也就是 4000 多元的金额，做了退赔，挨个党内处分了事。如果上了 5000 元的坎儿，今天恐怕就不是坐在家里了。"

马局长的话，让一旁的方会计听得暗自咋舌，庆幸自己那瓶老牌昭陵大曲没给马局长添乱。

犹豫了一会儿，方会计还是用手去袋子里抓着了那个红包。

这时马局长又说话了，他说："你来了也好，今天虽然我不请客，但跟你还是要好好喝几杯的。"

说到这里，马局长又转头问从厨房里出来的马夫人："上次方会计送来的昭陵大曲，你放哪里了？今天中午就喝它。"

马夫人却支吾着，说："不是已经……"

马局长望马夫人一眼，似乎猜到了什么，赶忙说："哦，想起来了，你看我这记忆，那瓶昭陵大曲早就被我喝光了。那酒真对我的味。"

一旁的方会计心里当然明白是怎么回事。他感激马局长这一个善意的谎言。

只听马局长又说："你家里还收着昭陵大曲吗？那种老牌子的？如果有的话，再拿一瓶来，就算你给我的生日礼物。"

方会计心头一热，忙不迭地说："有，有，怎能没有呢？"

嘴上这么说着，口袋里的手已把那只红包又放了回去。也许，与马局长假设中喝光了，而实际上将要再次出现的那瓶昭陵大曲相比，这只红包的分量已显得太轻太轻了。

方会计就像年轻人一样，从沙发上弹起，脚打莲花落，出了马局长的家。

往家里去的路上，方会计还哼起许多年没唱的老牌歌曲："社会主义好，社会主义好，社会主义国家，人民地位高……"

等方会计拿着昭陵大曲重新回到马局长家里时，马局长一家人全到齐了，正在桌旁等待着方会计的酒。

马局长的儿子见了这廉价的昭陵大曲，迷惑地望了马局长一眼。马局长说："还愣着干什么？快开瓶。"

马局长的儿子就接过去，取出酒瓶，揭开盖子，给马局长和方会计满满斟上一杯。方会计举起杯子，跟马局长一碰，说："祝您生日快乐！"

马局长道声谢谢，感慨地说："终于迈过了五十八这个坎儿。干！"

然后杯子见了底。

马局长当然并不清楚，这瓶昭陵大曲已是第二次进他家门了。

他只清楚坐在他面前的，是一位他曾经非常称道和敬重的老会计。

一个退休的老会计和一个退休的老财政局长在一起喝酒，而且是老牌陈酒，酒中的意味自然深幽绵长，几杯下肚，人就醉了，真正地醉了。